공중 곡예사

공중 곡예사

폴 오스터 장편소설 | 황보석 옮김

MR. VERTIGO
by PAUL AUSTER

Copyright (C) Paul Auster, 1994
Korean Translation Copyright (C) The Open Books Co., 1995
All rights reserved including the right of reproduction in whole or in part in any form.

This Korean edition is published by arrangement with Viking, an imprint of Penguin Publishing Group, a division of Penguin Random House LLC through Shinwon Agency Co.

이 책은 실로 꿰매어 제본하는 정통적인 사철 방식으로 만들어졌습니다.
사철 방식으로 제본된 책은 오랫동안 보관해도 손상되지 않습니다.

되는 소리를 하는데, 난다느니 뭐니 하는 얘기는 그 중에서도 가장 말이 안 되는 소리였다.

「공중으로 너무 높이 떠올랐다간 내려올 때 목이 부러질 수도 있다고요.」

내가 비아냥거렸다.

「기술에 대해서는 나중에 얘기하자. 그건 배우기 쉬운 기술은 아니지만 내 말을 잘 듣고 내가 하라는 대로만 하면 우린 굉장한 부자가 될 수 있을 거다.」

「아저씨는 지금도 부자잖아요. 그런데 왜 내가 있어야 하죠?」

「그건 말이다, 이 맹랑한 꼬마 녀석아, 내 수중에 있는 거라곤 같이 문지를 10센트짜리 동전 두 개뿐이라서지. 너한테는 내가 벼락부자처럼 보일지도 모르겠다만, 그건 순전히 네 머리가 텅텅 비어 있기 때문이야. 내 말 잘 들어라. 나는 너한테 평생의 기회를 주려는 거지만 너는 그 기회를 단 한 번밖에 잡을 수 없어. 나는 새벽 6시 30분 발 블루버드 특급 열차를 예약해 뒀는데, 네가 나를 따라서 그 기차에 올라타지 않는다면 나를 보는 건 이번이 끝일 거다.」

「아저씨는 내가 물어 본 말에 아직 대답을 하지 않았어요.」

내가 물고늘어졌다.

「그건 네 녀석이 내 기도에 대한 응답이기 때문이지. 그게 내가 너를 데려가려는 이유다. 너한테는 타고난 재능이 있어.」

「재능이요? 나한테는 아무 재능도 없어요. 그리고 또 있다고 해도 아저씨가 그거에 대해서 뭘 알고 있죠? 아저씨는 나하고 겨우 1분 전에 얘기를 시작했을 뿐인데요.」

「이번에도 또 틀렸다.」

예후디 사부가 말을 이었다.

「나는 지난 1주일 동안 너를 지켜봤으니까. 그리고 네 외삼촌이나 외숙모가 너를 못 보게 돼서 섭섭해 할 거라고 생각한다면, 너는 지난 4년 동안 누구하고 같이 살았는지도 모른다는 얘기가 돼.」

「외삼촌하고 외숙모요?」

그 말을 하면서 나는 갑자기 이 남자가 토요일 밤의 주정뱅이는 절대로 아니라는 사실을 알아차렸다. 그는 내가 생각했던 것보다도 더 불길한 사람, 말하자면 나태한 공무원이나 경찰일 것이다. 나는 거기에 그대로 서 있기는 했어도 무릎에 힘이 쭉 빠졌다.

「네 삼촌 걸물이더구나.」

그는 이제 내 관심을 끈 이상, 느긋하게 여유를 부릴 수 있었다.

「나는 미국 시민이 그렇게까지 우둔할 수 있다고는 생각도 못 했다. 고약한 냄새를 풍기는 데다 지독하게 비열하고 추저분하기까지 하더라. 네가 그런 족제비 상을 한 부랑아로 바뀐 것도 놀랄 일은 아니지. 오늘 아침 우리는, 그러니까 네 외삼촌하고 나는 긴 얘기를 했는데, 그 사람은 동전 한푼 받지 않고 기꺼이 너를 내주겠다는 거였다. 그걸 생각해 봐라, 이 녀석아. 나는 너를 데려가는 대가로 돈을 쥐어 줘야 할 필요도 없었어. 그리고 네 외삼촌이 마누라라고 부르는 그 뒤룩뒤룩한 암퇘지는 너를 두둔하는 말 한 마디 없이 그저 앉아만 있더라. 그게 네가 한 가정을 위해 할 수 있는 최선의 방법이라면, 그 둘에게서 벗어나는 건 행운일 거다. 결정은 네가 내리는 거지만 내 제안을 거절하더라도 거기로 돌아가는 건 좋은 생각이 못 될 거다. 분명히 얘기하지만, 그 사람들은 너를 다시 보게 되면 실망이 클 테니까. 속이 상해서 말문이 막혀 버리겠지, 내 말이 무슨 뜻인지 아는가 모르겠다만.」

나는 짐승일 수도 있었지만 아무리 하찮은 짐승이라도 느낌은 있기 마련이다. 그래서 사부가 느닷없이 그 얘기를 꺼냈을 때, 나는 불이 번쩍하게 머리통을 한 대 얻어맞은 느낌이었다. 슬림 삼촌과 페그 숙모는 내게는 있으나마나 한 사람들이었더라도 그들의 집은 내가 사는 곳이었기에, 그들이 나를 원하지 않는다는 사실을 알게 되자 갑자기 눈앞이 캄캄해졌던 것이었다. 누가 뭐래도 나는 아홉 살밖에 되지 않았고, 나이에 비해 거칠었다고는 해도 그런 척하는 것만큼의 반도 거칠지 못했으니까. 그때 만일 사부가 그 검은 눈으로 나를 내려다보고 있지만 않았더라면, 나는 아마도 길거리에 그대로 주저앉아 울음을 터뜨렸을 것이다.

지금 그 일을 돌이켜보면, 나는 아직도 그가 내게 진실을 말했는지 아닌지 잘 알 수가 없다. 어쩌면 그는 내 외삼촌과 숙모하고 얘기를 했을 수도 있지만, 또 어떻게 본다면 그 모든 얘기를 꾸며 냈을 수도 있었다. 물론 그가 아주 정확하게 그들의 생김새를 묘사한 것으로 보아, 그들을 만나 보았다는 데에는 의심의 여지가 없다. 그러나 슬림 삼촌이 어떤 사람인지 알고 있는 나로서는, 그가 얼마쯤이라도 돈을 좀 울거내지 않고 나를 거저 내주었다는 것이 불가능에 가까운 일로 여겨졌다. 나는 예후디 사부가 그에게 치를 돈을 떼어먹었다고 말하려는 것은 아니지만, 나중에 일어난 일을 감안해 보면 내 외삼촌이라는 작자는, 정의가 그의 편이었건 아니건 간에 일이 잘못 되었다고 느낀 것이 틀림없었다. 어쨌건, 나는 지금에 와서 그 일을 알아내려고 골머리를 앓으며 시간을 낭비하지는 않겠다. 결론은 내가 사부의 말에 넘어갔다는 것이며, 결국 얘기할 만한 가치가 있는 것은 오로지 그것뿐이다. 그는 내게 집으로 돌아갈 수 없다는 점을 납득시켰고, 나는 일단 그 말을 받아들이자 이제부터 내 운명이 어떻게 되건 조금도 상관하고 싶지 않았다. 사부는 틀림없이 내가 그렇게 느끼기를, 속을 끓이다가 안으로 삭이기를 바랐을 것이었다. 살아갈 아무런 이유를 찾지 못한다면 자기에게 무슨 일이 일어나는가에 대해서 크게 신경을 쓰기가 어려워진다. 그렇게 되면 죽고 싶다는 생각을 하게 되고, 다음에는 무슨 일이든 할 준비가 되어 있는 자신을 발견한다. 심지어는 낯선 사람과 함께 밤 속으로 사라지는 것 같은 미친 짓일지라도.

「좋아요, 아저씨.」

내가 목소리를 두 옥타브쯤 떨어뜨리고 있는 힘을 다해 그를 잡아먹을 듯 노려보면서 말했다.

「아저씨가 이겼어요. 하지만 나한테 아저씨 말대로 해주지 않는다면 그때는 끝장이 날 수도 있어요. 난 조그마할지는 몰라도 약속을 지키는 않는 사람은 절대로 그냥 안 놔둬요.」

우리가 기차에 올랐을 때는 아직 날이 어두웠다. 11월의 어슴푸레한 빛이 구름들 사이를 뚫으려고 기를 쓰는 동안, 우리는 새벽을 뚫고 미주리 주를 가로질러 서쪽으로 서쪽으로 나아갔다. 나는 어머니를 땅에 묻었던 날 이후로 세인트루이스를 떠나본 적이 없었는데, 그날 아침 내가 보게 된 것은 황량한 세상이었다. 양옆으로 시든 옥수수 대가 늘어선 들판이 끝없이 펼쳐진 회색의 불모지.

정오가 약간 지나서 우리를 실은 기차는 칙칙폭폭 캔자스

시로 들어섰지만, 예후디 사부는 우리가 함께 있던 그 여러 시간 동안 내게 서너 마디도 채 하지 않았던 것 같다. 그는 거의 내내 모자를 얼굴 위로 끌어내린 채 끄덕끄덕 졸았고, 나는 잔뜩 겁에 질려 차창 밖으로 휙휙 지나쳐 가는 경치를 내다보며 내가 휘말려 들게 된 곤경을 곰곰이 생각해 보는 수밖엔 별도리가 없었다. 세인트루이스에 있던 내 패거리들은 예후디 사부 같은 사람들을 조심하라고 경고했었다. 사악한 의도를 가지고 혼자 떠돌아다니는 사람들, 자기네들의 분부대로 할 어린 사내아이들을 찾아 배회하는 변태성욕자들. 그가 내 옷을 벗기고 남이 만지게 하고 싶지 않은 부분을 만진다는 상상을 하는 것만으로도 고약하기 짝이 없었지만, 그것은 내 머릿속에서 맴돌고 있던 몇 가지 다른 두려움에 비한다면 아무것도 아니었다. 나는 낯선 사람을 따라갔다가 영영 소식이 끊겨 버린 어떤 아이의 이야기를 들은 적이 있었다. 나중에 유괴범은 그 아이를 잘게 토막내어 끓여 먹었다고 자백했다. 또 한 아이는 어두운 지하실 벽에 쇠사슬로 묶인 채 6개월 동안 빵과 물밖에는 아무것도 받아먹지 못했고, 다른 아이는 뼈가 드러날 때까지 살갗이 벗겨졌었다. 내가 무슨 짓을 했는지 생각해 보면 볼수록, 나 자신도 똑같은 일을 당하게 될 거라는 두려움이 점점 더 커졌다. 나는 제 발로 괴물의 손아귀에 걸려든 셈이었고, 만일 그가 겉으로 보이는 모습의 반만큼만 무시무시하다면 십중팔구 나는 새벽 동이 트는 것을 다시는 보지 못할 것이다.

우리는 기차에서 내려 사람들을 헤치고 플랫폼을 따라 걷기 시작했다.

「나 배고파요.」

내가 예후디 사부의 코트를 잡아당기며 말했다.

「지금 나한테 뭘 먹여 주지 않으면 맨 처음 눈에 띄는 형사에게 찔러 박을 줄 알라고요.」

「너한테 준 사과는 어떻게 했니?」

그가 물었다.

「기차 창 밖으로 내던졌어요.」

「아, 너 사과를 별로 좋아하지 않니? 그럼 햄샌드위치는 어떻게 했지? 또 거기에다 튀긴 닭다리하고 도넛 한 봉지는?」

「그것도 모두 내던졌어요. 설마 내가 아저씨한테서 받은 음식을 먹을 거라고는 생각하지 않았을 테죠?」

「그런데 왜지, 꼬마야? 먹지 않으면 넌 오그라들어서 죽게 돼. 그건 누구나 다 아는 거야.」

「그런다면 적어도 천천히 죽겠죠. 독이 잔뜩 든 걸 깨물면 그 자리에서 꼴깍이라고요.」

예후디 사부를 만난 뒤로 그가 처음 웃는 얼굴이 되었다. 내가 잘못 알지 않았다면 소리를 내어 웃기까지 한 것 같다.

「네 말은 나를 믿지 않는다는 거냐?」

「똑 소리나게 맞췄어요. 내가 제정신인 이상 아저씨 말은 한 마디도 안 믿을 거니까요.」

「걱정 마라, 꼬마야.」

사부가 다정하게 내 어깨를 두드렸다.

「너는 내 밥줄인 셈이니까, 알아? 나는 네 머리카락 하나도 다치게 하지 않을 거다.」

내가 알기로 그것은 단지 말이 그렇다는 것이었고, 나는 그런 사탕발림을 덥석 삼킬 만큼 멍청하지는 않았다. 하지만 다음 순간 예후디 사부가 호주머니로 손을 밀어 넣더니, 빳빳한 1

달러짜리 지폐를 꺼내어 찰싹 내 손바닥에 내려놓았다.

「저쪽에 식당이 보이지? 저기로 들어가서 네 배를 채울 수 있는 가장 푸짐한 음식을 주문해라. 나는 여기에서 기다릴 테니까.」

그가 정거장 건물 한가운데에 있는 음식점을 가리켰다.

「그러면 아저씨는 어떻게 하고요? 먹는 거하고 무슨 원수라도 졌나요?」

「내 걱정은 할 거 없다. 내 배는 스스로 알아서 할 수 있으니까.」

그런 다음 내가 막 돌아서서 가려는 참에 그가 덧붙였다.

「충고 한마디 해주마, 이 얼간이 녀석아. 달아날 생각이 있다면 지금이 바로 그럴 기회다. 그리고 그 1달러에 대해서는 걱정 말아라. 고생한 대가로 가져도 되니까.」

나는 헤어지면서 들은 말에 얼마쯤 기분이 누그러져서 혼자 레스토랑으로 들어섰다. 만일 그가 어떤 사악한 목적을 가지고 있었다면 어째서 내게 달아날 기회를 주었을까? 나는 카운터에 앉아서 정식 스페셜과 사르사파릴라[1]로 맛을 낸 탄산수를 한 병 주문했다. 눈 깜짝할 사이에 웨이터가 내 앞으로 소금간을 한 쇠고기와 양배추를 산더미처럼 밀어 주었다. 그것은 내가 보았던 것 중에 가장 거창한 식사, 세인트루이스의 스포츠맨즈 파크에서 나오는 것처럼 거창한 식사였다. 나는 한 병 더 시킨 탄산수와 함께 그 음식을 한 조각도 남기지 않고 깨끗이 다 먹어 치웠다. 어떤 포만감도 그 지저분한 간이식당에서 내게 밀려왔던 것과는 비교가 되지 않는다. 일단

---

[1] 중남미 원산의 나리과 식물인 사르사 뿌리.

배가 채워지자 나는 내가 무적인 듯한, 어떤 것도 다시는 나를 해칠 수 없을 것 같은 느낌이 들었다. 가장 극적인 순간은 내가 셈을 치르려고 호주머니에서 1달러짜리 지폐를 꺼냈을 때였다. 음식 값은 전부 합쳐서 45센트밖에 되지 않았고, 웨이터에게 5센트짜리 동전을 던져 준 뒤에도 내게는 거스름돈으로 50센트가 남아 있었다.

요즈음에는 그게 별로 대단하게 들리지 않겠지만 그 당시 내게는 25센트짜리 백동화 하나면 한재산이었다. 지금이 바로 달아날 기회야, 등받이 없는 의자에서 일어서는 사이 나는 그 간이식당을 대강 한번 훑어보면서 그런 생각을 해보았다. 나는 저 옆문으로 빠져 나가면 그 검은 옷을 입은 남자는 자기가 어떻게 당했는지 절대로 모르겠지. 하지만 나는 그러지 않았고, 그 선택에 내 삶의 모든 이야기가 걸려 있다. 나는 예후디 사부가 기다리고 있는 곳으로 돌아갔다. 그가 나를 백만장자로 만들어 주겠다고 약속했기 때문이었다. 그 50센트 덕분에 나는 그의 허풍에 어떤 진실이 있는지 알아볼 가치가 있다고 생각한 것이었다.

다음에 우리는 기차를 갈아탔고, 여행이 거의 끝나 갈 무렵 세 번째로 갈아 탄 기차가 그날 밤 7시에 우리를 시볼라 읍까지 데려다 주었다. 예후디 사부는 오전 동안 내내 말이 없었던 것과는 정반대로 오후에는 거의 말을 멈추지 않았다. 나는 이미 그가 무슨 짓을 하거나 하지 않을 것이라는 데 대해서 어떤 추측도 하지 않게 되었다. 그가 어떤 사람인지를 대강 알았다고 생각한 순간 그는 딴판으로 바뀌어 예상했던 것과 정반대 되는 행동을 하곤 했기 때문이었다.

「나를 예후디 사부라고 불러도 좋다.」

그가 처음으로 자기 이름을 내게 밝히면서 말했다.

「네가 좋다면 줄여서 그냥 사부라고 불러도 돼. 하지만 어떤 일이 있어도 예후디라고 불러서는 절대 안 된다. 알았지?」

「그게 원래 이름인가요? 아니면 아저씨가 직접 고른 별명인가요?」

내가 물었다.

「내 진짜 이름이 뭔지는 알 필요 없다. 예후디 사부님이라고만 하면 돼.」

「좋아요, 나는 월트예요. 월터 클레어본 롤리. 하지만 그냥 월트라고 불러도 돼요.」

「나는 너를 뭐라고든 내 마음대로 부를 거다. 내가 너를 버러지라고 부르고 싶으면 버러지라고 부를 거고, 돼지라고 부르고 싶으면 돼지라고 부를 거다. 알아들었니?」

「제기랄, 난 아저씨 얘기는 한 마디도 못 알아듣겠어요.」

「또 나는 거짓말을 하거나 이랬다저랬다 하는 건 절대로 용서 안 할 거다. 변명도 안 되고, 불평도 안 되고, 말대답도 안 돼. 일단 그걸 터득하고 나면 너는 이 세상에서 가장 행복한 아이가 될 거다.」

「좋아요, 그러니까 다리 없는 남자한테 다리가 있다면 서서 오줌을 눌 수 있다는 거겠죠.」

「네 얘기가 무슨 소린지 다 안다, 녀석아. 그러니까 괜히 나한테 허풍떨려고 할 거 없어. 나는 네 아버지가 1917년 벨기에에서 어떻게 술에 취해 죽었는지 알고 있다. 또 네 어머니에 대해서도 알고 있지. 나는 그 여자가 이스트 세인트루이스에서 공중제비 한 번에 1달러씩 받으려고 어떻게 재주를 부렸고, 그 미친 경찰이 네 어머니한테 권총을 들이대어 얼굴을 날려 버리기 4년 반 전에 무슨 일이 있었는지도 다 알아. 그러니까 내가 너를 가여워하지 않는다고는 생각 마라, 녀석아. 하지만 네가 나를 대할 때 진실을 피한다면 넌 아무것도 되지 못할 거다.」

「좋아요, 잘난 척하는 아저씨. 아저씨가 그 답을 모두 알고 있다면 어째서 나한테 이미 다 아는 얘기를 하느라 헛기운을 빼는 거죠?」

「그건 네가 아직까지 내 말을 한 마디도 믿지 않기 때문이지. 너는 이 난다느니 뭐니 하는 얘기가 순전히 허풍이라고 생각하고 있어. 이제부터 월트, 너는 네가 전에 했던 어떤 일 보다도 더 힘든 일을 하게 될 거다. 그래서 매일같이 도망을 치고 싶겠지만, 그 일에 매달리고 내 말을 믿는다면 몇 년 뒤에 너는 날 수 있게 돼. 내 맹세하마, 너는 땅 위로 떠올라서 새처럼 하늘을 날아다닐 수 있게 될 거야.」

「내가 미주리에서 왔다는 거 알아요? 사람들이 괜히 거기를 의심 많은 동네라고 하는 건 아니라고요.」

「글쎄다. 우리는 이제 미주리에 있지 않아, 이 꼬마 녀석아. 우리는 캔자스에 있어. 네가 이제껏 보았던 어떤 곳보다도 더 따분하고 황량한 곳이지. 1540년에 코로나도[2]와 그 부하들이 황금의 도시를 찾아서 여기로 진격해 왔었을 때 그 사람들은 너무 기가 막혀서 그 중 절반이 미쳐 버렸어. 어디가 어딘지 통 알 길이 없었거든. 산도, 나무도, 하다못해 길가에 튀어나온 바위도 하나 없었으니까. 여기는 온 주위가 끔찍하게 단

---

[2] 프란시스코 벨라스케스 데 코로나도(1510~1554?). 스페인의 탐험가로 미국 서남부를 탐험했음.

조롭고, 그래서 한동안 돌아다녀 본 다음에는 하늘로 올라가는 것 외엔 아무데도 갈 곳이 없다는 걸, 네 유일한 친구는 하늘뿐이라는 걸 알게 될 거다.」

기차가 역으로 들어섰을 때에는 날이 어두워져 있었고, 그래서 내 새로운 고향에 대한 사부의 설명을 증명할 길이라고는 없었다. 내가 알 수 있는 한, 그 마을은 소읍에서 보게 되리라고 기대했던 것과 조금도 다르지 않았다. 어쩌면 내가 여태껏 살아온 곳보다 약간 더 춥고 약간 더 어둡기는 했어도, 그때까지 작은 마을에서 살아 본 적이 없는 나로서는 무엇을 기대해야 할지 전혀 알 도리가 없었다. 내게는 모든 것이 새로웠다. 모든 냄새가 이상했고, 하늘에 떠 있는 모든 별이 낯설어 보였다. 만일 누군가가 내게 이제 막 마법사 오즈의 나라로 들어섰다고 했더라도 나는 그 차이점을 알지 못했을 것이다.

우리는 역 건물을 지나 문 밖으로 나와서 잠시 어두운 마을을 훑어보며 서 있었다. 저녁 7시밖에 안 되었지만 집집마다 문이 닫혀 있었고, 멀리 보이는 집들에서 타오르는 몇 개의 램프 불빛만 제외한다면 어디에도 사람이 살고 있다는 흔적이 보이지 않았다.

「걱정 마라.」

예후디 사부가 말했다.

「이제 곧 우리가 타고 갈 게 올 테니까.」

그가 손을 뻗쳐 내 손을 잡으려고 했지만 나는 그가 붙잡기 전에 팔을 홱 뿌리쳤다.

「손 저리 치워요, 사부 아저씨. 아저씨는 지금 나를 차지했다고 생각할지도 모르지만 쥐뿔도 차지한 게 없다고요.」

내가 그 말을 한 지 9초쯤 뒤에 길 저편 끝에서 사륜 짐마

차를 끄는 커다란 말이 한 필 나타났다. 그 말은 그 해 여름에 내가 픽처팰리스 극장에서 보았던 탐 믹스의 서부 영화에 나오는 것 같아 보였지만 그때는 분명히 1924년이었으므로, 나는 덜컹거리며 길을 따라오는 그 낡은 마차가 눈에 들어오자 그게 유령이 아닐까 하는 생각이 들었다. 그러나 예후디 사부는 그 마차가 오는 것이 보이자 손을 흔들었고, 그 커다란 늙은 회색 말은 콧구멍에서 김을 푹푹 뿜어내며 길 가장자리로 가만가만 다가와 바로 우리 앞에서 멈춰 섰다. 마부는 챙이 넓은 모자에 온몸을 담요로 감싼 땅딸막하고 뚱뚱한 사람이었는데, 처음에 나는 그게 남잔지 여잔지 아니면 곰인지 알 수 없었다.

「안녕하시오, 수 아주머니.」

사부가 인사를 건넸다.

「내가 찾아낸 걸 한번 봐요.」

그 여자가 돌처럼 차갑고 멍한 눈으로 2초쯤 나를 빤히 쳐다보다가 느닷없이, 내가 그때까지 한 번도 받아 보지 못했던 아주 따뜻하고 다정한 미소를 지어 보였다. 그녀의 잇몸에는 이빨이 두세 개밖에 없었는데, 검은 눈이 반짝반짝 빛나는 것으로 보아 나는 그녀가 집시라는 생각이 들었다. 수 아주머니는 집시들의 여왕이고, 예후디 사부는 그녀의 아들인 어둠의 왕자라고. 또 그들은 나를 돌아오지 않는 성으로 유괴하려는 중이며, 만일 그날 밤에 나를 저녁으로 먹어 치우지 않는다면 내 불알을 까서 귀에는 귀고리를 달고 머리에는 커다란 실크 스카프를 두른 노예 소년으로, 설설 기는 고자로 만들어 버릴 것이라고.

「올라타거라, 애야.」

수 아주머니가 말했다. 그녀의 목소리는 너무 깊고 남자 같아서 나는 그녀가 미소를 지을 수 있다는 걸 알지 못했더라면 죽도록 겁에 질렸을 것이다.

「저 뒤쪽에 담요가 몇 장 보이지? 너한테 뭐가 좋을지 알 수 있다면 그걸 쓰도록 해라. 우리는 앞으로 한참 동안 추운 길을 가야 하는데, 너 거기에 닿았을 때 궁둥이가 얼고 싶지는 않겠지?」

「얘 이름은 월트요.」

사부가 그녀 옆자리로 올라타면서 말했다.

「야한 카바레들이 늘어선 거리에서 데려온 아인데, 머리가 고름으로 채워진 부랑아지요. 내 육감이 옳다면 이 녀석이 바로 내가 지금까지 여러 해 동안 찾고 있던 바로 그 애일 거요.」

다음에 그가 나를 돌아다보고 퉁명스럽게 말했다.

「여기는 수 아주머니다, 녀석아. 이 아주머니 말을 잘 들으면 너한테 아주 잘해 줄 거고, 말을 안 들으면 넌 네가 태어난 날을 후회하게 될 거야. 이 아주머니는 뚱뚱하고 이도 없지만 앞으로는 네 어머니에 가장 가까운 사람이 될 거다.」

우리가 그 집에 닿을 때까지 시간이 얼마쯤이나 오래 걸렸는지는 모른다. 그 집은 읍에서 25, 26킬로미터쯤 떨어진 시골 어딘가에 있었지만 나는 그것을 나중에 가서야 알게 되었다. 일단 담요 밑으로 기어들어 마차가 길을 따라 움직이기 시작하자, 곧장 잠이 들었기 때문이었다. 내가 다시 눈을 떴을 때 우리는 이미 거기에 닿아 있었고, 사부가 내 뺨을 때려 나를 깨우지 않았더라면, 나는 아마 다음날 아침까지 내쳐 잤을 것이다.

수 아주머니가 말을 푸는 동안 그가 나를 집 안으로 데리고 들어갔다. 우리가 처음 들어간 곳은 부엌이었는데, 한 쪽 구석에는 나무를 때는 스토브가 있고 다른 쪽 구석에서는 석유 램프가 너울거리는, 휑하고 어슴푸레한 곳이었다. 열다섯 살쯤 되어 보이는 흑인 남자아이가 테이블에 앉아 책을 읽고 있었다. 그 아이의 피부색은 내가 캔자스에서 마주쳤던 대부분의 흑인들처럼 갈색이 아니라 피치처럼 새까만, 너무 새까매서 거의 푸르스름하게 보이는 빛깔이었다. 거기에다 커다란 퉁방울 눈에 엄청나게 두꺼운 입술, 앙상하게 비비 돌아간 몸집. 그를 보는 것만으로도 나는 심장이 덜컥 멎는 느낌이었다. 아마도 다 자란 에티오피아 인 아니면 아프리카 오지의 정글에서 온 검둥이 아이일 것이었다. 그가 우리를 맞으려고 의자에서 일어서는 순간 나는 그의 골격이 모두 뒤틀리고 일그러졌다는 것, 등이 툭 불거져 나온 곱사등이 병신이라는 것을 알았다.

「이 아이는 이솝이다.」

사부가 내게 말했다.

「이 세상에서 가장 뛰어난 아이지. 얘한테 인사해라, 월트. 그리고 손을 잡아 흔들어. 이 아이는 네 새 형이 될 거다.」

「난 검둥이하고는 악수 안 해요. 내가 그런 짓을 할 거라고 생각한다면 아저씨는 미친 거라고요.」

예후디 사부가 요란스럽게 긴 한숨을 내쉬었다. 그것은 혐오감의 표현이라기보다는 슬픔의 표현, 그의 영혼 깊숙한 곳으로부터 떨려 나오는 한숨이었다. 다음에 그가 최대한으로 신중하고 침착하게 오른쪽 집게손가락을 구부려 그 끝을 바로 내 턱 밑, 정확히 살과 뼈가 만나는 곳에 갖다 걸쳤다. 그의 손가락에 힘이 들어가기 시작하자 당장에 끔찍한 고통이 목덜미를 타고 머릿속으로 파고들었다. 나는 그런 고통을 겪어 본 적이 없었다. 나는 비명을 지르려고 해도 목이 꽉 막혀 있어서 캑캑거리는 신음 소리밖에 나오지 않았다. 사부는 계속 손가락에 힘을 주었고, 나는 곧 발이 땅에서 떨어지는 것을 느꼈다. 내 몸이 마치 깃털인 양 허공으로 떠올려지고 있었다. 사부는 내가 무당벌레에 지나지 않는 것처럼, 아무 힘도 들이지 않고 그 일을 하고 있는 것 같았다. 마침내 그가 내 얼굴이 자기의 얼굴과 같은 높이가 되는 곳까지, 내가 그의 눈을 똑바로 들여다볼 수 있는 곳까지 들어올렸다.

「우리는 이 집에서 그런 얘기가 오가는 거 좋아하지 않는다, 녀석아.」

그가 말했다.

「모든 사람은 형제고, 이 집안에서는 모두를 존중하게 되어 있어. 그게 법이다. 그게 마음에 들지 않더라도 얌전하게 굴어라. 법은 법이니까. 그리고 누구든 그 법을 지키지 않는다면 이 세상에서 남은 평생 동안 아무짝에도 쓸모없는 사람이 될 거다.」

그들은 내게 먹을 것과 입을 것과 나 혼자서 쓸 방을 주었다. 또 손바닥이나 슬리퍼짝으로 엉덩이를 때리지도 않았고, 발길로 차거나 주먹으로 쥐어박거나 따귀를 갈기지도 않았다. 하지만 그런 사정이 견딜 만했다 하더라도, 나는 전에 어느 때보다도 더 기가 죽어 쓰라린 기분과 쌓여 가는 분노로 채워져 있었다. 처음 6개월 동안 내 머릿속에는 오로지 달아날 생각뿐이었다. 나는 핏속에 재즈 음악이 흐르도록 자라난 도시 아이, 절호의 기회를 노리는 거리의 부랑아였고, 즉석에서 되받아 치는 말솜씨와 별의별 못된 생각을 다 지닌 꼬마 불량배, 눈치 빠른 장난꾸러기였다. 그리고 내가 좋아하는 것은 북적거리는 사람들의 소음과 전차들이 끽끽거리는 소리, 명멸하는 네온사인 불빛과 도랑으로 흘러내리는 밀조된 위스키 냄새였다. 그런데도 나는 어딘지도 모를 곳의 한복판에 처박혀 거의 언제나 구질구질한 날씨만을 가져다 주는 하늘 밑에서 썩고 있었다.

예후디 사부의 재산은 37에이커(약 4만 5천 평)의 진흙 땅, 2층짜리 농가, 닭장, 돼지우리, 그리고 외양간으로 이루어져 있었다. 닭장에는 10여 마리의 닭들이 있었고, 외양간에는 소 두 마리와 회색 말 한 필, 돼지우리에는 예닐곱 마리의 돼지들이 있었다. 그러나 거기에는 전기도 들어오지 않았고 수도도, 전화도, 라디오도, 전축도, 아무것도 없었다. 유일한 즐길 거리는 응접실에 있는 피아노였지만, 그것을 칠 수 있는 사람은 이솝 하나뿐인 데다 아주 쉬운 곡까지도 틀리는 곳투성이어서 그 아이가 피아노 앞에 앉아 건반에 손을 얹기만 하면 나는 언제나 그 방에서 나가 버렸다. 그곳은 이 세상에서 따분하기로 둘째가라면 서러워할 똥 구덩이 같은 집구석이었고, 나는 채 하루도 지나지 않아 그 집에 질려 버렸다. 또 그 집 사람들은 야구가 뭔지조차 모르는 무지렁이들이어서, 내가 좋아하는 카디널즈 팀 — 그 야구 팀은 당시 내가 흥미를 가지고 있었던 유일한 화젯거리였다 — 에 대해 얘기할 사람이 아무도 없었다. 나는 마치 시간의 틈 사이로 떨어져 내리다가 공룡들이 아직도 땅 위를 배회하는 석기 시대의 어떤 나라로 내려선 듯한 느낌이었다. 수 아주머니의 말에 따르면 예후디 사부는 7년 전쯤 시카고에서 어떤 남자와 노름을 해 그 농장을 땄다고 했는데, 그것은 틀림없이 굉장한 놀음이었겠지만 결국 패자는 승자가 되고 승자는 똥 구덩이 같은 마을에서 장래를 썩히게 될 멍청이가 되고 말았다.

내가 성깔 사납고 덜떨어진 꼬마였다는 사실은 인정해야겠지만, 그 당시의 나 자신에 대해서 어떤 식으로도 사과를 할 생각은 없다. 나는 있는 그대로의 나, 내가 태어난 곳의 사람들과 장소가 만들어 낸 산물이었고, 지금 거기에 대해서 불평을 해본댔자 그것은 아무 소용도 없는 일이다. 처음 몇 달 동안 내게 가장 깊은 감명을 준 것은 그들이 얼마나 참을성이 많으며, 나를 얼마나 잘 이해하고 내 괴상한 짓거리를 얼마나 잘 용서해 주는가 하는 것이었다. 그해 겨울 나는 네 번을 달아났는데 —— 그 중 한 번은 위치토까지 갔었다 —— 그때마다 그들은 나를 다시 데려갔고, 어떤 질문도 하지 않았다. 그 당시 나는 아예 없는 것보다 나을 게 거의 없는, 말하자면 인간 구성 요건의 소멸점을 미립자 한두 개 차이로 겨우 벗어나 있는 상태였고, 또 사부가 내 영혼이 짐승보다 나을 게 없다고 생각한 만큼, 그가 내게 처음 일을 시킨 곳도 바로 거기, 외양간에서 짐승들과 함께였다.

내가 닭이나 돼지들을 돌보는 일에 넌더리를 냈다고는 해도, 짐승들과 함께 지내는 편이 그들과 함께 있는 것보다 차라리 더 나았다. 나로서는 내가 그들 중 누구를 가장 미워하는지 결정을 내리는 일이, 매일같이 앙심을 품는 순서를 바꾸곤 해야 되었을 정도로 어려웠다. 수 아주머니와 이솝은 나를 은근히 비웃는 대가로 당연히 그 명단에 들어갔지만, 결국 내게서 가장 큰 분노와 적개심을 불러일으킨 사람은 예후디 사부였다. 그는 속임수를 써서 나를 거기로 끌어들인 악당이자, 내가 빠져 든 곤경에 책임을 져야 할 주범이었으니까. 나를 가장 화나게 했던 것은 그가 늘 내 쪽으로 던져 대는 빈정거림과 모욕적인 말, 그리고 내가 얼마나 무가치한지를 입증하는 것 외에는 아무런 다른 이유도 없이 나를 못살게 굴고 몰아대려는 태도였다. 그는 다른 두 사람에겐 언제나 정중하고 예의바른 사람의 표본인 것처럼 굴면서도, 나를 대할 때면 기를 꺾고 깎아 내리는 말을 할 기회를 놓치는 법이 거의 없었다. 그런 상황은 맨 첫날 아침부터 시작되었고, 그 이후로도 전혀 바뀌지 않았다. 얼마 안 가서 나는 그가 슬림 삼촌보다 나을 게 하나도 없다는 것을 알게 되었다. 그는 슬림 삼촌이 그랬던 것처럼 나를 때리거나 하지는 않았더라도 그의 말에는 힘이 실려 있었고, 말로 당하는 것이 머리를 얻어맞는 것 못지않게 아팠다.

「자 솜털이 보송보송한 망나니 녀석아!」

그것이 첫날 아침부터 그가 내게 던진 말이었다.

「네가 스리 알즈[3]에 대해서 뭘 알고 있는지 자세히 얘기해 봐라.」

「스리 아스[4]요?」

내가 재빨리 말꼬리를 잡고 늘어졌다.

「나한테는 궁둥이가 하나밖에 없고, 그걸 앉을 때마다 써먹어요. 다른 사람들이 모두 다 그러는 것처럼요.」

「내 말은 학교 얘기다, 이 바보 녀석아. 너 교실에 발을 들여놓은 적이 있기라도 하냐? 또 그렇다면 거기에서 뭘 배웠지?」

「난 뭘 배우는 데 학교 같은 건 필요 없어요. 나한테는 그것보다 훨씬 더 낫게 시간을 보내는 방법이 있으니까요.」

「그 말 한번 잘했다, 진짜 학자인 것처럼. 하지만 좀더 자세히 얘기해 봐라. 알파벳에 대해서는 어떠냐? 너 글자들을 쓸 줄 아니, 못 쓰니?」

---

3) Three R's. 읽기, 쓰기, 셈을 합쳐서 일컫는 말.
4) R's를 궁둥이라는 뜻의 arse로 잘못 알아들은 것처럼 되묻는 말.

「내 마음에 드는 것 몇 가지만요. 그 나머지는 상관없어요. 그것들은 귀찮기만 할 뿐이고 그래서 나는 상관 안 해요.」

「그렇다면 네 마음에 드는 게 어떤 글자들이냐?」

「글쎄요. 한번 생각해 보고요. 내가 좋아하는 글자는 A, I 같은 거 하고 W가 있어요. 그 다음엔 그게 뭐였더라? L 그리고 E 그리고 R, 그리고 십자가처럼 보이는 글자, 맞아요 T. 티본스테이크에 있는 뼈처럼 생긴 거요. 그 글자들은 내가 좋아하는 거지만 그 나머지는 지옥으로 떨어져서 튀겨지건 말건 상관 안 해요.」

「그러면 네 이름은 쓸 줄 알겠구나.」

「그게 내가 얘기하려는 건데요, 두목. 나는 내 이름을 쓸 줄 알고, 숫자라면 이 세상이 끝날 때까지 셀 수 있고, 태양이 하늘에 떠 있는 별이라는 것도 알아요. 그리고 또 책은 계집애 아니면 계집애 같은 머슴애한테나 필요하다는 것도요. 만일 나한테 책으로 뭘 가르칠 생각이라면, 우리가 했던 얘기는 지금 당장 없었던 걸로 해요.」

「그렇게 안달복달할 거 없다, 녀석아. 내 귀에는 네 말이 음악으로 들리니까. 네가 무식하면 무식할수록 그게 우리 둘 모두에게 더 나아. 그러면 원상태로 돌릴 일이 더 적어지고, 그 덕분에 우리는 많은 시간을 절약할 수 있게 되거든.」

「그러면 내 수업은 어떻게 되는 거죠? 그건 언제 시작해요?」

「벌써 시작했다. 이제부터는 우리가 하는 일 모두가 네 연습과 관련되어 있어. 너한테는 그게 항상 명백하진 않겠지만 그걸 마음에 새겨 두려고 해봐라. 그걸 잊지만 않는다면 너는 상황이 힘들어졌을 때 거기에 매달릴 수 있을 테니까. 우리는 긴 여행을 시작할 건데, 내가 맨 먼저 해야 할 일은 네 정신을 망가뜨리는 거야. 생각 같아서는 다른 방법이 있었으면 싶지만 그렇게는 될 수가 없어. 네가 자라난 쓰레기 같은 곳을 생각한다면, 그건 별로 어려운 일이 아닐 거다만.」

그래서 나는 다른 사람들이 집안에서 느긋이 편안하게 앉아 있을 동안 외양간에서 손이 꽁꽁 얼도록 거름을 쳐내는 일로 나날을 보냈다. 수 아주머니는 요리와 집 안의 허드렛일을 맡았고, 이솝은 소파에서 빈둥거리며 책을 읽었고, 예후디 사부는 아무 일도 하지 않았다. 그의 소일거리는 주로 해가 뜰 때부터 질 때까지 등받이가 높은 나무 의자에 앉아 창 밖을 내다보는 일인 것 같았다. 내가 본 바로는 그러는 것이, 이솝과 얘기를 하는 것만 제외한다면, 다음해 봄이 될 때까지 그가 했던 유일한 일이었다. 때때로 나는 그 두 사람이 하는 얘기에 귀를 기울이기도 했지만 무슨 얘기를 하고 있는지는 전혀 알 수가 없었다. 그들은 어려운 말들을 너무 많이 쓰고 있어서, 마치 자기네들끼리만 통하는 영문 모를 말로 의사 소통을 하고 있는 것 같았다. 나중에, 내가 그 상황에 좀더 적응이 되었을 때에야, 나는 그들이 공부를 하고 있다는 것을 알았다. 예후디 사부는 이솝에게 교양 과목들을 직접 가르치고 있었는데, 그들이 읽는 책은 갖가지 다른 과목들, 즉, 역사, 과학, 문학, 수학, 라틴 어, 프랑스 어 등등의 학문과 관련된 것이었다. 그는 내게 나는 법을 가르치려는 계획을 갖고 있었지만 이솝을 학자로 만들려는 일에도 관여했고, 내가 알 수 있는 한에서 그 두 번째 계획이 나를 가르치려는 계획보다 훨씬 더 큰 의미가 있었다. 내가 그 집으로 들어간 지 얼마 안 된 어느 날 아침 그가 내게 직접 얘기했던 것처럼.

「저 애는 너보다도 훨씬 더 지독했어, 녀석아. 내가 12년 전 저 애를 발견했을 때 저 애는 누더기를 걸치고 조지아 주의 목화밭 사이를 기고 있었지. 이틀 동안 아무것도 먹지를 못한 채. 아이 티도 다 벗지 못한 저 애 어머니는 길을 따라 30킬로미터나 내려간 오두막에서 결핵으로 죽어 있었고. 그 어린애가 집에서부터 그렇게 먼 거리를 헤매 온 거였어. 그때 저 애는 굶어서 혼수상태였는데, 만일 그 순간에 우연히 내 눈에 띄지 않았더라면 무슨 일이 일어났을지는 아무도 모르지. 저 애의 몸뚱이가 비참한 모습으로 뒤틀려 있을지는 몰라도 정신은 눈부실 만큼 명석하고, 이미 대부분의 분야에서 나를 앞질러 있어. 내 계획은 3년 뒤에 저 애를 대학에 보내는 거다. 그러면 거기서 제 공부를 계속할 수 있고, 일단 졸업을 해서 세상으로 나오면 자기 종족의 지도자, 이 난폭하고 위선적인 나라의 모든 학대받는 흑인들에게 빛나는 모범이 되겠지.」

나는 사부가 무슨 말을 하고 있는지 종잡을 수가 없었지만 그의 목소리에 실린 애정이 내게로 뜨겁게 전해져 그 자체로 내 마음을 감동시켰다. 내가 아무리 어리석었다 하더라도 그 정도는 이해할 수 있었다. 이솝은 그에게서 친아들처럼 사랑을 받았지만 나는 얻어맞고 빗속으로 내몰린 잡종 똥개보다도 나을 게 없었다.

수 아주머니는 무식하다는 데서 나와 통하는 문맹이고 게으르다는 면에서는 내 동료인 셈이었다. 그러나 우리 사이에 어떤 유대가 생겨났느냐 하면 그것은 천만의 말씀이다. 물론 그녀는 내게 분명한 적의를 보이지 않았지만 나를 두렵게 하기는 매한가지였고, 그녀의 기묘한 언동에 적응하려면 오히려 다른 두 사람 —— 그들 역시 여간해서 정상적이라고는 볼 수 없는 —— 에게 적응하는 것보다도 더 오랜 시간이 걸릴 것 같았다. 그녀의 몸에서 담요를 벗겨 내고 머리에서 모자를 들어내더라도 나로서는 그녀가 남자인지 여자인지 결정을 내리기 어려웠다. 어쩐 일인지 나는 그게 몹시 마음에 걸려서 그녀 방의 열쇠 구멍을 통해 벌거벗은 모습을 훔쳐보고, 그녀에게 두 개의 젖퉁이가 있다는 사실과 허벅지 사이의 숲에서 덜렁거리는 물건이 없다는 사실을 내 눈으로 확인까지 했지만, 그래도 여전히 분명하게는 확신을 할 수 없었다. 그녀는 남자처럼 손이 거칠고, 어깨는 넓고, 팔뚝에는 근육이 튀어나와 있었다. 그리고 얼굴 표정은, 어쩌다 한번씩 내게 지어 보이는 따뜻한 미소만 제외한다면 나무토막처럼 냉담하고 무표정했다. 아마도 내가 그녀에게 불안감을 느꼈던 이유는 그처럼 뚝 떨어진 태도와 내가 있지도 않은 것처럼 나를 꿰뚫는 그 눈길 때문이었을 것이다.

그 집안의 서열에서 나는 수 아주머니 바로 밑에 있었다. 그것은 내가 다른 사람들보다 그녀와 접촉이 더 많다는 뜻이었다. 내가 허드렛일거리를 나누어 주고 제대로 했는지를 검사하는 것도 그녀였고, 내가 자러 가기 전에 세수를 하고 이빨을 닦았는지 확인하는 것도 그녀였다. 하지만 나는 그녀와 함께 있는 동안 내내, 그때까지 가장 외로웠던 때보다도 더 큰 외로움을 느끼곤 했다. 그녀가 주위에 있을 때면 언제나, 마치 그녀가 가까이 있다는 것만으로도 몸이 오그라들기 시작하려는 것처럼, 가슴이 후벼 내어진 듯한 공허감이 기어드는 것이었다. 내가 어떤 행동을 하느냐는 문제가 되지 않았다. 나는 펄쩍펄쩍 뛰거나 조용히 서 있을 수도 있었고, 목이 터져라 고함을 지르거나 혀를 붙들어맬 수도 있었다. 하지만, 그 결과는 절대로 바뀌는 법이 없었다. 수 아주머니는 하나의 벽이었고, 그 벽에 접근할 때마다 나는 한 모금의 연기, 바람결에 흩어진 한줌의 재로 바뀌어 버렸다.

내게 어느 정도 친절을 보인 사람은 이솝 하나뿐이었지만 나는 처음부터 그가 비위에 거슬렸고, 그런 나의 감정을 바꾸기 위해 그가 할 수 있는 일은 아무것도 없었다. 그것은 나 자신도 어쩔 수 없는 일이었다. 검둥이에게 경멸을 느끼는 것은 내 타고난 기질이었으니까. 더군다나 그는 불행히도 내가 그때까지 보았던 사람 중에 가장 추악한 흑인이었으므로, 우리가 같은 지붕 밑에서 살아가고 있다는 것이 내게는 너무도 터무니없는 일로 보였다. 그것은 자연의 법칙에 위배되는, 성스럽고 적합한 모든 원칙과 어긋나는 일이어서 나는 도저히 그것을 받아들일 수 없었다. 또 이솝의 말투가 지구 표면에 있는 다른 어떤 검둥이와도 같지 않다는 —— 그의 말투는 미국인이라기보다 오히려 영국인 지주 같았다 —— 사실에 맞닥뜨리면, 그리고 다음에는 그가 사부의 사랑을 독차지하고 있다는 사실에 직면하면, 속이 부글부글 끓지 않고는 그를 생각할 수조차 없었다. 설상가상으로 나는 그가 주위에 있을 때면 언제나 입을 닥치고 있어야 했다. 신랄한 욕설 몇 마디면 내 분노를 어느 정도 풀 수 있을 것 같기도 했지만 그럴 때마다 턱 밑으로 파고드는 사부의 손가락이 떠올랐다. 나는 그런 끔찍한 고통을 다시 겪을 생각이 추호도 없었다.

그 중에서도 가장 곤란한 것은, 내가 아무리 그를 경멸해도 이솝은 전혀 상관을 하지 않는 것처럼 보인다는 사실이었다. 그와 함께 있을 때면 나는 갖가지 험한 인상과 찌푸린 표정을 다 지어 보였지만 내가 그런 표정을 지을 때마다 그는 단지 고개를 짓고 싱긋 웃기만 할 뿐이었다. 그것 때문에 나는 마치 바보가 된 듯한 느낌이었다. 내가 그의 기분을 해치려고 별의별 해괴한 짓을 다해도 그는 절대로 화를 내는 법이 없었고, 단 한 번도 내게 이겼다는 만족감을 주지 않았다. 그는 우리 사이의 전쟁에서뿐 아니라, 그 염병할 전쟁의 모든 전투에서도 이기고 이었다. 나는 이런 생각이 들었다. 만일 내가 서로 공평하게 모욕을 주고받는 일에서 검둥이 악마 하나도 이길 수 없다면 캔자스의 대평원 전체가 마술에 걸린 것이 틀림없다고. 나는 악몽의 세계로 끌려 들어가 있었고, 꿈에서 깨어나려고 애를 쓰면 쓸수록 악몽은 점점 더 무시무시해졌다.

「넌 너무 애를 쓰는구나.」

어느 날 저녁 이솝이 내게 말했다.

「너는 네 자신의 정의에 너무 불타올라서 네 주위에 있는 것들을 보지 못하는 거야. 그리고 네 코앞에 뭐가 있는지도 볼 수 없다면 넌 절대로 네 자신을 보고 네가 어떤 사람인지 알 수 없게 돼.」

「난 내가 누군지 알아.」

내가 되받았다.

「나한테서 그걸 훔쳐 갈 수 있는 사람은 아무도 없어.」

「사부님은 너한테서 뭘 훔쳐 가려는 게 아냐. 너한테 굉장한 선물을 주려는 거지.」

「이것 봐. 나한테 선심 한 가지 써줄래? 내가 옆에 있을 때에는 그 악당 얘기는 꺼내지도 마. 네 사분지 뭔지 하는 사람 이름만 들어도 소름이 끼치니까. 그 사람 생각을 덜하면 덜할수록 그게 나한테는 더 좋아.」

「그분은 너를 사랑하셔, 월트. 그분은 너를 온 마음으로 믿고 계셔.」

「잘도 그러겠다. 그 가짜는 나한테 쥐뿔도 해주는 게 없어. 그 사람은 틀림없이 집시들의 왕이고, 그런 사람한테 마음이라는 게 있다면 —— 난 없다고 생각하지만 —— 그건 속속들이 악한 생각으로 채워져 있을 거야.」

「집시들의 왕?」

이숍의 눈이 휘둥그래졌다.

「네가 생각하고 있는 게 고작 그거니?」

그 생각이 틀림없이 그의 웃음보를 터뜨린 모양이었다. 잠시 뒤에 그가 배를 잡고 웃기 시작했다.

「너 꽤 재미있는 얘기를 꾸며낼 줄 아는구나. 도대체 어쩌다 그런 생각을 하게 된 거니?」

그가 눈물을 훔쳐내면서 말했다.

「아무튼, 그 사람이 집시가 아니라면 대체 뭐라는 거지?」

나는 부끄러워서 뺨이 달아오르는 것을 느꼈다.

「헝가리 인이야.」

「헝 뭐?」

나는 말을 더듬거렸다. 누군가가 그런 말을 쓰는 것을 듣는 게 처음이어서 얼떨떨해진 탓으로 혀가 빨리 돌아가지 않았다.

「헝가리 사람. 그분은 부다페스트에서 태어났고 어렸을 적에 미국으로 건너왔어. 그래서 뉴욕 브루클린에서 성장했는데 그분의 아버님과 할아버님 모두가 라비였지.」

「라비? 그건 뭐지? 어떤 덜떨어진 쥐새끼?」

「유대 인 선생이야. 목사나 신부 같은 건데 유대 인들만을 위한 거지.」

「그래, 이제 알겠다. 그것만 봐도 뻔한 거 아냐? 그 사람은 집시보다 더 나빠. 속이 시커먼 마술사라고. 유대 놈이라니,

세상에! 그거보다 더 나쁜 건 아무것도 없어.」

「너 사부님 귀에 그런 소리가 들어가지 않게 하는 편이 좋을 거야.」

「내 일은 내가 알아서 해.」

내가 되받았다.

「그리고 분명히 얘기하지만 어떤 유대 놈도 나를 자기 멋대로 하지는 못한다고.」

「진정해 월트, 넌 곤란을 자초하고 있을 뿐이야.」

「그러면 그 마녀, 수 아주머니는 어떻게 된 거지? 그 여자도 형편없는 유대 것들 중 하나야?」

이솝이 고개를 젓고 나서 땅바닥을 내려다보았다. 내 목소리에 성질이 잔뜩 돋아 있어서 그는 내 눈을 똑바로 쳐다보지 못했다.

「아니, 수 아주머니는 오글라라 수 족[5]이야. 그 아주머니는 젊었을 때 버펄로 빌의 와일드웨스트쇼에서 안장 없는 말을 제일 잘 타는 사람이었고, 그 아주머니의 할아버지는 〈앉아 있는 황소〉의 형이었어.」

「나를 바보로 만들고 있군.」

「난 그럴 꿈도 꾸지 않았어. 내가 너한테 하고 있는 얘기는 순전히 사실 그대로야. 너는 지금 유대 인, 흑인, 인디언과 같은 집에서 살고 있는데, 그 사실을 더 빨리 받아들일수록 살아가는 게 더 즐거워질 거야.」

나는 그때까지 3주일을 버텼지만 이솝에게 그 얘기를 듣고 나자 더 이상은 견딜 수 없다는 것을 알았다. 그리고 바로 그

---

[5] 북미 인디언의 한 종족.

날 밤 다른 사람들이 모두 잠들 때까지 기다렸다가 그 집에서 달아났다. 침대에서 빠져 나와 살금살금 계단을 내려온 다음, 발소리를 죽여 2월의 혹독한 어둠 속으로.

하늘에는 나를 비춰 줄 달은커녕 별 하나 떠 있지 않았다. 나는 문턱을 넘는 순간, 거세게 몰아치는 폭풍에 휩쓸려 그대로 날아가 집 벽에 부딪쳤다. 그 바람 속에서 내 뼈는 목화솜보다도 강할 게 없었다. 밤이 아우성치며 노호했고 바람은, 어리석게도 맞서 일어서려는 어떤 피조물에게든 본때를 보여 주겠다는 신의 목소리를 전하려는 듯, 윙윙거리며 사정없이 몰아쳤다. 나는 신의 뜻에 맞서려는 바보가 되어, 마당 쪽으로 한 발짝을 내디딜 때마다 내 몸은 팔랑개비처럼 돌면서, 몇 번씩 쓰러졌다 다시 일어나 무섭게 소용돌이치는 바람을 뚫고 나아갔다. 열 번인가 열두 번을 그러고 나자 내 몸은 물먹은 솜처럼 가라앉아 완전히 녹초가 되어 있었다. 그때쯤 나는 돼지우리까지 가 있었는데, 무릎을 한 번 더 끌어당기려고 하는 순간 눈이 저절로 감기며 의식을 잃고 말았다. 그 뒤로 몇 시간이 더 지나 동이 틀 무렵 나는 정신이 들었고, 내가 잠든 돼지들에 둘러싸여 있다는 것을 알았다. 만일 그 돼지들 사이로 떨어지지 않았더라면 그날 밤에 얼어 죽었을 가능성은 얼마든지 있었다. 지금 그 일을 돌이켜보면 기적이었다는 생각이 들지만 그날 아침 내가 정신이 들어 어디에 있는지를 알았을 때 맨 먼저 한 일은 벌떡 일어나 침을 뱉고 내 불운을 저주한 것이었다.

나는 예후디 사부가 그런 일을 벌인 장본인이라고 믿어 의심치 않았다. 내가 그 집에서 살았던 처음 몇 달 동안 나는 온갖 종류의 초자연적인 힘을 그에게로 돌렸고, 그가 나를 달아

나지 못하게 하려는 이유로, 오로지 그 이유만으로 무시무시한 바람을 불러 왔다고 단단히 믿었다. 그 일이 있은 뒤 몇 주일 동안 내 머리는 무수한 마구잡이 이론들과 추측들로 채워졌다. 그 중에서 가장 끔찍한 것은 이숩과 관련된 것이었는데, 나는 점점 더 그가 백인으로 태어났다고 믿게 되었다. 그것은 생각하기에 소름끼치는 일이었지만 모든 증거가 내 결론을 뒷받침하는 것처럼 보였다. 그는 백인처럼 말하고, 백인처럼 행동하고, 백인처럼 생각하고, 백인처럼 피아노를 치지 않는가? 그런데 단지 그의 피부가 검다고 해서 내 육감이 다른 얘기를 하고 있을 때 눈을 믿어야 할까? 단 한 가지 대답은 그가 백인으로 태어났다는 것이었다. 몇 년 전 사부는 나는 기술을 가르칠 첫번째 학생으로 그를 선택했다. 그리고 이숩은 그의 명령에 따라 외양간 지붕에서 뛰어내렸지만, 바람을 타는 대신 공중으로 높이 치솟았다가 땅에 떨어지면서 뼈를 모두 부러뜨렸다. 그것이 비참하게 한옆으로 기울어진 그의 골격에 대한 설명이 되었다. 그러나 예후디 사부는 그것으로도 모자라 실패를 했다는 이유로 그에게 벌을 내렸다. 백명이나 되는 유대 악마들의 힘을 끌어 모아 자기의 제자에게 손가락을 겨누어 그를 지독한 검둥이로 바꾸어 버린 것이었다. 이숩의 삶은 망가졌고, 내게도 똑같은 운명이 기다리고 있을 게 분명했다. 거기에는 단 한 점의 의심도 없었다. 나는 검은 피부에 불구인 몸으로 끝나는 것만이 아니라, 그 뒤로 평생 동안 책이나 들여다보면서 남은 삶을 허비해야 할 터였다.

내가 두 번째로 도망을 친 것은 늦지도 이르지도 않은 오후였다. 밤이 그 요술로 훼방을 놓았던 만큼, 내가 어디로 가고 있는지 알 수 있다면 내 발길을 위협하는 어떤 도깨비도 없을 것이라는 생각으로, 새로운 전략을 짜서 환한 대낮에 달아났던 것이다. 처음 한두 시간 동안은 모든 일이 계획대로 되어가는 것 같았다. 나는 점심을 먹은 뒤 바로 외양간에서 살며시 빠져 나와 얼마쯤 뒤에는 시볼라로 통하는 길을 따라 걷고 있었다. 부지런히 걷는다면 날이 저물기 전에 그 마을로 들어설 수 있을 것이고, 그런 다음에는 화물차 안으로 몰래 숨어들어 동쪽으로 돌아가기만 하면 되었다. 일이 꼬이지만 않는다면 24시간 내에 그리운 세인트루이스의 대로를 따라 어슬렁거리고 있을 것이었다.

그렇게 내가 한 발짝 한 발짝 걸음을 옮길 때마다 점점 더 많은 자신감을 느끼며 들쥐와 까마귀들이 돌아다니는 평탄한 비포장 도로를 따라 뛰듯이 걷고 있을 때, 느닷없이 저만치 앞에서 사륜 짐마차가 나타나 다가오고 있는 것이 보였다. 그 마차는 놀랍게도 예후디 사부의 것과 똑같아 보였지만 나는 도망을 쳐 나오기 전에 그것이 외양간에 있는 것을 막 보았던 참이어서, 그 일을 우연의 일치로 치부해 버리고 계속 걸음을 옮겼다. 그러나 내가 마차로부터 10미터쯤 떨어진 곳에서 다시 눈길을 드는 순간, 내 혀는 입천장에 들러붙었고 내 눈알은 안구에서 튀어나와 발에 떨어졌다. 그것은 틀림없는 예후디 사부의 짐마차였다. 그리고 마차 위에는 다른 누구도 아닌 그가 만면에 웃음을 띠고 나를 내려다보며 앉아 있었다. 그가 속도를 늦춰 마차를 세우더니 예사롭고 다정하게 인사를 건넸다.

「여, 꼬마야, 오늘 저녁은 산보를 하기에 좀 추운 것 같지 않으냐?」

「이런 날씨가 나한테는 잘 맞아요.」

내가 재빨리 둘러댔다.

「적어도 여기에서는 숨을 쉴 수 있으니까요. 한 곳에 너무 오래 머물러 있으면 자기가 내쉬는 숨으로 숨이 막히거든요.」

「물론, 나도 그게 어떤지는 안다. 사내아이라면 누구든 다리를 뻗을 필요가 있지. 하지만 이제 외출은 끝났고 그만 집으로 돌아가야 할 시간이다. 자, 올라타거라, 윌트. 다른 사람들이 우리가 없어진 걸 알아차리기 전에 돌아갈 수 있는지 알아보자.」

내가 어쩔 수 없이 마차 위로 올라가 옆자리에 앉자 그가 고삐 줄을 가볍게 쳐서 말을 다시 출발시켰다. 적어도 그는 늘 그랬듯 나를 퉁명스럽게 대하지는 않았다. 나는 도망치려던 계획이 수포로 돌아간 것에 약이 바짝 올라 있으면서도 그에게 내가 무엇을 할 셈이었는지는 알리고 싶지 않았다. 아마도 그는 어떻게든 짐작을 했겠지만 나로서는 내 실망이 얼마나 컸는지를 드러내느니보다는 산보를 나가는 일에 대해서 말장난을 좀 하기로 했다.

「남자아이가 너무 그렇게 갇혀 있는 건 좋을 게 없어요. 그러면 괜히 우울해지고 성질이 못돼져서 자기가 할 일을 기분 좋게 하지 않거든요. 어떤 애한테 바람을 좀 쐬게 해주면 그 애는 훨씬 더 열심히 자기 일을 하려고 할 거예요.」

「네가 무슨 얘기를 하려는지 다 알고 있다, 녀석아.」

사부가 말을 잘랐다.

「그리고 또 네 말 한 마디 한 마디가 무슨 뜻인지도 알고.」

「그러면 이제 어떻게 되는 거죠, 대장? 난 시볼라가 별로 큰 도시는 아니라는 건 알지만 틀림없이 영화나 뭐 그런 걸 볼 순 있을 거예요. 하루 저녁 시간을 내서 거기로 갔으면 근사하겠는데요. 그러니까 심심풀이 삼아서 잠시 소풍을 가는 거죠. 또 어쩌면 이 근처에 마이너리그 야구 팀이 하나쯤 있을지도 몰라요. 봄이 되면 한두 게임 보러 가는 게 어때요? 꼭 카디널즈처럼 대단한 팀일 필요는 없어요. 내 말은 사류 팀이라도 상관없다는 거죠. 그 사람들이 공을 던지고 방망이로 치기만 하면 내 쪽에서는 불평 한 마디 나오지 않을 거예요. 아저씨는 야구를 몰라서 그래요. 나한테 기회를 딱 한 번만 줘봐요. 어쩌면 아저씨도 그걸 좋아하게 될걸요.」

「틀림없이 그럴 거다. 하지만 우리에게는 아직 해야 할 일이 산더미처럼 쌓여 있고 당분간은 자세를 낮춰야 돼. 다른 사람들 눈에 띄지 않으면 않을수록 더 안전해질 테니까. 너를 겁주려는 건 아니지만 이 근처에서는 사정이 보이는 것처럼 그렇게 만만하지가 못해. 우리는 이 주위에 강력한 적을 두고 있는데, 그자들은 우리가 자기네 고장에 와 있는 걸 못마땅하고 있어. 그 중 많은 사람들이 우리가 별안간에 죽는대도 눈 하나 깜짝하지 않을 거고. 우리는 백인, 흑인, 인디언이 모여 산다는 걸 공공연하게 내보여서 그 사람들을 자극할 필요가 없어.」

「우리가 우리 일에 신경 쓰는데 다른 사람들이 어떻게 생각하건 그게 무슨 상관이죠?」

「바로 그거다. 어떤 사람들은 우리 일이 자기네 일이라고 생각하거든. 그래서 나는 그렇게 참견하는 사람들을 멀리하려는 거다. 내 말 알아듣겠니, 월트?」

나는 그렇다고 했지만 사실은 전혀 알아듣지 못했다. 내가 알아들은 단 한 가지는 나를 죽이려는 사람들이 있어서 어떤 야구 구경도 갈 수 없다는 것뿐이었다. 그러나 사부의 목소리에 실린 동정적인 어조로 내게 그 점을 납득시킬 수는 없었고, 집까지 돌아오는 동안 내내 나는 속으로 끝까지 포기하지 않겠다는 다짐을 하고 있었다. 조만간 나는 그곳에서 빠져 나갈 방법을 찾아 그 사악한 마술사의 코를 납작하게 만들 셈이었다.

세 번째 시도 역시 앞서 했던 두 번의 시도와 마찬가지로 비참하게 좌절되었다. 그때 나는 아침에 집을 빠져 나와 시볼라 변두리에까지 이르렀지만 이번에도 예후디 사부가 전과 똑같이 자만스러운 웃음기를 띠고 짐마차에 걸터앉아 나를 기다리고 있었다. 그 일로 나는 완전히 혼란에 빠져 버렸다. 전번과는 달리, 이번에는 그가 거기에서 기다리고 있던 것을 더 이상 우연한 일로 치부할 수가 없었다. 그는 마치 내가 달아나리라는 것을 내가 알기도 전에 미리 알고 있었던 것 같았다. 그 악당이 내 머릿속에서 뇌수(腦髓)를 빨아먹고 있었다. 그에게는 내 마음속 가장 깊은 곳에 있는 생각도 숨길 수가 없었다.

그렇더라도 나는 포기하지 않았다. 단지 일을 벌이는 방법에서 좀더 영리하고 좀더 조직적이기만 하면 되었다. 충분히 생각을 해본 끝에, 나는 내 문젯거리의 주된 원인이 농장 그 자체라는 결론을 내렸다. 내가 그곳에서 빠져 나갈 수 없었던 이유는 그곳이 너무도 잘 조직되었고, 하나부터 열까지 모두 자급자족을 할 수 있었기 때문이었다. 우리는 암소들에게서 우유와 버터를 얻었고, 닭들에게서 달걀을, 돼지들에게서 고기를, 땅에서 야채를 얻었다. 또 밀가루, 소금, 설탕 그리고 옷감도 충분히 비축되어 있어서 필요한 물건들을 사들이기 위해 시내로 나갈 필요도 없었다. 그러나 만일 어떤 물건이 떨어진다면? 살아가는 데 없어서는 안 될 어떤 물건이 갑자기 필요해진다면? 그렇게 되면 사부는 그 물건을 구하러 떠나야 할 것이고, 나는 그가 떠나자마자 그곳에서 빠져나와 도망을 칠 수 있을 것이다.

  달아나는 일은 결국 그렇게 간단하기도 해서, 그 생각이 떠올랐을 때 나는 하마터면 낄낄거리며 웃음을 터뜨릴 뻔했다. 그때는 틀림없이 2월이었던 것으로 생각되는데, 다음 한 달 동안 나는 사보타지 외엔 거의 아무 생각도 하지 않았고, 내 마음은 이루 말할 수 없는 테러와 유린 행위를 떠올리며 무수한 음모와 계략들로 휘저어졌다. 나는 사소한 짓 —— 밀가루를 한두 포대 난자질하거나 아니면 설탕통에 오줌을 누는 —— 으로 시작할 생각이었지만, 그런 짓으로 바라는 효과가 생기지 않는다면 좀더 중대한 파괴 행위도 서슴지 않을 작정이었다. 예를 들자면 닭장에서 닭을 모두 풀어 주거나, 돼지들의 목을 따거나 하는. 내가 그곳에서 빠져나가기 위해 못할 일은 아무것도 없었다. 그리고 만약 궁지에 몰린다면 나는 짚에 불을 붙여 외양간을 태워 버릴 준비까지도 되어 있었.

  그러나 어느것도 생각했던 대로 되지는 않았다. 기회가 몇 번 오기는 했지만 계획을 실행에 옮기려고 할 때마다 이상하게도 그럴 배짱이 없어지곤 한 탓이었다. 내 손이 행위에 돌입할 태세를 취하면 마음속에 두려움이 솟아올라 가슴이 두근거리기 시작했고, 보이지 않는 힘이 내게서 용기를 빼앗아 갔다. 전에는 한 번도 없었던 일이었다. 그때까지 나는 늘 충동과 욕망을 자제하는 법이 없었던, 무엇이든 하고 싶은 짓이 있으면 타고난 불량배답게 무작정 뛰어들어 그대로 밀고 나갔던 철저한 말썽꾸러기였다. 그러나 이제 나는 이상하게도 의지력이 마비되어 빼도 박도 못 할 곤경에 처해 있었다. 그렇게 겁쟁이처럼 구는 나 자신이 경멸스러웠지만 내 못된 재간이 어쩌다 그처럼 기가 꺾였는지 모를 노릇이었다. 예후디 사부가 다시 내 기선을 제압한 모양이었다. 그는 나를 꼭두각시 인형으로 바꾸어 버렸고, 내가 그를 꺾으려고 하면 할수록 더 단단히 줄을 잡아당겼다.

나는 한 번 더 시도해 볼 용기를 얻을 때까지 지옥 같은 한 달을 보냈다. 이번에는 행운이 내 편인 것처럼 보였다. 길로 들어선 지 채 10분도 안 되어 지나가는 운전자의 차를 얻어 탄 데다, 위치토까지 내내 그 차를 타고 갈 수 있었기 때문이었다. 그는 자기 약혼녀를 보러 가는 대학생으로 내가 만났던 중에서 가장 착한 사람이었을 듯싶은데, 우리는 대화를 트기 시작해 두 시간 반 동안 서로의 이야기를 실컷 즐겼다. 나는 그의 이름을 떠올릴 수 있었으면 싶지만, 엷은 황갈색 머리에 콧잔등 주위로 주근깨가 나 있고 멋진 가죽 모자를 쓰고 있었다는 것 외에는 기억이 나지 않는다. 어쩐 이유에서인지 그의 여자 친구 이름이 프랜신이었다는 것은 기억나지만 그것은 아마도 그가 자기 애인의 가슴에 돋은 분홍색 젖꼭지에서부터 속옷에 달린 레이스 주름 장식에 이르기까지, 그녀에 대해 별의별 얘기들을 다 늘어놓았기 때문일 것이다. 어쨌든, 그 대학생은 번쩍번쩍하는 포드 무개차를 가지고 텅 빈 도로에서 내일이라고는 없는 것처럼 속도를 높였다. 나는 너무도 자유롭고 행복해서 괜히 웃음이 나왔고, 이런 일 저런 일로 그와 함께 떠들어대면 댈수록 더 자유롭고 행복한 기분이 되었다. 이번에는 정말로 해낸 거야. 나는 그런 생각이 들었다. 나는 정말로 거기에서 빠져 나왔고 이제부터는 아무것도 나를 막지 못해.

 그날 내가 위치토에서 무엇을 기대하고 있었는지는 정확히 알 수 없다. 그렇지만 1925년의 그 저녁에 보았던 우중충한 목우(牧牛) 지대의 소도시는 분명 아니었다. 그처럼 단조롭고 발전성 없는 도시, 허옇게 드러난 엉덩이에 우스꽝스럽게 벌어진 작은 틈 같은 곳은 아니었다. 근사한 술집들과 권총을 찬 악한들과 직업적인 카드 노름꾼들은 어디에 있었을까? 그 유명한 보안관 와이어트 어프는 어디에 있었을까? 위치토가 전에는 어떤 곳이었건, 그 당시의 모습은 초라하고 볼품없는 가게와 집들이 죽 늘어선, 너무도 납작하게 찌그러들어서 머리를 긁으려고 멈춰 설 때마다 팔꿈치가 하늘에 부딪치는 소읍이었다. 내 원래 생각은 며칠 동안 사기를 치고 돌아다니며 밑천을 좀 모은 다음, 멋지게 세인트루이스로 돌아가겠다는 것이었다. 그러나 거리를 잠시 둘러보고 나자 그 생각을 집어치워야 한다는 것이 분명해졌고, 도착한 지 채 반 시간도 안 되어 나는 몰래 타고 빠져 나갈 기차를 찾고 있었다.

 기대가 어그러진 바람에 너무 실망스러워서 나는 눈이 내리기 시작했다는 것도 알아차리지 못했다. 그 지방에서는 3월이 폭풍우가 몰아치는 가장 고약한 계절이기는 했어도, 그날 아침 하늘은 더없이 맑고 푸르렀기 때문에 나로서는 날씨가 바뀌리라는 생각조차도 떠오르지 않았다. 눈은 구름 틈새로 하얀 눈송이가 조금씩 흩날리는 가벼운 돌풍으로 시작되었지만 내가 기차역을 찾아 시내를 헤매고 돌아다닐 동안 눈발이 점점 더 짙어지고 거세어졌다. 5분이나 10분쯤 뒤, 현재 있는 곳이 어디쯤인지를 확인하려고 멈춰 섰을 때에는 눈이 벌써 발목까지 차 올랐고, 마치 양동이로 퍼붓는 것처럼 눈이 쏟아져 내리고 있었다. 그리고 다음에는 내가 미처 〈눈보라〉라는 말을 떠올릴 수 있기도 전에 일진 광풍이 일면서 눈발이 사방으로 소용돌이치기 시작했다. 그 모든 일이 너무도 순식간에 일어나서 섬뜩하고 기괴할 지경이었다. 바로 얼마 전까지 나는 위치토의 중심가를 따라 걷고 있었지만 그로부터 1분 뒤에는 길을 잃고 하얀 폭풍 속을 헤치며 무작정 비틀거리고 있었다. 이제는 내가 어디에 있는지 전혀 알 길이 없었다. 바람은 광란하듯 몰아쳤고 나는 그 한복판에서 눈보라에 갇힌 채, 흠뻑 젖은 옷 때문에 떨며 뱅글뱅글 맴을 돌고 있었다.

내가 그 차가운 눈보라 속을 얼마나 헤매고 돌아다녔는지는 잘 모르겠다. 내 생각으로는 적어도 3시간 이상은 될 것이고, 어쩌면 5시간이나 6시간 정도인지도 모른다. 나는 해가 저물 무렵 그곳에 도착했지만 밤이 내린 뒤에도 처음에는 무릎까지, 다음에는 허리까지, 그 다음에는 목까지 차 오르는 산더미 같은 눈을 헤치며 눈이 내 몸을 다 삼키기 전에 피할 곳을 찾으려고 미친 듯이 돌아다니고 있었다. 나는 계속 움직여야 했다. 잠시라도 멈춰 선다면 눈 속에 묻혀 버릴 것이고, 거기에서 헤어날 수 있기도 전에 얼어 죽거나 질식해 죽을 것이었다. 그래서 나는 가망이 없다는 것을 알면서도, 한 걸음 한 걸음을 옮길 때마다 내가 정말로 죽음을 향해 더 가까이 가고 있다는 것을 알면서도, 계속해서 앞으로 헤쳐 나갔다. 불빛들이 어디에 있을까? 나는 속으로 계속 그렇게 묻고 있었지만 그때쯤엔 시내에서 점점 더 멀리 벗어나 아무도 살지 않는 들판을 헤매고 있었다. 그리고 방향을 바꿀 때마다 내가 깨어나지 않는 밤과 추위에 둘러싸여 똑같은 어둠 속에 있다는 것을 알았을 뿐이다.

얼마쯤 뒤에는 아무것도 현실로 느껴지지가 않았다. 내 정신은 작용을 멈추었고, 몸이 나를 계속 끌어가고 있었더라도 그것은 단지 무의식적인 행동일 뿐이었다. 멀리에서 희미한 불빛이 보였을 때 나는 그게 무엇을 뜻하는지도 거의 알지 못했다. 비틀거리며 그쪽으로 걸음을 옮기고 있었지만 내가 하고 있는 일에 대해 나방이 촛불로 모여들 때의 의식만큼도 없었다. 기껏해야 나는 그것을 꿈, 죽음의 그림자가 내 앞에다 던진 환상쯤으로 받아들였다. 그리고 비록 그 불빛을 계속 목전에 두고 있었다 해도, 나는 내가 그곳으로 갈 수 있기도 전에 그 불빛이 사라져 버릴 것이라고 느꼈다.

나는 그 집의 계단을 어떻게 기어올라가 현관문 앞에 섰는지 기억이 나지 않는다. 그러나 지금까지도 내 손이 하얀 도자기로 된 문손잡이를 향해 뻗치던 모습을 또렷이 볼 수 있고, 손잡이가 돌아가면서 걸쇠가 찰칵 풀리는 소리를 들었을 때의 놀라움도 떠올릴 수 있다. 나는 현관으로 들어섰다. 거기에서는 모든 것이 너무도 밝아서, 견딜 수 없을 만큼 너무도 밝아서, 나는 눈을 감아야 했다. 내가 다시 눈을 떴을 때 한 여자가 내 앞에 서 있었다. 붉은 머리칼을 한 아름다운 여인이었다. 그녀는 하얀 롱드레스를 입고 있었는데, 그녀의 푸른 눈은 무척이나 놀랍고 걱정스러운 표정으로 나를 바라보고 있어서 나는 하마터면 울음을 터뜨릴 뻔했다. 한 1, 2초쯤 머릿속으로 그녀가 내 어머니라는 생각이 언뜻 스쳤지만 다음에 나는 어머니가 죽었다는 사실을 떠올렸고, 그러자 내가 죽어서 이제 막 진주로 된 천국의 문을 지나온 게 틀림없다는 생각이 들었다.

「아니 얘 좀 봐!」

그 여자가 나지막하게 외쳤다.
「가엾기도 해라! 어쩌다 이런 일이…….」
「이렇게 뛰어든 거 용서해 주세요, 아주머니.」
내가 말했다.
「내 이름은 월터 롤리고 나이는 아홉 살이에요. 이런 말 이상하게 들릴 거라는 건 알지만 내가 지금 어디에 있는지 알려 주시면 고맙겠어요. 여기가 천국이라는 생각은 들지만 그건 옳게 보이지가 않아요. 나는 별의별 못된 짓을 다했고 그래서 늘 지옥에서 끝장이 날거라고 생각했으니까요.」
「세상에! 네 모습을 좀 봐라. 얼어 죽기 꼭 좋겠어. 거실로 들어가 불 곁에서 몸을 좀 녹이거라.」
내가 좀 전에 했던 질문을 되풀이하기도 전에 그녀가 내 손을 잡아 끌고 계단을 돌아 거실 쪽으로 갔다. 문이 막 열렸을 때 나는 그녀가 누군가에게 말하는 소리를 들었다.
「보세요, 이 아이의 옷을 벗기고 불 옆에 앉혀요. 나는 위층으로 가서 담요를 좀 가져올 테니까요.」
그래서 나는 혼자 문지방을 넘어 눈덩이를 뚝뚝 떨어뜨리며 따뜻한 거실로 들어가 발을 녹이기 시작했다. 한 귀퉁이에 놓인 조그만 테이블에서 어떤 남자가 아름다운 도자기 컵으로 커피를 마시며 앉아 있었다. 그는 진주빛이 도는 회색 양복으로 말쑥하게 차려 입었고, 윤 내는 머릿기름을 발라 올백으로 넘긴 머리칼이 노란 불빛을 받아 반짝반짝 빛났다. 내가 그에게 무슨 말인가를 하려는 참에 그가 고개를 들더니 미소를 지었다. 바로 그 순간, 나는 내가 죽어서 곧장 지옥으로 떨어졌다는 것을 알았다. 내가 이제껏 살아오는 동안 그날 밤에 받았던, 감전을 당한 것 같은 충격보다 더 큰 충격은 겪어 본

적이 없었다.
「자 이제 알겠지?」
사부가 말했다.
「네가 어디로 가건 내가 거기로 가게 된다는 걸. 네가 아무리 멀리 도망을 치더라도 나는 항상 다른 쪽 끝에서 너를 기다리고 있을 거다. 예후디 사부는 어디에나 있어, 월트. 그러니까 나한테서 도망을 친다는 건 불가능해.」
「이 염병할 개새끼!」
내가 소리쳤다.
「재수 없는 사기꾼! 똥 같은 낯짝을 한 쓰레기야!」
「말조심해라, 녀석아. 여기는 위더스푼 부인의 집이고 그 여자는 여기서 어떤 욕을 하는 것도 용서하지 않을 테니까. 저 폭풍 속으로 다시 쫓겨나고 싶지 않으면 옷을 벗고 얌전하게 굴어.」
「해볼 테면 해봐, 똥 같은 유대 놈아!」
내가 되받아 쳤다.
「해볼 테면 해보라고!」
그러나 사부는 어떻게도 할 필요가 없었다. 그 말을 내뱉자마자 나는 뜨거운 눈물이 솟아 찝찔한 액체가 내 뺨을 타고 흘러내리는 것을 느꼈다. 그리고 다음에는 허파 속으로 할 수 있는 만큼 힘껏 많은 공기를 끌어들이기 위해 숨을 깊이 들이쉬었다가 악에 받친 울부짖음, 순전히 억제되지 않은 증오의 비명을 내질렀다. 그 고함이 반쯤 터져 나왔을 때 목이 뻑뻑하게 막히는 느낌이 들면서 머리가 빙글빙글 돌기 시작했다. 나는 숨을 한 번 더 들이쉬려고 악쓰는 소리를 멈췄다가, 무슨 일이 일어나는지 알기도 전에 의식을 잃고 바닥에 쓰러졌다.

그 뒤로 나는 오랫동안 앓았다. 온몸이 불덩이처럼 달아올랐고, 열이 몸 속에서 타오르는 동안 내 다음번 주소지는 점점 더 나무로 짠 상자가 될 것 같아 보였다. 나는 처음 며칠을 위더스푼 부인 집의 2층에 있는 손님 방에서 몹시 앓으며 보냈지만 그에 대한 기억은 하나도 없다. 또 몇 주일이 더 지나기 전까지는 집으로 돌아온 기억도, 그와 관련된 어떤 기억도 없다. 사부와 이숩이 내게 들려준 말로는, 수 아주머니가 아니었더라면 나는 저세상 사람이 되었을 것이라고 했다. 그녀는 밤낮을 가리지 않고 내 침대 옆에 붙어 앉아 물수건을 갈아 주고, 내 목구멍으로 죽을 떠 넣어 주고, 하루에 세 번씩 의자에서 일어나 자기의 오글라라 드럼으로 치는 특별한 박자에 맞춰 내 침대 주위를 돌며 인디언들의 주신(主神)에게 나를 너그러이 굽어살펴 다시 낫게 해달라고 간청하는 기도문을 영창했다는 것이었다. 나는 그것이 해가 되었을 리는 없었다고 생각한다. 나를 진찰하기 위해 의사를 부른 일이 전혀 없었는데도 내가 정신이 들어 완전히 회복된 것을 생각한다면, 나를 살려낸 것은 그녀의 비술(秘術)일 수도 있다.

 누구도 내 병에 의학적인 이름을 갖다 붙이지는 않았다. 내 생각으로는 그 병이 몇 시간씩 눈보라 속을 헤맨 탓에 생겨난 것 같았지만 사부는 그 설명을 아무 근거도 없는 것이라고 일축해 버렸다. 그의 말로는 내 병이 〈존재의 아픔〉이라는 것으로, 조만간 나를 덮치게 되어 있었다는 것이다. 즉 내가 다음 단계의 훈련으로 진입할 수 있으려면 내 몸에서 독이 제거되어야 했는데, 위치토에서 맞닥뜨린 그 뜻밖의 사건 덕분에 6개월 내지 8개월 가량 단축되었다는 것이다. 그는 내가 심한 충격을 받아 복종을 하게 되었으며, 도저히 그를 이길 수 없다는 사실을 알고 기가 꺾이자, 그 정신적 충격이 병에 불을 붙인 도화선이 되었다고 했다. 그 이후로 내게서 원한이 사라졌고, 죽음 직전의 악몽에서 깨어났을 때는 내 속에서 곪고 있던 증오가 사랑으로 바뀌었다는 것이다.

 나는 사부의 견해를 반박하고 싶지는 않았지만, 지금 생각해 보면 내 태도가 바뀐 원인이 그보다는 훨씬 더 간단해 보인다. 그것은 아마도 내가 열이 가라앉은 직후 잠에서 깨었다가 수 아주머니가 기쁨에 넘친 표정으로 내 곁에 앉아 있는 것을 보았을 때였던 것 같다.

 「하느님도 고마우셔라! 우리 어린 월트가 산 사람들의 땅으로 돌아왔어.」

 그녀의 목소리에 너무도 큰 기쁨과 내 건강에 대한 염려가 실려 있어서 내 속에 있던 응어리가 풀리기 시작했다.

 「걱정 말아요, 수 아주머니.」

 내가 무슨 말을 하고 있는지도 잘 모르면서 웅얼거렸다.

「나는 그냥 졸고 있던 것뿐이라고요.」

나는 바로 눈을 감고 무감각 속으로 빠져 들었지만, 정신이 가물가물해지는 순간에 수 아주머니의 입술이 내 뺨에 와 닿는 것을 분명히 느꼈다. 그것은 어머니가 죽은 뒤로 누군가가 내게 해준 첫번째 키스였고, 나는 그 키스가 너무도 따뜻하고 다정하게 느껴져서 누가 그렇게 해주건 상관없다는 생각이 들었다. 그 뚱뚱한 인디언 여자가 나를 물고 빨고 싶어한다면 나로서는 그녀의 뜻을 거슬리고 싶은 생각이 추호도 없었다.

내 생각으로는 그것이 첫번째 단계였던 것 같다. 하지만 그밖에 다른 일들도 있었는데, 그 중 몇 가지는 며칠 뒤 내 열이 다시 치솟았을 때 일어났다. 어느 날 이른 오후, 잠을 깨고 보니 방안이 텅 비어 있었다. 나는 침실용 변기를 써볼 셈으로 침대에서 막 빠져 나오려는 참이었는데, 베개에서 귀를 떼자 문 밖에서 소곤거리는 소리가 들렸다. 예후디 사부와 이숍이 복도에 서서 나지막한 소리로 이야기를 하고 있었다. 나는 그들이 하는 말을 다 알아들을 수는 없었지만 무슨 얘기인지는 대강 알 수 있었다. 이숍이 감히 사부의 잘못을 지적하면서 나를 너무 가혹하게 대하지 말라는 얘길 하고 있는 것이었다. 나는 내 귀를 믿을 수 없었다. 내가 그에게 온갖 못된 짓과 불쾌한 짓을 했음에도 불구하고 이숍이 내 편이라는 것을 알게 되자 나는 자신이 죽도록 부끄러웠다.

「사부님은 저 애의 영혼을 망가뜨렸어요.」

그가 속삭였다.

「그리고 이제 저 아이는 죽음을 맞는 자리에 누워 있어요. 그건 공평하지 못해요. 나는 저 애가 걸핏하면 말썽을 피우는 개구쟁이라는 건 알지만 저 애의 마음속에는 단순한 반항 이상의 것이 있어요. 나는 그걸 느꼈고, 내 눈으로 직접 봤어요. 또 설령 내 말이 틀렸더라도 저 애가 사부님한테서 받고 있는 것 같은 대우를 받을 이유는 없어요. 누구도 그런 대우를 받아선 안 돼요.」

나는 누가 그처럼 내 편을 들어준다는 것이 정말로 이상하게 느껴졌지만 그보다 더 이상한 것은 이솝의 얘기가 한 귀로 듣고 한 귀로 흘리는 말이 되지 않았다는 것이다. 바로 그날 저녁, 내가 어둠 속에서 몸을 뒤척이고 있을 때 예후디 사부가 살며시 방으로 들어오더니 땀으로 흠뻑 젖은 내 침대 가에 앉아 내 손을 잡아 쥐었다. 나는 그가 거기에 있을 동안 내내 잠이 들은 척 눈을 감고 아무 소리도 내지 않았다.

「나 때문에 죽어서는 안 된다, 월트.」

그가 마치 혼잣말을 하듯 나지막한 소리로 말했다.

「너는 강인한 녀석이고 아직은 죽을 때가 되지 않았어. 우리 앞에는 네가 상상도 못 할 굉장한 일, 놀라운 일들이 놓여 있으니까. 너는 내가 너를 미워한다고 생각하겠지만 사실은 그게 아니다. 그건 단지 네가 대단한 녀석이라서 이런 시련을 견딜 수 있다는 걸 알기 때문이지. 너한테는 타고난 소질이 있다. 나는 그 재능을 전에 누가 펼쳤던 것보다도 더 멀리까지 펼쳐 줄 거다. 내 말 듣고 있니, 월트? 나는 너한테 죽지 말라고 하고 있다. 나한테는 네가 꼭 있어야 하고 아직은 나 때문에 죽어서는 안 된다는 말을 하고 있어.」

나는 그의 말을 제대로 다 알아들었다. 그의 말 한 마디 한 마디가 또렷하고 분명하게 내 마음속으로 파고들었다. 나는 대답으로 무슨 말이든 하고 싶었지만 그 충동을 억누르고 아무 말도 하지 않았다. 긴 침묵이 이어졌다. 예후디 사부는 어둠 속에서 내 손을 쓰다듬으며 앉아 있었고, 얼마쯤 뒤에는, 만일 내가 깜빡 졸아 꿈을 꾸지 않았다면, 끊어졌다 이어졌다 하는 흐느낌을 들었거나 아니면 적어도 들었다는 생각이 들었다. 그 커다란 남자의 가슴속에서 터져 나와 방안의 정적을 한 번, 두 번, 열 번 꿰뚫는 무슨 말인지 모를 웅얼거림.

내가 의구심을 모두 한꺼번에 털어 냈다고 한다면 그것은 과장이 되겠지만 내 태도가 바뀌기 시작했다는 데에는 의심의 여지가 없다. 나는 도망을 쳐봤자 소용이 없다는 것을 알게 되었고, 내가 좋아하건 싫어하건 그곳에 처박혀 있어야 하는 이상, 주어진 상황을 최대한으로 이용하겠다고 마음먹었다. 어쩌면 내가 죽음의 문턱까지 갔다 온 일이 그것과 어떤 관련이 있었는지도 모르지만, 일단 병상을 벗어나 내 발로 설 수 있게 되자 나를 성가시게 했던 것들은 모두 사라져 버렸다. 나는 다시 건강해진 것이 기뻤고 내가 이 세상에서 버림받은 사람들과 함께 살고 있다는 사실도 더 이상 나를 괴롭히지 않았다. 그들은 이상하고 불쾌한 사람들이었지만 내 끊임없는 불평과 못된 짓에도 불구하고 그들 모두가 내게 어느 정도 애정을 보이기 시작했다. 만일 내가 그것을 몰랐다면 나는 바보 멍청이였을 것이다. 어쩌면 그것은 결국 내가 그들에게 길이 들었다는 얘기가 될지도 모르겠다. 누군가의 얼굴을 아주 오랫동안 보고 있으면 마침내는 자신의 얼굴을 들여다보고 있는 듯한 느낌이 들게 되는 것처럼.

그렇다고 해서 살아가기가 조금이라도 더 쉬워졌다는 얘기는 아니다. 얼마 안 가서 곧 내 삶은 전보다도 더 힘들어졌고, 내가 반항심을 어느 정도 억눌렀다고는 해도 그것이 내게서 아는 척 잘하고 싸움질 좋아하는 조무래기 티를 벗겨 준 것은 아니었다. 봄이 성큼 다가오자 나는 회복된 지 채 1주일도 안 되어 들판으로 나가 땅을 갈아엎고 씨를 뿌리며 구접스럽고 멍청한 시골뜨기처럼 뼈가 휘도록 일을 하기 시작했다. 나는 막노동이라면 딱 질색이었던 데다 그런 일을 하는 요령이 전혀 없었던 탓으로, 그 당시의 나날이 내게는 일종의 고행으로 여겨졌다. 끊임없이 생겨나는 쓰라린 물집, 피가 배어 나는 손가락, 상처투성이인 발가락. 그러나 적어도 나는 혼자 들판으로 나가 있지는 않았다. 우리 네 사람은 수 아주머니의 채마밭 —— 거기에서 나오는 채소가 여름 내내 우리의 배를 채워 줄 것이었다 —— 을 일구고 농작물 —— 옥수수, 밀, 귀리, 알팔파 —— 을 제때에 수확하기 위해 다른 일들을 모두 미뤄두고 대략 한 달 동안을 함께 일했다. 일이 너무 고되어서 어정거리고 돌아다니며 잡담을 할 시간은 없었지만 이제는 내 불평을 들어줄 사람들이 있었고, 가시 돋친 재담을 늘어놓을 때마다 나는 누군가에게서 웃음을 끌어낼 수 있었다. 그것이 내가 병이 나기 전과 회복되고 난 뒤의 큰 차이점이었다. 내 입은 절대로 쉬는 법이 없었다. 그러나 전에는 내 얘기가 사악하고 고마운 줄도 모르는 빈정거림으로 해석되었던 반면, 이제는 그런 말들이 영리한 꼬마 녀석의 농담이나 제멋대로 떠들어대는 재잘거림으로 여겨졌다.

예후디 사부는 마치 농사를 짓기 위해 태어나기라도 한 듯, 잠시도 쉬지 않고 황소처럼 부지런히 일하면서 언제나 우리 세 사람이 한 일을 합친 것보다도 더 많은 일을 해냈다. 수 아주머니는 항상 허리를 굽힌 자세로 그 커다란 엉덩이를 치켜든 채 꾸준히 끈기 있게 일을 해나갔지만, 사냥과 전쟁으로 살아가던 종족 출신이다 보니 농사일은 그녀에게도 나만큼이나 생소했다. 그러나 내가 농사일에 서툴렀다고는 해도 이솝은 더 더욱 서툴렀고, 나로서는 그가 단조로운 노동에 나보다 눈곱만큼도 더 열의를 보이지 않는다는 사실을 알게 된 것이 위안이라면 위안이었다. 그는 집 안에서 책을 읽고, 꿈을 키우고, 자기의 이상을 펼치고 싶어했다. 그래서 비록 사부에게 직접 대놓고 불평을 하는 일은 없었더라도, 내가 한바탕씩 늘어놓는 기발한 얘기에 남다른 반응을 보이면서 자기도 모르게 터져 나오는 웃음으로 내 재치 있는 농담을 중단시키곤 했다. 그리고 나는 그가 큰 소리로 〈아멘〉을 부르짖는 것처럼 웃을 때마다 그 웃음소리가 내게 정곡을 찔렀다고 칭찬을 해주는 듯한 느낌이 들었다. 나는 그를 늘 착실한 척하는 아이, 절대로 규칙을 어기지 않으면서 악의 없이 흥을 깨는 아이로 보았지만, 들판에서 그의 웃음소리를 들은 뒤로는 그에 대한 생각을 달리하기 시작했다. 그의 뒤틀린 골격에는 내가 상상했던 것보다 더 많은 장난기가 숨어 있었다. 진지하고 점잔을 빼는 태도에도 불구하고 그는 여느 다른 열다섯 살 난 아이들과 마찬가지로 즐길 거리를 찾고 있었다. 내가 그에게 해준 일은 몇 가지 재미있는 기분 전환 거리를 제공한 것이었다. 내 신랄한 말이 그를 웃겼고, 내 건방진 말대꾸와 배짱 있는 태도가 그의 기분을 북돋워 주었다. 날이 갈수록 나는 그가 귀찮은 존재나 경쟁 상대가 아니라는 것을 알게 되었다. 그는 친구, 내가 이제껏 가졌던 첫번째의 진정한 친구였다.

나는 감상적이 되려는 것은 아니지만, 지금 내가 얘기하고 있는 것은 내 어린 시절, 내게 처음으로 아로새겨진 기억들이다. 그리고 나중에 몇 해 동안 있었던 일들 중에서 얘기할 만한 것을 한두 가지 덧붙이자면 이솝과 나의 우정이 꼽을 만하다. 그는 예후디 사부 못지않게 여러 가지 면에서 내 인간 됨됨이를 변화시킨, 내 삶의 진로와 본질을 바꾼 사람이었다. 나는 단지 그가 내 편견을 없애 어떤 사람의 피부색 이면을 결코 보지 못하던 주술에서 풀어 주었다는 사실만을 얘기하려는 게 아니라 우정 그 자체, 우리 사이에서 자라난 유대 관계라는 사실에 대해서도 이야기하려는 것이다. 이솝은 내 동료, 하늘만 바라다보이는 단조롭고 따분한 곳에서의 닻이 되었고, 나는 만일 그가 거기에서 나를 격려해 주지 않았더라면 그 뒤로 12개월 내지 14개월 동안 겪어야 했던 고통을 이겨 낼 수 없었을 것이다. 사부는 내 어두운 병실에서 울었지만, 일단 내가 회복이 되고 나자 다시 노예 감독으로 바뀌어 내게 살아 있는 어떤 사람도 견뎌 내지 못할 고통을 안겨 주었다. 지금 그 시절을 되돌아보면 나는 내가 죽지 않았다는 것이, 아직까지 살아서 그 일을 얘기하고 있다는 것이 놀라울 뿐이다.

씨뿌리는 철이 지나고 땅에서 곡물들이 싹을 틔우자 진짜 일이 시작되었다. 그것은 내 열 번째 생일이 지난 바로 뒤인 5월 말의 어느 화창한 아침이었다. 아침을 먹은 뒤 사부가 나를 한옆으로 불러내더니, 내 귀에 대고 소곤거렸다.

「마음을 단단히 먹어라, 녀석아. 이제부터 재미있는 일이 시작되려는 참이니까.」

「그 말은 우리가 지금까지 한 일이 재미있지 않았다는 얘긴가요? 내 말이 틀렸는지도 모르지만요, 나는 그 4H 일이 마지막으로 다이아몬드 게임을 했던 뒤로 가장 재미있는 시간들이었던 것 같은데요.」

「농사일을 하는 건 별개야. 따분하지만 필요한 노역이지. 하지만 이제부터 우리는 생각을 하늘로 돌리게 될 거야.」

「그 말은 새처럼이라는 뜻인가요?」

「바로 그거야, 월트. 꼭 새처럼.」

「그러니까, 하늘을 난다느니 뭐니 하는 얘기가 아직도 진담이라는 얘긴가요?」

「진담이고말고. 우리는 이제 열세 번째 단계로 들어서려 하고 있어. 내 말대로만 한다면 너는 내년 크리스마스쯤에는 하늘을 날게 될 거다.」

「열세 번째 단계요? 그건 내가 이미 열두 단계를 거쳤다는 뜻인가요?」

「그래, 맞다, 열두 단계. 넌 그 각각의 단계를 눈부신 성적으로 통과했어.」

「그러니까 내가 출가(出家)를 한 셈인가요? 그런데 나는 전혀 알지도 못했어요. 나한테 마땅히 알려 줘야 할 걸 알리지 않은 거군요, 두목.」

「너는 네가 알아야 할 것만 알면 돼. 그 나머지를 걱정하는 건 내 일이고.」

「열두 단계라고요? 그럼 앞으로 몇 단계를 더 지나야 하죠?」

「모두 해서 서른세 단계다.」

「내가 다음 열두 단계를 처음 열두 단계처럼 빨리 거친다면 그 다음엔 벌써 홈 스트레치로 들어오게 되겠네요.」

「분명히 얘기하지만 그렇지는 않을 거다. 네가 지금까지 얼마나 많은 고통을 받았다고 생각하는지는 모르겠다만, 그건 네 앞에 놓여 있는 것과 비교하면 아무것도 아니야.」

「새들은 고통을 받지 않아요. 그저 날개를 펼치고 날아오른다고요. 만일 나한테 사부님이 얘기한 것 같은 재능이 있다면 그 일이 왜 쉬워서는 안 되는지 알 수가 없는데요?」

「그건 말이다, 이 바보 녀석아, 너는 새가 아니라 사람이라서지. 너를 땅 위로 띄워 올리기 위해서 우리는 하늘을 두 쪽 내야 돼. 망할 놈의 온 우주를 뒤집어야 한단 말이다.」

이번에도 나는 사부가 하는 말을 알아들을 수 없었지만, 그가 나를 사람이라고 했을 때 그 말에서 내 진가를 새롭게 인정해 주는 기미, 그의 눈에 내가 중요하게 비쳤다는 기미를 느끼고 고개를 끄덕였다. 사부가 내 어깨에 가만히 손을 얹고 나를 5월의 아침 속으로 이끌었다. 그 순간 나는 그에 대한 신뢰밖에 느끼지 못했고, 그의 얼굴이 엄격하고 결연한 표정으로 굳어졌다 하더라도 내 마음속에서는 그가 신뢰를 깰 어떤 짓을 하리라는 생각은 전혀 스치지 않았다. 그것은 아마도 아브라함이 이삭을 이끌고 『창세기』 22장에 나오는 산으로 올라갔을 때 이삭이 느꼈을 법한 감정이었다. 어떤 남자가 아이에게 자기가 아버지라고 하면 아이는 그렇지 않다는 것을 알더라도 경계심을 풀고 그 말을 곧이곧대로 받아들인다. 그가 조물주인 신과 더불어 저를 해칠 음모를 꾸몄다고는 상상조차도 하지 않는다. 아이의 두뇌는 그렇게 빨리 돌아가지가 않을 뿐더러 그런 속임수를 간파할 만큼 면밀하지도 못하다. 그 아이가 아는 것은 그 남자가 제 어깨에 손을 얹고 정답게 움켜쥐었다는 것뿐이다. 그가 아이에게 나하고 같이 가자고 말하면 아이는 그에게로 돌아서서 어디로든 그를 따라간다.

우리는 외양간을 지나 연장 창고로 갔다. 지붕 중간이 푹 꺼진 데다 벽 판자는 비바람에 찌들고 페인트 칠도 되지 않은, 곧 무너질 듯한 작은 건물이었다. 예후디 사부가 문을 열고 그 안쪽의 거무스름하게 뒤엉킨 금속 물체들을 바라보며 한참 동안 말없이 서 있다가 마침내 안으로 걸어 들어가 삽을 한 자루 뽑아 냈다. 무게가 7 내지 9킬로그램쯤 나갈 것 같은, 손잡이가 달린 녹슨 물건이었다. 그가 삽을 내 손에 들려 주었고, 우리는 다시 걷기 시작했다. 나는 그를 대신해서 삽을 나르고 있다는 것이 자랑스럽게 느껴졌다. 우리는 가까이에 있는 옥수수밭 가장자리를 따라 걸었는데, 내가 기억하기로는 개똥지빠귀와 푸른 울새들이 휙휙 날아다니는 화창한 아침이었다. 내 살갗이 이상한 생동감으로 따끔거렸고 태양의 따뜻한 축복이 내게로 쏟아져 내렸다. 이윽고 우리가 두 발이 맞붙은 곳의 갈아엎지 않은 공터에 이르자 사부가 나를 돌아다보고 말했다.

「여기가 바로 구덩이를 파려는 곳이다. 땅 파는 일을 네가 하고 싶으냐, 아니면 나한테 맡기고 싶으냐?」

나는 힘껏 해보았지만 팔 힘이 따라가지를 못했다. 그 정도 무게의 삽을 휘두르기에는 내 몸집이 너무 작았다. 내가 삽날을 땅에 꽂으려고 — 땅속으로 밀어 넣는 것은 고사하고 — 낑낑거리는 것을 보더니 예후디 사부가 내게 앉아서 쉬라고 한 다음 자기가 직접 그 일을 끝내겠다고 했다. 다음 두 시간 동안 나는 사부가 그 땅을 엄청나게 큰 구덩이, 거인의 무덤만큼이나 넓고 깊은 구덩이로 바꾸는 것을 지켜보았다. 그는 일하는 속도가 엄청나게 빨라서 마치 땅이 그를 삼키고 있는 것처럼 보였다. 그리고 얼마쯤 뒤에는 구덩이가 아주 깊게 파여서 그의 머리도 보이지 않았다. 그가 한삽 한삽 땅을 파낼 때마다 기관차처럼 힘차게 숨을 내뿜는 소리가 들렸고, 다음에는 성긴 흙이 연달아 지표면 위로 떠올라 1초쯤 허공에 걸려 있다가 구덩이 주위로 점점 더 높이 솟아오르는 흙더미에 내려앉았다. 그는 마치 열 사람이 그 일을 하고 있는 것처럼, 한 무리의 굴착 인부들이 열심히 오스트레일리아까지 굴을 뚫고 있는 것처럼 일을 계속했다. 마침내 그가 구덩이를 다 파고 땅 위로 올라왔을 때에는 진흙과 땀으로 범벅이 되어 석탄으로 만들어진 사람, 검은 얼굴을 땅에 박고 죽으려는 수척한 촌극 배우처럼 보였다. 나는 그때까지 누구도 그처럼 거칠게 숨을 몰아쉬거나, 숨이 차서 헐떡거리는 모습을 본 적이 없었다. 땅에 벌렁 드러눕고 나자 그는 다음 10분 동안 꼼짝도 하지 않았고, 나는 그의 심장이 터지려는 게 틀림없다는 생각이 들었다.

사부의 가슴이 길고 푸른 수평선을 배경으로 부풀어올랐다 가라앉았다 하면서 오르내리는 동안, 나는 너무 겁이 나서 아무 말도 하지 못한 채 기쁨과 슬픔 사이에서 오락가락하며, 그의 가슴이 터지지나 않나 지켜보았다. 그렇게 지켜보고 있는 동안 구름이 태양을 가렸고, 하늘이 불길하게 어두워졌다. 나는 그것이 죽음의 천사가 머리 위로 지나가는 것이라고 생각했지만 하늘이 천천히 다시 밝아질 동안 예후디 사부의 가슴은 계속 오르내리고 있었다. 얼마쯤 뒤에 그가 일어나 앉더니 얼굴에서 열심히 진흙을 훔쳐내며 미소를 지었다.

「자, 우리 구덩이가 어떤 것 같으냐?」

그가 물었다.

「굉장한 구덩이네요. 어떤 구덩이 못지않게 깊고 멋져요.」

「네가 마음에 든다니 기쁘구나. 앞으로 24시간 동안 이 구덩이는 너하고 친밀한 사이가 될 테니 말이다.」

「난 괜찮아요. 내가 보기엔 재미있는 곳처럼 보이는데요. 비만 내리지 않는다면 한동안 저기에서 앉아 있는 것도 재미있을 것 같네요.」

「비에 대해서는 걱정할 필요 없다, 월트.」

「사부님이 일기 예보원이나 뭐 그런 사람이라도 되나요? 아직 못 알아차렸는지 모르겠지만 이 근처에서는 사정이 15분마다 바뀐다고요. 그리고 날씨가 궂어지면 이 캔자스라는 곳은 변덕스러울 대로 변덕스럽다고요.」

「그래, 맞는 말이다. 이 지역의 하늘은 믿을 수가 없지. 하지만 내 말은 비가 안 온다는 게 아니라 비가 내리더라도 걱정할 필요가 없다는 거다.」

「물론이죠. 덮을 걸 하나 준다면요. 캔버스 뭐라든가 하는 거. 맞아요, 방수 외투. 그거 좋은 생각인데요. 아주 고약한 일이 생길 거에 대비해서 계획을 세운다면 잘못될 리가 없겠죠.」

「나는 너를 저기에다 집어 넣으려는 건 놀고 장난을 치라는 게 아니야. 물론 나는 너한테 숨쉴 구멍을 내주고 또 입에다 물고 숨을 쉴 수 있도록 기다란 튜브도 하나 주겠지만 그 밖에는 이곳이 상당히 습기 차고 불편할 거다. 이런 말 해서 어떨지 모르겠다만 꽉 끼인 벌레 같은 불편함이겠지. 아마 네가 살아 있는 한 이 경험을 잊지 못할 거다.」

「내가 멍청이라는 건 알지만, 그렇게 수수께끼 같은 얘기를 계속하면 무슨 얘기인지도 알 수 있기 전에 날이 다 저물고 말겠는데요.」

「나는 너를 묻을 거다, 녀석아.」

「뭐라고요?」

「이 구덩이에다 너를 집어 넣고 흙으로 덮어서 산 채로 묻을 거란 말이다.」

「그러면 내가 그 말에 순순히 따를 거라고 생각해요?」

「너는 어떤 선택도 할 수 없어. 네 발로 저 구덩이에 들어가

거나 아니면 내 이 두 손에 목이 졸리는 것 뿐이야. 그 중 한 방법은 네가 오래도록 잘살게 되는 거고, 다른 방법은 네 목숨이 30초면 끊어진다는 거지.」

그래서 나는 그가 나를 묻도록 했다. 누구에게도 권하고 싶지 않은 경험이었다. 그 일은 생각을 하는 것만으로도 끔찍하게 들리지만 실제로는 훨씬 더 지독해서, 내가 그랬던 것처럼 땅속에 묻혀 하루를 보내고 나면 세상이 다시는 전과 같아 보이지 않는다. 이루 말할 수 없이 더 아름다워지기는 하지만 그 아름다움은 너무도 덧없고 비현실적인 빛에 잠겨 있어서 어떤 현실감도 주지 못한다. 또 비록 늘 그랬듯 현실을 보고 만지더라도, 마음 한구석으로는 그것이 신기루에 지나지 않는다는 것을 알게 된다. 몸을 짓누르는 진흙의 무게와 차가움, 그리고 죽은 것처럼 꼼짝도 할 수 없는 공포를 느끼는 것도 느끼는 것이지만, 진정한 두려움은 다시 파내어져 일어서서 걸을 수 있기 전까지는 시작되지 않는다. 그 이후로는 지상에서 일어나는 모든 일이 지하에서 보냈던 시간들과 연관된다. 우리의 머릿속에 조그만 광기의 씨앗이 심겨져 살아남으려는 투쟁에서 이겼다 하더라도 거의 모든 것을 잃어버리는 것이다. 죽음이 몸 속에서 천진난만함과 희망을 갉아먹으며 살아 있고, 결국에 가서 흙, 흙의 고형성(固形性), 언제까지고 지속되는 흙의 힘과 승리밖에는 남지 않는다.

그렇게 해서 나는 비법을 전수받기 시작했다. 그 뒤로 몇 주일, 몇 달 동안 그보다 더 혹심한 시련들이 계속 이어졌고, 그 하나하나의 시련은 그 전번의 시련보다 더 끔찍했다. 내가 물러서지 않을 수 있었다면 그것은 순전히 내 파충류 같은 고집, 내 마음 깊숙한 곳 어디엔가 잠복해 있던 어리석은 인내

덕분이었다. 그것은 의지나 결의나 용기와는 아무 상관도 없는 일이었다. 내게는 그런 자질 가운데 어느것도 없었고, 더 높은 단계까지 밀려가면 밀려갈수록 점점 더 내가 해낸 일에 자부심을 느끼지 못했다. 나는 생가죽 채찍으로 얻어맞았고, 질주하는 말에서 떨어뜨려졌고, 외양간 지붕에서 내던져진 채 이틀 동안 음식은커녕 물 한 모금 얻어 마시지 못했다. 또 살갗에 꿀을 발라 스며들게 한 다음 8월의 땡볕 아래서 수천 수만 마리의 파리와 말벌들이 달려드는 가운데 벌거벗은 채로 서 있었고, 하룻밤 내내 온몸이 그을려 물집이 생기도록 불길에 둘러싸여 앉아 있기도 했다. 나는 여섯 시간 동안 계속해서 욕조를 가득 채운 식초에 거듭거듭 빠뜨려졌고, 벼락을 맞았고, 소 오줌을 마셨고, 말똥을 먹었다. 또 칼을 내리쳐 내 왼쪽 새끼손가락의 끝부분을 잘라 냈고, 사흘 밤낮을 다락방 서까래에서 늘어뜨린 로프에 묶여 고치처럼 매달려 있기도 했다. 나는 예후디 사부가 그런 일을 하라고 했기 때문에 했지만, 그를 좋아하게까지는 되지 않았더라도 내가 겪어야 했던 고통 때문에 그를 증오하거나 미워하지는 않았다. 그는 이제 더 이상 내게 위협이 되지 못했다. 나는 맹목적으로 그의 명령에 복종했고 그의 목적이 무엇이냐에 대해서 일체 질문을 하려고 들지 않았다. 그가 내게 뛰라고 하면 나는 뛰었다. 그가 내게 숨을 멈추라고 하면 나는 숨을 멈추었다. 그는 내게 날도록 해주겠다는 약속을 한 사람이기 때문이었다. 그리고 나는, 비록 그의 말을 믿은 적이 없었더라도, 그가 나를 이용하도록 놓아두었다. 결국 우리에게는 계약, 우리가 세인트루이스에서 첫날밤 맺었던 서약이 있었고, 나는 절대로 그것을 잊지 않았다. 만일 그가 내 열세 번째 생일날까지 약속을 이행하지 않는다면 나는 도끼로 그의 머리를 잘라 낼 셈이었다. 그 일에 개인적인 원한 같은 것은 전혀 없었다. 그것은 단지 정의의 문제였다. 만일 그가 나를 실망시킨다면 나는 그를 죽일 것이었고, 그 또한 나 못지않게 그것을 잘 알고 있었다.

그런 시련이 계속되는 동안 이솝과 수 아주머니는 내가 그들의 형제나 자식이라도 되는 것처럼 열심히 나를 돌보아 주었다. 내 다양한 발전의 단계 사이사이에는 며칠, 때로는 몇 주일씩 쉬는 기간이 있었는데, 그럴 때면 예후디 사부는 내 상처가 나아서 내가 다음번의 말못할 고통에 직면할 수 있도록 회복이 될 동안 농장을 우리에게 맡겨 놓고 사라져 버릴 때가 많았다. 나로서는 그가 쉬는 사이에 어디로 가는지 알 길이 없었지만 거기에 대해서 알아보고 싶은 생각은 전혀 없었다. 그가 사라질 때마다 안도감을 느끼곤 했기 때문이었다. 나는 다음번의 시련으로부터 안전했을 뿐 아니라 사부가 있음으로써 느끼는 부담 —— 생각에 잠긴 침묵과 고통스러운 표정, 그가 차지하는 엄청난 공간 —— 으로부터도 자유로웠고, 그것만으로도 마음이 놓여 다시 숨쉴 기회를 얻었다. 그가 없으면 우리집은 뚱뚱한 수 아주머니와 그녀의 두 말라깽이 아이들은 놀랄 만큼 훌륭하게 조화를 이루며 살아가는 행복한 곳이 되었다.

내가 이솝과 친해진 것도 그 무렵이었는데, 그 시기의 대부분이 내게는 비참했다 하더라도 거기에는 몇 가지 즐거운 기억들, 어쩌면 가장 즐거운 기억들이 포함되어 있다. 이솝은 대단한 이야기꾼이었다. 나는 그의 머릿속에 가득 들어찬 종횡 무진한 이야기들을 술술 풀어내는 그의 감미로운 목소리에 귀를 기울이는 것이 무엇보다도 더 좋았다. 그는 재미있는 이야기들을 수백 가지나 알고 있었고, 내가 지난번의 시련으로 생긴 멍과 상처투성이로 침대에 누워 이야기를 해달라고 할 때마다 몇 시간씩 옆에 앉아 한 이야기에서 다른 이야기로 끝없이 넘어갔다. 나는 거인 살인자 잭, 선원 신드바드, 방랑자 율리시즈, 꼬마 빌리, 랜슬러트[6]와 아서 왕, 폴 번연[7] 등의 이야기들을 모두 들었다. 하지만 그 중에서도 가장 마음에 드는 이야기, 내 기분이 특히 우울할 때를 대비해서 남겨 둔 이야기는 나와 이름이 같은 사람인 월터 롤리[8]에 관한 것이었다. 나는 그에게서 내 이름이 실제로 살았던 유명한 모험가이자 영웅의 이름과 같다는 말을 들었을 때 얼마나 마음이 설레었는지를 지금까지도 기억하고 있다. 이솝은 자기가 그 얘기를 꾸며낸 것이 아니라는 사실을 증명하기 위해 책장으로 가서 월터 롤리 경의 초상화가 들어 있는 두툼한 책을 한 권 꺼내 왔다. 그 초상화는 내가 여태까지 보았던 것 중에서 가장 멋진 얼굴, 진짜 해적, 깡패 기사의 얼굴이었다. 나는 매일같이 10분이나 15분씩 그 그림을 들여다보는 버릇이 들었다. 특히 뾰족한 수염과 날카로운 눈매와 왼쪽 귓불에 붙은 진주 귀고리가 마음에 들어서였다. 그날 이후로 나는 월터 경을 내 두 번째 자아, 나와 함께 만났을 보이지 않는 형제로서 내 마음속에 품고 다녔다. 이솝은 내게 그가 귀족이 되어 벌인 음모극, 엘도라도를 찾아 나선 탐험, 로와노크에서 잃어버린 식민지, 런던 타워에서 13년 동안 갇혀 있던 일, 그가 참수를 당

---

6) 아서 왕 전설의 원탁기사 중에서 가장 훌륭한 용사.
7) 미국 민화에 등장하는 거인.
8) 영국의 군인, 정치가, 탐험가(1552~1618).

할 때 던진 용기 있는 말 등등을 상세히 알려 주었다. 그는 당대의 가장 뛰어난 시인이자, 철학자, 과학자, 자유 사상가였고 영국 전체에서 여자들의 사랑을 가장 많이 받은 남자였다.
「너하고 나를 합쳤다고 생각해 봐.」
이솝이 말했다.
「그러면 월터 롤리 경이 어떤 사람이었는지 감이 잡힐 거야. 내 머리에 네 배짱을 겸비했고 거기에다 굉장히 잘생긴 사람이었지. 그게 이제껏 살았던 사람 중에서 가장 완벽한 남자인 월터 롤리 경이야.」
수 아주머니는 매일 밤마다 내 방으로 들어와 내가 잠이 들 때까지 시간이 얼마가 걸리건 침대에 앉아 나를 끌어안고 위로해 주었다. 나는 차츰차츰 그 의식에 의존하게 되어, 다른 면에서는 빠르고 튼튼하게 성장해 가고 있었더라도 그녀에게는 여전히 어린아이일 뿐이었다. 나는 예후디 사부나 이솝 앞에서는 절대로 우는 모습을 보이지 않았지만 수 아주머니와 함께 있으면 구제 불능인 마마보이처럼 그녀의 품에 안겨 울면서 수없이 여러 번 눈물을 흘렸다. 그리고 언젠가 한번은 하늘을 나는 문제에 대해서 비치기까지 했는데, 그녀의 말이 너무도 침착하고 확신에 차 있어서 그 뒤로 몇 주일 동안 내 마음속에서 이는 소용돌이가 가라앉았던 기억이 난다. 이는 내가 그 말을 믿었기 때문이 아니라 그녀가 믿었기 때문이었으며, 또한 그녀는 이 세상에서 내가 가장 신뢰하는 사람이었기 때문이다.
「그 사람은 악한이에요. 지금 이 일이 끝날 때쯤이면 나는 이솝처럼 곱사에 불구가 되어 있을 거예요.」
내가 사부를 지칭하면서 말했다.

「아니다 애야, 그건 그렇지가 않아. 너는 하늘에 떠 있는 구름들하고 같이 춤을 추게 될 거야.」

「손에는 하프를 들고 등에는 날개가 돋아서 말인가요?」

「네 자신의 몸으로. 네 자신의 살과 뼈로.」

「그건 속임수예요, 수 아주머니! 말도 안 되는 거짓말이라고요. 만일 사부가 자기 말대로 나를 가르칠 생각이라면 왜 본격적으로 그 일을 시작하지 않는 거죠? 지난 1년 동안 나의 별의 별 끔찍한 일을 다 당했어요. 난 땅에 묻혔고, 불에 그을렸고, 손가락을 잘렸지만 아직도 여전히 땅에 들러붙어 있어요.」

「그런 것들이 단계야. 그 일은 그런 식으로 이루어져야 해. 하지만 이제 가장 지독한 일들은 거의 끝났어.」

「그러니까 사부가 아주머니도 그걸 믿도록 속인 거로군요.」

「아무도 이 수 아주머니를 속여서 어떻게 하지는 못해. 나는 사람들이 하는 말을 그대로 삼키기엔 너무 늙었고 너무 뚱뚱해. 거짓말은 닭 뼈 같아서 내 목에 걸리고 나는 그것들을 뱉어 내지.」

「사람은 날 수 없어요. 그렇게 간단한 거라고요. 사람은 하느님이 그러는 걸 원치 않기 때문에 날 수 없어요.」

「그렇게 될 수도 있어.」

「다른 세상에서라면 또 모르죠. 하지만 이 세상에서는 아니에요.」

「나는 그런 일이 일어나는 걸 봤어. 내가 어렸을 때였지. 난 그걸 내 두 눈으로 똑똑히 봤어. 그리고 전에도 그런 일이 있었으니까 앞으로도 나시 일어날 수 있을 거야.」

「아주머니는 꿈을 꾼 거예요. 그걸 봤다고 생각하지만 그건 단지 꿈속에서라고요.」

「바로 우리 아버지였어, 월트. 우리 아버지와 우리 오빠. 나는 그 두 사람이 영혼처럼 하늘에서 떠다니고 있는 걸 봤어. 네가 상상하는 식으로 하늘을 나는 건 아니었더라도. 새나 나방하고는 달랐고 날개나 뭐 그런 게 있지도 않았지만 두 사람은 공중에 떠서 움직이고 있었어. 마치 헤엄을 치듯 아주 느리고 이상하게. 호수 위를 걷는 영혼들처럼, 헤엄을 치는 사람들처럼 허공을 헤쳐 나가고 있었어.」
「그럼 어째서 전에는 그 말을 해주지 않았죠?」
「그건 네가 전에는 내 말을 믿으려고 하지 않았기 때문이지. 그래서 지금 너한테 얘기해 주는 거야. 때가 되었으니까. 사부님 말씀을 잘 들으면 그 일은 네가 생각하는 것보다도 더 빨리 오게 될 거야.」

두 번째 봄이 돌아오자 내게는 농사일이 휴일 같았고, 나는 다시 정상적인 사람처럼 살게 된 기회를 반기며 신들린 것처럼 농사일에 빠져 들었다. 뒤에서 꾸물거리고, 어디가 아프니 힘이 드느니 하고 투덜거리는 대신, 내 자신의 노력을 한껏 즐기면서 누구에게도 뒤쳐지지 않으려고 최대한으로 분발한 것이었다. 나는 여전히 나이에 비해 왜소했지만 한 해 전보다는 좀더 자라 튼튼해졌고, 예후디 사부를 따라잡을 수는 없었다 하더라도 그러려고 최선을 다했다. 지금 생각해 보면 나는 뭔가를 증명하려고, 그를 놀라게 해서 주목을 받거나 눈길을 끌기 위해 애를 쓰고 있었던 것 같다. 나로서는 그것이 맞서 싸우는 새로운 방법이었고, 사부가 내게 너무 서두르지 말고 천천히 쉬어 가면서 하라는 ─〈이건 올림픽 경기가 아니다. 우리는 메달을 따려고 여기에 나와 있는 게 아니야, 녀석아.〉 사부는 그러곤 했다 ─ 말을 할 때마다 마치 승리를 거둔 듯한, 내 영혼을 차츰차츰 되찾아 가고 있는 듯한 느낌이었다.

그때쯤에는 생살이 드러났던 새끼손가락 관절도 나아 있었다. 한때는 살과 뼈와 피가 엉긴 조직이었던 것이 손톱 없는 뭉툭한 돌기(突起)처럼 이상한 모습으로 매끈해졌다. 나는 그것을 들여다보며 엄지손가락으로 흉터를 쓸어 보고 영원히 없어져 버린 나의 일부분을 만져 보곤 하는 버릇이 들었다. 아마도 매일같이 오십 번이나 백 번쯤은 그랬을 것이다, 그럴 때마다 머릿속으로 세인트루이스라는 말을 떠올리곤 하면서. 나는 과거에 매달리려고 애를 쓰고 있었지만 그때쯤에는 세인트루이스라는 말이 그저 말, 회상 속에서의 의식(儀式)에 지나지 않아서 아무런 그림도 떠올려 주지 않았고, 내가 전에 살았던 곳으로 기억을 되돌려 주지도 않았다. 시볼라에서 18개월을 보내고 나자, 세인트루이스는 내게 유령의 도시가 되어 날마다 조금씩 조금씩 사라지고 있었다.

그 해 봄의 어느 날 오후, 날씨가 때 아니게 더워져서 한여름 수준으로 끓어올랐다. 그때 우리 네 사람은 들에서 일을 하고 있었는데, 사부가 더위를 참지 못해 셔츠를 벗자 그의 목에 뭔가 둘려 있는 것이 보였다. 보석이나 장식품처럼 조그맣고 투명한 공 모양의 물체가 매달린 가죽끈이었다. 나는 좀 더 자세히 보려고 다가갔다가 —— 다른 목적이 있어서는 아니고 단지 호기심에서였다 —— 그것이 뭔지 모를 맑은 액체와 함께 투명한 유리 공 속에 넣어진 내 새끼손가락 끝이라는 것을 알았다. 사부도 내 놀라움을 알아차린 것이 분명했다. 거미가 기어오른다는 생각이 들기라도 한 것처럼 흠칫 놀란 표정을 띠고 자기의 가슴을 내려다보았기 때문이었다. 내가 보려는 것이 무엇인지를 알아채자 그가 손가락으로 공 모양의 물건을 집어 들고 만족스러운 미소를 지으며 내 앞으로 내밀었다.
「예쁜 물건이지, 월트?」
그가 물었다.
「예쁜지는 모르겠네요.」
내가 대답했다.
「하지만 나한테는 아주 눈익어 보이는데요.」
「그럴 거다. 전에는 네 거였으니까. 네 삶의 첫 10년 동안 이건 네 일부분이었지.」
「지금도 그래요. 그게 내 몸에서 떨어져 나갔다고 내 것이 아닌 건 아니니까요.」
「이건 포름알데히드 속에 들어 있다. 유리병에 담긴 죽은 태아처럼 보존된 거지. 그러니까 이건 너한테 속하는 게 아니라 과학에 속하는 거야.」
「그렇다면 어째서 그게 사부님 목에 걸려 있죠? 그게 과학에 속한다면 왜 그걸 밀랍 인형관에 주지 않았죠?」
「그건 이게 나한테 특별한 의미가 있기 때문이지, 이 웃기는 녀석아. 나는 내가 너한테 진 빚을 떠올리기 위해서 이걸 차고 있는 거다. 교수형 집행인의 올가미처럼. 이 물건은 내 양심의 제약이고 그래서 나는 이걸 다른 사람 손에 넘길 수가 없어.」
「그렇다면 내 손에 넘기는 건 어때요? 공평한 게 제일이니까요. 난 내 손가락 마디를 돌려 받고 싶어요. 만일 누가 그 목걸이를 차야 한다면 그건 나여야 해요.」
「그렇다면 나하고 흥정을 하는 게 어떻겠니? 네가 이걸 당분간 나한테 맡겨 놓는다면 나는 이걸 네 거라고 생각하겠다. 이렇게 약속하자. 이걸 네 거라고 해둔 다음 일단 네가 땅에서 떠오르고 나면 돌려주기로 말이다.」

「정말인가요?」

「정말이지. 정말이고말고.」

「그러면 그 〈당분간〉이라는 게 어느 정도나 되는 건가요?」

「길지 않다. 너는 이미 가장자리에 서 있으니까.」

「제가 서 있는 가장자리는 지옥 가장자리일 뿐이에요. 그리고 내가 거기에 있다면 사부님도 거기에 있는 거고요. 그렇지 않나요?」

「빨리도 알아듣는구나, 녀석. 우리는 합치면 살고 흩어지면 죽는다. 너는 나를 위해 있고, 나는 너를 위해 있어. 그리고 우리가 어디에서 멈출지는 아무도 모르지.」

그것이 내가 두 번째로 들었던, 내 발전에 대해 힘을 북돋아 주는 말이었다. 처음에는 수 아주머니로부터, 그리고 이제는 사부 자신으로부터. 내가 우쭐한 기분이 들었다는 것은 부정하지 않겠지만, 그들이 내 능력에 대해 보이는 자신감에도 불구하고 나로서는 내가 성공에 조금이라도 더 가까워졌는지 아닌지 알 수 없었다.

5월의 찌는 듯한 오후가 지난 뒤 우리는 기록적인 더위, 살아 있는 사람들의 기억으로는 가장 무더운 여름을 겪었다. 땅은 가마솥처럼 달아올랐고, 그 위로 걸음을 옮길 때면 발바닥이 녹아 신발에 들러붙는 듯한 느낌이었다. 우리는 매일 저녁마다 비를 내려 달라고 기도했지만 석 달 동안 하늘에서는 비 한 방울 떨어지지 않았다. 대기는 바짝 마르고 바람 한 점 없이 뜨겁게 달아올라 백 미터쯤 떨어진 곳에서 붕붕거리는 날파리 소리를 따라잡을 수도 있었다. 모든 것이 근질근질하고 철조망에 쓸리는 엉겅퀴처럼 따끔따끔하게 보였고, 집 밖 변소에서 풍겨 나오는 냄새가 너무도 지독해서 머리칼과 콧구멍 털이 그을릴 지경이었다. 옥수수는 시들었다가 축 늘어져 죽었고, 상추대만이 채소밭에서 돌연변이 종의 탑처럼 기괴하게 하늘 높은 줄 모르고 솟아올랐다. 8월 중순경이 되자 우물에 돌을 떨어뜨리고 텀벙 하는 소리를 들을 수 있기까지는 여섯을 세어야 되었다. 초록색 열매도 없었고, 옥수수 속에는 알이 들지 않았고, 지난해처럼 즙이 많은 토마토도 없었다. 우리는 달걀과 걸쭉한 옥수수 죽과 훈제한 햄으로 연명을 하고 있었다. 여름 동안 버틸 식량은 남아 있었다 하더라도 비축 식량이 점점 줄어들고 있어서 그 뒤로 몇 달을 견딜 일이 아득해 보였다.

「허리띠를 졸라매도록 해라」

사부는 저녁을 먹을 때마다 그런 말을 하곤 했다.

「허리띠를 졸라매고 더 이상 맛을 느낄 수 없을 때까지 씹어. 우리가 가진 걸 최대한으로 이용하지 않는다면 길고 배고픈 겨울을 맞게 될 거다.」

그 가뭄 동안 우리는 행복했다. 그럴 수 있으리라고 생각했던 것보다 훨씬 더 행복했다. 나는 비법을 전수받는 일에서 가장 무시무시한 과정을 견뎌 냈고, 이제 내 앞에 놓인 것은 정신적인 투쟁의 단계, 나를 상대로 벌이는 최후의 대결이었다. 그때쯤 예후디 사부는 나에게 별 장애가 되지 않았다. 그는 나를 내가 더 이상 누구인지 기억할 수 없는 영적인 곳으로 안내하며 지시를 내린 다음, 내 마음속에서 사라지곤 했다. 그때까지 거쳐온 육체적인 단계들은 일종의 전쟁, 사부의 소름끼치는 잔인성에 대한 도전 행위였지만 —— 그는 절대로 내 시야에서 물러나는 법 없이 반응을 살피고, 몸서리치는 고통을 하나라도 놓치지 않기 위해 현미경을 들여다보듯 내 얼굴을 지켜보며 나를 관찰했었다 —— 이제 그 일은 모두 끝났다. 그는 다정하고 관대한 안내자로 바뀌어 여자를 유혹하는 사람처럼 부드러운 목소리로 내게 한 가지의 끔찍한 수업을 받아들인 뒤 다른 과정으로 넘어가도록 설득을 하고 있었다. 사부는 나를 외양간으로 들여보내 거기에 있는 밀짚의 개수를 모두 세게 했고, 다음에는 하룻밤 내내 한쪽 다리로 서 있게 했고, 그 다음날에는 밤새도록 다른 쪽 다리로 서 있게 했다. 또 한낮의 내리쬐는 땡볕 아래 나를 기둥에 묶고 그의 이름을 천 번 되풀이해 부르라고도 했다. 그는 내게 침묵의 맹세를 시켰고, 나는 24일 동안 누구에게도 말을 걸지 않은 것은 물론, 나 혼자 있을 때에도 소리를 내지 않았다. 나는 그의 명령에 따라 마당을 가로질러 굴렀고, 펄쩍펄쩍 뛰어올랐고, 뛰어서 고리를 통과했다. 또 그에게서 마음대로 우는 법과 웃으면서 동시에 우는 법을 배우기도 했다. 그는 내게 돌멩이들을 번갈아 던지고 받는 기술을 스스로 익히도록 한 다음 내가 세 개의 돌멩이로 묘기를 부릴 수 있게 되자 네 개로 그러도록 했다. 그리고 다음에는 한 주일 동안 내 눈을 가렸고, 다음 한 주일 동안은 내 귀를 틀어막았고, 그 다음 한 주일 동안은 내 팔과 다리를 한데 묶어 벌레처럼 배로 기어다니게 했다.

9월 초로 접어들자 날씨가 갑자기 바뀌었다. 천둥 번개를 동반한 폭우, 거센 폭풍, 집을 거의 다 휩쓸어 간 회오리바람. 수위(水位)는 다시 올라왔지만 그 밖에는 전보다 나아진 것이 하나도 없었다. 농사는 완전히 실패로 돌아갔고, 다음해까지는 식량을 보충할 길이 전혀 없어서 장래에 대한 전망은 잘해야 간신히 버틸 수 있을 정도로 암담했다. 사부가 그 지역 전체의 모든 농민들이 비슷하게 망연자실해 있으며, 읍내의 분위기가 험악하게 바뀌어 가고 있다는 소식을 가져왔다. 시세는 낮고 신용 대출은 거의 없어서 은행에 담보로 잡힌 물권(物權)들이 날아가고 있다는 말이 돌았다. 지갑이 텅텅 비자 사부가 성질이 잔뜩 돋아 상소리를 섞어 가며 떠들어댔다.

「가난한 백인 놈들이 썩어 문드러지건 말건 내 상관할 바 아니지만 얼마 안 가서 그놈들은 저희들 말썽거리를 가지고 대신 비난할 사람을 찾게 될 거야. 그런 일이 벌어지면 우리 네 사람은 어디로든 몸을 피해야 돼.」

한 달 내내 폭풍이 불고 비가 내렸던 그 이상한 9월이 지나갈 동안 예후디 사부는 마치 어떤 알 수 없는 재난, 너무도 섬뜩해서 차마 입 밖에 낼 수 없는 일을 생각하고 있는 것처럼 근심에 잠겨 있었다. 여름 내내 그는 나를 부추기면서 혹독한 정신적 훈련을 거치도록 몰아댔지만 갑자기 나에 대한 흥미를 잃은 것처럼 보였다. 그가 집을 비우는 날이 점점 더 많아졌고, 한두 번은 숨결에 독한 술 냄새를 풍기며 비틀거린 적도 있었다. 또 이솝과 함께 공부를 하는 일도 포기해 버렸다. 그의 눈에는 알 수 없는 슬픔, 불길함을 예감하는 듯 생각에 잠긴 표정이 배어들었다. 그런 일들 중 많은 것들이 이제는 희미해졌지만 나는 그가 영광스럽게도 함께 있어 주었던 짧은 순간들에는 놀랄 만큼 다정한 태도를 보였던 것이 기억난다. 흐릿한 기억 속에서도 분명하게 떠오르는 일이 한 가지 있다. 10월 초의 어느 오후, 그가 팔 밑에 신문을 끼고 만면에 미소를 지으며 집 안으로 들어섰을 때의 일이었다.

「너한테 좋은 소식이 한 가지 있다.」

그가 주방 테이블에 앉아 신문을 펼쳐 놓으며 말했다.

「네 팀이 이겼어. 네가 그걸 알면 기뻐할 것 같아서 말이다. 여기 이 신문에 그 팀이 38년 만에 다시 정상에 올랐다고 나와 있거든.」

「내 팀요?」

내가 물었다.

「세인트루이스 카디널즈 말이다. 그게 네 팀이 아니냐?」

「그거야 물론이죠. 나는 언제까지고 그 빨간 새들[9]편이니까요.」

「아무튼 그 팀이 막 월드 시리즈에서 이겼어. 이 신문에 난 대로라면 일곱 번째 경기가 지금까지 벌어졌던 어떤 경기보다도 더 조마조마하고 매혹적인 경기였다는구나.」

그렇게 해서 나는 내가 좋아하는 팀이 1926년도 챔피언이 되었다는 것을 알게 되었다. 예후디 사부가 내게 읽어 준 7회의 극적이고도 상세한 내용은 만루 위기에서 그로버 클리블랜드 알렉산더가 등판해 토니 라제리를 삼진 아웃 시켰다는 것이었는데, 처음 몇 분 동안 나는 사부가 그 얘기를 꾸며낸 게 아닌가 하는 생각이 들었다. 내가 맨 마지막에 들었던 대로라면 알렉산더는 필라델피아 팀의 주전 투수였고, 라제리는 내가 전혀 모르는 이름이기 때문이었다. 내게는 그 이름이 마늘 소스로 뒤덮인 한 무더기의 마카로니처럼 들렸지만, 다음에 사부는 그가 신인 선수고 알렉산더는 시즌 중반에 카디널즈로 트레이드되었다고 알려 주었다. 알렉산더는 바로 전날 양키즈를 완봉승으로 제압해 3승 3패 타이를 이루며 아홉 이닝을 던졌었다. 그런데도 카디널즈의 감독인 로저즈 혼즈

---

9) 카디널에는 진홍색이라는 뜻이 있음.

비가 절묘하게 꽉 찬 공으로 상대 팀의 반격을 무산시키기 위해 불펜에 있던 그를 불러내자, 그 노장 선수는 전날 밤에 흥청대며 마셔 댄 술이 덜 깬 채 어슬렁어슬렁 마운드로 올라가 뉴욕 양키즈의 일류 신인 선수를 잡아냈다는 것이다. 만일 타구가 2인치만 안쪽으로 날아갔더라도 얘기는 달라졌을 것이 분명했다. 세 번째 스트라이크 직전의 투구에서 라제리가 레프트필드 관중석 쪽으로, 마지막 순간에 파울이 되지만 않았더라면 그랜드슬램일 것이 분명한 홈런성 타구를 쳐보냈던 것이다. 그것은 관중들로 하여금 심장 마비를 일으키게 할 만한 타구였다. 알렉산더는 8회와 9회의 위기를 넘겨 승리를 굳혔고, 거기에다 유일무이한 홈런 왕 베이브 루스가 2루로 도루를 하려다 아웃되자 그 경기와 월드 시리즈가 함께 끝났다는 것이다. 그때까지 그런 경기는 단 한 번도 없었다. 그것은 야구 역사상 가장 열광적이고 가장 아슬아슬한 경기였다. 그리고 내 빨간 새들은 챔피언, 이 세상에서 가장 훌륭한 팀이 되었다.

그것이 내게는 하나의 분기점, 내 어린 시절의 이정표 같은 사건이었지만 그 밖의 다른 면에서는 가을이 권태와 정적의 긴 간주곡처럼 침울하게 이어졌다. 얼마쯤이 지나자 나는 좀이 쑤셔서 견디다 못해 이솝에게 읽는 법을 가르쳐 주지 않겠느냐고 물었다. 그는 기꺼이 그러겠다고 했지만 먼저 예후디 사부와 그 점을 분명히 짚고 넘어가야 했는데, 사부의 승낙이 떨어지자 나는 솔직히 말해서 기분이 좀 상했다. 그는 내가 무식쟁이로 남아 있기 게 얼마나 유리한지 —— 내 훈련에 관한 한 그러는 게 얼마나 이익이 되는지 —— 를 누누이 얘기했으면서도 아무 설명도 없이 자기 멋대로 말을 바꾼 것이다.

한동안 내 찬란한 꿈이 모두 망쳐져서 먼지로 변해 버렸다는 참담한 실망과 슬픔 때문에 몹시 괴로웠다. 내가 뭘 잘못했을까? 나는 속으로 그렇게 묻곤 했다. 어째서 사부는 내가 그를 가장 필요로 할 때 나를 버렸을까?

그런 과정을 거쳐 나는 이솝의 도움으로 글자와 숫자들을 배웠는데, 일단 시작을 하고 보니 너무도 쉬운 일이어서 그처럼 안달을 했던 이유가 무엇이었는지 의아해졌다. 아마도 나는 사부에게 내가 하늘을 날지 못하게 되더라도 멍청이는 아니라는 사실을 납득시키려고 했던 것 같지만, 노력이 거의 들지 않았던 탓에 얼마 안 가서 곧 그 일은 공허한 승리처럼 느껴졌다.

11월이 되자 식량 부족 문제가 갑자기 해결되었고 그 덕분에 한동안 집안 분위기가 돋우어졌다. 어디에서 그런 일을 할 돈을 구했는지 아무에게도 알리지 않은 채, 사부가 통조림 식품들을 배달하도록 은밀히 손을 쓴 것이었다. 우리에게 그 일이 마치 하늘에서 갑자기 떨어져 내린 기적처럼 느껴졌다. 어느 날 아침, 우리집 문 앞에 트럭이 한 대 멈춰 서더니 두 건장한 사내가 뒤쪽에서 마분지 상자들을 내리기 시작했다. 그런 상자들이 수백 개는 되었고, 상자 하나하나마다 스물네 개씩의 통조림 식품이 들어 있었다. 갖가지 종류의 야채들, 고기와 육즙, 푸딩, 살구와 복숭아는 상상도 못할 만큼 엄청난 양이었다. 그 두 남자가 집 안으로 짐을 옮기는 데만도 한 시간 이상이 걸릴 정도로. 그 동안 내내 사부는 팔짱을 낀 채 장난스러운 늙은 올빼미처럼 싱긋이 웃으며 서 있었고, 이솝과 나는 모두 입을 쩍 벌리고 멍하니 바라보았다. 얼마쯤 뒤에 사부가 우리를 양옆으로 부르더니 어깨에 손을 올려 놓았다.

「수 아주머니가 해주는 음식과는 비교가 될 수 없겠지만, 그래도 옥수수 죽보다는 훨씬 나을 거다. 안 그러냐, 얘들아? 위급할 때에는 누구에게 의지를 해야 되는지만 기억해 둬라. 우리가 아무리 심각한 곤란에 처하더라도 나는 언제나 난국을 타개할 방법을 찾아낼 거다.」

그가 말했다.

그가 어떻게 손을 썼건 위기는 끝났다. 식품 저장실은 다시 가득 채워졌고 우리는 이제 좀더 먹었으면 하는 아쉬움을 느끼며 식탁에서 일어서지도, 배가 쪼르륵거린다고 불평을 하지도 않았다. 여러분은 상황이 그처럼 180도 바뀐 것에 우리가 끊임없는 고마워했다고 생각하겠지만, 사실 우리는 곧 그 일을 당연한 것으로 받아들였다. 채 열흘도 안 되어 우리가 잘 먹어야 한다는 것이 아주 자연스러운 일로 보였고, 그 달이 끝나 갈 무렵쯤에는 식량이 부족했던 날들을 기억조차도 하기 어려웠다. 결핍에 대해서는 그런 법이다. 뭔가가 부족하면 우리는 끊임없이 그것을 갈망하면서 속으로 〈만일 그걸 가질 수만 있다면 내 모든 문제가 풀리게 될 거야〉라는 말을 하지만 일단 그것을 얻고 나면, 갈망하는 물건이 손에 들어오고 나면, 그것은 매력을 잃기 시작한다. 다른 욕망들이 고개를 들고, 다른 부족한 것들이 느껴지고, 우리는 어느 새엔가 조금씩 조금씩 원위치로 되돌아가게 된다. 내가 글을 배우는 과정에서도 그랬고 새로 구한 식량이 식품 저장실에 가득 채워지는 일에서도 그랬다. 나는 그 두 가지 일로 사정이 달라질 거라고 생각했었지만 결국 그것들은 그림자, 내가 정말로 원하는 단 한 가지 것 —— 내가 손에 넣을 수 없는 바로 그것 —— 의 대체(代替)적인 갈망에 지나지 않았다. 나는 사부에게서 다시 사랑을 받고 싶었다. 그것이 그 몇 달 동안에 귀착되는 이야기이다. 나는 사부의 애정을 목말라 했고, 아무리 많은 음식으로도 갈증을 채울 수 없었다. 그와 함께 2년을 보낸 뒤, 나는 내 모든 인간 됨됨이가 그에게서 곧장 흘러들었다는 것을 알게 되었다. 사부는 나를 그 자신의 이미지로 만들어 놓은 것이었다. 그러나 이제 그는 나를 위해 거기에 있지 않았고, 나는 내가 알 수 없는 어떤 이유로 그를 영원히 잃었다고 느꼈다.

그의 관심이 위더스푼 부인에게로 돌아가 있다는 생각은 단 한 번도 떠오르지 않았다. 심지어는 어느 날 밤 수 아주머니가 위치토에 있는 사부의 〈미망인 숙녀〉에 대해 얘기를 슬쩍 비쳤을 때에도 나는 그 말이 무슨 뜻인지를 전혀 알아채지 못했다. 나는 그런 일에 뒤쳐진, 말하자면 남자와 여자 사이에서 이루어지는 가장 근본적인 일조차도 알지 못하는 열한 살짜리 겉똑똑이여서, 내 생각으로는 남자와 여자의 결합이라는 것은 순전히 육욕적인 행위, 변덕스런 열정의 끊임없는 경련이었다. 또 이솝이 내게 자기의 그것을 멋지고 따뜻한 질(膣) 속에다 집어 넣었다는 말을 했을 때에도 —— 그는 막 열일곱 살이 지나 있었다 —— 내 머릿속으로 당장 떠오른 것은 내가 세인트루이스에서 알고 있던, 몸뚱이를 팔아 차갑고 냉혹한 돈을 벌 셈으로 새벽 2시에 엉덩이를 씰룩거리며 골목길을 오르내리던, 상스럽고 발랑 까진 창녀들의 모습이었다. 나는 어른들의 사랑이나 결혼 또는 고상한 정서라고 하는 것에 대해서는 하나도 알지 못했다. 내가 그처럼 무지했던 이유는 아마도 그때까지 보았던 결혼한 커플이 슬림 삼촌과 페그 숙모뿐인 데다, 그들의 결혼 생활이 너무도 짐승 같은 결합,

침을 뱉고 저주를 하고 아우성을 치는 광란이었기 때문일 것이다. 사부가 집을 떠나 있을 때면 나는 그가 어딘가에서 포커 게임을 하거나, 시볼라의 무허가 술집에서 싸구려 술을 병째로 들이켜고 있을 거라고만 생각했다. 그가 위치토에서 메리언 위더스푼 같은 상류층 숙녀에게 구혼을 하고 있으며, 그러는 과정에서 차츰차츰 비탄에 잠겨 들고 있다는 생각은 아예 떠오르지도 않았다. 나는 그녀를 내 두 눈으로 직접 보았었지만 그 당시는 열이 너무 높았던 탓으로 그녀의 모습을 거의 기억할 수 없었다. 그래서 내게는 그녀가 일종의 환영, 죽음의 문턱에서 생겨난 허구였고, 어쩌다 그녀의 얼굴이 내 마음속을 스쳐 지나갔다 하더라도 나는 그것을 현실로 믿지 않았다. 또 이따금씩 그녀가 어머니 같다는 생각이 들었다 하더라도 다음에는 내 어머니의 영혼을 알아보지 못하게 될까 봐 겁이 나곤 했다.

내가 상황을 제대로 알기 위해서는 재난에 가까운 두 가지 사건을 겪어야 했다. 12월 초의 어느 날, 이솝이 잘 따지지 않는 복숭아 통조림을 따려다가 손가락을 베였다. 그 상처는 처음엔 얼마 안 가서 곧 나을 단순한 찰과상, 아무것도 아닌 상처로 보였지만 당연히 그래야 하듯 딱정이가 앉는 대신 생인손이 되어 엄청나게 부어 올랐고, 사흘째가 되자 불쌍한 이솝은 열이 몹시 올라 침대에서 끙끙 앓고 있었다. 그때 마침 예후디 사부가 집에 있었던 것이 다행이었다. 그는 여러 가지 다른 재능 외에 의학에도 상당한 지식을 갖고 있었기 때문이었다. 다음날 아침 그가 환자의 상태를 보려고 2층에 있는 이솝의 방으로 올라갔다가, 2분 뒤에 고개를 저으며 내려와 눈물을 감추려고 눈을 끔벅거렸다.

「지체할 시간이 없구나.」

그가 내게 말했다.

「회저(壞疽)가 퍼지기 시작하고 있어. 당장 손가락을 잘라 내지 않으면 손을 거쳐 팔까지 번지기 십상이야. 밖으로 달려 나가서 수 아주머니에게 하던 일 모두 그만두고 물을 두 단지 끓이라고 해라. 나는 칼을 갈러 부엌으로 내려갈 테니까. 한 시간 내에 수술을 해야 돼.」

나는 그가 시키는 대로 뒤뜰에서 수 아주머니를 불러온 다음 다시 집 안으로 달려들어갔다. 그리고 2층으로 올라가 내 친구 옆에 자리를 잡고 앉았다. 이솝은 끔찍해 보였다. 윤기 있던 검은 피부는 흐릿하고 얼룩덜룩한 회색으로 바뀌어 있었고, 그의 머리가 베개 위에서 이리저리 구를 때마다 가슴에서 그르렁거리는 가래 소리가 들렸다.

「기운 내, 형.」

내가 말했다.

「오래 걸리지는 않을 거야. 사부님이 고쳐 줄 거니까. 그러면 형은 알지도 못하는 새에 아래층으로 내려가 그 박자도 안 맞는 솜씨로 피아노 건반을 두드리게 될 거야.」

「월트?」

그가 물었다.

「너니, 월트?」

그가 핏발 선 눈을 뜨고 내 목소리가 들리는 쪽을 쳐다보았지만 그의 눈동자가 너무 열에 떠 있어서 나는 그가 나를 볼 수 있는지 아닌지는 알 수 없었다.

「그럼 물론 나지.」

내가 대답했다.

「나 말고 누가 이런 시간에 여기서 이렇게 앉아 있을 거라고 생각했어?」

「나는 손가락이 잘리게 될 거야, 월트. 그래서 평생 불구가 될 거고 어떤 여자도 나를 원하지 않을 거야.」

「형은 벌써 평생 불구야. 그렇다고 형이 여자하고 그 짓을 할 생각을 그만둔 건 아니잖아. 사부님은 형의 고추를 잘라내려는 게 아니라 단지 손가락, 그것도 왼쪽 손가락일 뿐이야. 형 물건이 그대로 붙어 있는 한 형은 이 세상이 끝날 때까지 여자하고 그 짓을 할 수 있어.」

「난 내 손가락을 잃고 싶지 않아.」

그가 앓는 소리를 했다.

「내가 손가락을 잃게 된다면 그건 세상에 정의가 없다는 뜻이야. 내 말은 하느님이 나한테서 등을 돌렸다는 얘기라고.」

「나는 손가락이 아홉 개 반밖에 없지만 그것 때문에 걱정을 하는 일은 별로 없어. 형이 손가락을 하나 잃게 되면 우린 꼭 쌍둥이 같아질 거야. 아홉 손가락 클럽의 진짜 회원들. 그러니까 사부님이 늘 얘기했듯이 죽는 날까지 형제가 되는 거지.」

나는 그를 안심시키려고 있는 힘을 다했지만 일단 수술이 시작되자 나는 한옆으로 밀려나 잊혀졌다. 사부와 수 아주머니가 수술을 할 동안 나는 손으로 얼굴을 가린 채 문간에 서서 잠깐 잠깐씩 손가락 틈새로 그 광경을 바라보았다. 에테르도 마취제도 없었던 탓으로 이솝은 수술이 시작되었을 때부터 끝날 때까지 내내 악을 쓰고 등골이 오싹해질 정도로 무시무시한 비명을 질렀다. 나는 그가 불쌍하다고 생각이 들면서도 울부짖는 소리에 미칠 지경이 되었다. 비명소리가 너무도 끔찍했고 거기에서 느껴지는 두려움이 너무 깊고 길게 이어져서 내가 할 수 있었던 것은 고작 나 자신이 비명을 지르지 않는 것뿐이었다. 예후디 사부는 훈련받은 의사처럼 침착하게 수술을 계속해 나갔지만 수 아주머니는 나와 마찬가지로 이솝의 비명을 견뎌 내지 못했다. 그것은 내가 그녀에게서 전혀 예상치 못했던 일이었다. 나는 늘 인디언들이 자기네들의 감정을 숨기는 사람들, 백인보다 더 용감하고 자제력이 강한 사람들이라고 생각했었다. 그러나 수 아주머니는 사실상 정신을 가누지 못했고, 피가 계속 튀기면서 이솝의 고통이 점점 고조되자 마치 칼이 자기의 살을 파고드는 것처럼 숨을 헐떡이며 흐느끼기 시작했다. 그녀는 너무 인정이 많은 간호사였다. 얼마쯤 뒤에는 사부가 그녀의 울음소리에 정신이 흐트러져서 그녀를 밖으로 내보내야 했다.

「끓인 물이 한 양동이 더 있어야 되겠습니다.」

그가 말했다.

「지금 당장 해요. 빨리 서둘러서.」

그것은 단지 그녀를 몰아내기 위한 핑계였다. 나는 수 아주머니가 손으로 얼굴을 가리고 울면서 내 옆을 지나 무턱대고 계단쪽으로 달려가는 모습과 그 다음에 벌어진 일을 모두 똑똑히 다 보았다. 그녀가 첫번째 계단에서 발을 헛디디고, 중심을 잡으려고 하는 사이 무릎이 꺾이고, 다음에는 그녀의 육중한 몸이 곤두박질 쳐서 쿵쿵 계단을 굴러 내려가 바닥에 부딪칠 때까지. 그녀는 온 집안을 뒤흔드는 요란한 소리와 함께 아래층 바닥으로 나가떨어졌고, 뒤이어 날카로운 비명을 지르면서 왼쪽 다리를 움켜쥐고 몸을 뒤틀기 시작했다.

「이 병신 같은 늙은 년!」

그녀가 자기에게 욕을 해댔다.

「이 멍청하고 모자란 늙은 년, 네가 무슨 짓을 했는지 봐. 계단에서 굴러 떨어져 망할 놈의 다리를 분질렀어.」

다음 두 주일 동안 온 집안이 병원처럼 침울해졌다. 시중을 들어야 할 환자가 한꺼번에 둘씩 생기자 사부와 나는 그들의 엉덩이를 닦아주는 일만 빼놓고, 하루 온종일 그들이 먹을 음식을 마련하고, 변기를 비우고, 침대를 정돈하고, 접시들을 닦고 하면서 온갖 허드렛일을 하느라 계단을 달려올라갔다 내려왔다 하기에 바빴다. 이솝은 자기 연민과 실의에 빠져 의기소침해 있었고, 수 아주머니는 아침부터 밤까지 자기 자신에게 욕설을 퍼부어 댔다. 또 거기에다 외양간에 있는 짐승들을 돌보고, 방들을 청소하고, 스토브에 불을 피워야 했으므로 사부와 나는 각자 맡은 일을 하면서 단 1분도 쉴 틈이 없었다. 내가 땅에서 떠오르기로 되어 있던 크리스마스가 다가오고 있었지만 그때까지도 나는 여전히 중력의 법칙에 복종하고 있었다. 그 시기가 그 한 해 중에서 가장 암울한 기간이었다. 그 무렵쯤 나는 할 일을 하고 읽는 법과 쓰는 법을 배운 정상적인 시민으로 바뀌어 있었는데, 그런 상황이 조금이라도 더 오래 계속되었더라면 아마도 웅변 교습을 받아 보이스카우트에 들어가는 것으로 끝이 났을 것이다.

어느 날 아침 나는 평소 때보다 좀더 일찍 일어났다. 이솝과 수 아주머니의 방을 둘러보았더니 두 사람 모두 아직 잠들어 있었다. 나는 동이 트기 전에 얼굴을 비쳐서 사부를 놀라게 해줄 셈으로 가만가만 계단을 내려갔다. 평소 때 같으면 그는 이미 부엌으로 내려가 아침 식사로 먹을 음식을 만들면서 하루를 시작할 준비를 하고 있었을 것이다. 그러나 부엌에서는 스토브에서 풍겨 나는 커피 냄새도, 프라이팬에서 베이

컨이 지글거리는 소리도 없었다. 아니나다를까, 내가 부엌으로 들어섰을 때 그곳은 비어 있었다. 아마 외양간에서 달걀을 모으거나 우유를 짜고 있겠지. 나는 그런 생각이 들었지만 다음에는 스토브에 불이 지펴져 있지 않다는 것을 알아차렸다. 겨울 아침에는 불을 지피는 것이 일의 첫번째 순서였다. 더구나 아래층 기온은 숨을 내쉴 때마다 허연 입김이 서릴 만큼 쌀쌀했다. 아마도 그 노인네가 기진맥진해져서 단잠을 좀더 자고 싶은 거겠지. 나는 계속 그런 생각을 해보았다. 그렇다면 이건 분명히 경우가 뒤바뀌는 게 아닐까? 사부가 나를 깨우는 대신 내가 사부를 깨운다는 게? 그래서 나는 다시 2층으로 올라가 그의 침실 문을 두드렸다가 서너 번을 두드린 뒤에도 아무 응답이 없자 문을 열고 조심스럽게 문지방을 넘어섰다. 그러나 예후디 사부는 어디에도 보이지 않았다. 침대에 없었을 뿐 아니라 침대 그 자체도 깔끔하게 정돈되었고, 간밤에 누가 거기에서 잠을 잤다는 흔적이 전혀 없었다. 사부는 우리에게서 달아난 거야. 내 머릿속으로 문득 그런 생각이 스쳤다. 아무 말도 없이 달아나 버린 거고, 사부를 보는 건 이걸로 마지막이야.

다음 한 시간 동안 내 머릿속에서는 절망적인 생각들이 마구잡이로 떠올랐다. 나는 슬프다가 화가 났고, 약이 올랐다 웃음이 나왔고, 으르렁거리며 한탄을 했다가 나 자신을 비하했다. 온 세상이 연기로 사라져 버렸고 나는 잿더미 속에서, 연기가 피어오르는 배신의 폐허 사이에서 언제까지고 혼자 살도록 남겨진 것이었다.

수 아주머니와 이솝은 그때까지도 내 분노와 눈물을 까맣게 모른 채 곤히 잠들어 있었다. 어떻게 해서인지 나는 다시 부엌으로 내려가 —— 내가 어떻게 거기로 내려갔는지는 기억이 나지 않는다 —— 배를 깔고 얼굴을 바닥에 댄 채 지저분한 나무 널빤지에 코를 문지르고 있었다. 그때쯤엔 내게서 더 이상 솟아날 눈물은 없었다. 단지 흐느낌과 딸꾹질의 여파로 가쁜 숨을 얕게 몰아 쉬며 몸을 들썩거리고 있을 뿐이었다. 이윽고 나는 평온할 정도로까지 잠잠해졌고, 조금씩 조금씩 어떤 느낌이 내 몸을 타고 퍼져 나가 근육들 사이에서 발산되며 손가락 끝과 발가락 끝으로 스며 나왔다. 이제 내 머릿속에서는 아무 생각도 없었고, 가슴속에는 아무 느낌도 없었다. 그리고 몸에서도 무게가 전혀 느껴지지 않았다. 나는 나를 둘러싼 세상에 초연하고 무관심한 채 잔잔한 무감각의 파도 위에 떠 있었다. 내가 처음으로 그 일을 한 것은 바로 그때였다. 아무런 예고도 없이, 그 일이 일어나려고 한다는 최소한의 인식도 없이, 내 몸이 아주 천천히 바닥에서 떠오르는 것을 느낀 것이었다. 그 움직임은 너무도 자연스럽고 너무도 절묘하리만큼 가벼워서 나는 눈을 뜨고 나서야 내 팔다리가 어디에도 닿지 않고 허공에 걸려 있다는 것을 알았다. 바닥에서 높이 떠 있지는 않았지만 —— 기껏해야 1, 2인치쯤 —— 나는 아무 노력도 들이지 않고 밤하늘의 달처럼 고요히 떠오른 채 허파 속으로 들어왔다 나갔다 하는 공기의 흐름만을 의식하고 있었다. 내가 얼마나 오랫동안 그렇게 떠 있었는지는 알 수 없지만 어느 순간엔가 나는 떠올랐을 때와 똑같이 느리고 가볍게 다시 땅으로 내려앉았다. 그때쯤에는 내게서 모든 기운이 빠져 나갔고 내 눈은 이미 감겨 있었다. 그리고 방금 일어났던 일에 대해서 생각해 볼 겨를도 없이, 나는 세상의 밑바닥으로 가라앉는 돌멩이처럼 꿈도 없는 깊은 잠으로 빠져 들었다.

나를 잠에서 깨운 것은 말소리와 나무 바닥에 끌리는 신발 소리였다. 눈을 뜨자 예후디 사부가 입고 있는 검은 바지의 왼쪽 가랑이가 바로 눈에 들어왔다.
「아니, 이 녀석아.」
그가 발로 나를 쿡 찌르면서 말했다.
「차가운 부엌 바닥에서 선잠을 잔 거냐? 건강하게 지내기 위해서 한잠 자기에는 썩 쓸 만한 곳은 아닌데.」
나는 일어나 앉으려고 했지만 몸이 너무 나른하고 무거워서 한쪽 팔꿈치를 괴고 일어나는 데만도 온 힘을 다 쏟아야 했다. 내 머릿속은 거미줄이 얽힌 것처럼 혼란스러웠고, 아무리 열심히 눈을 비비고 끔벅여도 초점을 제대로 맞출 수 없었다.
「도대체 왜 그러니, 월트?」
사부가 물었다.
「너, 꿈을 꾸면서 돌아다니기라도 한 거냐?」
「아뇨, 그런 게 아니라요.」
「그럼 왜 그렇게 시무룩해 있지? 너 꼭 장례식에 갔다 온 것처럼 보이는데 말이다.」
사부가 그 말을 듣자 엄청난 슬픔이 몰려오면서 갑자기 눈물이 터질 것 같은 느낌이 들었다.
「사부님!」
내가 양팔로 그의 다리를 끌어안고 뺨을 그의 정강이에 갖다 붙이며 소리쳤다.
「사부님이 나를 버리고 가버린 줄 알았어요. 나를 내버려두고 다시는 돌아오지 않을 줄 알았어요.」
내 입에서 그 말이 나오는 순간, 나는 그게 아니라는 것을 알았다. 내게서 그 나약하고 절망스러운 느낌을 불러일으킨 것은 사부 때문이 아니라 잠이 들기 직전에 일어났던 일 때문이었다. 내가 허공에 떠서 보냈던 순간들과 도저히 할 수 없었던 일을 해냈다는 확실한 기억이 혐오스러우리만큼 생생하게 다시 밀려왔다. 그 엄청난 도약이 황홀감과 즐거움으로 나를 채우기보다는 두려움으로 나를 압도한 것이었다. 나는 이제 내가 누군지조차 알 수 없었다. 내 속에 나 아닌 다른 어떤 것이 있었지만 너무도 소름끼치고 너무도 생소한 것이어서 나는 차마 그것에 대한 말을 입 밖에 낼 수 없었다. 그러는 대신 나는 울음을 터뜨렸고, 일단 울기 시작하자 언제 울음을 그쳐야 할지도 알 수 없었다.

「귀여운 녀석, 착하고 귀여운 녀석.」

그가 허리를 굽혀 나를 안아 들더니 내 등을 토닥이며 나를 꼭 끌어안았다. 그리고는 잠시 침묵이 이어지다가 그의 말소리가 들렸다. 하지만 그는 이제 나를 상대로 이야기하고 있지 않았다. 정신이 든 뒤 처음으로 나는 그 방에 누군가 다른 사람이 있다는 것을 알았다.

「이 녀석이야말로 누구보다도 더 용감한 아이지요.」

사부가 말했다.

「너무 열심히 애를 쓴 바람에 몹시 지친 모양이오. 어린 몸으로 그렇게 많은 일을 견뎌 낼 수 있다니, 나는 이 가엾은 녀석이 완전히 녹초가 된 게 아닐까 두렵소.」

그제야 나는 사부의 무릎에서 고개를 들고 사방을 둘러보았다. 문간의 밝은 빛 속에 위더스푼 부인이 서 있었다. 내가 기억하기로 그녀는 진홍색의 오버코트에 검은 털모자를 쓴 차림이었고, 그녀의 뺨은 찬바람을 쐬어 아직도 발그레했다. 나와 눈길이 마주치자 그녀가 미소를 지어 보였다.

「안녕, 월트.」

그녀가 인사를 건넸다.

「아주머니도 안녕하세요.」

내가 마지막 눈물을 삼키면서 말을 받았다.

「자, 네 아름다운 대모를 맞거라.」

사부가 말했다.

「위더스푼 부인이 우리를 구해 주러 왔어. 이분은 한동안, 그러니까 일이 정상으로 돌아갈 때까지 우리집에서 머물 거다.」

「아주머니는 위치토에서 온 숙녀 아닌가요?」

내가 그녀의 얼굴이 낯익어 보인다는 것을 알아차리고 물었다.

「그래, 맞아. 그리고 넌 눈보라 속에서 길을 잃었던 조그만 사내아이였지?」

「벌써 오래 전 얘기예요.」

내가 사부의 팔에서 빠져 나와 일어서면서 말했다.

「그 일에 대해서는 별로 기억이 나는 게 없어요.」

「그래, 넌 아마도 그렇겠지. 하지만 난 기억하고 있어.」

「위더스푼 부인은 우리 집안의 친구일 뿐 아니라, 제일 가는 후원자이고 사업 동반자이기도 하지. 그러니까 넌 내막을 알았을 거다, 월트. 나는 이분이 우리와 함께 있을 동안 네가 그 점을 마음에 새겨 두었으면 한다. 네가 먹는 음식, 네가 입는 옷, 네 몸을 따뜻하게 해 주는 불, 그 모두가 위더스푼 부인의 친절에서 나오는 거고, 그걸 잊는다면 참으로 유감스러운 일이 될 거다.」

사부가 말을 이었다.

「걱정마세요. 난 바보가 아니니까요.」

나는 갑자기 힘이 다시 솟는 듯한 느낌이었다.

「아름다운 부인이 우리집으로 들어올 때 신사가 어떻게 행동해야 되는지는 알아요.」

박자를 놓치지 않고 나는 위더스푼 부인을 바라보았다가 할 수 있는 한 공손하고 대담하게, 여자들이 받았던 중에서 가장 도발적이고 가장 터무니없는 윙크를 해보였다. 다행스럽게도 위더스푼 부인은 얼굴을 붉히거나 말을 더듬지는 않았다. 그러는 대신, 짤막하게 소리를 내어 웃더니 늙은 뚜쟁이처럼 침착하고 태연하게, 내가 했던 것과 똑같이 장난스러운 윙크를 해보였다. 나는 그 순간을 지금까지도 소중히 기억하고 있는데, 바로 그 순간 나는 우리가 서로 친해지리라는 것을 알았다.

나는 사부가 그녀와 어떻게 합의를 보았는지 몰랐다. 또 당시에는 그 문제에 대해서 별로 생각을 해보지도 않았다. 나와 상관이 있었던 것은 위더스푼 부인이 우리집으로 왔으며, 그녀가 있음으로 해서 내가 환자를 돌보고 허드렛일을 하는 곤경에서 벗어났다는 것이다. 그녀는 첫날 아침부터 바로 집안일을 떠맡았고 다음 3주일 동안 우리집은 새로 산 롤러스케이트처럼 원활하게 돌아갔다. 솔직히 말해서 나는 그녀가 집안일을 할 수 있으리라고 생각하지 않았다. 적어도 멋진 코트에 값비싼 장갑을 끼고 있는 그녀를 보았을 때는 그랬다. 그녀는 하인들의 시중을 받는 데에나 길이 든 사람처럼 보였다. 또 비록 그녀가 여자다운 면에서는 아주 예뻤다 하더라도, 그녀의 피부색은 너무 창백해서 내 취향에 맞지 않았고 살집도 너무 없었다. 내가 그녀에게 적응하는 데는 시간이 좀 걸렸다. 그녀의 태도와 행동이 내가 알고 있던 어떤 여자들의 범

주에도 들어맞지가 않았기 때문이었다. 그녀는 왈패나 바람둥이도 아니었고, 가정 주부감인 그저 그런 여자도, 엄한 선생 타입의 여자도, 또 그렇다고 잔소리 심한 중년의 노처녀도 아니었다. 그러나 어쩐지 그런 타입들이 모두 조금씩 섞인 것 같았다. 이 말은 그녀가 어떤 사람인지를 절대로 분명히 알 수 없었을 뿐 아니라, 그녀의 다음 행동이 어떨지도 예측할 수 없었다는 뜻이다. 내가 분명하게 느낀 것 한 가지는 사부가 그녀를 사랑하고 있다는 것이었다. 그녀가 방으로 들어설 때면 언제나 그의 말소리가 상냥하고 부드럽게 바뀌는 것만 보아도 그랬다. 또 몇 번인가 나는 그녀가 다른 쪽을 보고 있을 때 그녀를 물끄러미 바라보고 있는 사부의 모습을 본 적도 있었다. 그들은 매일 밤 같은 침대에서 잤고 침대 스프링이 리드미컬하게 삐걱거리는 소리가 들렸기 때문에 나는 당연히 그녀도 사부에 대해서 같은 감정을 느끼고 있을 것이라고 생각했다. 내가 모르고 있었던 것은 그녀가 이미 사부의 결혼 요청을 세 번이나 거절했다는 것이다. 그러나 설령 내가 알았다 하더라도 사정이 별로 달라지지는 않았을 듯싶다. 그때 나는 마음속에 다른 생각들을 품고 있었고, 그것들이 내게는 사부의 사랑 문제가 잘 풀리고 안 풀리고 하는 것보다 훨씬 더 중요했다.

 그 몇 주일 동안 나는 내 새로운 재능의 신비와 두려움을 탐구하느라 내 방에 틀어박힌 채, 될 수 있으면 사람들을 피하고 지냈다. 그 재능을 분명히 이해하고, 이용할 수 있게 만들고, 그 정확한 차원을 연구하여 나 자신의 근본적인 한 부분으로 받아들이기 위해 할 수 있는 모든 일을 다 해볼 셈에서였다. 그것은 투쟁, 단지 기술을 마스터하기 위한 것만이 아니라 그 섬뜩하고 충격적이고 함축적인 의미를 흡수 동화하여 그 무시무시한 현상의 아가리 속으로 뛰어들기 위한 투쟁이었다. 그 재능은 내게 특별한 운명을 지웠고, 나는 평생 동안 다른 사람들로부터 떨어져 있게 될 것이었다. 어느 날 아침잠을 깨고 일어나 보니 얼굴이 달라져 있다고 상상해 보라. 그리고 다음에는 그 얼굴에 익숙해질 때까지, 자기 자신에 대해서 다시 편안한 기분을 느낄 수 있을 때까지, 거울 앞에서 얼마나 많은 시간을 보내야 할지 상상해 보라. 매일같이 나는 내 방에 틀어박혀서 바닥에 배를 깔고 엎드려 몸이 공중으로 떠오르기를 기원했다. 그처럼 많은 연습을 한 덕분인지, 얼마 안 가서 곧 나는 마음대로 몇 초 내에 땅 위로 떠오를 수가 있었다. 그리고 두 주일 뒤에는 바닥에 배를 깔고 누워 있을 필요가 없다는 것도 알게 되었다. 나 자신에게 적절한 최면을 걸기만 하면 선 자세에서 곧장 땅 위로 30센티미터는 족히 떠오를 수 있었다. 그로부터 사흘 뒤, 나는 눈을 뜬 채로도 떠오를 수 있다는 것을 알았다. 실제로 나는 아래쪽을 내려다보며 내 발이 바닥에서 떠오르는 것을 볼 수 있었지만 그래도 여전히 최면은 깨어지지 않았다.

그러는 사이 내 주위에서는 다른 사람들의 삶이 소용돌이쳤다. 이숍은 붕대를 풀었고, 수 아주머니는 지팡이를 마련해 다시 절뚝거리며 돌아다니기 시작했고, 사부와 위더스푼 부인은 매일 밤마다 신음 소리로 온 집 안을 채우며 침대 스프링을 삐걱거렸다. 대처해야 할 소란스러운 일들이 너무 많아서 내 방에 계속 틀어박혀 있을 구실을 찾아내기가 항상 쉽지만은 않았다. 몇 번인가 나는 사부가 내 마음속을 훤히 꿰뚫고 있으며 내가 무슨 일을 하는지도 다 알고 있지만, 단지 나 때문에 자기 일을 방해받고 싶지 않아서 모르는 척하고 있는 게 분명하다는 생각이 들었다. 다른 때 같았더라면 나는 내가 그런 식으로 따돌려진다는, 말하자면 그가 타의 추종을 불허할 정도로 뛰어난 재능을 지닌 나보다 그 여자와 함께 있기를 더 좋아한다는 사실을 알고 질투심으로 불타올랐을 것이다. 그러나 이제 나는 공중으로 떠올랐고 예후디 사부는 내게서 신 같은 속성을 잃어 가고 있었다. 내가 이미 그의 영향력 아래에서 벗어난 만큼, 나는 그를 한 인간, 다른 사람보다 더 낫지도 못하지도 않은 인간으로 보고 있었다. 그가 위치토에서 찾아온 빼빼 마르고 음탕한 여자와 신나게 뛰어 놀면서 시간을 보내고 싶어한다면 그것은 그의 일이었다. 그에게는 그의 일이 있었고 내게는 내 일이 있었다. 이제부터 일은 그런 식으로 되어갈 것이었다. 나는 마침내 나 스스로 나는 법, 아니면 적어도 나는 것처럼 보이는 법을 터득했고, 그것을 이제는 내가 독자적인 사람이며 나 자신에게만 신경을 쓰면 된다는 뜻으로 받아들였다. 그러나 사실 나는 발전의 다음 단계로 접어든 것뿐이었다. 언제나처럼 교활하고 속을 터놓지 않는 사부는 여전히 나를 훨씬 앞질러 있었고, 나는 내가 생각했던 것처럼 능수 능란한 사람이 되려면 아직 한참을 더 가야 했다.

이솝은 손가락을 하나 잃고 나서 그 자신의 맥빠진 그림자처럼 축 늘어져 있었다. 나는 그와 함께 가능한 한 많은 시간을 보내려고 했지만 나 자신의 실험에 너무 바빠서 그가 필요로 하는 다정한 관심을 보여줄 수 없었다. 당연히 그는 내게 어째서 그렇게 오랫동안 혼자서 방에 틀어박혀 지내느냐고 몇 번씩이고 물었다. 어느 날 아침 —— 그것은 틀림없이 12월 15일 아니면 16일이었을 것이다 —— 나는 그의 의심을 가라앉히기 위해 하찮은 거짓말을 한 가지 꾸며냈다. 한편으로는 그에게 내가 이제 그를 좋아하지 않는다는 인상을 주고 싶지 않아서였고, 다른 한편으로는 아무 대답도 하지 않느니보다는 악의 없는 거짓말이라도 하는 편이 더 나을 것 같아서였다.

「그건 뜻밖의 선물 비슷한 거야.」

내가 대답했다.

「거기에 대해서 한 마디도 하지 않겠다고 약속하면 내가 힌트를 한 가지 줄게.」

이솝이 의심스러운 눈으로 나를 바라보았다.

「너 또다시 못된 장난을 꾸미려는 거지?」

「장난이 아니야, 맹세할게. 내가 형한테 하는 얘기는 정말로 진짜고 아주 믿을 만한 거야.」

「그렇게 빙빙 돌릴 거 없어. 뭐든 할 얘기가 있으면 그대로 털어놔 봐.」

「그럴게. 하지만 먼저 약속을 해야 돼.」

「그렇다면 좋은 거라야 돼. 난 아무 이유도 없이 약속을 하기는 싫으니까, 너도 알 테지만.」

「아, 물론 좋은 거야. 그 점에 대해선 나를 믿어도 돼.」

「글쎄.」

그가 조바심을 내기 시작했다.

「대체 무슨 얘긴데 그러니?」

「오른손을 들고 아무한테도 얘기하지 않겠다고 맹세해. 형 어머니의 무덤에다 맹세해. 형 눈의 흰자에다 맹세해. 검둥이 마을에 있는 모든 창녀들의 보지에다 맹세해.」

그가 한숨을 내쉬고 왼손으로 자기의 불알을 쥔 다음 ── 그것이 우리가 신성한 서약에 맹세를 하는 방법이었다 ──

오른손을 들어올렸다.
「약속할게.」
그러고 나서 이솝이 내가 시키는 대로 복창했다.
「좋아.」
그런 다음 나는 즉석에서 말을 꾸며냈다.
「그러니까 이런 거야. 크리스마스가 다음 주로 다가왔는데, 우리집에 위더스푼 부인도 와 있고 해서 그런 거겠지만, 25일에 축하 파티가 열릴 거라는 얘기를 들었어. 칠면조에다 푸딩, 선물, 어쩌면 지팡이하고 팝콘을 매단 전나무도 있겠지. 만일 내 생각대로 그 파티가 열린다면 난 곤란한 꼴을 당하고 싶지 않아. 형도 그게 어떤 건지 알 거야. 선물을 받았는데 그 보답으로 선물을 줄 수 없다면 그건 재미가 없잖아. 그래서 난 요즘 내 방에서 그걸 궁리하고 있었어. 내 형편없는 머리로 생각해 낼 수 있는 가장 근사하고 가장 놀랄 만한 계획을 짜면서 선물을 만들어 보려고 말야. 며칠 내에 그걸 형한테 보여 줄 테니까 제발 실망이나 하지 마.」

크리스마스 파티가 열리게 될 거라는 말은 사실이었다. 그것은 어느 날 밤 내가 벽 저편에서 사부와 위더스푼 부인이 하는 얘기를 엿듣고 알게 된 것이었으니까. 그때는 누구에게 선물을 하겠다는 생각이 떠오르지 않았었지만 이제 그 생각이 머릿속에 들어온 이상 나는 그것을 더없는 기회, 내가 그때까지 내내 기다려 왔던 기회라고 보았다. 만일 크리스마스 파티가 열린다면 —— 그런데 바로 그날 밤 사부가 그렇게 할 거라고 발표했다 —— 나는 내 재능을 선보이기 위해 그 파티를 이용할 작정이었다. 그것이 그들에 대한 내 선물인 셈이었다. 나는 그들의 눈앞에서 공중으로 떠오를 것이고, 마침내는 내 비밀이 세상에 알려질 것이었다.

그 뒤로 한 주일 반 동안 나는 식은땀을 흘리며 보냈다. 내가 혼자서 몰래 연습을 할 때는 실수하는 일이 없었더라도 그들 앞으로 나섰을 때 곤두박이치며 처박히지 않는다고 어떻게 장담할 수 있을까? 내가 그 일을 해내지 못한다면 나는 웃음거리, 여러 해 동안에 걸쳐 놀림감이 될 것이다. 그래서 내 평생 가장 길고 가장 고통스러운 날들이 시작되었다. 크리스마스 파티는 어느 모로 보나 웃고 즐기는 흥겨운 잔치였지만 나 자신은 조금도 즐겁지가 못했다. 나는 칠면조 고기가 목에 걸리지나 않을까 두려워하면서 간신히 한 조각을 씹었을 뿐이고, 으깬 무 맛은 도서 접착용 풀과 흙을 섞어 놓은 것 같았다. 우리가 노래를 부르고 선물을 교환하기 위해 거실로 나갔을 때쯤엔 나는 정신을 차릴 수 없을 지경이었다. 위더스푼 부인이 먼저 내게 앞가슴을 가로질러 붉은 사슴이 수놓아진 파란색 스웨터를 선물했다. 그 뒤를 이어 수 아주머니가 손으로 뜬 마름모 무늬의 짧은 양말을 선물했고 그 다음에는 사부가 한 번도 쓰지 않은 새하얀 야구공을 선물했다. 그리고 마지막으로는 이솝이 책에서 오려 매끄러운 흑단 틀에 끼운 월터 롤리 경의 초상화를 선물했다. 그것들은 모두 훌륭한 선물이었지만 선물을 하나하나 풀 때마다 나는 침울한 표정으로 들릴락말락하게 고맙다는 말을 웅얼거렸을 뿐이었다. 그 선물들은 내가 진실의 순간에 점점 더 가까워지고 있다는 뜻이었고, 그 하나하나가 내게서 조금씩 조금씩 용기를 빼앗아 갔다. 의자에 맥없이 주저앉아 마지막 선물을 풀 동안, 나는 묘기를 선보이려던 계획을 철회하고 싶은 생각뿐이었다. 난 아직 준비가 안 됐어, 나는 속으로 그렇게 말했다. 아직 연습을 더 해야 돼. 그리고 입씨름이 벌어지더라도 얘기를 잘해서 슬쩍 빠져 나가는 건 식은 죽 먹기야. 그러나 내가 의자에 궁둥이를 붙이고 계속 앉아 있으려는 참에 이솝이 끼여들어 자기의 생각을 분명히 밝혔고, 그 순간 천장이 내 머리 위로 무너져 내렸다.

「이제, 월트 차례예요.」

내가 약속을 지킬 거라는 생각으로 이솝이 순진하게 말을 꺼냈다.

「저 앤 소매 속에 뭘 감추고 있는데 저 애가 그걸 우리 앞에 꺼내 놓을 때까지 기다릴 수 없네요.」

「그래, 맞아.」

사부가 그 꿰뚫는 듯한, 뭐든지 다 안다는 표정으로 나를 돌아다보면서 말했다.

「아직 젊은 미스터 롤리의 소식이 들리지 않았어.」

나는 진퇴양난이었다. 내게는 다른 선물이 없었고, 만일 내가 더 이상 시간을 끈다면 그들은 나를 이기적이고 배은망덕한 녀석으로 볼 것이었다. 그래서 나는 양무릎이 마주칠 정도로 덜덜 떨며 의자에서 일어나 기어들어가는 목소리로 입을 열었다.

「자, 신사 숙녀 여러분, 이게 제대로 되지 않더라도 연습 부족 때문이라고는 하지 마세요.」

네 사람 모두 어리둥절하고 호기심에 가득 찬 표정으로 홀린 듯 지켜보고 있어서 나는 그들을 보지 않으려고 눈을 감았다. 그리고 숨을 길게 들이쉬었다가 내쉰 다음, 그처럼 오랫동안 연습을 해왔던 대로 관절에서 느슨하게 힘을 빼고 팔을 펼치며 자기 최면으로 들어갔다. 거의 동시에 나는 땅에서부터 천천히 조금씩 떠오르기 시작했고, 15에서 17센티미터 정도의 높이 —— 그것이 초기에 내가 떠오를 수 있는 최대한의 높이였다 —— 에 이르자 눈을 뜨고 내 관객들을 바라보았다. 이숍과 두 여자는 놀라서 입을 쩍 벌린 채 똑같이 세 개의 조그만 동그라미를 이루고 있었다. 그러나 사부는 웃고 있었다. 눈물이 뺨 위로 흘러내렸고 얼굴은 환하게 웃고 있었다. 나는 그의 눈앞에서 떠 있을 동안, 그가 옷깃 밑의 가죽끈 쪽으로 손을 뻗치고 있는 것을 보았다. 내가 다시 땅에 내려섰을 때, 그는 가죽끈을 머리 위로 벗겨 내어 손바닥 위에 놓고 내 쪽으로 내밀고 있었다. 아무도 입을 열지 않았다. 나는 다른 어느 곳도 쳐다볼 수가 없어서 그의 눈을 똑바로 바라보며 방을 가로질렀다. 그리고 예후디 사부가 앉아 있는 곳까지 걸어간 다음, 그에게서 내 손가락 관절을 받아 들고 그의 무릎에 얼굴을 묻으며 무릎을 꿇었다. 나는 1분 가까이 그대로 있다가 마침내 다시 일어설 용기가 생기자 방에서 달려나와 부엌을 거쳐 차가운 밤공기 속으로 달려나갔다. 숨을 쉬려고 헐떡이며, 무한한 겨울의 별들 밑에서 삶을 위해 헐떡이며.

그로부터 사흘 뒤, 우리는 부엌 문간에 서서 진초록색 크라이슬러 세단을 몰고 떠나는 위더스푼 부인을 전송했다. 다음에는 1927년이 되었고, 그 뒤로 여섯 달 동안 나는 미친 듯이 연습에 매달려 한 주일 한 주일이 지날 때마다 조금씩 더 높이 떠올랐다. 그러나 예후디 사부는 공중 부양(空中浮揚)이 시작일 뿐이라는 점을 분명히 했다. 물론 그것은 대단한 기술이었지만 세상에 불을 지르기에는 아무것도 아니었다. 수십 명의 사람들이 땅에서 떠오르는 능력을 지녔고, 인도의 고행자와 티베트의 수도자, 그리고 콩고의 마법사들을 제외하더라도 소위 문명 국가, 즉 유럽과 북아메리카의 백인 국가들에도 수많은 예가 있었다. 사부는 헝가리 한 곳에만도 19세기 후반에서 20세기 초반 사이에 다섯 명의 공중 부양자들이 활동 중이었으며, 그들 중 셋은 바로 그의 고향인 부다페스트에 있었다고 했다. 그러나 공중 부양술이 아무리 굉장한 기술이었다 하더라도 사람들은 곧 거기에 싫증을 내기 마련이어서,

땅으로부터 몇 센티미터 떠오르는 정도 이상의 묘기를 보이지 못한다면 그것을 수지가 맞는 일로 바꾸기란 불가능했다. 더군다나 그 기술은 요술쟁이, 협잡꾼, 쉽게 돈을 벌러 나온 가짜 마술사들에 의해 그 진가가 훼손되어, 싸구려 곡마단의 가장 서툴고 형편없는 마술사도 여자를 띄워 올리는 곡예쯤은 충분히 해낼 수 있었다. 반짝반짝한 천 쪼가리를 걸친 반라의 쇼걸을 공중에 매달아 놓고, 그녀 주위로 설치된 고리 ──〈보세요, 끈도 줄도 없습니다〉── 를 그녀의 머리끝에서부터 발끝까지 이동시키는 방법으로. 그것이 이제는 표준적인 과정, 확립된 레퍼토리였고, 그 바람에 진정한 공중 부양자들은 일자리를 잃어버렸다. 사람들 모두가 그것이 사기라는 것을 알았지만 그 속임수가 너무도 널리 퍼져 있어서, 진정한 공중 부양자를 접하게 되더라도 관객들은 그것을 사실로 믿으려고 들지 않았다.

「사람들의 관심을 끄는 방법은 두 가지뿐이야.」

사부가 말했다.

「그 중 어느 한 가지 방법만으로도 우리는 잘살게 되겠지만, 만일 그 두 가지를 하나의 과정으로 결합시킬 수 있다면 얼마나 많은 돈을 벌게 될지 아무도 몰라. 그렇게 되면 이 세상에 우리가 버는 돈을 모두 보관할 수 있는 은행이 하나도 없을 거다.」

「두 가지 방법이라고요? 그게 서른세 단계의 일부인가요, 아니면 우리는 지금 그 단계를 지났나요?」

「그 단계는 지났다. 너는 내가 네 나이 적에 이르렀던 단계를 지났고, 우리는 그 단계를 넘어서 새로운 영역, 지금까지 아무도 들어가 보지 못했던 영역으로 들어서고 있어. 나는 내가 아는 걸 가르치고 충고해서 너를 도와주거나 아니면 네가 빗나갔을 때 방향을 잡아 줄 수도 있지만, 본질적인 건 모두 네 스스로 알아내야 할 거다. 우리는 교차점에 와 있고 이제부터는 모든 게 다 너한테 달려 있어.」

「그 두 가지 방법에 대해서 알려 줘요. 나한테 그걸 모두 알려 주고, 그런 다음에 내가 해낼 수 있는지 없는지 알아보기로 해요.」

「상승과 이동. 그게 두 가지 방법이다. 상승이라는 건 네 몸을 하늘로 띄워 올리는 거야. 그저 15센티미터가 아니라 1미터, 2미터, 6미터로. 더 높이 올라가면 올라갈수록 그 결과는 더욱더 굉장하겠지. 1미터도 괜찮지만 그 정도로는 사람들을 경탄시켜 혼을 빼놓기엔 충분치가 못해. 그건 네가 어른들의 눈 높이보다 약간 더 위로 올라간다는 얘긴데, 그걸로는 장기적인 성공을 거둘 수 없어. 2미터 높이라면 너는 사람들의 머리 위로 떠 있을 거고, 일단 그 사람들이 너를 올려다보게 하면 우리가 바라는 효과가 생기게 되겠지. 3미터에서라면 그 효과는 출중하겠고 6미터 높이에서라면 너는 천사들 사이에 있게 될 거다, 월트. 그건 참으로 보기만 해도 놀라운 일, 고개를 들고 너를 올려다보는 모든 남자 여자 그리고 아이들의 마음에 즐거움을 주는 빛과 아름다움의 환영이겠지.」

「그 말을 들으니 소름이 돋네요. 사부님이 그렇게 얘길 하니까 뼈까지 모두 떨리는 것 같아요.」

「상승은 그 절반밖에 안 돼, 녀석아. 그러니까 무아지경으로 빠져 들기 전에 잠시 정신을 가다듬고 이동을 생각해 봐라. 이동이란 건 네가 허공에서 움직인다는 뜻이야. 사정 여하에 따라 앞으로든 뒤로든 상관없지만 양쪽 모두라면 더 좋겠지. 속도는 별로 중요하지 않더라도 지속 시간은 아주 중요하고, 그게 바로 문제의 핵심이지. 10초 동안 하늘을 가로질러 미끄러지는 장면을 상상해 봐라. 사람들은 숨을 삼킬 거다. 그 사람들은 믿을 수가 없어서 손가락으로 너를 가리키겠지만 자기네들이 보고 있는 것의 진실을 흡수 동화할 수 있기도 전에 기적은 끝이 나고 말아. 자, 그러면 이제 그 묘기를 30초나 1분으로 늘린다고 치자. 그러면 더 나아지겠지, 안 그러냐? 네 핏줄 속에서 생기가 퍼지고, 피가 더 기분 좋게 흐르기 시작할 거다. 그 다음엔 네가 그 시간을 5분, 10분으로 늘려 뉴욕의 폴로 경기장 잔디밭 위에서 지칠 줄 모르고 자유롭게 돌아다니며 8자를 그리고, 발끝으로 돌면서 춤을 추고 할 동안 거기에 모인 5천 쌍의 눈이 너한테로 쏠려 있다고 상상해 봐. 그걸 상상하려고 해봐라, 월트. 그러면 너는 내가 지금까지 몇달 몇년 동안 계속 보아 왔던 것을 보게 될 거다.」

「나는 죽었다 깨나도 그걸 해낼 수 없을 것 같은데요.」

「아니, 잠깐만, 월트. 잠깐만 더 듣고 있어라. 네가 어떤 굉장한 행운 덕분에 그 두 가지를 모두 숙달해서 동시에 수행할 수 있다고 한번 생각해 봐. 그저 얘기를 하기 위해서만이라도.」

「상승과 이동을 한꺼번에요?」

「바로 그거다, 월트. 상승과 이동을 한꺼번에 하면 어떻게 될까?」

「내가 날게 되지 않을까요? 아마 새처럼 하늘을 날게 되겠죠.」

「새처럼이 아니다, 녀석아. 하느님처럼이지. 너는 경이 중의 경이, 성자 중의 성자가 되는 거야, 월트. 사람들이 땅 위를 걸어다니는 한 그들은 너를 자기네 종족의 가장 위대한 남자로 숭배하게 될 거다.」

103

나는 겨울 동안 내내 혼자 외양간에서 연습을 하며 거의 모든 시간을 보냈다. 거기에는 짐승들이 있기는 했어도 그놈들은 내 반(反)중력적인 묘기를 멀건 눈길로 지켜볼 뿐, 내게 아무런 관심도 보이지 않았다. 사부는 이따금씩 내가 어떻게 하고 있는지 보러 들르곤 했지만, 한두 마디씩 격려를 해주는 것 외엔 별다른 말이 없었다. 결국 1월은 가장 힘든 달이 되었고, 나는 단 한 걸음도 진전을 이루지 못했다. 그때쯤엔 공중으로 떠오르는 일은 숨을 쉬는 것이나 마찬가지일 정도로 쉬웠지만 나는 여전히 얼마 안 되는 높이인 15센티미터에 묶여 있었고, 공중에서 이동을 한다는 생각은 도저히 말도 안 되는 것처럼 보였다. 그런 요령을 터득할 수 없었을 뿐 아니라, 그런 생각을 마음에 품을 수조차 없었다. 아무리 내 몸에다 그런 생각을 표현하라고 부추겨 보았어도 시작할 방법을 찾아낼 수 없었다. 또 사부도 전혀 도움을 줄 수 없는 입장이었다.

「시행착오.」

그는 늘 그러곤 했다.

「시행착오. 그래, 바로 그거야. 너는 지금 가장 어려운 부분에 이르러 있는데, 하룻밤 새에 하늘까지 닿을 걸 기대할 순 없어.」

2월 초가 되자, 이솝과 예후디 사부는 동부에 있는 대학들을 둘러보러 농장을 떠났다. 그들은 9월에 이솝을 어느 학교에다 입학시켜야 할지 결정을 내리기 위해 한 달 동안 떠나 있을 계획이었다. 내가 그들을 따라가겠다고 졸랐던 것은 두말할 필요도 없는 일이다. 그들은 보스턴이나 뉴욕 같은 도시들, 메이저리그 야구단과 전차와 핀볼 오락기가 있는 대도시들을 찾아갈 예정이었고, 나로서는 촌구석에 처박혀 있어야 한다는 생각을 무조건 받아들이기가 어려웠다. 만일 내가 상승과 이동에서 어느 정도 진전을 보았더라면 뒤에 남아 있는 일이 그렇게까지 끔찍하지는 않았을 것이다. 하지만 나는 아무런 성과도 거두지 못하고 있었다. 그래서 나는 사부에게 바뀐 경치를 좀 보는 것이 내가 다시 기운을 내는 데 꼭 필요하다고 우겼지만, 그는 은근히 겸손을 떠는 기색으로 내 말을 웃어넘기고 이러는 것이었다.

「너를 위한 시간도 오게 될 거다. 하지만 이번은 이솝 차례야. 이 불쌍한 녀석은 7년 동안이나 보도(步道)도, 교통 신호등도 보지 못했거든. 그리고 이 녀석한테 세상을 좀 보여 주는 건 아버지로서의 내 의무고. 결국 책으로는 한계가 있는 거니까. 네가 이런 일을 몸으로 직접 경험하는 순간도 오게 될 거다.」

「몸으로라는 말이 나왔으니까 얘긴데요. 형이 갈망해 왔던 경험이 한 가지 있다면, 그건 자기 손말고 다른 데다 그걸 집어 넣는 거였거든요.」

내가 실망을 감추면서 말했다.

「걱정 마라, 월트. 그것도 계획에 들어 있으니까. 위더스푼 부인이 정확히 그 목적을 위해 가욋돈을 좀더 얹어 주었다.」

「그 아주머니 생각이 아주 깊네요. 어느 날엔가는 나한테도 똑같이 해주겠죠?」

「틀림없이 그럴 거다. 하지만 내 생각엔 너는 그 여자 도움을 받을 필요가 없을 것 같은데.」

「그건 두고 봐야죠. 어쨌든 난 지금으로선 관심 없어요.」

「그게 더 더욱 네가 캔자스에 남아서 네 일을 해야 할 이유가 돼. 네가 그 일에 열심히 매달린다면 내가 돌아올 때쯤에는, 나를 놀라게 해줄 일이 한두 가지 생기게 될 거다.」

그래서 나는 2월 한 달을 수 아주머니와 눈이 내리는 것을 지켜보고, 대초원을 가로질러 부는 바람 소리에 귀를 기울이며 보냈다. 처음 두 주일 동안은 날씨가 너무 추워서 바깥에 있는 외양간으로 나갈 수가 없었다. 또 기분이 너무 처져 있어서 묘기를 연마해야겠다는 생각도 들지 않았다. 나는 뚱한 얼굴로 하릴없이 서성거리며 귀중한 시간을 허비하고 있었다. 집 안에 우리 두 사람밖에 없었더라도 수 아주머니는 늘 해왔던 일을 해야 되었고, 시원찮은 다리 때문에 더 많은 힘을 들여야 했던 탓으로 전보다 더 자주 피곤을 느꼈다. 그런데도 나는 그녀가 일을 하고 돌아다닐 동안 어떻게든 말을 걸려고 하면서 그녀의 정신을 흐트러뜨리고 귀찮게 졸라댔다. 그때까지 2년이 넘도록 나는 내 주위에 있는 사람들을 얼마간은 겉모습 그대로 받아들였을 뿐, 나 이외의 어느 누구에 대해서도 별 생각을 하지 않았다. 그들의 과거를 알아보려고 한 적도 없었고 내가 그들의 삶 속으로 들어서기 전에 그들이 어떤 사람이었는지도 상관하지 않았다. 그러나 이제 나는 갑자기 그들 하나하나에 대해서 내가 알아볼 수 있는 것을 모두 알고 싶은 충동에 사로잡혔다. 내게 그런 생각이 들기 시작한 이유는 아마도 사람들이 너무 그리웠기 때문이었을 것이다. 그 중에서도 특히 사부와 이숍이 그랬지만 위더스푼 부인도 역시 그리웠다. 나는 그녀가 집 안을 이리저리 돌아다니는 것이 좋았었다. 그녀가 가버린 지금은 집 안이 훨씬 더 침울하게 가라앉아 있었다. 나로서는 그들에 대해서 묻는 것이 그들을 되살리는 방법이었고, 수 아주머니가 그들에 대해 더 많은 이야기를 할수록 나는 그만큼 외로움을 덜 느꼈다.

그러나 내가 아무리 끈질기게 조르고 귀찮게 굴더라도 낮 동안에는 그녀에게 많은 이야기를 들을 수 없었다. 이따금씩 던지는 단편적인 이야기와 암시적인 말 몇 마디가 고작이었다. 저녁에는 이야기를 끌어내기가 좀더 쉬웠지만 그녀는 내가 아무리 졸라대더라도 저녁을 먹으려고 앉기 전에는 여간해서 입을 여는 법이 없었다. 수 아주머니는 입이 무거운 사람이어서 한가롭게 얘기를 하거나 잡담을 하는 성격이 아니었다. 그러나 일단 분위기가 잡히고 나면 얘기 솜씨가 아주 없지는 않았다. 그녀의 이야기는 단조로웠고 여러 가지 다채로운 설명이 끼여들지도 않았지만 어떤 얘기나 생각 중간중간에 자주 말을 멈추는 요령이 있었다. 이야기를 하는 중에 그렇게 잠깐씩 쉬는 것이 오히려 놀라운 효과를 발휘했다. 그 쉬는 시간이 내게 생각할 기회, 이야기를 스스로 끌고 나갈 기회를 주었고, 그녀가 다시 이야기를 시작할 때쯤에는 내 머릿속이 전에는 없었던 온갖 종류의 생생한 그림들로 채워지는 것이었다.

어느 날 밤, 나로서는 알 수 없는 이유로 그녀가 나를 위층에 있는 자기 방으로 데려갔다. 그리고 내게 침대로 가서 앉으라고 하더니, 내가 편하게 자리를 잡자 한쪽 귀퉁이에 세워져 있던 찌그러진 트렁크의 뚜껑을 열었다. 나는 늘 그 트렁크가 시트와 담요를 넣어 두는 데라고 생각했지만 사실은 그녀가 옛날부터 지니고 있던 물건들로 채워져 있다는 것이 밝혀졌다. 사진들과 염주들, 밑이 편편한 노루 가죽 신발과 짐승 가죽으로 만든 옷, 화살촉, 신문 스크랩, 그리고 눌러 말린 꽃들. 수 아주머니는 그런 추억거리들을 하나씩하나씩 침대 위에 올려 놓고 내 옆에 앉아서 그것들이 무슨 의미인지를 설명했다. 나는 그녀가 〈버펄로 빌〉[10]과 함께 일했다는 것이 정말로 사실이라는 것을 알았는데, 오래된 사진들을 훑어볼 동안 내 마음을 사로잡았던 것은 그녀가 젊었을 적 모습이 얼마나 보기 드물게 예뻤느냐 하는 것이었다. 멋지고 호리호리한 몸매에 하얀 이빨이 가지런하고 아름답게 땋아 내린 기다란 쌍갈래 머리를 한 그녀는 영화에 나오는 여자들처럼 완전한 인디언 공주, 꿈에서나 볼 법한 북미 인디언 여자였다. 나로서는 그 자그마하고 귀여운 여자를 집안일이나 하는 땅딸막한 절름발이와 결부시키기가, 그 두 사람이 똑같은 한 사람이었다는 사실을 인정하기가 너무도 어려웠다.

그녀는 자기의 삶이 바뀌기 시작했던 게 1880년대 말, 인디언이 사는 땅을 휩쓸었던 교령춤[11]의 열기가 절정에 올라 있던 열여섯 살 때였다고 했다. 그 무렵은 험난한 시기, 세상의 종말을 맞는 시기였고 인디언들은 그 마술적인 춤만이 자기네들을 멸절에서 구할 수 있는 유일한 방법이라고 믿었다. 기병대가 그들을 대초원에서부터 좁은 보호 구역으로 밀어 넣으며 사방에서 조여드는 중이었지만 푸른 코트[12]들의 숫자가 너무 많아서 반격을 한다는 것은 생각할 수도 없는 일이었다. 오순절파의 열광적인 신자들처럼, 이상한 말을 중얼거리는 괴짜들처럼 미친 듯이 몸을 흔들어 대고 펄쩍펄쩍 뛰면서 춤을 추는 것이 저항의 마지막 노선이었다. 그 춤을 추기만 하면 육체에서 날아오를 수도 있고, 백인들의 총탄이 더 이상

---

10) 미국의 개척자이자 육군의 척후 흥행사(1846~1917).
11) 아메리칸 인디언들이 죽은 사람들의 혼과 통하기 위해 추던 춤.
12) 복장에서 연유한 기병대의 별칭.

그들의 몸에 와 닿지도, 그들을 죽이지도, 그들의 혈관에서 피를 뽑아 내지도 않게 된다는 것이었다. 춤판은 어디에서나 벌어졌고 마침내 〈앉아 있는 황소〉도 춤을 추는 사람들과 운명을 함께했다. 미 육군은 반란이 일어나지 않을까 두려워서 수 아주머니의 증조부에게 춤을 그만두라고 명령했지만 〈앉아 있는 황소〉는 그 명령을 일언지하에 거절해 버렸다. 자기는 하고 싶으면 얼마든지 티피[13] 안에서 요란스럽게 춤을 출 수 있는데 기병대 놈들이 누구기에 사사로운 일에까지 참견을 하느냐는 것이었다. 그러자 기병대 대장 —— 내 생각에는 그의 이름이 마일즈 아니면 나일즈였던 것 같다 —— 은 추장과 협상을 시키기 위해 버펄로 빌을 불러 들였다. 〈앉아 있는 황소〉는 서부 대서커스에서 그와 함께 일했던 시절부터 서로 친구였고, 코디[14]는 그가 믿는 유일한 백인이었다. 빌은 훌륭한 군인답게 사우스 다코타에 있는 인디언 보호 구역을 향해 길고 힘든 여행을 했지만, 그가 거기에 도착하자마자 기병대장은 생각을 바꾸어 그가 〈앉아 있는 황소〉와 만나는 것을 허락하려 들지 않았다. 빌은 당연히 화가 났다. 그러나 씩씩거리면서 돌아서려던 참에 그는 젊은 수 아주머니를 보았고 —— 당시 그녀의 이름은 〈태양처럼 미소짓는 여자〉였다 —— 그녀와 고용 계약을 맺어 자기의 단원으로 채용했다. 수 아주머니에게는 적어도 그 여행이 허사로 돌아가지는 않았다. 어쩌면 그것이 생(生)과 사(死)의 갈림길이 되었을 수도 있기 때문이었다. 그녀가 쇼비즈니스 세계로 떠나온 지 며칠 후 〈앉아

---

[13] 북미 인디언들의 원추형 천막집.
[14] 코디 윌리엄 프레드릭, 버펄로 빌을 말함.

있는 황소〉는 그를 포로로 잡고 있던 몇 명의 군인들과 난투를 벌이다가 살해되었고, 그로부터 오래지 않아 소위 〈부상당한 무릎의 전투〉에서 3백 명의 여자, 어린이, 노인들이 기병 연대에 의해 소탕된 것이었다. 그러나 그 전투는 말이 좋아 전쟁이었지 사실은 칠면조 사냥이나 무고한 사람들을 대량으로 무차별 학살하는 데 지나지 않았다.

그 이야기를 하는 동안, 수 아주머니의 눈에 눈물이 글썽해졌다.

「커스터[15]의 복수였지. 〈미친 말〉이 그 사람 시체에다 화살들을 마구 박아 넣었을 때 나는 두 살이었는데 내가 열여섯 살 때는 아무것도 남지 않았어.」

「이솝이 언젠가 나한테 그 얘기를 해줬어요.」

내가 말했다.

「지금은 기억이 좀 흐릿해졌지만 형이 이런 얘기를 했던 게 기억나요. 만일 백인들이 인디언들을 자기네 마음대로 할 수 있었다면 아프리카에서 끌려온 흑인 노예는 없었을 거라고 말예요. 형 말로는 백인들이 인디언들을 노예로 삼고 싶어했지만 유럽의 가톨릭 우두머리가 그러지 못하게 막았대요. 그래서 해적들이 대신 아프리카로 건너가 검둥이들을 잔뜩 몰아서 쇠사슬에 묶어 실어 온 거고요. 그게 이솝이 해준 얘긴데, 난 이제껏 형이 어느것에 대해서도 거짓말을 하는 걸 본 적이 없어요. 인디언들은 잘 대해 주기로 되어 있었대요. 사부님이 늘 얘기하는 것처럼 함께 살아가자 뭐 그런 거겠죠.」

「그러기로 되어 있었지.」

---

15) 인디언과의 전투에서 살해된 기병대 장군.

수 아주머니가 말을 받았다.

「하지만 그러기로 되어 있는 건 그런 거하고는 달라.」

「아주머니 말도 일리가 있네요. 약속을 하고도 지키지 않는다면 하고 싶은 대로 뭐든 다 약속을 할 수 있지만, 그 약속을 모두 다 합쳐 봤자 아무것도 아닌 게 될 테니까요.」

그 뒤로 수 아주머니는 더 많은 사진들을 꺼내 놓았고, 다음에는 흥행 프로그램과 포스터, 그리고 신문 스크랩들을 늘어놓기 시작했다. 나는 그것들을 보고 수 아주머니가 미국과 캐나다뿐 아니라 대서양 건너편에 있는 다른 여러 나라도 순회했다는 것을 알게 되었다. 그녀는 영국 왕과 여왕 앞에서 공연을 했고, 러시아의 짜르에게 사인을 해주었고, 사라 베른하르트와 함께 샴페인을 마셨다. 버펄로 빌과 함께 5, 6년의 순회 공연을 한 뒤, 그녀는 테드라는 아일랜드 남자와 결혼했다. 그는 전 영국을 두루 돌아다니며 장애물 경주를 하던 몸집이 조그만 기수였다. 그들 사이에 대포딜이라는 딸이 태어났고, 7년 동안 두 사람은 정원에 푸른 나팔꽃과 분홍 덩굴장미가 있는 돌로 된 별장에서 불행이라고는 모르고 살았다. 그러나 다음에 재난이 닥쳤다. 테드와 대포딜이 열차 사고를 당해 죽은 것이었다. 수 아주머니는 쓰라린 가슴을 안고 미국으로 돌아왔다. 그리고 역시 테드라는 이름을 가진 어떤 배관공과 재혼을 했지만 그 두 번째 테드는 첫번째 테드와는 달리 술고래에다 난폭한 사내여서, 수 아주머니는 예전의 삶과 현재의 삶을 비교할 때마다 슬픔을 가누지 못하고 차츰차츰 술에 빠져 들었다. 결국 그들은 테네시 주의 멤피스 변두리에 있는, 타르 종이를 씌운 오두막에서 살아가야 할 정도로까지 전락했다. 만일 1912년 여름에 순전히 우연으로 예후디 사부가 느닷없이 뛰어들지만 않았더라면 수 아주머니는 명을 다 하기 전에 시체가 되었을 것이다. 그때 사부는 이솝을 품에 안고 —— 목화밭에서 그 아이를 구해 낸 지 바로 이틀 뒤에 —— 길을 따라 걷고 있다가 수 아주머니가 집이라고 불렀던, 다 쓰러져 가는 오두막에서 비명과 악다구니가 터져 나오는 소리를 들었다. 두 번째 테드가 첫방에 그녀의 이빨을 예닐곱 개 부러뜨리며 털이 숭숭 난 주먹으로 그녀를 두들겨 패기 시작한 참이었다. 싸움이 벌어지면 절대로 그냥 지나치는 법이 없는 예후디 사부는 오두막으로 들어가 불구가 된 아이를 가만히 바닥에 내려놓고, 두 번째 테드 뒤로 다가가 엄지손가락과 집게손가락으로 그 인간 쓰레기의 목을 죄어 초주검을 만들어 버림으로써 난투를 종결시켰다. 그런 뒤에 사부는 수 아주머니의 잇몸과 입술에서 피를 닦아 내고 그녀를 부축해 일으킨 다음, 너저분한 방안을 둘러보았다. 그가 결정을 내리는 데는 1, 2초밖에 걸리지 않았다.

「내가 제안을 한 가지 하겠소.」

그가 엉망이 된 여인에게 말했다.

「이 바닥에 널브러진 못된 녀석을 내버려두고 나를 따라오시오. 나한테는 어머니가 필요한 구루병에 걸린 아이가 있는데, 만일 당신이 그 아이를 돌보아 준다면 나는 당신을 돌보아 주겠소. 나는 어느 곳에서건 별로 오래 머무르는 성격은 못 되니까 여행을 하는 데 취미를 들여야 할거요. 하지만 내 아버님의 영혼을 걸고 절대로 당신과 이 아이의 배를 곯리지는 않겠다고 약속하겠소.」

사부는 그때 스물아홉 살이었고 반짝반짝 윤을 낸 팔자 수염에 깔끔한 넥타이로 몸치장을 한 눈부시게 멋진 남자였다.

그날 아침 수 아주머니는 그와 일행이 되었고, 그 뒤로 15년 동안 그의 곁을 떠나지 않고 모든 고락을 함께 하며 이솝을 자기 자식처럼 키웠다. 나는 그녀가 얘기했던 장소를 모두 다 기억할 수는 없어도 가장 흥미가 당기는 것은 그들이 자주 찾아갔던 시카고를 중심으로 한 이야기였다. 그곳은 위더스푼 부인의 고향이기도 했는데, 수 아주머니가 그 얘기로 넘어가자 머리가 핑핑 돌기 시작했다. 그녀는 내게 아주 간단한 개요만을 설명했지만, 있는 그대로의 사실만으로도 너무 이상하고 너무 미묘하고 극적이어서 오래지 않아 나는 그 이야기를 한 편의 완전한 드라마로 윤색했다.

메리언 위더스푼 부인은 스무 살인가 스물한 살 때 첫 결혼을 했는데, 그녀의 남편은 캔자스 주 위치토의 부유한 집안 출신으로 재산을 물려받자마자 대도시로 달아나 버린 청년이었다. 수 아주머니는 그를 잘생기고 놀기 좋아하는 방탕아, 짐 토프가 신발끈을 매는 데 걸리는 시간보다도 더 짧은 시간에 감언이설로 여자를 후릴 수 있는, 말주변 좋고 매력적인 남자들 중의 하나로 묘사했다. 그 젊은 부부는 3, 4년 동안 호화롭고 사치스럽게 살았지만 위더스푼 씨는 말〔馬〕이라면 사족을 못썼던 데다, 한 달에 보름이나 20일 밤은 친구들과 모여 카드 게임을 하는 취미까지 있었다. 또 거기에다 자기가 빠져 든 악습에 기술이 따라가지 못하는 열정을 과시했던 탓으로 한때는 엄청났던 재산이 얼마 안 되는 정도로까지 줄어들었다. 그리고 막바지에 이르러서는 상황이 너무 절망적이어서, 폴로 경기를 하며 쏘다니던 노스 사이드의 한량 찰리 위더스푼도 어쩔 수 없이 아내를 데리고 위치토의 고향집으로 돌아가 적막한 곡창 지대에 있는 어느 보험 회사에서 오전

9시부터 오후 5시까지 근무하는 일자리를 찾아야 할 지경에까지 이르렀다. 예후디 사부가 등장한 것은 바로 그 무렵, 그러니까 러시 가에 있는 어느 도박장 뒷방에서 새벽 4시에 앞서 말한 위더스푼 씨와 이름이 알려지지 않은 두세 명의 다른 사람들이 손에 카드장을 들고 초록색 펠트천이 깔린 테이블 주위로 둘러앉아 있었을 때였다. 예후디 사부는 그 게임에서 마지막까지 남은 한 사람이었는데, 찰리는 그것이 마지막 찬스인 것이 분명했으므로 끝장을 볼 때까지 해보기로 작정했다. 그래서 처음에는 캔자스 시볼라에 있는 부동산 —— 그것은 한때 그의 할아버지가 소유했던 농장이었었다 —— 을 내기에 걸어 한 조각의 종이에 집과 땅을 넘기겠다는 서명을 했고, 예후디 사부가 그대로 버티면서 판돈을 올리자, 그 신사는 다른 종이 쪽지에다 자기의 아내에 대한 모든 권리를 포기하겠다는 각서를 썼다. 예후디 사부는 그때 세븐 카드를 네 장 들고 있었는데, 풀하우스에 아무리 많은 왕족이 들어가 있다 하더라도 같은 종류의 카드 네 장이 언제나 풀하우스를 이기게 마련이었으므로 사부는 농장과 여자를 한꺼번에 얻었다. 그리고 불쌍하게도 패한 찰리 위더스푼은 완전히 거덜이 나서 동틀 무렵에 비틀비틀 집으로 돌아가 자기 아내가 잠들어 있는 방으로 들어간 다음, 침대 머리 테이블에서 권총을 꺼내 가지고 침대에 앉아 바로 그 자리에서 자기의 머리통을 날려 버렸다.

예후디 사부가 캔자스로 와서 텐트를 치게 된 경위는 그렇게 해서였다. 여러 해 동안 방랑을 한 끝에 그는 마침내 자기 집이라고 부를 곳을 얻었고, 그곳이 꼭 마음에 들지는 않았다 하더라도 그 네 장의 세븐 카드가 안겨 준 횡재를 퇴짜놓을 정도는 아니었다. 내가 알 수 없었던 것은 위더스푼 부인이 어떻게 그런 상황을 헤치고 나왔느냐 하는 것이었다. 만일 그녀의 남편이 파산해서 죽었다면 그녀는 무슨 수로 위치토에 있는 저택에서 그처럼 안락하게 살아가며 멋진 옷과 진초록색 세단으로 욕망을 채울 수 있었을까? 또 그러고 나서도 예후디 사부의 계획에 자금을 댈 수 있을 만한 여유는 어디에서 생겨난 것일까? 수 아주머니는 그 질문에 대한 답도 준비해 두고 있었다. 그녀가 똑똑했기 때문이라는 것이다. 남편의 생활이 방탕하고 낭비적이라는 것을 알게 되자 위더스푼 부인은 수익성 높은 투자, 주식, 사채, 그리고 다른 금융 거래로부터 다달이 들어오는 돈의 일부를 빼돌리면서 이중 장부로 숫자를 조작하기 시작했다. 그녀가 미망인이 되었을 무렵에는 그렇게 빼돌린 돈이 확실한 이익을 보게 되어 처음에 투자했던 금액의 네 곱으로 불어났고, 그 상당한 재산이 지갑 속으로 들어오자 먹고 마시고 즐겁게 지내기에는 부족함이 없게 되었다.

「그렇지만 예후디 사부하고는 어떻게 된 거죠?」

나는 그렇게 물어보았다.

「사부님은 포커 게임에서 그 아주머니를 정정당당하게 땄는데 위더스푼 부인이 사부님 몫이라면 어째서 두 사람은 결혼을 하지 않는 거죠? 어째서 그 아주머니는 여기서 사부님 양말을 깁고, 음식을 마련하고, 사부님 애를 배지 않는 거죠?」

수 아주머니가 천천히 고개를 흔들었다.

「우리가 지금 살고 있는 곳은 새로운 세상이야.」

그녀가 대답했다.

「이제는 누구도 다른 사람을 소유할 수는 없어. 여자는 남자들이 사고 파는 물건이 아니니까. 더구나 사부의 숙녀 같은 신세대 여자들은 더 더욱 안 그렇지. 그 사람들은 사랑하고, 미워하고, 싸우고, 애무하고, 원하고, 원하지 않아. 그리고 시간이 지날수록 서로에게 더 길이 들지. 그건 정말 어린애 장난, 바보짓, 그리고 곡예가 모두 하나로 합쳐진 쇼 같은 일이지만 그 사람들이 죽는 날까지 그런 식으로 계속될 게 틀림없어.」

그런 얘기들이 내가 혼자 있는 시간에 많은 생각할 거리를 주었지만, 수 아주머니에게서 들었던 말을 곰곰이 생각해 보면 볼수록 점점 더 알 수 없고 혼란스러워지기만 할 뿐이었다. 내 머리는 그런 복잡한 일의 자초지종을 헤아리려고 한 탓에 피곤해졌고, 어느 시점에선가 나는 만일 그런 생각을 계속한다면 골머리가 썩고 말 것 같아서 생각을 아예 그만두었다. 어른들은 속을 알 수 없는 사람들이었다. 그래서 나는 내가 어른이 되면 어른들이 어떻게 해서 그렇게 되었는지 설명하는 편지를 어린 시절의 나에게 보내겠다고 다짐했다. 어쨌든, 그렇게 단념을 한 것이 다행스러운 일이었다. 일단 그런 생각을 떨쳐 버리자 나는 따분하고 단조로운 일상에 빠져 들었고, 마침내는 내가 해야 할 일로 되돌아왔다. 그것은 내가 하고 싶어서였기 때문이 아니라 달리 시간을 보낼 만한 방법을 생각해 낼 수 없었기 때문이었다.

나는 다시 내 방에 틀어박혔고 사흘 동안 아무 성과도 없는 노력을 들인 끝에 내가 틀렸다는 것을 알았다. 문제는 모두 내 접근 방법에 있었다. 어떻게 해서인지는 몰라도 나는 상승과 이동이 두 단계의 과정을 통해서만 얻어질 수 있다는 생각을 머릿속에 심어 놓고 있었다. 먼저 할 수 있는 한 높이 떠오르고 이동은 그 다음에 하자는. 나는 우선 한 가지 일을 하도록 나 자신을 훈련시켰고 두 번째 일은 첫번째 일에 접목을 시킴으로써 해낼 수 있다고 생각했었다. 그러나 실상은 두 번째 일이 첫번째 일을 상쇄시켜 버렸다. 수도 없이 여러 번 나는 예전의 방법에 따라 몸을 공중으로 띄워 올렸지만, 앞으로 나아가는 일을 생각하기 시작하자마자 그럴 기회를 잡기도 전에 팔다리를 내두르며 떨어져 내려 발이 땅에 닿고 마는 것이었다. 한 번을 해도, 천 번을 해도 실패하기는 마찬가지였다. 그러기를 얼마쯤, 나는 너무 약이 오르고 내 무능력에 화가 치밀어서 있는 대로 성질을 부리며 주먹으로 마룻바닥을 내리쳤다. 그리고 마침내는 분노와 좌절감에 휩싸여 벌떡 일어서서, 머리를 세게 부딪쳐 기절해 버릴 작정으로 곧장 벽을 향해 달려들었다. 그러나 펄쩍 뛰어올랐다가 어깨가 벽에 쾅 부딪치기 직전의 눈 깜짝할 순간에, 나는 내가 떠오르고 있다는 것을 느꼈다. 앞쪽으로 달려가는 동안에도 중력의 영향을 받지 않고 허공으로 돌진하면서 내가 익히 알고 있는 무중력의 파도에 실려 올라가고 있는 것이었다. 무슨 일이 일어나고 있는지 미처 알아차릴 틈도 없이 나는 벽에 부딪쳤고, 고통을 못 이겨 바닥으로 무너져 내렸다. 내 몸 왼쪽 전체가 충격의 통증으로 욱신거렸지만 나는 상관하지 않았다. 나는 벌떡 일어나 20분 동안 천장이 떠나가라 웃어젖히며 춤을 추듯 방안을 빙빙 돌았다. 나는 비밀을 깬 것이었다. 알아낸 것이었다. 직각 따윈 생각하지 마, 나는 자신에게 말했다. 원호(圓弧)를 생각해, 탄도(彈道)를 생각해. 그것은 처음엔 올라가고 다음엔 움직이는 문제가 아니라 동시에 올라가면서 나아가는, 유연하고 끊기지 않는 동작으로 나를 에워싼 허공의 거대한 품을 향해 날아오르는 문제였다.

그 뒤로 18일 내지 20일 동안 나는 그 새로운 기술이 내 근육과 뼈에 깊이 뿌리 박히고 생각을 하기 위해 잠시라도 멈출 필요가 없는 반사 행동이 될 때까지 쉬지 않고 연습을 계속했다. 이동은 완성될 수 있는 기술, 본질적으로는 땅 위에서 걷는 것과 하나도 다르지 않게 꿈길에서처럼 허공을 걷는 일이었다. 어린아이가 첫걸음을 떼면서 비틀거리고 넘어지는 것과 똑같이 상당히 여러 번 비틀거리고 떨어지는 실패를 겪었다. 그 시점에서 내 당면 문제는 지속 시간, 즉 공중에 얼마나 오래 떠서 얼마나 멀리 갈 수 있느냐 하는 것이었다. 초기의 결과는 대략 3초에서부터 15초까지에 걸쳐 변화가 심했고 내가 움직이는 속도도 지독히 느려서 갈 수 있는 거리는 고작 2미터 내지 2미터 50센티미터, 그러니까 내 방 한쪽 벽에서 다른 쪽 벽까지의 거리에도 미치지 못했다. 또 그 동작도 활기 있게 사뿐사뿐 걷는 것이 아니라 공중 곡예사처럼 발을 질질 끌며 걷는 유령의 걸음걸이 같은 것이었다. 그렇더라도 나는 자신감을 가지고 연습을 계속했다. 이제는 전에 그랬던 것처럼 용기를 잃어 기가 꺾이지는 않았다. 나는 조금씩 조금씩 발전해 가는 중이었고, 어느것도 내 앞길을 막지는 못할 것이었다. 비록 내가 전과 마찬가지로 15센티 내지 20센티보다 더 높게 떠오르지는 못했다 하더라도 나는 당분간 이동에 정신을 쏟는 것이 상책이라고 생각했다. 일단 그 일에서 어느 정도 숙달이 되고 나면 상승으로 관심을 돌려 그 문제에도 부닥쳐 볼 셈이었다. 그것은 의미가 있는 생각이었다. 설령 내가 그 일을 처음부터 다시 해야 되는 한이 있더라도 나는 그 계획에서 한 발짝도 물러서지 않을 작정이었다. 그러나 이미 날짜가 촉박해지고 있다는 것, 우리 모두가 상상했던 것보다

시간이 얼마 남지 않았다는 것을 내가 어떻게 알 수 있었을까?
 예후디 사부와 이숍이 다시 돌아오자 집 안에는 전에 없이 활기가 넘쳐 났다. 이제 한 시기가 끝나 가는 중이었고, 우리 모두는 농장의 경계선 밖에서 우리를 기다리고 있을 새로운 삶을 고대하며 미래를 내다보고 있었다. 이숍은 먼저 9월에 예일 대학으로 떠날 것이지만 일이 예정대로 된다면 나머지 사람들도 연말쯤에는 그의 뒤를 따라가게 될 것이었다. 사부는 내가 훈련의 마지막 단계로 접어든 만큼, 대략 아홉 달 뒤면 관객들 앞에서 공연을 할 수 있겠다고 계산했다. 내 나이 또래의 아이에게는 9개월이 꽤나 긴 기간이었지만 사부는 그 일을 아주 현실감 있게 이야기했고, 더군다나 출연 계약이니 공연 개최지니 흥행 수익이니 하는 말을 휘두르는 바람에 나는 끊임없이 들뜬 상태에서 계속 콧노래를 흥얼거렸다. 이제 나는 불알만 달랑 두 쪽 찬 백인 부랑아 월터 롤리가 아니라 원더보이 월트, 중력의 법칙에 도전하는 용감무쌍한 꼬마, 단 하나뿐인 하늘의 용사였다. 일단 우리가 순회 공연 여행을 떠나 세상 사람들에게 내가 무엇을 할 수 있는지 보여 주면 나는 세상을 떠들썩하게 만드는 대사건의 주인공, 미국에서 사람들 입에 가장 많이 오르내리는 인물이 될 것이다.
 이숍에 대해서 얘기하자면 동부를 둘러보았던 그의 여행은 완전한 성공이었다. 대학 교수들은 이숍에게 특별한 시험을 치르게 했고, 그를 면담했고, 곱슬곱슬한 머리칼 밑에 들어 있는 내용을 세밀히 조사했고, 사부의 설명을 경청했다. 그리고 이숍은 그들 중 대부분을 경악케 했다. 단 한 곳의 대학에서도 그를 거절하지 않았다. 그러나 예일 대학에서는 특히 4년 동안 장학금은 물론 숙식비와 약간의 용돈까지 제공하겠다는 뜻을 밝혔고, 그것이 선택에 결정적인 영향을 미쳤다. 지금 그 일을 회상해 보면 나는 독학한 흑인 청년이 그 냉정한 교육기관들의 높은 벽을 올랐다는 게 얼마나 큰 업적이었는지 알 수 있을 것 같다. 나는 책에 대해서는 아무것도 몰랐고 내 친구의 능력을 다른 사람들의 능력에 견줄 척도도 없었지만 그가 천재라는 사실을 무조건 믿고 받아들였다. 예일 대학의 불평 분자들과 젠체하는 사람들이 그를 학생으로 받아들이고 싶어했다는 것부터가, 내게는 이 세상에서 가장 당연하고도 적절한 일로 여겨졌다.

이솝이 거둔 승리의 중요성을 이해하기엔 내가 너무 아둔했을지도 모르지만 그가 여행에서 입고 돌아온 새 옷을 보곤 정말로 놀라고 말았다. 그는 너구리 모피 코트에 파란색과 흰색으로 된 학생 모자를 쓰고 돌아왔는데, 그런 차림새가 너무 이상해 보여서 나는 그가 문 안으로 들어서는 순간 웃음을 터뜨리지 않을 수 없었다. 또 그 외에도, 사부는 보스턴에서 그에게 갈색 트위드 양복을 두 벌 맞춰 주었다. 이솝은 집 안에만 있으면서도 헌 누더기 농부복 대신 양복에 하얀 와이셔츠, 빳빳한 칼라, 넥타이, 그리고 반들반들 윤을 낸 황갈색 단화까지 갖춰 신고 돌아다녔다. 그런 차림을 하고 돌아다니는 그의 모습이 너무도 인상적이었다. 마치 그런 차림이 그를 더 꼿꼿하고 더 위엄 있게 만들어 자신의 중요성을 더 잘 일깨워 주는 것 같았다. 여행에서 돌아온 뒤로 그는 면도를 할 필요가 없음에도 불구하고 매일 아침마다 면도를 하기 시작했다. 그리고 나는, 그가 부엌에서 커다란 잔에 비누 거품을 일으키고, 차가운 물이 담긴 양동이에 면도칼을 담그고, 대서양 연안을 따라 있는 커다란 도시들에서 듣고 보고 경험한 일들을 얘기하면서 조그만 거울을 받쳐들고 할 동안, 그의 옆에 계속 붙어 앉아 있곤 했다. 사부는 그를 대학에 집어 넣었을 뿐 아니라 세상 구경도 시켜 주었는데, 이솝은 그 하나하나를 세세하게 다 기억했다. 중요한 곳, 하찮은 곳, 그 사이에 있는 모든 곳들. 그는 마천루와 박물관, 버라이어티 쇼, 레스토랑, 도서관, 그리고 각양각색의 사람들로 가득 메워진 보도에 대한 이야기들을 줄줄이 늘어놓았다.

「캔자스는 일종의 환영(幻影)이야.」

어느 날 아침 그가 보이지도 않는 수염을 밀면서 말했다.

「현실로 가는 길가에서 쉬어 가는 곳이지.」

「얘기 안 해도 다 알아.」

내가 말을 받았다.

「이 구석은 너무 뒤쳐져 있어. 다른 곳에 있는 사람들이 금주령이라는 말을 들어 보기도 전부터 말라 버렸어.」

「그런데 나 뉴욕에서 맥주 마셔 봤다, 월트.」

「그래, 틀림없이 그랬을 거라고 생각했지.」

「무허가 술집에서. 그리니치 빌리지 한복판에 있는 맥도널가의 불법 가게였지. 그때 너도 나하고 같이 있었더라면 좋았을 텐데.」

「난 그 거품이 이는 술은 딱 질색이야. 하지만 나한테 쓸 만한 버번을 준다면 누구라도 고주망태로 취하게 할 자신 있어.」

「나는 그게 맛이 좋았다고 말하려는 건 아냐. 하지만 거기에서 온갖 부류의 사람들하고 같이 있는 게 재미있었어. 그렇게 사람들로 붐비는 곳에서 술을 마신다는 게.」

「내 생각엔 형이 했던 재미있는 일이 그것만은 아닌 것 같은데.」

「그야 물론 아니지. 그건 여러 가지 일들 중에 하나일 뿐이야.」

「형 고추도 틀림없이 멋진 연습을 했겠지? 난 그냥 멋대로 추측을 하고 있는 거니까 내 말이 틀렸으면 틀렸다고 해.」

이솝이 면도칼을 들어올리다 말고 잠시 생각에 잠겼다가, 거울을 들여다보면서 싱긋이 웃었다.

「소홀히 하지는 않았다고만 얘기해 두지. 자, 그 얘긴 그쯤 해두자.」

「그 여자 이름을 알려 주면 안 돼? 억지로 알아내려는 건 아니지만 그 행운을 잡은 여자가 누구인지 꼭 알고 싶어.」

「글쎄, 네가 꼭 알아야겠다면 그 여자 이름은 마블이었어.」

「마블이라. 글쎄, 뭐 그리 나쁜 것 같지는 않군. 그 여자 이름을 들으니까 뼈에 살이 좀 붙고 인형처럼 생긴 여자일 것 같은데. 늙었어, 젊었어?」

「늙지도 젊지도 않았어. 살이 좀 붙었다는 거에 대해선 바로 맞혔다. 마블은 네가 대포를 담그고 싶어할 여자 중에서 가장 뚱뚱하고 가장 새까맸어. 그 여자 덩치가 어찌나 큰지 어디가 시작이고 어디가 끝인지도 알 수 없더라니까. 그건 마치 하마하고 레슬링을 하는 것 같았어, 월트. 하지만 일단 그 짓을 시작하고 나니까 몸이 저절로 알아서 해주더라. 애녀석으로 그 여자 침대에 기어들었다가 반시간 뒤에는 남자로 걸어나온 거지.」

이제 어른이 되는 딱지도 떼고 한 만큼, 이솝은 조용히 앉아서 자서전을 쓸 때가 되었다고 생각했다. 그것 —— 조지아에 있는 시골 오두막에서 태어나 할렘[16]의 사창가에서 창녀 마블의 비곗살이 뒤룩뒤룩 찐 팔에 감겨 동정을 잃을 때까지 살아온 얘기를 하자는 것 —— 이 그가 집을 떠나기 전에 몇 달 동안 시간을 보내기 위해 계획한 일이었다. 이야기는 줄줄 흘러 나왔지만 제목이 그를 괴롭혔다. 나는 이솝이 그 일로 얼마나 골머리를 썩었는지, 지금까지도 기억을 하고 있다. 어느 날 그는 자기의 책에 〈버려진 검둥이 아이의 고백〉이라는 제목을 붙이기로 했다가, 그 다음날에는 〈이솝의 모험, 버림받은 소년의 진정한 이력과 꾸밈없는 견해들〉로 바꾸었다. 그리고 다음날에는 제목이 〈예일로 이르는 길. 비천하게 태어나 현재에 이른 어느 검둥이 학자의 삶〉으로 다시 바뀌었다. 하지만 그 제목들은 몇 가지 예에 불과했다. 자서전을 쓰는 일에 매달려 있는 동안 내내, 이솝은 제목이 적힌 종잇장을 쌓아 둔 높이가 원고 그 자체의 높이만큼 될 때까지 이리저리 궁리를 하면서 다른 제목들을 생각해 내려고 머리를 짜냈다. 그는 자기의 책에 적어도 하루 평균 여덟 시간 내지 열 시간씩은 노력을 들였을 터인데, 나는 그가 책상 위로 몸을 굽히고 앉아 있을 동안 문틈으로 그를 들여다보며 사람이 어떻게 하얀 종잇장을 가로질러 펜을 굴리는 것 외에는 아무 일도 하지 않고 그처럼 오랫동안 미동도 없이 앉아 있을 수가 있을까 놀라워했던 기억을 떠올릴 수 있다. 그것이 책을 만드는 일과 관련된 내 첫번째 경험이었다. 그러나 이솝이 나를 불러들여 자기의 글 중에서 골라낸 내용들을 큰 소리로 읽어 줄 때면 그가 조금 전까지 보였던 조용하게 몰두하는 자세와 그의 입에서 흘러 나오는 이야기는 완전히 딴판이었다. 그 책에는 예후디 사부와 수 아주머니, 그리고 나 자신을 포함해 우리 식

---

16) 뉴욕 시 맨해튼 섬의 동북부에 있는 흑인 집단 거주지.

구들이 다 나와 있었는데 내 서툴고 들은 것 없는 귀에도 그 책은 어느 모로 보나 걸작이 될 것 같았다. 나는 어떤 부분에서는 웃었고 어떤 부분에서는 울었다. 우리가 책에서 그처럼 강렬한 슬픔과 기쁨을 느끼는 것보다 더 바라는 것이 무엇일까? 이제 나는 나 자신의 책을 쓰고 있지만 이솝을 생각하지 않고 지나가는 날은 하루도 없다. 그 뒤로 어언 예순다섯 번의 봄이 지났어도 나는 창문으로 쏟아져 들어온 햇살이 그의 주위에서 춤을 추는 먼지 입자들을 비추는 중에 그가 책상 앞에 앉아 있던 모습을 눈앞에 선하게 떠올릴 수 있다. 그리고 좀더 정신을 집중시키면 그가 쌕쌕 숨을 들이쉬고 내쉬는 소리, 그의 펜 끝이 종잇장을 가로지르며 사각거리는 소리까지도 들을 수 있다.

이솝이 집 안에서 자서전을 쓸 동안, 예후디 사부와 나는 들판으로 나가 내 기술을 향상시키는 일에 무수히 많은 시간과 노력을 들이며 나날을 보냈다. 어느 날, 그가 집으로 돌아온 뒤 한창 낙관적인 기분이 되었을 때 저녁 식사를 하면서 그 해에는 어떤 농사도 짓지 않겠다고 선언했다.

「농사 따윈 집어치우자. 우리에게는 겨울을 날 식량이 충분히 있고 다시 봄이 왔을 때쯤엔 여기서 멀리 떠나 있게 될 거니까. 내가 보기엔 필요하지도 않은 농작물을 재배하는 건 죄악이야.」

우리는 당연히 그 새로운 정책에 기뻐했고 이른봄 동안 힘든 일과 쟁기질에서, 몇 주일씩 허리를 굽히고 진흙 밭을 헤치며 무거운 걸음을 옮기는 일에서 벗어날 수 있었다. 내가 이동에서 돌파구를 찾은 덕분에 형세는 일변된 것이다. 예후디 사부는 이제 농장이 망쳐지건 말건 상관하지 않을 정도로까지 자신감에 차 있었다. 내가 보기엔 그것은 참으로 더할 나위 없이 분별 있는 결정이었다. 우리는 어려운 시기를 모두 거쳤고 이제 곧 금화를 세게 되었는데, 힘든 일을 감내해야 할 이유가 무엇이었을까?

그렇다고 우리가 거기에서 그냥 뭉그적거리고만 있었다는 얘기는 아니다. 특히 내 경우에는. 하지만 나는 그 일을 즐겼고 사부가 아무리 심하게 나를 몰아치더라도 그만둘 생각이 전혀 없었다. 일단 날씨가 따뜻해지자 우리는 대체로 어두워진 뒤에까지, 그러니까 달이 하늘로 떠오를 때까지 풀밭에서 횃불을 밝힌 채 연습을 계속했고, 나는 한 도전에서 다음번 도전으로 넘어갈 때마다 행복감에 사로잡혀 지칠 줄을 몰랐다. 5월 1일이 되자 나는 대체로 공중에서 10 내지 12미터를 걸을 수 있었다. 그리고 5월 5일에는 그 거리가 20미터로 늘어났고, 그로부터 채 1주일도 안 되어 나는 그 거리를 40미터로까지 늘렸다. 40미터의 공중 이동, 거의 10분 동안 끊이지 않는 순수한 마법의 연속. 사부가 내게 물위에서 걷는 연습을 시키겠다는 아이디어를 떠올린 것은 바로 그 무렵이었다. 사부의 소유지 북동쪽 귀퉁이에는 연못이 하나 있었는데, 그 뒤로 우리는 매일 아침마다 식사를 끝내기가 무섭게 사륜 짐마차를 타고 그곳까지 가서 연습에 열을 올렸다. 집 한 채 보이지 않는 조용한 들판에서 몇 시간씩 서로 말을 주고받는 일도 거의 없이 단 둘이서만. 나는 처음엔 물이 무서웠고 헤엄도 칠 줄 몰랐기 때문에 물위에서 내 기술을 시험한다는 것은 절대로 웃을 일이 아니었다. 그 연못은 아마 폭이 20미터쯤 되었을 것이고 적어도 절반 이상은 수심이 내 키를 넘었다. 첫날 나는 열여섯 번 내지 스무 번쯤 떨어졌을 터인데, 그중 네 번은 사부가 물로 뛰어들어 나를 건져내야 했다. 그 뒤로 우리는 수건과 갈아입을 옷을 몇 벌 준비해 가지고 갔지만 그 한 주일이 끝나 갈 무렵에는 그것들이 더는 필요 없게 되었다. 나는 거기에 물이 없다는 가정을 함으로써 물에 대한 두려움을 극복했다. 밑을 내려다보지 않으면 나는 물에 젖는 법 없이 수면 위를 가로질러 내 몸을 이동시킬 수 있었다. 그 일은 그처럼 간단했고 5월 말이 되자 나는 예수가 했던 것과 똑같이 물 위를 걸을 수 있었다.

그 무렵 언제쯤인가 린드버그가 뉴욕에서 파리까지, 서른세 시간에 걸쳐 대서양 단독 횡단 비행에 성공했다. 우리가 그 소식을 들었던 것은 어느 날 자기 차의 뒷좌석에 신문을 한 뭉치 싣고 위치토로부터 차를 몰아 온 위더스푼 부인에게서였다. 농장은 세상과 너무도 격리되어 있어서 그처럼 대단한 소식도 우리의 주의를 끌지 못하고 지나갔다. 만일 그녀가 그 먼길을 오려고 하지 않았더라면, 우리는 그 일에 대해서 한마디도 듣지 못했을 것이다. 나는 늘 린드버그의 아슬아슬한 비행이 나 자신의 노력과 그렇게도 정확히 일치했다는 것이, 즉 그가 대서양을 가로질러 날아가고 있던 바로 그 시간에 나는 캔자스에서 조그만 연못을 가로지르고 있었으며 우리 두 사람 모두 똑같이 공중에 떠 있었고 각자가 동시에 위업을 달성했다는 것이 우연은 아니라는 생각이 들었다. 그것은 마치 별안간 인간에게 하늘이 열린 것 같은, 그리고 우리는 첫번째 개척자들, 인간이 하늘을 나는 데 있어서 콜럼버스와 마젤란이 된 것 같은 느낌이었다. 나는 그 외로운 독수리를 만나 본 적이 한 번도 없었지만 그 일이 있은 뒤로는 우리가 마치 비밀스러운 형제의 유대를 나눈 것처럼, 그와 어떤 인연을 맺었다고 느꼈다. 그의 비행기에 〈스피리트 어브 세인트루이스(세인트루이스의 정신)〉라는 이름이 붙었던 것도 우연의 일치일 수는 없었다. 그 도시는 또한 나의 도시, 챔피언들과 20세기 영웅들의 도시였고, 그것을 알지 못하면서도 린드버그는 나를 기려 자기의 비행기에 그 이름을 붙였던 것이다.

위더스푼 부인은 이틀 동안 머물렀다. 그녀가 떠난 뒤 사부와 나는 관심의 초점을 이동에서 상승으로 옮겨 다시 연습을 계속했다. 수평적인 이동에서 내가 할 수 있는 일을 다한 만큼, 이제는 수직으로 올라가는 시도를 해야 할 때였다. 린드버그가 내게 영감을 주었다는 사실은 거리낌없이 고백하겠지만, 나는 그보다 한 가지 면에서 더 낫게, 즉 그가 기계로 한 일을 내 몸으로 하고 있었다. 그것은 어쩌면 규모 면에서는 더 작았을지 몰라도 그보다 훨씬 더 굉장한, 하룻밤 새에 그의 이름을 깔아뭉갤 만한 일이었다. 그러나 아무리 열심히 노력을 기울였어도 나는 단 1센티미터도 더 올라갈 수가 없었다. 한 주일 반 동안 사부와 나는 연못가에서 무진 애를 쓰다가 우리가 스스로 설정해 놓은 목표에 똑같이 기가 꺾였다. 그 기간이 다 지났어도 나는 전보다 조금도 더 높이 올라가지 못하고 있었다. 그러다 6월 5일 저녁, 예후디 사부가 상황을 일변시키기 시작한 말을 꺼냈다.

「지금 막 생각을 해봤는데……」

그가 말을 이었다.

「네 목걸이가 어떤 관련이 있을지도 모른다는 생각이 드는구나. 물론 그건 무게가 30여 그램밖에 안 나가겠지만 네가 하려는 일을 수학적으로 따져 보면 상당한 것일 수도 있어. 물체의 무게는 공중으로 1밀리미터를 더 올라갈 때마다 고도에 따라 기하급수적으로 증가하는데, 그건 네가 땅에서 15센티미터 떠올라 있으면 20킬로그램의 물건을 들고 있는 거나 마찬가지라는 얘기야. 네 체중의 반이 되는 무게지. 만일 내 계산이 맞다면 네가 그처럼 힘든 시간을 보냈던 것도 놀랄 일은 아니다.」

「나는 이걸 크리스마스 때부터 차고 있었는데요.」

내가 되받았다.

「이건 내 부적이고 난 이것 없이는 아무것도 할 수 없어요.」

「아니, 할 수 있어, 월트. 네가 처음 땅에서 떠올랐을 때 그 물건이 내 목에 둘려 있었던 거, 기억나지? 내 말은 그것에 감정적인 애착을 갖지 말라는 얘기가 아니다. 하지만 우리는 여기서 깊은 정신적 문제를 따지고 있는 중이고, 너는 네가 마땅히 할 수 있는 일을 제대로 못하고 있을 수도 있어. 그러니까 네 재능을 완전히 살릴 수 있을 때까지는 네 몸의 한 부분을 뒤에다 남겨 놓아야 하는 건지도 몰라.」

「그건 앞뒤가 안 맞는 얘긴데요. 나는 옷을 입고 있지 않나요? 또 신발과 양말을 신고 있지 않나요? 만일 목걸이가 나를 꼼짝못하게 끌어내린다면 그런 것들도 역시 그럴 거예요. 하지만 나는 사람들 앞에서 옷을 홀랑 벗고 재주를 보이기는 죽었다 깨나도 싫어요.」

「한번 해본대서 해가 될 건 없다. 잃을 건 아무것도 없어, 월트. 얻을 건 얼마든지 있지만. 만일 내 말이 틀렸다면 그렇다 치자. 하지만 그렇지 않다면, 그걸 알아낼 기회조차 갖지 못한다는 건 정말로 유감스러운 일이야.」

그 말에는 어쩔 도리가 없어서 나는 몹시 망설여지고 의심이 들면서도 행운의 부적을 벗겨 내어 그것을 사부의 손에 놓았다.

「좋아요.」
내가 대답했다.
「한번 해보죠. 하지만 사부님 말대로 되지 않는다면 이런 얘기를 하는 건 이번이 끝이에요.」

다음 한 시간 동안 나는 예전의 기록을 두 배로 올려 30 내지 25센티미터 높이까지 떠오를 수 있었다. 그리고 밤이 되었을 때는 땅에서부터 족히 70, 80센티미터는 떠올라, 예후디 사부의 육감이 옳았으며 공중 부양술의 원인과 결과에 대한 예언자적 통찰력이 있었음을 증명했다. 땅에서부터 그런 높이로 떠올라 돌아다닌다는 —— 사실상 바야흐로 날기 직전이라는 —— 것을 느끼는 데서 오는 스릴은 굉장했지만, 60센티미터가 넘는 높이에서는 몸이 비틀거리고 머리가 어질어질해져서 똑바로 선 자세를 유지하기가 어려웠다. 그 높이까지 떠오른다는 것 자체가 내게는 완전히 새로운 일이어서 나는 자연스럽게 균형을 잡을 수 없었다. 마치 내 몸이 여러 부분으로 이루어져 하나로 연속되지 않은 것처럼, 머리와 어깨는 위쪽에서 따로, 무릎과 발목은 아래쪽에서 따로 놀았다. 넘어지지 않기 위해서 나는 일어설 때마다 몸을 앞으로 숙인 자세를 취했다. 본능적으로 몸 전체를 땅 위로 뻗친 자세가 발바닥만으로 지탱하는 자세보다는 더 안전하고 편하다는 것을 알았기 때문이었다. 그 자세에서도 앞으로 나아갈 생각을 하기에는 아직 너무 겁이 났지만 우리가 연습을 그만두고 집으로 돌아오기 직전에 나는 머리를 가슴에 묻은 자세로 공중에서 천천히, 몸의 어느 한 곳도 땅에 스치지 않고 자연스럽게 완전한 원을 그리며 공중제비를 넘을 수 있었다.

그날 밤 사부와 나는 기쁨에 취해서 집으로 돌아왔다. 이제 우리에게는 모든 일이, 상승과 이동을 한꺼번에 정복하고 상당한 높이로 올라가고 하는 꿈같은 일들이 다 가능해 보였다. 나는 그때가 우리에게 가장 굉장한 순간, 우리의 장래가 마침내 제자리를 찾아가는 순간이라고 생각했다. 그러나 우리가 그 절정에 달했던 날로부터 꼭 하루 뒤인 6월 6일, 내 훈련은 갑작스럽게 회복할 수 없이 중단되었다. 예후디 사부가 그처럼 오랫동안 두려워해 왔던 일이 실제로 일어난 것이었다. 그 일은 너무도 무자비하고 흉포하게 일어나서 우리의 가슴에 엄청난 파괴와 격변을 가져왔고 우리 둘 중 누구도 다시는 전과 같아질 수가 없었다.

그날 나는 하루 종일 만족스럽게 연습을 계속했고 내가 물 위를 걷는 기적을 일으킬 때까지 늘 그랬듯, 밤늦게까지 남아 있기로 했다. 7시 30분에 우리는 수 아주머니가 싸준 샌드위치로 저녁을 때운 다음, 주위의 들판에 어둠이 몰려오는 동안 다시 연습을 시작했다. 우리가 말발굽 소리를 들었던 것은 틀림없이 10시가 가까워졌을 무렵이었다. 그것은 처음엔 희미하게 우르릉거리는 소리, 몇십 킬로미터쯤 떨어진 곳에서 번개를 동반한 폭풍우가 일어나려는 것처럼 멀리서 들리는 천둥소리 비슷한 땅울림이었다. 그때 나는 연못가에서 두 번 연달아 공중제비를 넘은 뒤 사부의 지시를 기다리고 있었다. 그러나 사부는 평소 때의 침착한 목소리로 지시를 내리는 대신, 갑자기 겁에 질린 몸짓으로 내 팔을 움켜쥐었다.

「잘 들어 봐라.」

그가 말했다. 그리고 같은 말을 되뇌었다.

「저 소리를 잘 들어 봐라. 그놈들이 오고 있어. 그 개자식들이 오고 있어.」

나는 귀를 곤두세웠다. 분명히 그 소리가 점점 더 커지고 있었다. 몇 초가 지나자 나는 그것이 우리 쪽으로 우르르 달려오고 있는 말발굽 소리와 말울음 소리라는 것을 알았다.
「움직이지 마라.」
사부가 말했다.
「여기 그대로 있어. 내가 돌아올 때까지는 꼼짝도 하지 마.」
그리고 나서 한 마디 설명도 없이 사부가 단거리 경주 선수처럼 들판을 가르며 집 쪽으로 달려가기 시작했다. 나는 그의 명령을 무시하고 내 다리가 나를 옮겨 줄 수 있는 한 빨리 내달으면서 그를 뒤쫓았다. 우리는 집에서 5백 미터는 족히 떨어져 있었지만 채 1백 미터도 가기 전에 검은 하늘을 배경으로 점점 더 높게 치솟는, 빨갛고 노란 불길이 보였다. 말발굽 소리와 날카롭게 외치는 소리, 일제 사격을 하는 총소리에 이어 사람의 비명인 것이 틀림없는 소리가 들렸다. 사부는 나와의 거리를 점점 더 벌리면서 계속 달리다가 외양간 뒤쪽의 떡갈나무들이 늘어서 있는 곳에 이르러 멈춰 섰다. 나는 집까지 내처 달려갈 셈으로 그 나무들 바로 앞까지 뛰어나갔다. 그러나 사부가 곁눈질로 나를 보고는, 내가 더 갈 수 있기 전에 나를 땅에 넘어뜨렸다.
「너무 늦었어.」
그가 말했다.
「지금 저기로 들어가면 우리는 죽임을 당할 뿐이야. 저놈들은 열둘이고 우린 둘뿐이니까. 더군다나 저놈들은 모두 라이플과 권총으로 무장을 하고 있어. 저놈들이 우리를 찾아내지 못하도록 하느님께 기도해라, 월트. 하지만 다른 사람들에 대해선 우리가 해줄 수 있는 게 아무것도 없어.」

우리는 속수무책으로 나무 뒤에 서서 큐클럭스클랜[17] 패거리가 벌이는 소행을 지켜볼 수밖에 없었다. 십여 필의 말에 올라탄 십여 명의 사내들이 마당을 가로질러 이리저리 껑충거리며 돌아다니고 있었다. 머리에 하얀 두건을 쓰고 소리를 질러 대는 살인마들. 우리에게는 그들을 저지할 만한 힘이 없었다. 그들이 불타는 집 밖으로 이솝과 수 아주머니를 끌어내어 그들의 목에 로프를 걸고, 길가에 있는 느릅나무 가지에다 따로따로 매달았다. 이솝은 울부짖었고 수 아주머니는 아무 소리도 내지 않았다. 채 몇 분도 안 되어 두 사람 모두 숨이 끊겼다. 내 가장 친한 친구들이 내 눈앞에서 살해되었지만 내가 할 수 있었던 일은, 예후디 사부가 손으로 내 입을 가리고 있을 동안 눈물을 삼키려고 애쓰면서 지켜본 것뿐이었다. 살육이 끝나자 두 명의 3K 단원이 마당에 나무 십자가를 박고 거기에다 휘발유를 끼얹은 다음 불을 붙였다. 그 십자가가 집과 함께 불타오르는 동안 3K 단원들은 사방으로 총을 쏘아 대며 큰 소리로 떠들어대다가 모두 말에 올라 시볼라 쪽으로 사라져 갔다. 그때쯤엔 우르릉거리며 타오르던 목재들은 뜨거운 불덩어리로 작열했고 그 살인자들 중 마지막 사내가 시야에서 사라졌을 때쯤에는 이미 지붕이 사방으로 소나기 같은 불똥을 튀기며 무너져 내리고 있었다. 나는 마치 태양의 폭발을 본 듯한 느낌이었다. 이 세상의 종말을 목격한 듯한 느낌이었다.

---

17) 3K 단원. 천주교도, 유대 인, 흑인들을 배척하는 비밀 결사.

2

그날 밤 우리는 사부의 소유지에 두 사람을 묻었다. 외양간 옆의 십자가도 없는 구덩이에 그들의 시체를 내렸던 것이다. 우리는 뭐라고든 기도를 해야 옳았지만 그러기에는 가슴이 흐느낌으로 너무 들먹이고 있어서, 눈물이 뺨을 타고 흘러내리는 중에 아무 말 없이 흙으로 그들을 덮었을 뿐이었다. 그리고는 여전히 연기를 피워 올리고 있는 집으로 돌아가지도 않고, 심지어는 우리의 소유물 중에 아직 온전한 것이 남아 있는지 알아보려고도 하지 않고, 짐마차에 말을 매어 시볼라를 영원히 뒤로 하고 어둠 속으로 떠났다.

우리는 밤을 꼬박 새워 말을 몰아, 다음날 해가 중천에 떠오를 무렵 위치토에 있는 위더스푼 부인의 집에 닿았다. 그 뒤로 여름 내내 사부의 슬픔이 너무 깊어서 나는 그가 죽을 위험에 처해 있는 것이 아닐까 하는 생각마저 들었다. 그는 여간해서 침대에서 일어나지도, 음식을 먹지도, 말을 하지도 않았다. 세 시간 내지 네 시간마다 그의 눈에서 뚝뚝 떨어지는 눈물만 제외한다면 사람을 보고 있는 것인지 돌덩이를 보고 있는 것인지 잘 알 수가 없었다. 그 우람한 남자는 슬픔과 자기 비하에 빠져 있었고, 그런 상태에서 벗어나기를 바라는 내 모든 소망에도 불구하고 상태는 날이 갈수록 점점 더 악화되었다.

「나는 그게 오는 걸 봤어.」

때때로 그는 혼잣말로 중얼거렸다.

「나는 그게 오는 걸 보고서도 그걸 막으려고 손 하나 까닥하지 않았어. 그건 내 잘못이야. 그 둘이 죽은 건 모두 내 잘못이야. 나는 그 둘을 내 손으로 죽인 것보다도 더 몹쓸 짓을 했어. 나 같은 놈은 자비를 구할 자격이 없어. 살아갈 가치가 없어.」

나는 그처럼 무기력하고 나약한 사부의 모습에 몸서리가 쳐졌고, 나중에 가서는 그런 모습 하나 하나가 이솝과 수 아주머니에게 일어났던 일 못지않게 ─ 아니 어쩌면 그보다도 더 ─ 무서웠다. 그 일에 대해서 무정한 소리를 하려는 건 아니지만 나는 아직 어린아이, 뛰어다니고 싶어서 좀이 쑤시는 개구쟁이였다. 또 오래도록 힘없이 울고 돌아다니며 애도를 하는 것도 내 적성에는 맞지 않았다. 물론 나 역시 눈물을 흘리고, 하느님을 저주하고, 마룻바닥에 머리를 찧었다. 하지만 그렇더라도 며칠이 지난 뒤에는 그 일을 뒤로 미뤄 두고 다른 일을 시작할 준비가 되어 있었다. 이런 말을 하면 내가 한 인간으로서 썩 좋게 보이지 않으리라는 것은 알지만, 느끼지 않은 것을 느낀 척할 필요는 없는 일이다. 내가 아무리 이솝과 수 아주머니를 그리워하고 그들과 다시 함께 있기를 바라더라도 그들은 이미 죽었고, 아무리 간절하게 애원을 하더라도 그들을 다시 살려 낼 길은 없었다. 적어도 내 생각으로는, 이제 다시 기운을 내고 일을 서둘러야 할 때였다. 내 머리는 여전히 새로운 경력에 대한 꿈들로 가득 채워져 있었고, 그런 꿈들이 탐욕스러운 것이었을지는 몰라도 나는 다시 시작하고 싶어서, 내 몸을 하늘로 띄워 올려 위대한 묘기로 세상 사람들을 경탄시키고 싶어서 좀이 쑤셨다.

6월이 7월로 바뀌었는데도 예후디 사부가 그대로 넋이 나가 있는 것을 지켜보면서 내 실망이 얼마나 컸는지, 그리고 7월이 지나 8월이 되었는데도 그가 비극으로부터 다시 일어날 기미를 전혀 보이지 않았을 때 내 기분이 얼마나 처졌는지를 상상해 보라. 내게는 사부의 그런 모습이 내 계획을 방해할 뿐 아니라 나를 실망시키고, 낭패감을 안기고, 곤경에 빠뜨린 채 내버려두려는 짓으로밖에 느껴지지 않았다. 사부의 성격에서 본질적인 결점들이 눈에 띄자 나는 그의 나약하고 우유부단한 성격과 삶의 역경을 직시하려 들지 않는 태도에 화가 치밀었다. 그토록 여러 해 동안 나는 그에게 의지하고 그렇게도 많은 힘을 얻었지만 이제 그는 여느 형편없는 기회주의자, 달면 삼키고 쓰면 뱉는 사람들 중의 하나처럼 행동하고 있었다. 사부가 그처럼 맥이 풀려 있는 것을 볼 때마다 나는 속이 뒤집혔고 그의 슬픔이 오래 가면 갈수록 그에 대한 신뢰를 잃지 않을 수 없었다. 만일 위더스푼 부인이 아니었더라면 나는 아마 포기를 하고서 그와 결별을 했을지도 몰랐다.

「네 사부는 훌륭한 분이야.」

어느 날 아침 그녀가 내게 말했다.

「그리고 훌륭한 사람은 느끼는 감정도 크기 마련이지. 그런 사람들은 다른 사람들보다 더 큰 즐거움, 더 큰 분노, 더 큰 슬픔을 느껴. 그 분은 지금 비탄에 잠겨 있고 그 고통이 다른 사람들보다 더 오래 갈 거야. 그러니까 이 일로 놀라지 마, 월트. 그분은 결국 거기에서 헤어날 거고 너는 참을성이 있어야 돼.」

그녀가 한 말은 그런 것이었지만 내심으로 나는 그녀 자신도 그 말을 믿는다고 확신할 수가 없었다. 아니나다를까, 시간이 지나면서 나는 그녀 역시 나처럼 사부에게 염증을 내기 시작하고 있다는 것을 알았고, 그런 중요한 문제에서 우리의 견해가 완전히 일치한다는 것이 마음에 들었다. 또 그녀의 집에 머무르면서 매일같이 그녀와 함께 시간을 보내는 동안, 우리 사이에 내가 전에 생각했던 것보다 더 많은 공통점이 있다는 것을 알게 되었다. 위더스푼 부인은 산전수전을 다 겪은 여자였다. 농장을 찾아올 때면 그녀는 이숍과 수 아주머니의 비위를 거스르지 않기 위해 아주 점잖고 고상하게 행실 좋은 태도를 보였지만, 이제는 자기 집에 있으니 얼마든지 진짜 본성을 드러내 보일 수 있었다. 처음 두 주일 동안은 그 본성에 관한 거의 모든 것들이 나를 놀라게 했다. 그녀의 본성이라는 게, 나쁜 버릇과 신경질적이고 억제되지 않은 자기 방종투성이였기 때문이었다. 나는 단지 그녀의 음주벽 —— 적어도 하루에 진토닉을 여섯 잔 내지 일곱 잔씩 마셔 댔다 —— 과 담배를 입에 달고 다니는 습관 —— 아침부터 밤까지 피카윤즈나 스위트 캐포럴즈 같은 예전의 브랜드를 빡빡 피워 대는 —— 에 대해서만이 아니라, 전반적으로 얌전하지 못한 태도에 대해서도 이야기하려는 것이다. 그녀의 숙녀다운 겉모습 이면에는 마치 풀려나려고 기를 쓰는 방종하고 헤픈 여자의 영혼이 잠복해 있기라도 한 것 같았다. 그 중에서도 가장 지독한 것은 그녀의 말투였는데, 일단 술을 한두 잔 걸치고 나면 그녀는 내가 그때까지 여자에게서 들었던 것 중에 가장 거칠고 상스러운 말을 입에 담기 시작해서, 기관단총이 총알을 난사하듯 숨쉴 틈도 없이 신랄한 농담들을 쏟아 내는 것이었다. 그러나 농장에서 순결하기 그지없던 삶을 살아왔던 나로서는, 고매한 도덕적 목표에 매이지 않고 마음껏 즐기며 벌어들일 수 있는 한 많은 돈을 버는 것이 삶의 유일한 목적인 사람과 어울리는 게 새롭고 산뜻한 일이라는 걸 알았다. 그래서 우리는 친구가 되었고, 위치토에서의 지루하고 무더운 삼복더위를 보낼 동안 예후디 사부가 혼자 고뇌에 빠져 있도록 놓아두었다.

나는 그녀에게서 호감을 살 수 있었지만 적어도 초기 단계에서는 그녀가 내게 보인 애정의 깊이를 과장하고 싶지는 않다. 위더스푼 부인이 나를 즐겁게 해준 데에는 분명한 이유가 있었다. 물론 나로서는 그녀가 나를 좋아한 원인이 내가 그처럼 재미있는 친구, 그처럼 재치 있고 무모한 꼬마였기 때문이라며 우쭐해 하고 싶지만, 사실 그녀는 나로 인해 자기의 은행 구좌가 탄탄해질 것이라는 생각을 하고 있었다. 그렇지 않고서야 대체 무슨 이유로 그녀처럼 수완 있고 섹스어필한 여자가 나 같은 어린 선머슴 녀석과 친해지려고 했을까? 그녀는 나를 하나의 사업 가능성, 사내아이의 모습을 한 달러 기호로 보았고, 만일 내 기술이 적절한 관심과 통찰력을 가지고 다루어진다면 자기가 캔자스 주에서 가장 부유한 여인이 되리라는 것을 알고 있었다. 나는 우리가 함께 즐거운 시간을 보내지 않았다고 말하려는 건 아니지만, 그것은 어느 모로 보나 그녀 자신의 이익에 도움이 되었기 때문이었다. 말하자면 그녀는 나를 양 우리에 가두어 놓기 위해, 자기가 내 재능을 충분히 이용할 수 있기 전에 내가 빠져 나가지 않도록 확실히 해두기 위해, 선심을 쓰고 나를 자기 편으로 끌어들인 것이다.

그렇다 치자. 그렇더라도 나는 위더스푼 부인의 처사를 비난하지 않을 것이다. 내가 그녀의 입장이었더라도 나 역시 똑같은 일을 했을 테니까. 그렇지만 나는 때때로 그녀가 내 묘기에 거의 아무런 관심도 보이지 않는다는 사실을 알고 속이 상했었다는 것은 부정하지 않겠다. 그 지겨웠던 몇 주일, 몇 달이 지나는 동안, 나는 적어도 하루에 한두 시간씩은 늘 해왔던 연습을 계속함으로써 예전의 솜씨를 잃지 않으려고 애썼다. 물론 그 연습은 집 옆으로 차를 몰아 지나가던 사람들이 놀라 기절초풍을 하지 않도록 집 안에서, 그러니까 차양을 내린 위층 응접실에서 해야만 했다. 그러나 위더스푼 부인은 여간해서 내 연습 장면을 지켜보려고 하지도 않았을 뿐더러, 어쩌다 방으로 들어오는 일이 있다 하더라도 푸줏간 주인이 큼직한 고깃덩이를 살피듯 멍하고 냉담한 눈길로 나를 바라보며, 눈썹 하나 까딱 않고 공중 부양술이라는 내 놀라운 묘기를 관찰하곤 했다. 내가 아무리 굉장한 묘기를 부리더라도, 그녀는 그것을 자연스러운 일의 한 부분, 달이 차고 기우는 것이나 바람소리보다 더 이상하거나 불가사의할 게 없는 것으로 받아들였다. 어쩌면 그녀는 술이 너무 취해서 기적과 매일같이 일어나는 일 사이의 차이점을 알아차릴 수 없었거나, 아니면 그 기적의 미스터리에 얼이 빠져 버렸는지도 몰랐다. 그러나 내 묘기가 여흥이 되면 그녀는 내가 자기 집 거실의 그 염병할 테이블이며 의자들 위로 떠오르는 것을 지켜보기보다는 차라리 폭풍우를 뚫고 삼류 영화를 보러 차를 몰아 가려고 할 것이다. 그녀에게는 내 묘기가 목적으로 이르는 수단에 지나지 않았다. 그리고 목적이 보장되어 있는 한, 그녀는 수단에 대해서도 관심을 덜 가질 수 없었다.

하지만 그녀는 나를 잘 대해 주었다. 그 점에 대해서는 그녀에게 박한 점수를 주지 않겠다. 동기가 무엇이었건 간에 그녀는 나를 즐겁게 해주는 데 인색하지 않았고, 단 한 번도 나를 위해 돈을 쓰는 데 망설인 적이 없었다. 내가 그녀의 집으로 옮겨 간 지 이틀 뒤, 그녀는 나를 위치토 중심부에 있는 상점가로 데려가 새 옷을 온전히 한 벌 다 갖추어 주었다. 그런 다음에는 아이스크림 가게, 캔디 상점, 오락장. 그녀는 항상 나보다 한발 앞서 있었고 내가 어떤 것을 갖고 싶다는 생각이 들기가 무섭게 윙크를 해보이고 머리를 가볍게 토닥이며 그것을 내 손에 쥐어 주었다. 나로서는 그 온갖 힘든 시기를 겪은 뒤에 그처럼 마음껏 사치를 누리며 하루하루를 빈둥빈둥 보내는 것이 물론 싫었다고는 할 수 없었다. 나는 수를 놓은 시트에 오리털 베개가 있는 푹신한 침대에서 잠을 잤고, 흑인 하녀 넬리 보그스가 요리해 주는 굉장한 음식을 먹었고, 이틀 동안 연달아 같은 속옷을 입지도 않았다. 거의 매일 오후마다 우리는 더위를 식히기 위해 진초록색 세단으로 시골길을 한 바탕씩 달렸다. 창문을 열어 놓고 텅 빈 길을 쌩쌩 달리면 사방에서 바람이 몰아쳐 들어왔다. 내가 기억하기로 위더스푼 부인은, 액셀러레이터를 밟고 있을 때보다 더 행복한 표정을 본 적이 없을 정도로 속도감을 즐겼는데, 은으로 된 휴대용 술병에서 위스키를 한 모금씩 들이키는 사이사이 웃음을 터뜨리며 머리를 흔들 때마다 그녀의 붉은색 머리칼이 뒤집힌 지네의 다리처럼 물결쳤다. 그녀에게는 두려움도, 시속 120, 130킬로미터로 달리는 차가 사실상 누구를 죽일 수 있다는 인식도 없었다. 나는 그녀가 내게 그처럼 골탕을 먹일 때마다 조용히 앉아 있으려고 애를 썼지만 시속 100킬로미터나 110킬로미터를 넘어서면 나 자신을 어쩔 수 없었다. 마음에서 솟아오르는 돌연한 공포가 배에 어떤 작용을 가했는지는 몰라도, 얼마 지나지 않아서 요란스럽게 딱딱 끊어지는 소리와 함께 쉴새없이 냄새 폭탄을 터뜨리며 연달아 방귀가 나오는 것이었다. 내가 창피해 죽을 지경이었다는 것은 두말할 필요도 없는 일이다. 더구나 위더스푼 부인은 그런 무분별한 짓을 아무 말 없이 그냥 넘길 사람이 아니었다. 그런 일이 처음 일어났을 때, 나는 그녀가 너무 요란스럽게 웃어 젖혀서 그녀의 머리가 어깨에서 떨어져 나가지나 않을까 하는 생각이 들었다. 다음에 그녀는 예고도 없이 브레이크를 꽉 밟았고, 그 바람에 차가 주르르 미끄러지면서 가슴이 철렁 내려앉게 멈춰 섰다.

「그런 굉장한 방귀를 몇 번만 더 뀌면 아예 가스 마스크를 쓰고 차를 몰아야겠다.」

그녀가 면박을 주었다.

「난 아무 냄새도 안 나는데요.」

내가 가장 그럴듯한 말로 변명을 끌어다 댔다.

위더스푼 부인이 요란스럽게 코를 킁킁거리며 냄새를 맡더니 코를 싸쥐고 얼굴을 찌푸렸다.

「다시 맡아 봐, 이 웃기는 녀석아. 일개 여단이 네 궁둥이에서 딕시 음악[18]을 울리면서 우리하고 같이 돌아다니고 있었어.」

「그저 가스 약간일 뿐인데요, 뭐.」

내가 슬며시 전략을 바꾸었다.

「내가 잘못 알고 있지 않다면 자동차도 가스를 채우지 않고

---

18) 남북 전쟁 때 남부에서 유행한 쾌활한 음악.

는 달릴 수가 없을 걸요.」

「차는 옥탄으로 가는 거야, 녀석아. 우리가 지금 얘기하고 있는 그런 화학 실험이라면 아마 우리 둘 모두 날아가 버리고 말 거다.」

「글쎄요, 어쨌든 그렇게 죽는 편이 나무에 부딪쳐 죽는 것보다는 더 나을 것 같은데요.」

「걱정 마, 바보야.」

그녀가 뜻밖에도 목소리를 누그러뜨리더니 손을 뻗쳐 내 머리에 얹고 손가락 끝으로 가볍게 내 머리를 훑었다.

「나는 끝내 주는 운전사야. 아무리 빨리 달리더라도 이 메리언 아주머니가 운전대를 잡고 있는 한 넌 언제고 안전해.」

「그거 그럴듯하게 들리네요.」

내가 머리에 와 닿은 그녀의 손길을 즐기면서 말했다.

「하지만 아주머니가 그걸 증서로 써준다면 훨씬 더 좋겠는데요.」

그녀가 느닷없이 웃음을 터뜨리고 나서 미소를 지었다.

「이제부터 어떻게 해야 할지 가르쳐 줄게. 내가 차를 너무 빨리 몬다는 생각이 들면 눈을 감고 소리를 질러. 네가 더 크게 소리를 지를수록 우리 둘 다 재미있어질 거야.」

그래서 나는 그렇게 했다. 아니, 적어도 그렇게 하려고 해 보았다. 다음번 외출에서부터는 속도계가 120킬로에 이르면 언제나 눈을 감기로 작정을 한 것이었다. 그러나 몇 번은 110킬로에서도 방귀가 새어 나왔고 한 번은 100킬로에서도 그랬다. 그것은 우리가 맞은편에서 오는 트럭과 막 충돌할 뻔했다가 마지막 순간에 비켜 갔을 때였다. 그런 일들이 내 자존심에는 전혀 도움이 안 됐지만 그 중 어느것도 8월 초에 일어난,

내 똥구멍이 더 버티지 못해 결국은 팬티에다 똥을 싸고 말았던 끔찍한 사건과는 비교가 되지 않았다. 지독히도 무더운 날이었다. 2주일이 넘게 비 한 방울 내리지 않은 탓으로 그 한적한 길가에 있는 나무들은 모두 먼지로 뒤덮여 있었다. 위더스푼 부인은 여느 때보다 술을 좀더 마신 것 같았는데, 우리가 시내를 벗어났을 때쯤에는 취해서 물불을 가리지 않는 기분에 빠져 들었다. 첫번째 모퉁이를 돌자마자 그녀는 80킬로미터가 넘게 속도를 높였고 그 뒤로는 아무것도 그녀를 막지 못했다. 사방에서 먼지가 날아올랐다. 앞 유리창 위로 소나기처럼 퍼부으며, 옷 안쪽으로 춤을 추듯 흘러들고 이빨을 난타했다. 하지만 그녀는 마치 모키 더그웨이의 스피드 기록을 깰 셈이기라도 한 것처럼, 액셀러레이터를 밟아 대며 웃어젖히기만 할 뿐이었다. 차가 메마르고 푹푹 패인 도로를 따라 덜컹대며 굉음을 내고 달릴 동안, 나는 눈을 감고 대쉬보드를 움켜쥔 채 있는 힘을 다해 소리를 질렀다. 20, 30초쯤 두려움이 점점 더 고조되다가 드디어 내 천명이 다했다는 느낌이 들었다. 나는 그 형편없는 길에서 죽게 될 것이고, 그것이 이승에서의 내 마지막 순간이 될 것이었다. 내 궁둥이 사이의 틈새로 똥이 밀려나오기 시작한 것은 그때였다. 팬티에 뜨듯하고 역겨울 만큼 축축하고 물컹하고 미끈거리는 기다란 것이 툭 떨어지더니 다리를 타고 미끄러져 내리기 시작했다. 무슨 일이 일어났는지를 알아차렸을 때, 나로서는 울음을 터뜨리는 것 외엔 별다른 도리가 없었다.

그러는 동안에도 차는 계속 달렸고, 10분이나 12분쯤 뒤에 차가 멈췄을 때 나는 땀과 똥과 눈물로 흥건히 젖어 있었다. 온몸이 내 몸에서 나온 체액과 비참함으로 씻기고 있었다.

「자, 카우보이.」
위더스푼 부인이 승리를 음미하려고 담배에 불을 붙이면서 말을 걸었다.
「우린 해냈어. 세기의 기록을 깬 거야. 분명히 얘기하지만 이 형편없는 주에서 그걸 해낸 여자는 내가 처음일걸. 너 어떻게 생각하니? 나 같은 쭈그렁 할멈치고는 썩 잘하지 않았어?」
「아주머니는 쭈그렁 할멈이 아니에요.」
내가 말했다.
「아, 그거 듣기 좋은데. 그 말 진심으로 받아들일게. 너 여자들한테 말하는 솜씨가 썩 괜찮구나, 녀석. 몇 년만 더 있으면 그런 얘기로 여자들을 죽여 주겠는걸.」
나는 그런 식으로 아주 침착하게, 아무 일도 일어나지 않은 것처럼 편하게 이야기를 계속하고 싶었다. 그러나 이제 차가 멎은 만큼 내 바지에서 풍겨 나오는 냄새가 점점 더 강해지고 있었다. 불과 몇 초 뒤면 내 비밀이 드러나리라는 것은 보나마나 뻔한 일이었다. 모욕감이 다시 밀려오자 나는 뭐라고 대답을 할 수 있기도 전에 손으로 얼굴을 가리고 훌쩍거렸다.
「아니, 월트!」
그녀가 소리쳤다.
「아니, 이런 세상에! 너 이번엔 정말로 일을 벌인 거구나.」
「미안해요.」
나는 감히 그녀를 쳐다볼 수도 없었다.
「어쩔 수가 없었어요.」
「아마 내가 너한테 캔디를 잔뜩 먹인 탓일 거다. 네 배는 캔디에 길이 들지 않았어.」
「어쩌면요. 아니면 내가 배짱이 없어서였는지도 모르고요.」

「바보 같은 소리 마라. 넌 약간 사고를 친 것뿐이야. 또 그런 일은 누구한테나 다 일어나는 거고.」

「기저귀를 차고 있을 때라면 그렇겠죠. 난 지금껏 이렇게 당황했던 적은 한 번도 없어요.」

「잊어버려. 지금은 창피하다느니 하는 생각을 할 때가 아냐. 우리는 이 끈적끈적한 게 시트로 스며들기 전에 네 궁둥이를 씻어 내야 돼. 내 말 듣고 있니, 월트? 난 네 못돼먹은 창자가 어떻게 되건 상관하지 않지만 내 차가 그 공격에 정면으로 맞서는 건 원치 않아. 저 나무들 뒤에 연못이 하나 있는데, 내가 너를 데려가려는 데가 거기야. 겨자하고 양념을 싹 씻어 내고 나면 아무 일도 없었던 것처럼 산뜻해질 거야.」

나는 그녀를 따라가는 수밖에 별도리가 없었다. 팬티 속에 들어 있는 것이 처덕거리고 미끈거리는 중에 어기적어기적 걸으려니 그 느낌이 너무도 끔찍했다. 거기에다 다시 흐느낌이 가라앉지 않아서 나는 그녀를 따라 걷는 동안 내내 숨이 반쯤 막힌 것처럼 기묘하게 끽끽거리는 소리를 내며 가슴과 어깨를 들먹거렸다. 위더스푼 부인은 연못까지 길을 안내하며 앞서 걸었다. 그 연못은 길에서부터 대략 30미터쯤 떨어져 있는, 자지러진 나무들과 관목들로 둘러싸인 초원 지대 한복판의 조그만 오아시스였다. 우리가 물가에 이르자 그녀가 내게 아무렇지도 않은 목소리로 재촉을 하면서 빨리 옷을 벗으라고 다그쳤다. 나는 적어도 그녀가 나를 빤히 쳐다보고 있는 앞에서는 그러고 싶지가 않았지만 그녀가 돌아설 셈이 아니라는 것을 알고 나자 눈길을 내리깔고 그 시련을 감수할 수밖에 없었다. 먼저 그녀는 내 신발을 벗기고 양말을 끌어당긴 다음, 잠시도 멈칫거리지 않고 내 혁대와 바지 단추를 풀어 아래로 끌어당겼다. 바지와 속옷이 단번에 무릎까지 내려오자 나는 여자 앞에서 고추를 드러내 놓고 서 있는 꼴이 되었다. 내 하얀 다리는 누렇고 걸쭉한 것으로 얼룩이 져 있었고 내 똥구멍은 상한 양배추처럼 악취를 풍겼다. 그것은 분명히 내가 평생 겪었던 중에서 최악의 치욕이었지만 위더스푼 부인은 참으로 고맙게도 —— 이것은 내가 결코 잊지 않는 일이다 —— 아무 소리 내지 않았다. 역겨워서 구시렁거리지도 않았고 숨을 멈추지도 않았다. 갓 태어난 아이를 씻기는 어머니처럼 부드럽게, 그녀는 손을 물에 담갔다가 치욕스러운 흔적이 모두 없어질 때까지 물을 끼얹어 내 벌거벗은 아랫도리를 문질러 닦으며 나를 씻기기 시작했다.

「자, 됐다.」

그녀가 빨간 구슬 지갑에서 손수건을 꺼내어 물기를 훔치면서 말했다.

「보이지 않으면 생각도 안 나는 거야.」

「그건 그렇지만요.」

내가 토를 달았다.

「더러워진 속옷은 어떻게 하고요?」

「새들이 쪼아먹게 놓아두자. 그러면 돼. 그리고 바지도.」

「그럼 이렇게 하고서 집에까지 돌아가자는 얘긴가요? 엉덩이 아래로는 실 한 오라기 걸치지 않고요?」

「안 될 게 뭐지? 네 셔츠 자락이 무릎까지 내려오는데. 그리고 또 뭐 별로 숨길 것도 없을 것 같다. 우린 아주 조그만 것, 난쟁이 나라의 왕관에 박힌 보석 얘기를 하고 있으니까.」

「내 음부를 모욕하지 말아요. 아주머니한테는 이제 하찮을지 몰라도 난 이걸 자랑스러워하니까요.」

「물론 그렇겠지. 그런데 정말 귀여운 고추구나, 월트. 맨송맨송한 불알에 매끈하고 아기 인형 같은 허벅지. 넌 남자가 되는 데 필요한 걸 모두 다 가지고 있지만 —— 거기에서 그녀는 참으로 놀랍게도 내 고추와 불알을 모두 감싸쥐고 가볍게 흔들었다 —— 그렇게 되려면 아직 멀었어. 그리고 또 아무도 차 안에 있는 너를 보려고 하지 않을 거야. 오늘은 아이스크림 가게에 들르는 건 그만두고 곧장 집으로 돌아가자. 네가 그러는 게 더 좋다면 뒷문을 통해서 살짝 집 안으로 들여보내 줄게. 그러는 게 어떻겠니? 앞으로도 이 일에 대해서 아는 사람은 나 하나뿐일 거고, 넌 내가 누구에게도 얘기하지 않으리라고 믿어도 돼.」

「사부님한테도요?」

「사부한테는 누구보다도 더 그래야지. 오늘 여기서 일어난 일은 완전히 너하고 나만 아는 일이야.」

그녀는 믿을 수 있는 사람, 정말로 곤란한 일이 생길 때는 언제나 가장 괜찮은 사람이었다. 그러나 때때로 나는 그녀를 종잡을 수 없었다. 마음을 터놓을 수 있는 친구라고 생각하기가 무섭게 그녀는 태도가 싹 바뀌어 전혀 예상치도 못했던 일을 했고 —— 예를 들자면, 놀리거나 면박을 주거나 싹 무시해 버리는 —— 그러면 내가 살고 있던 작고 아름다운 세상이 갑자기 망가져 버리는 것이었다. 내가 이해하지 못하는 일, 내 머리로는 아직 알 수 없는 어른들의 일이 많았지만 조금씩조금씩 나는 그녀가 예후디 사부를 몹시 원하고 있다는 것을 눈치채기 시작했다. 그녀는 사부가 원기를 회복할 때까지 기다리는 동안 우울증에 빠져드는 중이었고, 만일 그런 상황이 더 오래 지속되었더라면 그녀는 틀림없이 극단적인 일을 벌이고 말았을 것이다.

　상황을 일변시킨 전기(轉機)는 그 똥 사건이 있은 지 이틀 뒤에 찾아왔다. 우리는 뒤뜰 잔디밭에 놓인 의자에 앉아 덤불숲을 들락거리는 개똥벌레를 지켜보며 찌르륵거리는 귀뚜라미들의 울음소리에 귀를 기울이고 있었다. 그 시절에는, 이른바 광란의 1920년대라 하더라도, 그러는 것이 유쾌하게 즐기는 시간으로 통했다. 나는 항간에 떠도는 전설의 실체를 폭로하고 싶지는 않지만, 위치토는 사실 소문처럼 그렇게 굉장하지가 못해서 우리는 두어 달 동안 그 졸린 소도시의 시끄러운 곳들과 기분 전환 거리를 찾아 돌아다니고 나자 가용한 자원을 모두 다 써버렸다. 우리는 영화란 영화는 모두 다 보았고, 아이스크림이란 아이스크림은 다 먹었고, 핀볼 게임이란 핀볼 게임은 다 해보았고, 회전목마란 회전목마는 다 타보았다. 외출하는 노력을 더는 들일 가치가 없어진 터라서, 우리는 며칠 밤 연달아 무기력이 치명적인 질병처럼 우리의 뼈 속으로 번지도록 내버려두고 그냥 집에만 틀어박혀 있었다. 그날 밤 나는 미지근한 레모네이드를 빨아 마시는 중이었고, 위더스푼 부인은 내가 기억하기론 여느 때처럼 술에 골아 있어서 우리 둘 모두 40분이 넘도록 침묵을 깨지 않았다.

　「난 늘 이런 생각을 했어.」

　그녀가 마침내 어떤 비밀스러운 생각들을 따라가면서 말했다.

　「그 염병할 인간이 마구간에서 막 걸어 나온 위세 당당한 종마라고 말야.」

　나는 레모네이드를 한 모금 더 마시고 밤하늘에 떠 있는 별들을 쳐다보며 하품을 했다.

「그게 누군데요?」
내가 지루한 기색을 숨기려고도 하지 않고 물었다.
「누구라고 생각하니, 이 멍청이야?」
그녀의 말소리는 분명치가 않아서 겨우 알아들을 수 있을 정도였다. 만일 내가 그녀를 잘 알지 못했더라면 나는 그녀가 술에 잔뜩 곯아 허튼소리를 한다고 생각했을 것이었다.
「아!」
나는 순간적으로 얘기가 어디로 가고 있는지를 알아차렸다.
「그래. 그 인간. 그 인간이 바로 내가 얘기하고 있는 사람이야.」
「글쎄요. 그분은 곤경에 처해 있어요, 아주머니. 아주머니도 그걸 알잖아요. 그리고 우리가 바랄 수 있는 건 그분의 영혼이 너무 늦기 전에 치료되는 것뿐이에요.」
「나는 지금 영혼 얘기를 하고 있는 게 아냐, 멍청아. 페니스 얘기를 하고 있는 거지. 그 인간한테 아직 그게 달려 있기나 하니?」
「아마, 그럴 거예요. 내가 그분한테 그런 거에 대해선 물어본 적이 별로 없긴 하지만요.」
「글쎄. 남자라면 자기 의무를 이행해야 돼. 여자한테 두 달씩이나 독수공방을 지키게 해놓고서 무사히 넘어갈 걸 기대할 순 없는 거야. 그래서는 안 돼. 내 사타구니는 사랑을 원해. 여느 다른 짐승들처럼 애무를 받고 채워져야 돼.」
아무도 우리를 보지 않는 어둠 속이었지만 나는 얼굴이 화끈 달아오르는 것을 느꼈다.
「나한테 그런 얘기를 하고 싶은 게 분명한 건가요, 아주머니?」

「너밖에는 아무도 없잖니. 게다가 넌 그런 일을 알 만큼은 알 나이가 됐어. 너 여느 바보들처럼 세상을 살아가고 싶지는 않겠지?」

「난 늘 자연이 스스로를 돌보도록 놓아두어야 한다고 생각했어요.」

「네가 틀린 게 바로 그거야. 남자라면 자기의 꿀단지를 지켜야 돼. 마개가 제대로 막혀 있는지, 주스가 흘러 나가지 않는지 확인을 해야 돼. 내가 하는 말 듣고 있니?」

「그런 것 같아요.」

「그런 것 같아? 그런 엉터리 같은 대답이 어딨니?」

「예, 듣고 있어요.」

「너도 알겠지만 이건 내가 다른 남자에게서 청혼을 받지 않아서가 아냐. 난 젊고 건강한 여자야. 그리고 이렇게 서성거리며 기다리는 데에는 신물이 나고 지쳤어. 나는 여름 내내 나의 거기를 만지작거리면서 지냈지만 앞으로도 씻겨지지가 않을 것 같아. 이 얘기를 그보다 더 분명하게는 할 수 없을 것 같은데……..」

「내가 듣기로는 아주머니가 사부님 청혼을 세 번 거절했다던데요.」

「글쎄. 사정이 바뀌지 않았니? 이 아는 체하는 녀석아.」

「어쩌면 그렇고 어쩌면 아니겠죠. 나로선 뭐라고 할 수가 없네요.」

이야기가 추하게 바뀌어 가려는 참이었고 나는 그 이야기에 휘말려들고 싶은 —— 거기에 앉아서 그녀의 만족하지 못한 성기에 대한 푸념이나 듣고 있을 —— 생각은 조금도 없었다. 나는 그런 얘기에 대처할 준비가 되어 있지 못했다. 또 나

자신이 사부에게 화가 나 있었다 해도 그의 남자다움을 공격하는 일에 가담할 용기는 없었다. 물론 일어서서 그냥 가버릴 수도 있었지만 그런다면 그녀는 고함을 지르기 시작할 것이고, 채 10분도 안 되어 위치토에 있는 경찰들이 모두 우리집 마당으로 들이닥쳐 안면 방해죄로 우리를 붙잡아 갈 것이었다.

그러나 사실 그런 걱정은 할 필요가 없었다. 그녀가 다른 말을 꺼낼 수 있기도 전에 집 안에서 갑작스럽게 요란한 소리가 터져 나왔기 때문이었다. 내가 생각하기로 그것은 와지끈 하는 소리보다 쿵 하는 소리에 더 가까운, 일종의 길고 공허한 폭발음이었고 바로 뒤이어 마치 벽이 무너져 내리는 듯 서너 번 와르르 울리는 소리가 들렸다. 무슨 이유에서인지 위더스푼 부인은 그것이 재미있다고 생각한 모양이었다. 그녀가 한바탕 웃어대며 고개를 뒤로 젖히는가 싶더니, 그 뒤로 15초 동안 그녀의 숨통에서 여치 떼가 날아오르는 것 같은 소리가 터져 나왔다. 그런 웃음소리를 듣기는 그때가 처음이었다. 그것은 마치 유해 동물의 내습, 2백 프루프짜리 진, 4백 마리의 하이에나들이 미친 도시를 걷는 듯한 소리였다. 다음에 쿵쿵거리는 소리가 계속되는데도, 그녀가 목청껏 소리를 지르기 시작했다.

「저 소리가 들리니?」

그녀가 소리쳤다.

「저 소리가 들리지, 월트? 저건 나야! 저건 내 생각의 소리, 내 생각들이 내 머릿속에서 튀기는 소리야. 팝콘처럼 말야! 내 머리가 두 쪽 나려고 하고 있어, 하하! 내 머리통 전체가 산산조각 나려고 하고 있어!」

바로 그때 쿵쿵거리는 소리가 유리 깨지는 소리로 바뀌었다. 먼저 한 가지가 깨지고 다음에는 컵이며 거울이며 병 따위의 다른 것들이 연달아 깨졌다. 뭐가 뭔지 잘 알 수는 없지만 하나하나의 물건이 제각기 다른 소리를 내며 박살이 나고 있었다. 그 소리는 꽤 오랫동안, 아마도 1분 이상은 계속되었을 것이다. 처음 몇 초 동안 고막을 찢을 듯한 소리가 사방으로 울린 뒤에, 온 밤이 유리가 산산조각 나는 소리로 찢겼다. 나는 이것저것 생각해 볼 것도 없이 벌떡 일어나 집 쪽으로 달려갔다. 위더스푼 부인도 내 뒤를 따라오려고 했지만 너무 취해 있어서 몇 걸음밖에 떼지 못했다. 마지막으로 기억이 나는 것은, 뒤를 돌아다보았다가 그녀가 신문 연재 만화에 나오는 술주정뱅이처럼 그대로 널브러져 땅에 얼굴을 박으며 미끄러지는 장면이었다. 그녀가 날카롭게 비명을 질렀다가 일어나려고 해봤자 소용이 없다는 것을 알아차리고 또다시 한바탕 웃어젖히기 시작했다. 나는, 잔디밭에서 구르며 웃고 있는, 웃으면서 잔디밭 위에다 온통 토해 내고 있는 그녀를 남겨 두고 집 안으로 들어갔다.

내 머릿속을 번쩍 스친 생각은 누군가가 집 안으로 침입해 들어와 예후디 사부를 공격하고 있다는 것이었다. 그러나 내가 뒷문으로 들어가 계단을 올라가기 시작했을 때 온 집 안이 다시 고요해졌다. 나는 그것이 이상하게 느껴졌지만 더 더욱 이상한 것은 다음에 일어난 일이었다. 나는 복도를 지나 사부의 방으로 가서 조심스럽게 문을 두드렸다. 안에서 그가 분명하고 완전히 정상적인 목소리로 들어오라고 하는 소리가 들렸다.

「들어와라.」

그래서 나는 들어갔다. 예후디 사부는 방 한가운데서 가운과 슬리퍼를 걸친 차림으로 양손을 호주머니에 쑤셔 넣고, 얼굴에는 웃는 듯 마는 듯 이상한 웃음기를 띤 채 서 있었다. 그 주위의 모든 것이 부서져 있었다. 침대는 박살이 났고, 벽은 여기저기 패였고, 방안에는 수백만 개의 깃털들이 떠다니고 있었다. 부서진 사진틀, 부서진 유리잔, 부서진 의자, 이름도 알 수 없는 물건들의 부서진 조각들. 그것들 모두가 무수히 많은 파편처럼 바닥에 흩뿌려져 있었다. 그는 2, 3초쯤 눈에 보이는 상황을 받아들이도록 시간을 준 다음, 더운물로 막 목욕을 하고 나온 사람처럼 침착하게 말을 건넸다.

「좋은 저녁이구나, 월트. 그런데 어째서 이 시간에 여기로 올라온 거냐?」

「괜찮으세요, 예후디 사부님?」

내가 물었다.

「괜찮냐고? 물론 나는 괜찮지. 괜찮은 것 같지 않으냐?」

「잘 모르겠어요. 예, 글쎄요, 아마 그렇겠죠.」

내가 발 밑의 잔해들을 가리키면서 말을 이었다.

「이건 뭐죠? 난 이해가 안 가는데요. 여기는 완전히 아수라장이군요. 모두가 다 산산조각이 나 있고요.」

「카타르시스 연습이다, 녀석아.」

「무슨 연습이요?」

「알 것 없다. 이건 마음을 치료하는 일종의 약, 고통받는 정신을 위한 진통제니까.」

「그럼 사부님이 이걸 전부 이렇게 했다는 얘긴가요?」

「그래야 했어. 소란을 피운 건 미안하지만 조만간 그래야 했어.」

그가 나를 바라보는 눈길에서, 나는 그가 예전의 기운찬 사람으로 돌아왔다는 것을 느꼈다. 그의 목소리는 거만한 음색을 되찾았고 그의 모습은, 다정하고 냉소적인 태도와 교활하고 빈틈없는 태도가 섞여 있는 것처럼 보였다.

「그 말은······.」

내가 아직 걱정을 털어 내지 못하고 물었다.

「그 말은 지금부터 사정이 달라지게 될 거라는 얘긴가요?」

「우리에게는 죽은 사람들을 기억해야 할 의무가 있다. 그건 기본적인 법칙이야. 만일 우리가 그들을 기억하지 않는다면 우리는 자신을 인간이라고 부를 수 없게 될 거다. 내 말 알아듣겠니, 월트?」

「예, 알고 있어요. 내가 세상을 뜬 소중한 친구들과 그들에게 가해진 짓을 생각하지 않고 지나간 날은 하루도 없어요. 단지······.」

「단지 뭐냐, 월트?」

「단지 시간을 허비하고 있다는 거예요. 그리고 우리 자신에 대해서도 생각하지 않는다면 그건 세상에 못할 짓을 하고 있는 셈이 돼요.」

「넌 머리가 잘 돌아가는구나, 녀석. 너한테는 아직도 희망이 있는 것 같다.」

「단지 나만이 아니라는 걸 알 거예요. 위더스푼 부인도 있어요. 지난 두 주일 동안 그 아주머니는 굉장한 히스테리를 일으켰어요. 내 눈이 나를 속이지 않았다면 지금 그 아주머니는 잔디밭에서 곤드레만드레 취한 채 자기가 토해 낸 것 위에서 코를 골고 있을 거예요.」

「나는 사과할 필요가 없는 것에 대해서는 사과하지 않겠다. 나는 내가 해야 할 일을 한 거고, 이러는 데는 시간이 걸릴 만큼 걸렸어. 이제 새로운 장이 시작될 거다. 악마들은 도망쳤고, 영혼의 어두운 밤은 끝났어.」

그가 깊이 숨을 들이쉬고 호주머니에서 손을 꺼내어 내 어깨를 단단히 움켜쥐었다.

「자, 얘기해 봐라. 너, 사람들에게 묘기를 보여 줄 준비가 되어 있니?」

「그럼요, 두목. 내가 준비가 되어 있다고 믿어도 돼요. 내가 그 일을 할 장소만 마련해 주면 나는 죽음이 우리를 갈라놓을 때까지 사부님이 하라는 대로 할 테니까요.」

1927년 8월 25일, 나는 캔자스의 라니드에서 열린 포니 카운티 품평회에서 한차례의 공연 계약을 하고 원더보이 월트라는 이름으로 출연해 첫 공연을 가졌다. 그보다 더 초라한 데뷔는 상상하기가 어렵겠지만, 그렇더라도 어쩌다 보니 그일은 하마터면 내 마지막 공연이 될 뻔했다. 하지만 그것은 내가 쇼를 망쳤거나 해서가 아니라, 구경꾼들이 너무 상스럽고 못돼먹은 사람들인 데다 술에 잔뜩 취해 있었기 때문이었다. 만일 사부의 생각이 빨리 돌아가지 않았더라면 나는 아마도 살아서 또 다른 날을 보지 못했을 것이다.

사람들은 품평회장 다른 쪽 편, 그러니까 상을 탄 옥수수와 머리가 둘 달린 소와 무게가 3백 킬로그램 가까이 나가는 돼지를 전시해 둔 곳 건너편의 들판에 밧줄을 쳐두고 있었다. 나는 이끼가 잔뜩 낀 물위로 허연 더껑이가 앉은 조그만 연못까지 7, 8백 미터쯤은 됨직한 거리를 걸어갔던 것이 기억난다. 그런 역사적인 행사를 벌일 장소치고는 너무 비참한 곳이라는 생각이 들었지만, 사부는 내가 될 수 있으면 떠들썩하게 선전을 하지 않고 약소하게 시작하기를 바랐다.

「타이 콥 같은 위대한 선수도 마이너리그에서 경기를 했어.」

우리가 위더스푼 부인의 차에서 내릴 때 그가 말했다.

「넌 경험 삼아 몇 번의 공연을 해봐야 돼. 여기서 잘하면 몇 달 내에 우리는 최고 수준의 공연장들에 대해서 얘기를 하게 될 거다.」

불행히도 거기에는 구경꾼들을 위한 시설, 말하자면 피곤한 다리를 쉬면서 불평을 가라앉힐 수 있는 관람석이 없는 데다. 표는 한 장에 10센트씩 했기 때문에 사람들은 내가 입장하기 전부터 벌써 속았다는 기분을 느끼고 있었다. 그들은 모두 해서 60, 70명도 되지 않을 것 같았는데, 하나같이 아래위가 붙은 작업복에 플란넬 셔츠를 걸치고 이리저리 밀치락거리는 한 무리의 우악스러운 시골뜨기들 —— 제1차 시골뜨기 국제 회의에 참석한 대표단 —— 이었다. 그들 중 절반은 조그만 갈색 감기약 병에 담아 온 밀주를 벌컥벌컥 들이켰고, 나머지 절반은 자기들 몫을 다 해치운 뒤 좀더 마시고 싶어 껄떡거리고 있었다. 검은 턱시도에 실크햇을 쓴 예후디 사부가 원더보이 월트의 공연이 전세계적으로 처음 선보인다는 말을 하기 위해 앞으로 나서자 비방과 야유가 쏟아지기 시작했다. 어쩌면 그들은 사부의 복장이 마음에 들지 않았거나 아니면 그의 브루클린 부다페스트 억양에 반감을 느꼈을지도 몰랐다. 그러나 내 생각으로는, 쇼 비즈니스 역사상 가장 형편없는 의상 —— 꼬마 세례 요한처럼 보이는 헐렁한 흰 가운에, 가죽 샌들과 허리를 두른 삼베 장식 띠로 마무리를 한 의상이었다 —— 을 입었던 것도 전혀 도움이 되지 않았던 것 같다.

사부는 자기 말로 〈다른 세상에서 온 것 같은 모습〉을 고집했지만 나는 그 복장으로 바보가 된 듯한 느낌이었다. 더군다나 몇몇 시골뜨기들이 목청껏 큰 소리로 〈원더 걸 월트〉라고 외치는 소리가 들리자 그런 느낌을 받은 게 나 하나만이 아니라는 것을 분명히 알 수 있었다.

내가 시작할 용기를 낼 수 있었던 것은 순전히 이솝 덕이었다. 나는 그가 어디에서건 나를 내려다보고 있다는 것을 알았고, 그를 실망시키지 않을 셈이었다. 그는 내가 별처럼 빛나기를 기대하고 있었다. 그 술 취한 멍청이들이 나를 어떻게 생각하건, 나에게는 내 형에게 최선을 다해야 할 의무가 있었다. 그래서 나는 연못 가장자리로 걸어가 야유하는 휘파람 소리와 욕설에 귀를 틀어막으려고 애쓰면서 팔을 펼치고 자기 최면에 들어갔다. 내 몸이 땅에서 떠올랐을 때 우우 하는 소리와 탄성을 발하는 소리가 들렸지만 희미하게, 단지 희미하게만이었다. 그때쯤 이미 나는 승천(昇天)의 영광에 도취되어 친구와 적으로부터 똑같이 격리된 채 다른 세계로 들어가 있었다. 그것은 내가 선보였던 첫번째 공연이었지만 나에게는 이미 낙하산병의 자질이 갖추어져 있었다. 만일 어떤 새대가리가 무모하게도 내 쪽으로 병을 던지지만 않았더라면 나는 틀림없이 군중들의 마음을 사로잡았을 것이다.

처음에는 그들이 던진 물건들 대부분이 내 옆을 비껴 지나가 아무런 해도 입히지 않았다. 하지만 그날은 요행수와 멀리 던지기가 겹친 날이어서, 결국에는 그 망할 놈의 물건이 내 머리를 정통으로 강타했다. 그 충격에 내 최면이 흐트러졌고 —— 의식을 잃은 것은 말할 것도 없이 —— 나는 뭐가 어떻게 된 것인지 알기도 전에 돌덩이처럼 떨어져 물밑으로 가라앉고 있었다. 만일 사부가 경계 태세를 갖추고 있다가 코트와 연미복도 벗지 않고 당장 물로 뛰어들지 않았더라면 나는 아마도 그 지저분한 물구덩이에 빠져 죽었을 것이고, 그것으로 내 공연은 첫 공연이자 은퇴 공연이 되었을 것이다.

우리는 그 피에 굶주린 시골뜨기들이 달걀이며 돌멩이며 수박을 던져 댈 동안 똥줄이 빠져라 그곳을 도망쳐 나와 치욕스럽게 라니드를 떠났다. 아무도 내가 머리를 한 방 얻어맞아 거의 죽을 지경이 되었다는 것에는 신경을 쓰지 않는 것 같았다. 사부가 나를 물에서 건져내어 위더스푼 부인의 차까지 옮길 동안에도 그들은 계속 웃어대고 있었다. 나는 하마터면 빠져 죽을 뻔했던 일로 여전히 반 혼수 상태였고, 사부가 내 젖은 몸을 안아 들고 들판을 가로질러 달리는 동안 내내 기침을 하고 사부의 셔츠에다 온통 토해 놓았다. 사람들이 떠들어대는 소리가 제대로 다 들리지는 않았지만 우리에 대한 의견이 분명하게 나뉘어 있다는 것을 추측할 수 있을 정도는 되었다. 어떤 사람들은 종교적 관점을 취해서 대담하게도 우리가 악마와 한패라는 주장을 폈고, 다른 사람들은 우리를 가짜, 엉터리라고 불렀다. 그리고 또 다른 사람들은 전혀 아무런 생각도 없었다. 그들은 단지 소리지르는 즐거움을 위해, 다른 사람들이 입에 담을 수 없는 욕설로 자기네들의 분노를 발산할 동안 그 대혼란의 일부가 된 것이 그저 즐거워서 고함을 질렀다. 다행히도 밧줄이 쳐져 있는 구역 건너편에서 차가 우리를 기다리고 있던 덕분에 우리는 폭도들이 따라잡기 전에 차 안으로 들어갈 수가 있었다. 차를 몰아 떠날 동안 몇 개의 달걀이 뒷유리창에 와서 맞았지만 유리는 깨어지지 않았고 총성도 울리지 않았다. 지금 생각해 보면 우리가 다치지 않고 빠져 나온 것만도 다행이었다.

　우리 둘 중 하나가 입을 열 용기를 끌어낼 수 있기까지는 3킬로미터 가량을 더 달려야 했다. 그때쯤 우리는 물에 흠뻑 젖은 옷을 그대로 입은 채 농장과 목초지 사이의 울퉁불퉁한 샛길로 차를 몰고 있었다. 차가 흔들릴 때마다 우리에게서 지저분한 연못 물이 한차례씩 쏟아져 내려 위더스푼 부인 차의 고급스러운 스웨드 커버로 스며들었다. 지금 그 얘기를 하고 있으니까 우습게 들리지만, 그 당시에는 조금도 웃을 기분이 아니었다. 나는 앞좌석에 그대로 앉아 어떻게든 화를 참고 무엇이 잘못되었는지를 생각해 내려고 애쓰면서 속을 끓이고 있었다. 사부가 잘못 생각해서 시행 착오를 했더라도 그를 비난한다는 것은 공평하지가 못해 보였다. 물론 나는 그의 판단이 옳지 못했다는 것을 알고는 있었지만 그의 뜻에 따른 것은 순전히 내 잘못이었다. 나는 절대로 그처럼 어리석고 서툴게 계획된 일에 휘말려들어서는 안 되었다. 거기에서 어물거린 것은 내 잘못이었고, 모든 것을 다 고려해 본다면 그것을 막아야 할 책임은 내게 있었다.

「자, 동업자.」

　사부가 미소를 지어 보이려고 애쓰면서 말했다.

「쇼 비즈니스 세계로 들어온 걸 환영해.」

「그건 쇼 비즈니스가 아니었어요. 거기에서 일어난 일은 폭행과 구타였다고요. 그건 매복을 하고 있는 데로 걸어들어갔다가 머리 가죽이 벗겨진 거나 마찬가지였어요.」

「군중들을 대하려다 보면 다 그런 거다, 녀석아. 일단 막이 올라가면 무슨 일이 벌어지게 될지 아무도 몰라.」

「불손해지려는 건 아니지만요, 그런 얘기는 헛소리에 지나지 않아요.」

「오호!」

그가 내 용기 있는 말대꾸에 재미있어 하면서 말했다.

「이 녀석 발끈했구나. 그러면 우리가 무슨 얘기를 했으면 좋을 것 같으냐, 미스터 롤리?」

「실제적인 얘기요. 우리가 실수를 되풀이하지 않게 될 그런 얘기요.」

「우리는 어떤 실수도 하지 않았다. 그저 술 취한 관객을 끌었을 뿐이고 그게 전부야. 어떤 때는 운이 좋지만 어떤 때는 그렇지가 못해.」

「운은 그거하고 아무 상관도 없어요. 오늘 우리는 바보 짓을 많이 했고 결국 그 대가를 치르게 된 거예요.」

「나는 네가 똑똑하다고 생각했는데. 그 병만 날아오지 않았더라면 이 일은 별 네 개짜리 성공이 됐을 거다.」

「그런데 한 가지만요. 난 정말 이 의상을 내버렸으면 좋겠어요. 이건 내가 지금까지 본 옷 중에서 제일 형편없는 엉터리예요. 우리에게는 저세상 것 같은 장식 따위는 필요 없어요. 그건 이번 쇼에서도 분명하게 밝혀졌으니까 앞으로는 나한테 계집애 천사 같은 옷을 입혀서 사람들을 혼란시킬 필요가 없어요. 그래 봤자 사람들은 기분을 잡치고 내가 자기네들보다 더 뛰어나다고 여긴다고밖에 생각하지 않아요.」

「너는 더 뛰어나, 월트. 언제건 그걸 잊지 마.」

「어쩌면 그렇겠죠. 하지만 사람들한테 그걸 알리고 나면 우린 실패하는 거예요. 그 사람들은 내가 시작도 하기 전에 나한테 반감을 느꼈어요.」

「의상은 그거하고는 아무 관계도 없다. 그 사람들은 고주망태로 취해서 모들뜨기 눈이 되어 있었기 때문에 아무도 네가 뭘 입고 있는지도 보지 못했어.」

「사부님이 가장 훌륭한 선생님이라는 건 알아요. 또 오늘 내 목숨을 구해 준 것도 정말로 고맙게 생각하고요. 하지만 의상에 대해서만큼은 여느 다른 사람들처럼 잘못 생각하고 있어요. 이 의상은 너무 꼴불견이에요. 이렇게 무례한 소리를 해서 미안하지만 사부님이 아무리 야단을 쳐도 난 이걸 다시는 입지 않겠어요.」

「내가 왜 너한테 야단을 치지? 우리는 이 일을 같이 하는 거고 너는 얼마든지 자유롭게 표현할 수 있어. 네가 다른 식으로 입고 싶다면 나한테 얘기만 하면 되는 거야.」

「숨기는 것 없이 솔직하게요?」

「위치토까지 돌아가려면 한참을 더 가야 해. 그러니까 우리가 지금 그런 문제들을 상의하지 말아야 할 이유는 없다.」

사부가 차 문을 열어 주자 나는 밖으로 뛰어내렸다.

「불평을 하려는 건 아니지만요. 하지만 앞으로는 그걸 빼는 게 어때요? 그냥 간단하게 서민적으로 해요. 그러니까 〈신사 숙녀 여러분, 이 공연을 보여 드리게 되어서 기쁩니다〉하는 식으로요. 그 말만 한 다음에 뒤로 물러나서 나를 내보내요. 사부님이 청백 줄무늬가 든 구식 양복에 멋진 밀짚모자를 쓰고 있으면 아무도 반감을 갖지 않을 거예요. 정직하게 돈을 벌러 나온 다정하고 마음씨 좋은 미국인이라고 생각하겠죠. 그게 바로 열쇠, 비결이에요. 나는 아무것도 모르는 아이, 아래위가 붙은 청바지에 격자 무늬 셔츠를 입은 눈이 커다란 시골 아이처럼 그 사람들 앞으로 걸어 나가요. 신발도 양말도 신지 않고, 그 사람들의 아들이나 조카처럼 얼뜨기 같은 모습을 한 맨발의 아이로요. 그 사람들은 나를 보고 안심할 거예요. 자기네 가족 중의 하나인 것처럼 느끼겠죠. 하지만 다음엔, 내가 하늘로 떠오르기 시작하는 순간 그 사람들은 넋을 잃고 말 거예요. 그건 그렇게 간단해요. 그 사람들을 안심시켰다가 멋지게 한 방 먹이는 거죠. 그 결과도 좋을 수밖에 없어요. 연기를 시작한 지 2분만 되면 그 사람들은 우리를 하늘처럼 떠받들 테니까요.」

집으로 돌아가는 데는 거의 3시간 가까이 걸렸고, 나는 차를 타고 가는 동안 내내 전에 없이 당돌하고 대담하게 속생각을 털어놓으면서 이야기를 계속했다. 의상으로부터 시작해서 공연 장소, 매표소, 음악, 공연 시간, 선전에 이르기까지 머릿속으로 떠올릴 수 있는 것을 하나도 빼놓지 않고 다 얘기한 것이었다. 그는 내가 말을 계속하도록 놓아두었다. 그가 감명을 받았다는 데에는 의심의 여지가 없었다. 어쩌면 내 철저한 안목과 강력한 의견에 좀 놀라기까지 했을 수도 있다. 하지만 그날 나는 목숨을 걸고 싸우는 중이어서 겸손을 떨거나 점잔을 빼며 말하기가 쉽지 않았다. 예후디 사부는 구멍이 뻥뻥 뚫린 배를 진수시킨 셈이었고, 나는 배에 물이 밀려들어와 가라앉는 동안 그 구멍들을 메우려고 하기보다는 배를 항구로 끌어가 밑바닥부터 다시 수리하고 싶어했다. 그는 내 말을 끊거나 나를 놀리는 법 없이, 내 얘기에 귀를 기울이고 있다가 나중에 가서는 내가 꺼내 놓은 거의 모든 문제에 한 발짝씩 양보했다. 쇼맨으로서 자기의 실수를 인정하고 받아들인다는 것은 쉽지가 않은 일이었겠지만, 사부는 나 못지않게 그 일이 잘되기를 바랐고, 또 자기가 우리를 잘못된 길로 끌어들였다고 인정할 만큼 마음이 넓었다. 그에게는 방법이 없었던 게 아니라 그 방법이 시대에 뒤떨어진, 말하자면 새로운 시대의 소란스러움보다는 그가 자랐던 시대인 1차 대전 이전의 진부한 스타일에 맞는 것이었다. 나는 현대적이고, 산뜻하고, 실정에 맞고, 직접적인 방법을 추구했다. 그리고 조금씩 조금씩 그를 설득해서 다른 접근 방법을 택하게 할 수 있었다.

그러나 어떤 문제에서만큼은 그도 양보를 하려고 들지 않았다. 나는 세인트루이스에서 공연을 갖고 내 고향 사람들 앞에서 묘기를 펼쳐 보이고 싶어 안달이 났지만 그는 내 말을 싹부터 잘라 버렸다.

「너한테는 거기가 이 세상에서 가장 위험한 곳이야. 네가 거기로 돌아가는 순간 너는 네 사형 집행 영장에 서명을 하는 셈이 돼. 내 말을 명심해 둬라. 세인트루이스는 독약이야. 거기는 독을 품은 곳이고 너는 절대로 살아서 거기를 빠져 나올 수 없어.」

나는 사부가 왜 그처럼 격렬한 반응을 보이는지 알 수가 없었지만 그는 절대로 물러설 기색이 아니었고 나로서는 그의 말을 거스를 도리가 없었다. 그런데 나중에 가서 그의 말이 꼭 들어맞았다는 게 증명되었다. 그가 내게 그런 말을 한 지 꼭 한 달 뒤에 세인트루이스가 금세기 최악의 폭풍에 강타당한 것이었다. 지옥에서 날아온 포탄처럼 미증유의 회오리바람이 그 도시를 관통했고, 5분 뒤에 그 폭풍이 지나갔을 때에는 수천 채의 건물이 납작하게 무너져, 백여 명의 사람들이 죽었고, 2천여 명의 다른 사람들은 뼈가 부러진 채 상처에서 피를 펑펑 쏟으며 무너진 잔해들 사이에 끼여 몸부림을 치고 있었다. 그때 우리는 열네 번의 공연을 하는 여행에서 다섯 번째 공연지인 오클라호마 주의 버논으로 가는 중이었는데,

나는 지방 조간 신문을 집어 들고 제1면에 실린 사진들을 보았다가 하마터면 아침으로 먹은 음식을 토할 뻔했다. 나는 사부가 솜씨를 잃었다고 생각했지만 또다시 그를 과소 평가한 것이었다. 그는 내가 절대로 알지 못하는 일들을 알았고, 다른 누구도 들을 수 없는 소리를 들었다. 이 세상에 어떤 남자도 그와는 대적을 할 수 없었다. 만일 내가 사부의 말을 한 번이라도 더 의심한다면, 나는 속으로 그런 생각이 들었다. 나는 천벌을 받을 거고 내 시체는 돼지들에게 던져질 거야.

하지만 나는 이야기를 너무 서두르고 있다. 그 회오리바람은 9월 말에 가서야 불어닥쳤고 내가 지금 얘기하고 있는 것은 아직 8월 25일의 일이다. 예후디 사부와 나는 여전히 물에 흠뻑 젖은 옷을 입은 채 차를 몰아 위치토에 있는 위더스푼 부인의 집으로 돌아가는 중이었다. 공연을 개편하는 일에 대해서 긴 이야기를 하고 난 뒤 나는 우리의 전망에 대해서 좀 더 낙관적으로 느끼기 시작했지만, 그렇다고 마음이 완전히 편해진 것은 아니었다. 세인트루이스 얘기를 끝낸 것은 별개의 문제, 사소한 의견 차이에 지나지 않았다. 그보다도 더 나를 성가시게 하는 다른 문제들이 있었다. 협정에서의 본질적인 흠이라고도 할 수 있는 것이었는데, 이제 내 속생각을 그렇게도 많이 드러낸 만큼 나는 이번이 바로 기회라는 생각이 들었다. 그래서 나는 곧장 위더스푼 부인의 이야기를 끄집어냈다. 하지만 그때까지 한 번도 감히 그녀에 대한 이야기를 입에 담은 적이 없던 터여서 사부가 팔을 뒤로 뻗쳐 내 코를 후려치지나 않을까 겁이 났다.

「어쩌면 이건 내 일이 아닐지도 모르지만요……」

내가 아주 조심스럽게 말을 꺼냈다.

「그래도 나는 위더스푼 부인이 어째서 우리하고 같이 안 왔는지 알 수가 없어요.」

「그 여자는 방해가 되고 싶어하지 않아.」

사부가 대답했다.

「자기가 우리에게 불운을 가져다 줄지도 모른다는 생각을 하고 있거든.」

「하지만 그 아주머니는 우리 후원자가 아닌가요? 우리가 쓰는 돈을 대주는 사람이 그 아주머니잖아요. 사부님은 그 아주머니가 우리를 따라다니면서 자기가 투자한 돈이 어떻게 되어가는지 꼼꼼하게 살펴보고 싶어한다고 생각하지 않아요?」

「그 여자는 이른바 조용한 파트너야.」

「조용해요? 나를 놀리고 있군요, 두목. 어떻게 보면 그 아주머니는 이 세상에서 가장 조용하지 못한 여자라고요. 아마 사부님이 뭐라고 말참견을 할 수 있기도 전에 사부님 귀를 잘근잘근 씹어서 뱉어 버릴걸요.」

「살아가는 데선 그렇지. 하지만 나는 사업 얘기를 하고 있는 거다. 살아가는 데서는 그 여자가 수다스럽다는 게 틀림없어. 그 점에 대해서는 너하고 다투지 않겠다.」

「그 아주머니 문제가 뭔지는 모르지만, 사부님이 아무 일도 하지 않고 있을 동안 내내 그 아주머니는 굉장히 이상한 짓을 했어요. 나는 그 아주머니가 친절하고 재미있는 사람이 아니라는 얘기를 하려는 건 아니지만 때로는, 그러니까 때로는, 그 아주머니가 이상한 짓을 하는 걸 보면 소름이 돋을 때가 있었어요.」

「그 여자는 정신이 온전치 못했어. 그 여자를 비난할 수는 없다, 월트. 그 여자는 지난 몇 달 동안 힘든 일을 견뎌야 했는데, 네가 그럴 거라고 생각하는 것처럼 그렇게 강하지가 못해. 그러니까 너는 그 아주머니한테 인내심을 갖기만 하면 된다.」

「그건 아주머니가 사부님에 대해서 했던 얘기하고 아주 똑같은데요.」

「그 여자는 똑똑해. 어쩌면 좀 신경질적일지는 모르지만 머리도 좋고 정신도 똑바로 박혀 있어.」

「수 아주머니는 —— 그 아주머니의 영혼이 편히 쉬기를 —— 언젠가 나한테 사부님이 메리언 아주머니하고 결혼하기로 되어 있다고 했어요.」

「그랬었지. 그 다음엔 아니었고. 다음엔 또 그랬고. 그 다음엔 또 아니었고. 이젠 누가 알게 뭐냐? 세월이 나한테 가르쳐 준 게 있다면 그건 무슨 일이든 일어날 수가 있다는 거다. 남자와 여자 사이에서는 아무것도 장담할 수가 없어.」

「글쎄요. 그 아주머니가 기운 좋게 뛰어다니는 암말 같은 사람이라는 건 인정하겠어요. 사부님이 그 아주머니에게 로프를 걸었다고 생각하자마자 그 아주머니는 매듭을 풀고 다른 목장으로 달아나 버리죠.」

「바로 맞췄다. 그게 어째서 때로는 아무 일도 하지 않는 게 상책인가에 대한 설명이 되지. 그저 가만히 서서 기다리면 바라는 게 제 발로 굴러 들어올 때가 있을 거다.」

「그건 내가 이해하기엔 너무 어려운 이야긴데요.」

「너뿐만이 아니다, 월트.」

「하지만 사부님이 결혼을 하더라도 난 그 결혼이 썩 평탄할 거라고는 생각하지 않아요.」

「그 점에 대해서는 걱정 마라. 너는 네 일에나 전념하고 청춘 사업은 나한테 맡겨 둬. 나한테 어중이떠중이가 해주는 충고는 필요 없다. 이건 내 일이고 내가 알아서 처리할 거니까.」

나로서는 그 얘기를 더 밀고 나갈 배짱이 없었다. 예후디 사부는 천재이자 마법사였지만, 내가 보기에는 여자에 대해서 가장 기초적인 것도 알지 못한다는 사실이 점점 더 분명해지고 있었다. 나는 위더스푼 부인에게서 가장 은밀한 속내 이야기를 듣기도 했었고, 그녀가 술 취해서 떠들어대는 외설스러운 이야기에 귀를 기울인 적도 여러 번이었다. 내가 알기로 사부는, 만일 정면 공격으로 과감하게 맞서지 않는다면, 그녀를 어떻게도 할 수 없었다. 그녀는 존중받기를 원하는 것이 아니라 유린되고 정복되기를 원했다. 사부가 더 오래 미적거리면 미적거릴수록 기회는 자꾸만 더 줄어들 것이다. 하지만 내가 어떻게 그 이야기를 할 수 있을까? 나는 그럴 수 없었다. 내 목숨을 소중히 여긴다면 그럴 수가 없었다. 그래서 나는 입을 닥치고 일이 되어가는 대로 놓아두었다. 이건 사부가 알아서 할 일이야, 나는 속으로 그렇게 말했다. 사부가 그런 식으로 하고 싶다면 내가 뭐길래 이래라저래라해?

우리는 위치토로 돌아와 새로운 출발을 위한 계획을 짜느라 바빠졌다. 위더스푼 부인은 시트에 얼룩이 밴 것에 대해 아무 말도 하지 않았지만 나는 그녀가 그것을 사업 경비, 말하자면 큰돈을 벌 목표를 세웠을 때 감수해야 하는 위험의 일부로 생각한다는 느낌이 들었다. 공연 예정을 잡고 전단과 포스터를 인쇄하고 새로운 레퍼토리를 연습하고 하면서 준비를 마치는 데는 대략 3주일이 걸렸다. 그 기간 동안 사부와 위더스푼 부인은 서로에게 아주 다정한, 내가 그러리라고 예상했던 것보다 훨씬 더 애정 깊은 태도를 보였다. 어쩌면 내가 완전히 잘못 알고 있었는지도 몰라, 나는 그런 생각이 들었다. 사부는 자기가 무슨 일을 하고 있는지 분명히 알고 있어.

하지만 우리가 여행을 떠나던 날 그는 실수, 아니 전반적인 전략에서 허점을 드러내 보이는 전술상의 대실책을 범했다. 나는 사부와 위더스푼 부인이 작별을 고할 때 그 장면을 현관에 서서 내 눈으로 똑똑히 보았다. 그것은 지켜보기에 고통스러운 일, 실연(失戀)의 역사에서 하나의 조그맣고 슬픈 장이었다.

사부가 먼저 작별 인사를 건넸다.

「안녕, 메리언. 한 달 사흘 뒤에 다시 보게 될 거요.」

그러자 위더스푼 부인이 말을 받았다.

「자, 그럼 가봐요. 저 너머에 있는 푸르른 황야로.」

그 다음에 어색한 침묵이 이어졌고 나는 그것이 불안하게 느껴져서 참견을 하려고 끼여들었다.

「어떻게 하실 거예요? 차에 올라타고 우리랑 같이 가지 않을래요?」

내 입에서 그 말이 떨어졌을 때 나는 그녀의 눈빛이 반짝 빛나는 것을 보았다. 그녀가 모든 것을 포기하고 차에 오르기 위해서 어떤 희생이든 감수할 준비가 되어 있다는 것은 불을 보듯 뻔한 일이었다. 그녀가 사부를 돌아다보고 물었다.

「글쎄요, 어떻게 생각해요? 내가 같이 가야 할까요?」

그러자 점잔 빼는 멍청이인 사부는 그녀의 어깨를 토닥이면서 이러는 것이었다.

「그건 당신에게 달려 있소.」

그녀의 눈빛이 잠시 흐려졌지만 그때까지도 모든 것이 다 날아가 버린 것은 아니었다. 그에게서 제대로 된 대답을 들으리라는 희망을 버리지 않고 그녀가 한 번 더 시도를 해보았다.
「아니, 당신이 결정해요. 나는 방해가 되고 싶지는 않아요.」
그런데도 사부는 이러는 것이었다.
「당신이 좋을 대로 해요, 메리언. 당신이 어떻게 해야 할지 결정하는 건 내 일이 아니오.」

그걸로 끝이었다. 나는 그녀의 눈에서 빛이 사라지는 것을 보았다. 그녀의 얼굴이 알 수 없다는 표정으로 싸늘하게 굳어지더니 다음엔 어깨를 으쓱했다.
「상관할 것 없어요. 어쨌든, 여기에서도 할 일이 너무 많아요.」

그런 다음에 억지로 미소를 지으며 한마디 덧붙였다.
「기회가 닿으면 엽서나 한 장 보내 줘요. 얼마 전에 듣기론 아직도 한 장에 1센트씩이라던데요.」

그렇게 해서 평생의 기회가 영원히 날아가 버렸다. 사부는 그 기회가 손가락 사이로 빠져 나가도록 놓아두었고, 그 중에서도 가장 곤란한 것은 자기가 무슨 짓을 했는지조차 모른다는 것이었다.

우리는 이번엔 다른 차로 여행을 떠났다. 우리가 라니드에서 돌아온 뒤 위더스푼 부인이 구해 준 검은색 중고 포드 승용차로. 그녀는 우리 차에다 원더모빌이라는 이름을 붙였는데, 크기와 승차감에서는 크라이슬러와 비교가 될 수 없었지만 필요한 기능은 다 갖추고 있었다. 9월 중순의 어느 비 내리는 날 아침, 우리는 긴 여행길에 올랐고 위치토를 벗어난 지 채 한 시간도 안되어 나는 현관에서 목격했던 어설픈 이별 장면을 까맣게 잊어버렸다. 내 마음은 오로지 우리가 순회 공연 계약을 맺은 첫번째 주(州)인 오클라호마에만 쏠려 있었다. 이틀 뒤 우리가 차를 몰아 레드버드로 들어섰을 때 나는 기대감에 부풀어 터질 듯이 흥분해 있었다. 이번에는 일이 제대로 잘 풀리겠지, 나는 그런 생각이 들었다. 그래, 바로 여기가 모든 일이 시작되는 곳이야. 심지어는 그 도시의 이름까지도 내게는 좋은 징조로 여겨졌다. 그 당시 나는 미신적이지는 않았지만 어찌되었건 그 지명이 내 사기에 강력한 영향을 미쳤다.

레드버드. 세인트루이스에 있는 내 야구 팀, 내 소중한 옛 친구들인 카디널즈와 똑같은 이름이었다.

그곳에서의 공연은 의상만 다를 뿐 같은 내용이었지만 어쩐지 모든 것이 새롭게 느껴졌다. 관객들도 내가 등장하는 —— 거기에서는 등장을 하는 일이 연기 못지않게 어려웠다 —— 순간부터 나를 마음에 들어하는 것 같았다. 예후디 사부는 남부풍의 선전을 철저히 해두었고, 내 허클베리 핀[19] 의상도 아주 수수해 보인 덕분에 우리는 그들의 허를 찌를 수 있었다. 여섯인가 일곱 명의 여자들은 기절했고, 아이들은 비명을 질렀고, 어른들은 놀라고 믿어지지가 않아 입을 쩍 벌렸다. 30분 동안에 걸쳐 나는 공중에서 의기양양하게 걷고, 공중제비를 넘고, 반짝이는 널따란 호수면 위로 미끄러지듯 움직이며 그들을 뇌쇄시켰다. 그리고 마지막으로는 1미터 50센티미터쯤 되는 높이까지 떠올라 그때까지의 기록을 경신한 다음, 천천히 땅으로 내려와 인사를 하는 것으로 공연을 마쳤다. 우레와 같은 박수갈채와 환호성이 터져 나왔다. 그들은 솥과 냄비를 두드려 댔고, 색종이 조각을 하늘로 던져 올렸다. 그것은 내가 맛본 첫번째 승리였다. 그 느낌이 너무도 황홀했다. 그때까지 경험했고 앞으로 경험하게 될 어떤 승리보다도 더 황홀했다.

던바르와 배티스트, 점보와 플런켓츠빌. 피크즈, 뮤즈, 베델, 와파누카, 보기 디포트, 킹피셔, 저티, 링링, 그리고 마블시티. 만일 우리의 공연 여행을 영화화한다면 벽에 걸린 달력의 종잇장들이 흩날리기 시작할 것이다. 우리는 그 종잇장들

---

19) 마크 트웨인 원작의 소년 모험 소설에 나오는 주인공.

이 시골길과 회전초[20]를 배경으로 흩날리는 것을 보게 될 것이고, 그 다음에는 우리가 검은색 포드 승용차로 동부 오클라호마의 지도를 가로질러 나아갈 동안 그런 도시들의 이름이 휙휙 스쳐 지나갈 것이다. 음악은 쾌활하고 명랑하게 통통 튀는 소리, 금전등록기가 울리는 소리를 흉내내기 위해 절분(節分)된 칙칙폭폭 소리일 것이다. 한 장면에 이어 다른 장면이 꼬리를 물고 그 하나하나가 다음 장면으로 녹아 들 것이다. 동전들로 넘치는 커다란 양동이들, 길가의 방갈로들, 손뼉을 치는 손과 구르는 발들, 벌어진 입들, 하늘을 올려다보며 눈을 휘둥그래 뜨고 있는 얼굴들. 그런 장면들이 연달아 10초쯤 이어지다가 끝날 때쯤이면 그 달의 이야기가 극장 안에 있는 사람들 모두에게 알려질 것이다. 아아, 그 옛날 할리우드의 열기! 일을 추진시키는 데에는 그만한 것이 없다. 세련되지 못했을지는 몰라도 일이 되어가게는 한다.

기억의 비약이 너무 심했던 것 같다. 지금 내가 느닷없이 영화에 대한 생각을 했다면, 그것은 아마도 내가 그 뒤로 몇 달 동안 그렇게도 많은 영화를 보았기 때문일 것이다. 오클라호마에서 승리를 거둔 뒤로 공연 계약을 맺는 일은 더 이상 문제가 되지 않아서, 사부와 나는 한 시골 마을에서 다른 시골 마을로 옮겨 가며 대부분의 시간을 길에서 보냈다. 겨울이 다가옴에 따라 우리는 점점 더 깊숙이 남쪽으로 내려가며 텍사스, 아칸소, 루이지애나에서 공연을 가졌고, 나는 공연 사이사이의 빈 시간을 이용해서 최근에 나온 영화를 보러 지방

---

20) 비름이나 명아주 등 가을철에 밑동이 부러져 들판을 굴러다니는 풀의 총칭.

의 소극장들을 찾아가곤 했다. 사부에게는 대체로 처리해야 할 일들 —— 흥행업자나 표 파는 사람들과 상의를 하고, 읍내에 전단과 포스터를 돌리고, 다음번 공연을 위해 차를 정비하고 하는 —— 이 있었기 때문에 나와 동행을 하는 일은 거의 없었다. 내가 극장에서 돌아와 보면 사부는 방에서 혼자 책을 읽고 있을 때가 많았다. 언제나 똑같이 우리가 여행을 할 동안 내내 가지고 다니던 초록색 표지로 덮인 조그맣고 너덜너덜한 책이었는데, 내게는 그 책이 사부의 얼굴 윤곽과 주름살 만큼이나 눈에 익어 보였다. 처음부터 끝까지 라틴 어로 쓰여진 책으로, 저자의 이름은 스피노자였다. 그것은 내가 그토록 오랜 세월이 흐른 뒤에도 절대로 잊어버리지 않는 일이다. 내가 사부에게 어째서 그 책을 읽고 또 읽고 하느냐고 묻자, 그는 아무리 읽어도 그 책의 바닥을 볼 수 없기 때문이라고 대답했다. 더 깊이 들어갈수록 더 많은 게 있고, 더 많은 게 있으니까 읽는 데 시간이 더 걸린다는 것이었다.

「요술 책이군요, 절대로 동이 나지 않는.」

내가 말했다.

「바로 그거다. 이 책은 무궁무진하지. 술을 마시고 나서 잔을 테이블 위에 도로 올려 놓았는데, 잔으로 다시 손을 뻗치자 그 잔이 다시 채워진 걸 알게 되는 것처럼.」

「그렇게 되면 한 잔 값으로 고주망태가 될 때까지 술을 마시겠고요.」

「나도 그보다 더 잘 표현할 수는 없겠구나.」

거기서 갑자기 그가 고개를 돌려 창 밖을 내다보았다.

「너는 세상에 취했어, 녀석아. 이 세상의 신비에 취했어.」

하지만 어쨌건 나는 그와 함께 밖으로 나도는 것이 즐거웠다. 한 곳에서 다른 곳으로 옮겨 가는 일만으로도 내 기운을 돋우기에 족했지만, 거기에다 온갖 다른 요소들 — 군중, 공연, 그리고 우리가 벌어들이는 돈 — 을 합친다면 그 처음 몇 달은 내가 살아온 가운데서 가장 멋진 시간들이었다. 심지어는 처음에 느꼈던 흥분이 시들해져서 그 일에 길이 든 뒤에도, 나는 그 일이 끝나기를 바라지 않았다. 울퉁불퉁한 침대, 타이어 펑크, 형편없는 식사, 우천으로 인한 공연의 연기와 소강 상태, 그리고 지루하게 이어지는 여행도 내게는 별것 아닌 일, 코뿔소의 가죽에 자갈이 몇 개 더 튀기는 정도에 지나지 않았다. 우리는 차 트렁크에 또다시 70달러 내지 1백 달러를 더 챙기고 포드 승용차에 올라탄 다음, 지난번 공연의 쓸 만한 점들을 음미하는 동안 지나쳐 가는 풍경을 바라보며 다음 공연지로 급히 떠나곤 했다. 사부는 내게 항상 용기와 조언을 주고 내 말에 귀를 기울여 주는 왕자였다. 그는 단 한 번도 내가 그보다 못하다는 느낌을 갖게 한 적이 없었다. 그 여름 동안 우리 사이에서는 너무도 많은 것들이 바뀌어서 이제는 우리가 새로운 관계를 맺고 있는 듯한, 마치 영원한 평형 상태에 도달한 듯한 느낌이었다. 우리는 제각기 맡은 일을 하면서 함께 노력하고 있었다.

주식 시장은 그로부터 2년이 더 지난 뒤에 붕괴되었지만, 시골 지방에서는 이미 불경기가 시작되어 그 지역의 농부들과 시골 사람들은 쪼들리는 느낌을 받고 있었다. 우리는 여행 중에 낙심한 사람들을 수없이 보았는데, 예후디 사부는 내게 절대로 그들을 업신여기지 말라고 가르쳤다. 사부의 말로는 그들에겐 원더보이 월트가 필요하며, 그에 따르는 책임을 잊어서는 안 된다는 것이었다. 열두 살짜리 사내아이가 성자와 예언자들이나 했던 일을 하고 있는 모습을 지켜본다는 것은 청천벽력 같은 일이고, 내 공연으로 수천 명의 고통받는 사람들이 용기를 얻을 수 있다는 것이었다. 그의 말은 물론 내가 그 일을 하면서 한 재산 모으면 안 된다는 뜻이 아니라, 사람들의 마음을 파고들어야 한다는 점을 이해하지 않으면 다음번 공연이 절대로 쓸 만해질 수 없다는 뜻이었다. 나는 사부가 그처럼 뚝 떨어진 곳들, 그렇게 고리타분하고 지도에도 잘 나오지 않는 잊혀진 촌구석에서 공연을 시작한 것이 그 때문이라고 생각한다. 그는 내 묘기를 보고 싶어하는 사람들이 밑에서부터 생겨나 나에 대한 말이 천천히 퍼져 나가기를 바랐다. 그것은 단지 내가 공연에 익숙해지도록 하려는 의도만이 아니라, 상황을 조절해서 용두사미격이 되지 않도록 확실히 해두려는 방법이었다.

내가 누구인데 반대를 할 수 있겠는가? 계약은 체계적으로 맺어졌고, 수입도 썩 괜찮았고, 우리가 잠자리에 들 때면 언제나 하늘을 가릴 지붕이 있었다. 또 그 외에도, 나는 내가 하고 싶은 일을 하고 있었다. 그 일을 하고 있다는 것이 너무도 기분 좋고 즐거워서 나는 내 공연을 보러 오는 사람들이 프랑스 파리에서 왔든 텍사스 파리에서 왔든 상관하지 않았다. 물론 이따금씩 우리는 곤란한 일을 당하기도 했지만 예후디 사부는 어떤 상황에서도 대처할 준비가 되어 있는 것 같았다. 예를 들자면, 언젠가 한번 미시시피의 더블린에서 부수입을 노리는 경찰이 찾아와 우리의 방갈로 문을 두드린 적이 있었는데, 사부가 문을 열자 그가 길고 앙상한 손가락으로 나를 가리키면서 이 아이는 왜 학교에 다니지 않느냐고 물었다. 그러는 것은 법률이니 법규니 규정이니 하는 것 등등에 위배된다는 것이었다. 나는 이제 글렀다는 생각이 들었지만 사부는 그에게 미소를 지으며 들어오라고 하더니 상의 윗주머니에서 종이를 한 장 꺼냈다. 그 종이에는 관인처럼 보이는 스탬프와 도장이 잔뜩 찍혀 있었다. 나태한 경찰은 그것을 훑어보고 나자 당황한 얼굴로 경례를 붙인 다음, 잘못 알아서 미안하다며 물러갔다. 그 종이에 무슨 말이 적혀 있었는지는 아무도 모를 일이었지만, 어쨌든 그것이 위기를 넘기는 데 제 몫을 해냈다. 내가 뭐라고 말을 꺼내기도 전에 사부는 벌써 그 종이를 다시 접어 상의 윗주머니에 밀어 넣었다.

「뭐라고 적혀 있어요?」

나는 그렇게 묻고 나서 한 번 더 묻기까지 했는데도 그는 아무 대답도 없이 호주머니를 두드리며 능청스러운 표정으로 느긋하게 웃기만 했다. 사부의 그런 모습이 집에서 기르던 새를 막 잡아먹은 고양이를 떠올려 주었지만, 그는 내게 새장을 어떻게 열었는지는 알려 주려고 하지 않았다.

1927년 후반부터 1928년 전반에 걸친 기간은 내가 세인들의 관심을 한 몸에 받으며 살았던 시기였다. 나는 과거에 대해서도 미래에 대해서도 생각을 하지 않고 단지 현재 일어나고 있는 일, 내가 이 순간이나 저 순간에 하고 있는 일만을 생각했다. 그 무렵 우리는 위치토에서 달 평균 3, 4일 정도밖에 보내지 않았고, 그 나머지 시간에는 검은색 원더모빌을 타고 이리저리 여행을 하고 있었다. 첫번째의 진정한 휴식은 5월 중순이나 되어서 찾아왔다. 내 열세 번째 생일이 다가오자 사부가 두 주일쯤 쉬는 게 좋겠다고 생각한 것이었다.

「이제 그만 위더스푼 부인 집으로 돌아가기로 하자.」

그가 내게 말했다.

「집에서 만든 음식도 좀 먹고 기분 전환도 할 겸해서 말이다. 편히 쉬면서 네 생일을 축하하고 우리가 벌어들인 돈을 세다가 신선 놀음에 질력나면 다시 가방을 싸서 떠나기로 하자.」

내게는 그 말이 멋지게 들렸지만 위더스푼 부인의 집에 도착해서 휴일을 즐기려고 자리를 잡자 뭔가 잘못되었다는 느낌이 들기 시작했다. 물론 그것이 사부나 위더스푼 부인 때문은 아니었다. 그들은 모두 나를 아주 잘 대해 주었고 둘 사이의 관계도 그때만큼은 특별히 좋았다. 또 그녀의 집과 관련된 것도 아니었다. 넬리 보그스의 요리는 최상이었고, 침대는 여전히 편안했고, 봄 날씨는 더없이 좋았다. 그런데도 우리가 문 안으로 들어서는 순간 어떤 설명할 수 없는 답답함, 어두운 슬픔과 불안 같은 것이 내 가슴으로 파고들었다. 나는 하룻밤 자고 나면 괜찮아질 거라고 생각했지만 다음날 아침이 되어도 그 느낌은 사라지지 않았다. 마치 소화되지 않은 스튜 덩어리처럼 마음 한구석에 걸린 채로 남아 있어서 아무리 애를 써도 지울 수가 없었다. 아니, 오히려 그것은 자체의 생명력을 띠고 점점 더 커지는 것 같았다. 사흘째가 되자 그 정도가 너무 심해서 나는 파자마를 입고 침대로 기어들려다 억누를 수 없이 울고 싶은 충동에 사로잡혔다. 도저히 영문을 알 수 없는 일이었지만 비참한 기분과 후회가 몰려왔고, 30초쯤 뒤에 나는 눈물을 펑펑 흘리며 베개에 얼굴을 묻고 흐느끼고 있었다.

다음날 아침 일찍 예후디 사부와 함께 아침을 먹으러 내려가 앉았을 때 나는 자신을 억제할 수 없었다. 내가 무슨 말을 하고 있는지 알 수 있기도 전에 내 입에서 그 말이 튀어나온 것이었다. 위더스푼 부인은 아직 위층 침실에서 내려오지 않아 테이블에는 우리 두 사람만 앉아 넬리 보그스가 소시지와 달걀 반숙을 차려 내줄 때를 기다리고 있었다.

「사부님이 나한테 얘기했던 법칙 기억 나요?」

내가 물었다. 신문에 코를 박고 있던 사부가 고개를 들고 멍한 눈길로 나를 한참 동안이나 바라보았다.

「법칙?」

그가 되물었다.

「그게 무슨 법칙인데?」

「기억하실 거예요. 의무니 뭐니 하는 거에 관한 법칙이요. 우리가 죽은 사람들을 잊는다면 어떻게 인간일 수 있느냐는.」

「물론 기억하고 있지.」

「그런데 내가 보기엔 우리는 그걸 모조리 다 깨고 있는 것 같아요.」

「어째서지, 월트? 이솝과 수 아주머니는 우리 안에 살아 있어. 우리가 어디로 가건 우리는 그 둘을 가슴속에 묻고 있어. 어떤 것도 그걸 바꾸지는 못해.」

「하지만 우리는 그냥 걸어나오지 않았나요? 그 두 사람은 악당들 손에 죽었는데도 우리는 거기에 대해서 어떻게도 하지 않았어요.」

「우린 그럴 수가 없었다. 만일 그놈들을 따라갔더라면 그놈들은 우리도 죽였을 거야.」

「그날 밤은 그랬겠죠. 하지만 지금은 어떤가요? 우리가 죽은 사람들을 기억해야 한다면 그 개자식들을 뒤쫓아 잡아서 그놈들이 무슨 꼴을 당하게 되는지 보는 것밖에는 다른 길이 없어요. 내 말은 우리가 너무 편히 지내고 있다는 거예요. 그렇지 않나요? 우린 자동차로 순회 공연을 다니면서 돈을 긁어모아 가지고 세상 사람들 앞에서 잘난 것처럼 으스대고 있어요. 하지만 내 친구 이솝은 어떻게 됐죠? 또 그렇게 다정했던 수 아주머니는요? 그 두 사람은 지금 땅속에 묻혀 있고 그들을 목매단 쓰레기들은 아직도 저희들 멋대로 돌아다니고 있어요.」

내 눈에서 다시 눈물이 솟아 뺨을 타고 흐르기 시작하자 사부가 나를 찬찬히 살펴보았다.

「진정해라.」

그가 엄한 목소리로 말했다. 억지로 화를 참고 있는 듯한 목소리였다.

「그래, 우리는 그놈들을 뒤쫓을 수 있어. 그놈들을 뒤쫓아서 정의에 따라 처단할 수 있어. 하지만 그건 우리가 앞으로 살아가는 동안 내내 해야 할 일이야. 분명히 얘기하지만, 경찰은 우리를 도와주지 않을 거다. 또 만일 네가 배심원들이 그놈들에게 유죄를 선고할 거라고 생각한다면, 다시 생각해 봐라. 3K단원은 어디에나 있어, 월트. 완전히 가면을 쓴 모습으로. 그놈들은 네가 시볼라의 거리에서 늘 보던 사람들과 똑같이 다정한 미소를 짓고 있어. 톰 스키너, 저드 맥넬리, 해럴드 다우드. 그자들 모두가 하나같이 그 일당이야. 푸줏간 주인, 빵집 주인, 촛대 제조업자. 우리는 그놈들을 우리 손으로 죽여야겠지만, 우리가 그놈들을 뒤쫓기 시작하면 그놈들도 우리를 뒤쫓을 거야. 그러면 많은 피를 흘리게 돼, 월트. 그리고 흘린 피의 대부분은 우리 피가 될 거다.」

「그건 공평하지가 못해요.」

내가 한차례 더 터져 나온 눈물로 훌쩍이면서 말했다.

「그건 공평하지가 못해요. 옳지도 못하고요.」

「너도 그걸 알고 나도 그걸 알아. 그리고 우리 둘 모두가 그걸 아는 한 이솝과 수 아주머니는 보살핌을 받고 있어.」

「그 두 사람은 고통에 몸부림치고 있어요, 사부님. 그 두 사람의 영혼은 우리가 해야 할 일을 할 때까지는 절대로 편히 쉬지 못할 거예요.」

「아니다, 월트, 네가 틀렸어. 그 둘은 이미 평화롭게 쉬고 있어.」

「그래요? 그런데 사부님은 어떻게 죽은 사람들이 무덤 속에서 뭘 하고 있는지 그렇게 잘 아는 그런 전문가가 됐죠?」

「그건 내가 그 두 사람과 함께 있기 때문이지. 나는 그 둘과 함께 있고 서로 얘기도 해. 그 두 사람은 더 이상 고통을 받고 있지 않아. 그리고 우리가 지금 하는 일을 계속하길 바라고 있어. 그게 두 사람이 나한테 한 말이야. 그 둘은 우리가 시작한 일을 계속함으로써 자기네들을 기억해 주길 바라고 있어.」

「뭐라고요?」

갑자기 나는 등골이 오싹해지는 것을 느꼈다.

「지금 대체 무슨 소릴 하고 있는 거예요?」

「그 둘은 나를 찾아오고 있어, 월트. 지난 여섯 달 동안 거의 매일 밤마다. 나를 찾아와서 내 침대에 앉아 노래를 부르고 내 얼굴을 쓰다듬어. 두 사람 모두 이 세상에 있던 때보다도 더 행복해. 이솝과 수 아주머니는 지금 천사가 되어 있고 이제는 누구도 그들을 해칠 수 없어.」

그것은 내가 들었던 것들 중에서 가장 이상하고 황당한 얘기였다. 그러나 예후디 사부가 그처럼 확신에 찬 어조로 그처럼 단호하고 진지하고 침착하게 얘기를 했기 때문에, 나는 그의 말이 사실이라고 믿어 의심치 않았다. 또 비록 엄밀한 의미로는 사실이 아니었다 하더라도 사부는 그렇게 믿고 있는 것이 분명했다. 만일 믿지 않았다면, 그는 누가 어느 때 했던 것보다도 더 강력한 연기를 해보인 셈이었다. 나는 그 모습이 머릿속에서 계속 맴돌게 하려고 애쓰면서, 이숍과 수 아주머니가 한밤중에 사부를 찾아와 노래하는 모습을 놓치지 않으려고 애쓰면서, 열병에 걸린 듯 꼼짝도 않고 앉아 있었다. 그런 일이 정말로 일어났건 아니건 그것은 문제가 되지 않았다. 나로서는 그 이야기를 들은 뒤로 모든 것이 바뀌었기 때문이었다. 고통이 가라앉기 시작했고 검은 구름이 흩어지기 시작했다. 그날 아침 내가 식탁에서 일어났을 때에는 이미 가장 지독한 슬픔은 사라진 뒤였다. 결국 단 한 가지 중요한 것은 그것이었다. 만일 사부가 거짓말을 했다면 어떤 이유가 있어서 그랬을 것이다. 그리고 만일 거짓말을 하지 않았다면 그 얘기는 말한 그대로일 것이고, 그의 말에 반박을 할 이유는 없었다. 어찌되었든 간에, 그는 나를 구해 주었다. 어찌되었든 간에, 그는 내 영혼을 무시무시한 짐승의 아가리에서 구해 주었다.

열흘 뒤에 우리는 짐을 싸서 다음번 공연지를 향해 또 다른 차를 몰아 위치토를 떠났다. 우리가 벌어들이는 수입은 이제 좀더 나은 차를 장만할 수 있을 정도가 되어 있어서 포드 승용차를 팔고 원더모빌 II, 그러니까 가죽 시트에다 커다란 발판이 달린 은회색의 피어스애로를 구입한 것이었다. 우리는 이른봄부터 흑자를 보았는데, 그것은 위더스푼 부인이 지출했던 비용을 모두 상환받을 수 있다는 뜻이었다. 또 그 외에도, 사부와 나 자신을 위한 돈이 은행에 들어 있어서 우리는 이제 예전처럼 잔돈푼이 아쉽지 않았다. 전반적인 운행도 한

두 등급 상승해서 좀더 큰 도시들이 공연 장소로 정해졌을 뿐 아니라, 우리가 묵을 곳도 여관이나 방갈로 대신 좀더 우아하게 작은 호텔로 바뀌었다. 우리가 위치토를 떠날 때쯤 나는 다시 궤도에 올라 의욕에 차서 묘기를 선보일 준비가 되어 있었고, 다음 몇 달 동안 우리는 거의 매주마다 내 공연에 새로운 기교를 더하면서 한 곳에서 다른 곳으로 강행군을 계속했다. 그때쯤 나는 군중들에게 아주 익숙해지고 편안해져서 공연을 하는 동안 즉흥적인 연기를 할 수 있었다. 아니, 사실상 공연을 하는 도중에 새로운 변화를 고안하고 발견할 수도 있었다. 처음엔 나는 늘 일정한 틀에 매여 사부와 내가 미리 연습해 두었던 과정을 엄격히 따랐었지만 그것은 옛날 얘기였다. 이제 나는 최상의 컨디션을 유지하며 실험적으로 해보는 일을 겁내지 않고 있었다.

이동은 항상 나의 장기이자 내 공연의 핵심, 나를 이전의 모든 공중 부양자들과 구분 짓는 요소였다. 그러나 상승은 평균치보다 나을 게 없어서 대략 1미터 50센티미터 정도에 그대로 머물러 있었다. 나는 할 수만 있다면 그 수준의 두 배나 세 배로까지 더 향상을 시키고 싶었지만 이제는 하루 종일 연습을 하는 사치, 말하자면 예후디 사부의 감독 밑에서 열 시간 내지 열두 시간 동안 계속해서 연습을 계속하는 예전의 자유를 누릴 수 없었다. 이제 나는 온갖 부담과 빽빽한 스케줄을 안고 있는 프로였고, 내가 연습을 할 수 있는 유일한 장소는 나를 지켜보는 관객들 앞이었다.

그래서 나는, 특히 위치토에서 짧은 휴일을 보내고 난 뒤로는, 연습과 공연을 같이 했는데 참으로 놀랍게도 그로 인한 압박감이 내게 많은 영감을 주었다. 사실, 내가 개발해 낸 가장 뛰어난 묘기들 중 몇 가지는 그 시기로까지 거슬러 올라가는 것인데, 지금 생각해 보면 박차를 가하는 군중들의 눈이 없었던들 내가 그때 시도했던 묘기의 절반을 시도할 용기라도 끌어낼 수 있었을지 의심스럽다. 그 일은 모두 계단의 숫자를 세는 것으로부터 시작되었다. 또 내가 〈보이지 않는 발판〉 — 이것은 내가 나중에 만들어 낸 용어이다 — 을 쓰기 시작한 것도 그때부터였다.

당시 우리는 미시건 주 북부에 있었는데 공연을 하는 도중에, 그러니까 내가 막 공중으로 떠올라 호수를 가로지르기 시작했을 때, 갑자기 저 멀리에 있는 빌딩이 눈에 띄었다. 아마도 창고이거나 공장인 듯한 꽤 큰 벽돌 건물로, 한쪽 벽을 따라 비상 계단이 나 있었다. 나는 그 비상 계단에 눈길이 끌리지 않을 수 없었다. 바로 그 순간 그 계단이 오후의 햇살 속에서 빛을 반사시키며 눈이 부실 만큼 밝게 빛나고 있었기 때문이었다. 나는 그 문제에 대해 생각해 보지도 않고 진짜 계단을 오르려는 것처럼 허공에서 한 발을 들어올렸다가 보이지 않는 발판에 내려놓았고, 다음에는 다른 쪽 발을 들었다가 다음번 발판에 내려놓았다. 물론 허공에서 뭔가 단단한 것이 느껴지지는 않았지만, 그럼에도 불구하고 나는 호수 한쪽 끝에서 다른 쪽 끝에까지 뻗쳐진 계단을 따라 차츰차츰 올라가고 있었다. 또 비록 그것이 보이지는 않았더라도 나는 머릿속으로 명확한 그림을 그릴 수 있었다. 내 기억을 살릴 수 있는 대로 살려 본다면 그것은 대강 이런 식이었다.

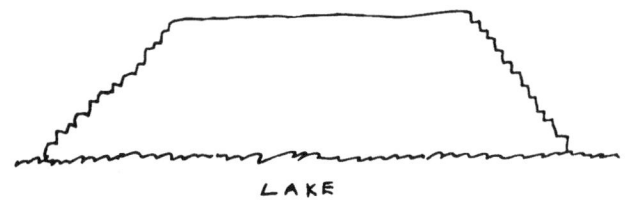

가장 높은 곳 — 중간의 평평한 곳 — 은 대략 수면 위에서 9피트 반가량 되었는데 그것은 내가 전에 올라갔던 것보다 족히 3피트는 더 되는 높이였다. 그러나 가장 놀라운 사실은 내가 조금도 망설이지 않았다는 것이다. 나는 마음속에 분명한 그림을 그리면서, 호수를 건너기 위해 그것에 의존할 수 있다는 것을 알았다. 내가 한 일은 상상의 다리를 따라 가는 것뿐이었고, 그 다리는 실제 다리처럼 나를 떠받쳐 줄 것이다. 잠시 뒤에 나는 비틀거리지도 않고서 호수를 가로지르고 있었다. 열두 발짝을 올라가 오십 발짝을 걷고 다시 열두 발짝을 내려온 결과는 완벽하다고 하기에 손색이 없었다.

그 극적인 발전을 이룬 뒤로 나는 다른 받침들도 똑같이 효과적으로 이용할 수 있다는 것을 알았다. 마음속으로 내가 원하는 어떤 것을 상상할 수만 있으면, 그것을 아주 분명하고 뚜렷하게 그릴 수만 있으면, 나는 그것을 공연에 이용할 수 있을 것이었다. 그런 식으로 나는 내 공연에서 가장 기억할 만한 몇 가지 묘기를 개발했다. 줄사다리 연기, 미끄럼틀 연기, 시소 연기, 어름줄 연기, 그리고 내가 선구적으로 알린 여러 가지의 새로 도입한 혁신적인 변화들. 그러한 변화는 관객의 즐거움을 고조시켰을 뿐 아니라, 나로 하여금 내 일과 완전히 새로운 관계를 맺도록 해주었다. 나는 이제 단순한 로

봇, 매번의 공연에서 똑같은 기교를 선보이는 태엽 감은 원숭이가 아니라 예술가, 다른 사람들뿐 아니라 나 자신을 위해서도 공연하는 진정한 창조자로 발전하고 있었다. 나를 자극했던 것은 예측 불가능성, 즉 한 공연에서 다음 공연으로 넘어가는 동안 무슨 일이 벌어질지 모른다는 모험심이었다. 만일 내 목표가 관객들에게 사랑을 받고 환심을 사는 것뿐이었다면, 나는 어쩔 수 없이 나쁜 습관에 빠져 들 것이고 마침내는 사람들이 내게 싫증을 느끼고 말았을 것이다. 그렇게 되지 않으려면 계속 나 자신을 시험하며 할 수 있는 한 열심히 내 재능을 발전시켜야 했다. 물론 나는 자신을 위해 그렇게 했지만, 그것은 결국 내가 하고 있는 일을 최대한으로 잘해서 팬들의 사랑을 받으려는 투쟁이었다. 그것이 역설이라면 역설이었다. 사람들은 내가 자기네들을 위해 위험을 무릅쓴다고 느끼기 시작했다. 그들은 미스터리에 한몫 끼여 내가 유도하는 무슨 일에건 동참할 수 있었고, 일단 그런 일이 생기면 나는 단순한 연기자가 아니라 스타가 되는 것이었다. 1928년 가을에 나는 정확히 그런 위치, 스타가 되려는 경계선에 있었다.

  10월 중순경, 우리는 위치토로 돌아가 잠시 여유로운 휴식을 취하기 전에 중부 일리노이에서 몇 번의 마지막 남은 공연을 하고 있었다. 만일 내 기억이 틀리지 않다면 우리는 급수탑과 대형 곡물 창고가 스카이라인을 이룬 소도시인 깁슨 시티에서 공연을 막 끝낸 참이었다. 그 도시는 멀리에서 보면 상당히 큰 도시 같아 보이지만 거기에 이르러 보면 곡물 창고밖에는 없다는 것을 알게 되는 그런 곳이었다. 우리는 호텔에서 체크아웃을 한 뒤 차를 타고 떠나기에 앞서 중심가의 어느 간이 식당에 앉아 액체로 된 가벼운 음식을 먹고 있었다. 아침 식사와 점심 식사 사이의 손님이 뜸한 시간이어서 손님은 예후디 사부와 나 둘뿐이었다. 내가 마지막 남은 핫초콜릿 거품을 막 삼켰을 때, 내가 기억하기로는 문에 붙은 종이 딸랑거렸고 세 번째 손님이 걸어 들어왔다. 괜한 호기심에서 나는 새로 들어온 사람을 흘끗 쳐다보았는데, 그게 누구인가 했더니 바로 슬림 삼촌, 그 속을 알 수 없는 망나니였다. 그 날은 기온이 기껏해야 2, 3도밖에 안 되었지만 그는 실밥이 드러난 여름 옷을 입고 있었다. 옷깃은 목둘레로 세워 올리고 몸을 잔뜩 웅숭그린 채 덜덜 떨면서 문턱을 넘는 그의 모습이 마치 북풍에 날려 온 치와와처럼 보였다. 만일 그때 내가 그처럼 기겁을 하고 놀라지만 않았더라면 나는 아마도 웃음을 터뜨렸을 것이다.

예후디 사부는 문 쪽으로 등을 돌리고 앉아 있어서 그를 보지 못했다. 그가 내 얼굴에 떠오른 표정을 보더니 —— 나는 틀림없이 하얗게 질렸을 것이다 —— 나를 그처럼 혼비백산하게 만든 것이 뭔가 보려고 빙 돌아앉았다. 슬림은 아직 입구에 서서 양손을 비비며 사팔뜨기 눈으로 식당 안을 둘러보고 있었다. 그가 우리를 분명히 알아보는 순간, 그의 얼굴에 내가 어렸을 때 늘 무서워했던, 뻐드렁니를 드러내는 웃음기가 번졌다. 그 만남은 우연이 아니었다. 그는 할 얘기가 있어서 깁슨 시티를 찾아온 것이 분명했다. 6에다 7을 더하면 가장 재수 없는 숫자인 13이 되는 것처럼 그런 것이 틀림없었다. 우리는 할말을 잃은 채 그를 빤히 쳐다보고 있었다.

「아니, 아니.」

그가 거짓으로 꾸민 다정한 태도를 보이며 우리가 앉아 있는 테이블로 어슬렁어슬렁 걸어왔다.

「이거 정말 놀랄 일이군. 나는 개인적인 용무가 있어서 이 먼 곳까지 왔다가 커피나 한 잔 하려고 싸구려 음식점에 들렀는데, 여기에서 오래 전에 사라져 버린 내 조카를 보게 될 줄이야. 월트, 내 소중한 조카. 신동이 되었어도 주근깨는 여전하구나. 이건 말 그대로 운명인가 보다. 건초더미에서 바늘을 찾는 것처럼.」

사부와 내가 아무 대꾸도 하지 않자 그가 내 옆의 빈자리에 앉았다.

「내가 앉더라도 상관없겠지? 이 즐거운 사건에 놀라서 기절하기 전에 아무래도 다리를 좀 걸쳐야겠다.」

그가 나를 보게 된 것이 몹시 즐거운 척, 내 등을 철썩 치고 머리를 헝클어뜨렸다. 어쩌면 그로서는 즐거웠을지 몰라도 그것은 정상적인 사람이 즐거워하는 이유로는 절대 아니었다. 그의 손이 와 닿자 나는 소름이 오싹 끼쳐서 얼른 몸을 비틀어 그의 손에서 벗어났지만 그는 내가 그러건 말건 상관하지 않고 말을 할 때마다 누런 뻐드렁니를 드러내 보이며 듣기만 해도 기분 나쁜 소리로 계속 떠들어댔다.

「야, 이 녀석아.」

그가 말을 이었다.

「세상 사람들이 요즘 너를 아주 잘 대해 주고 있는 모양이던데, 안 그러냐? 신문에서 보니까 너 출세했더라, 개천에서 용난 격으로. 여기 있는 네 선생은 자랑스러워서 후끈 달아올랐을 거다. 얼마쯤 기고 만장해진 건 말할 것도 없겠고. 그러는 중에 돈이 궁할 리 없었을 테니까. 내 혈족이 이 험한 세상에서 저 스스로 이름을 얻은 걸 보니 나도 얼마나 기쁜지 모르겠다.」

「용건을 얘기하시오, 형씨.」

사부가 마침내 슬림이 혼자 길게 떠들어대는 얘기를 자르면서 말했다.

「이 아이와 나는 지금 막 나가려던 참이오. 여기 앉아서 잡담이나 할 시간은 없소.」

「빌어먹을.」

슬림이 감정을 상한 것처럼 보이려고 애쓰면서 말했다.

「내 누이의 아들한테 소식도 들을 수 없다는 얘기요? 그리고 또 뭐가 그렇게 바쁘다는 거요? 당신이 길가에 주차시켜 놓은 차를 보니까 어디로든 순식간에 갈 수 있을 것 같던데.」

「월트는 당신에게 할말이 아무것도 없소. 그리고 내가 아는 한 당신도 이 아이에게 아무 할말도 없고.」

「나는 그런 것 같지 않은데요.」

슬림이 호주머니에서 찌그러진 엽궐련을 꺼내어 불을 붙였다.

「이 아이는 제 불쌍한 외숙모 페그가 어떻게 되었는지 알 권리가 있고 나는 이 애한테 얘기해 줄 권리가 있소.」

「외숙모가 어떻게 되었는데요?」

내가 겨우 들릴락말락한 소리로 물었다.

「아니, 이 녀석 말을 할 줄 아네!」

슬림이 감격한 척 내 뺨을 꼬집었다.

「한참 동안 나는 이 사람이 네 혀를 잘랐나 했다, 월트.」

「외숙모가 어떻게 됐는데요?」

내가 다시 물었다.

「그 여편네는 죽었어, 이 녀석아. 죽었다고. 작년에 세인트루이스를 망가뜨린 폭풍으로 그렇게 됐지. 집 전체가 그 여편

네 위로 무너져 내렸고 그걸로 다정한 페그는 끝이었어. 바로 그렇게 된 거다.」

「그리고 외삼촌은 빠져 나왔고요?」

내가 물었다.

「그게 하느님의 뜻이었지.」

슬림이 대답했다.

「어쩌다 보니 나는 운 좋게도 시내 다른 쪽에 있었거든. 정직하게 하루 일을 하면서.」

「그 반대로 되지 않은 게 너무 안됐네요. 페그 외숙모가 절대로 좋은 사람은 못됐더라도 외삼촌처럼 나를 두들겨 패지는 않았으니까요.」

「아니, 너 지금 그게 외삼촌한테 하는 말버르장머리냐? 나는 너하고 살과 피를 나눴어, 월트. 그러니까 나에 대해서 거짓말은 하지 말아라. 더군다나 내가 이렇게 중요한 용건으로 여기에 와 있을 때에는. 예후디 씨와 나는 할 얘기가 있는데, 일을 망쳐 놓으려고 비꼬는 말 따위는 필요 없다.」

「당신이 뭘 잘못 안 모양인데.」

사부가 말했다.

「나는 당신하고 할 얘기가 아무것도 없소. 또 월트하고 나는 지금 시간이 너무 늦어지고 있으니 아무래도 그만 실례해야겠소.」

「그렇게 서두를 것 없잖소, 형씨.」

슬림이 갑자기 본색을 드러냈다. 그의 목소리는 내가 늘 기억하고 있던 것처럼 심술과 분노로 끓어오르고 있었다.

「당신과 나는 거래를 했고 이제 당신은 나한테서 빠져 나갈 수가 없소.」

「거래? 그게 무슨 거래였지요?」

사부가 물었다.

「우리가 4년 전 세인트루이스에서 했던 거래 말이오. 당신 내가 잊었거나 뭐 그랬다고 생각하는 거요? 알겠지만 난 바보가 아니오. 당신은 나한테 이익금을 떼어 주기로 약속했고, 나는 내 정당한 몫을 주장하러 여기에 온 거요. 25퍼센트. 그게 당신이 약속했던 거고 내가 받으려는 거요.」

「내가 기억하기로는, 스파크스 씨.」

사부가 성질을 누르려고 애쓰면서 말했다.

「당신은 내가 저 아이를 데려가려고 했을 때 내 발에 키스라도 하려고 했소. 저 아이를 처분하게 돼서 얼마나 기쁜지 모르겠다며 별의별 입에 발린 소리를 다 늘어놓았던 거 기억 안 나시오? 그게 거래였소, 스파크스 씨. 나는 저 아이를 요구했고 당신은 저 아이를 나한테 넘겼소.」

「나한테는 조건이 있었소. 난 그걸 당신한테 분명히 얘기했고, 당신은 좋다고 했소. 25퍼센트. 나한테 그런 거래가 없었다고 하려는 건 아니겠지요? 당신은 나한테 약속을 했고 나는 당신의 말을 그대로 받아들였소.」

「이 사람, 꿈을 꾸고 있군. 그런 거래가 있었다고 생각한다면 계약서를 보여 주시오. 단돈 한 닢이라도 당신에게 오기로 되어 있다고 적힌 종이 쪽지를 보여 달란 말이오.」

「우리는 그러기로 하고 악수를 했소. 그건 신사들 간의 약속이었고, 거짓 없이 정직한 거였소.」

「당신 상상력이 굉장하군요, 스파크스 씨. 하지만 당신은 거짓말쟁이에다 사기꾼이오. 나한테 불만이 있으면 변호사를 찾아가시오. 그러면 우리는 당신 주장이 법정에서 얼마나 잘 버티나 볼 테니까. 하지만 그러기 전에는 체면을 지켜서 그 추악한 얼굴이 내 눈앞에 보이지 않게 해주시오.」

그러고 나서 사부가 나를 돌아다보고 말했다.

「자, 가자, 월트. 어바나에서 사람들이 우리를 기다리고 있으니까 단 1분도 지체할 시간이 없어.」

사부가 테이블 위에다 1달러를 던져 놓고 일어서자 나도 따라 일어섰다. 그러나 슬림은 아직 할말이 다 끝나지 않았는지, 우리가 그 간이 식당을 나설 동안 자리에서 일어나 마지막 말을 내뱉었다.

「당신 혼자 똑똑한 줄 알겠지만, 형씨, 당신은 나하고 아직 일을 끝내지 않았어. 아무도 이 에드워드 J. 스파크스를 거짓말쟁이라고 부르고 나서 무사히 넘어가지는 못했으니까, 알아들어? 좋아, 계속 문 밖으로 걸어 나가라고. 그래도 상관없어. 하지만 당신이 나한테서 등을 돌리는 건 그게 마지막이 될 줄 알아. 미리 알려 주겠는데, 나는 당신을 뒤쫓아갈 거야. 나는 당신과 그 쓰레기 같은 꼬마를 뒤쫓아갈 거고, 일단 내 손에 걸렸다 하면 당신은 나한테 그런 식으로 얘기했던 걸 후회하게 될 거야. 죽는 날까지 후회하게 될 거야.」

그가 레스토랑 문까지 뒤쫓아 나와서 우리가 피어스애로에 올라타고 사부가 시동을 걸 동안 미친 듯이 협박을 쏟아 부었다. 그의 말소리는 자동차 소음에 묻혀 들리지 않았지만 입은 여전히 나불거리고 있었다. 나는 그의 앙상한 목에 핏줄이 솟은 것을 볼 수 있었다. 우리가 차를 몰아 떠나는 동안 그는 성질을 참지 못해 주먹을 휘둘러 대며 들리지도 않는 악담을 퍼부었지만, 우리는 그러건 말건 그대로 놓아두었다. 내 외삼촌은 40년 동안 사막에서 방황을 한 셈이었고, 그가 보여 준 것이라고는 실수와 판단 착오와 끝없는 실패의 연속뿐이었다. 뒷유리창으로 그의 얼굴을 바라보면서 나는 그가 분명한 목적을 갖고 있다는 것, 그 인간 쓰레기에게 마침내 평생 할 일이 생겼다는 것을 알았다. 우리가 시내를 벗어나자 예후디 사부가 나를 돌아다보고 말했다.

「저 허풍쟁이는 제대로 서 있지도 못해. 저 친구 말은 처음부터 끝까지 모두 시시한 엄포, 헛소리일 뿐이야. 저 친구는 타고나기를 아무짝에도 쓸모 없는 작자니까. 만일 저자가 너한테 손끝 하나라도 댄다면 월트, 난 저자를 죽여 버릴 거야. 내 맹세하지. 나는 저 야바위꾼을 발기발기 찢어 버릴 거고, 사람들은 앞으로 20년 뒤에도 캐나다에서 저 친구의 뼈 조각을 찾고 있을 거다.」

나는 사부가 그 간이 식당에서 보인 행동이 자랑스러웠지만 그렇다고 걱정이 되지 않았다는 얘기는 아니다. 내 어머니의 오빠는 믿을 수 없이 교활한 인간인 데다, 어떤 일에 마음을 정한 이상 자기의 목표에서 눈을 돌리려고 들지 않을 것이다. 솔직히 말하자면, 나로서는 그가 주장하는 얘기를 인정하고 싶은 생각이 눈곱만큼도 없었다. 어쩌면 사부는 그에게 25퍼센트를 주겠다고 약속했을 수도 있고 어쩌면 그러지 않았을 수도 있지만, 이제 그것은 모두 물 건너간 일이었다. 내가 원했던 단 한 가지는 그 개자식을 내 삶에서 영원히 몰아내는 것뿐이었다. 그는 나를 벽에다 수도 없이 여러 번 집어던지곤 해서 내게는 그에 대한 증오밖에 남아 있지 않았다. 그에게 돈을 요구할 정당한 권리가 있건 없건, 그는 단 한푼도 받을 자격이 없었다. 그러나 슬프게도 내가 어떻게 느끼건 그것은 아무 상관도 없는 일이었다. 또 사부가 어떻게 느끼느냐도.

그것은 모두 슬림에게 달려 있었다. 그리고 나는 그가 뒤쫓아 오리라는 것, 그의 손이 내 목을 조를 때까지 계속 뒤쫓아오리라는 것을 너무도 분명하게 알고 있었다.

그런 두려움과 예감이 나를 떠나지 않았다. 그 뒤로 몇 달 내내 그런 느낌이 모든 일에 어두운 그림자를 던졌고, 점점 더 커가는 성공의 기쁨까지도 앗아가 버릴 정도로 내 기분에 안 좋은 영향을 미쳤다. 그것은 처음에 특히 고약했다. 우리가 가는 곳마다에서, 순회 공연을 하는 모든 도시에서, 나는 끊임없이 그가 다시 나타날 거라는 예상을 하고 있었다. 레스토랑에 앉아 있건, 호텔 로비로 걸어 들어가건, 차에서 내리건, 내 외삼촌이 어느 순간에라도 불쑥 나타나 예고도 없이 내 삶 속으로 파고 들어올 것만 같았다. 상황을 그처럼 견디기 힘들게 만든 것은 바로 불확실성, 내 모든 행복이 눈 깜짝할 새에 완전히 망쳐질 수도 있다는 불안감이었다. 이제는 내게 안전하다고 느껴지는 유일한 장소와 시간이 관객들 앞에서 연기를 할 때뿐이었다. 아무리 슬림이라도 공공연하게는, 더군다나 내가 그처럼 관심의 초점이 되어 있을 때에는, 감히 수를 쓰지 못할 것이기 때문이었다. 그 나머지 시간에 나를 계속 따라다니던 온갖 불안감을 생각한다면, 공연은 일종의 정신적 휴식, 내 마음을 괴롭히는 두려움으로부터의 진정제가 되어 주었다. 나는 전에 없이 일에 몰두하면서 그것이 내게 주는 자유와 보호를 만끽했다. 그러는 동안 내 정신에 어떤 변화가 일어났고, 나는 있는 그대로의 나, 하루에 한 시간씩 원더보이 월트로 바뀌는 아이 월터 롤리가 아니라 공중에 떠 있을 때를 제외하고는 존재하지 않는 아이인 철두철미한 원더보이 월트로 바뀌어 갔다. 땅은 일종의 환상, 음모와 망령들이 깔린 위험 지대였을 뿐 아니라, 거기에서 일어나는 일 또한 모두 거짓이었다. 이제는 단지 공중만이 현실이어서 하루에 스물세 시간 동안 나는 예전의 즐거움과 습관으로부터 격리된 채, 절망과 두려움에 질린 포로가 되어 나 자신에 대한 이방인으로 살고 있었다.

일은 나를 계속 지탱해 주었고, 다행히도 끝없이 이어진 겨울 공연 예약 덕분에 일은 얼마든지 있었다. 우리가 위치토로 돌아온 뒤, 사부는 매주마다 기록적인 공연을 할 수 있도록 정교한 여행 계획을 짰다. 그가 취한 모든 훌륭한 조치 가운데서도 가장 현명한 조치는 추운 겨울 동안 플로리다로 내려가 있겠다는 것이었다. 우리는 1월 중순에서 3월 말까지 반도 전체를 다 커버하며 순회 공연을 했는데, 그 장기간에 걸친 여행에서는 위더스푼 부인도 우리와 동행했다. 우리 세 사람이 여행을 같이 한 것은 그때가 처음이자 마지막이었다. 하지만 그녀는 불운을 가져 올 거라느니 뭐니 하는 헛소리와는 정반대로, 행운밖에 가져다 주지 않았다. 슬럼이 그림자도 보이지 않았다는 것뿐만이 아니라, 꽉꽉 들어찬 관객들, 엄청난 입장료 수입, 그리고 내게 좋은 친구가 되어 주었다는 것 — 그녀는 나 못지않게 영화를 보러 가기 좋아했다 — 도 행운이었다. 그 당시는 플로리다 붐이 일던 시절이어서, 돈 많은 사람들이 종려나무 밑에서 춤을 추며 오후를 보내기 위해 하얀 셔츠에다 다이아몬드 목걸이를 걸치고 그곳으로 몰려들었다. 나는 컨트리 클럽과 골프 코스, 그리고 대목장에서 공연을 가졌다. 내가 멋쟁이들 앞에 나서 본 경험은 그때가 처음이었지만 거기에 모인 명문 집안 출신의 사람들 역시, 그들의 품위와 교양에도 불구하고, 밑바닥 사람들과 마찬가지로 환호성을 지르며 나를 맞았다. 거기에는 아무 차이도 없었다. 내 연기는 보편적이었고 부자건 가난뱅이건 똑같이 압도할 수가 있었다.

우리가 캔자스로 돌아왔을 무렵엔 나는 좀더 예전의 나로 돌아온 듯한 기분을 느끼기 시작하고 있었다. 슬림은 벌써 다섯 달이 넘도록 얼굴을 보이지 않고 있었는데, 만일 그가 어떤 기습적인 일을 계획했다면 벌써 우리를 덮쳤을 것이다. 4월 말에 우리가 중서부 북쪽으로 다시 여행을 떠났을 때쯤, 나는 그에 대해서 별 생각을 하지 않게 되었다. 또 때로는 깁슨 시티에서의 그 소름끼치는 장면이 아주 오래 전 일이어서 그 일이 아예 일어나지 않은 것처럼 느껴지기도 했다. 나는 안심이 되어 자신만만해졌고, 연기 외에 마음 쓰이는 것이 있었다면 그것은 내 겨드랑이와 사타구니에 돋아나기 시작한 털이었다. 그 늦게 돋아나는 털들이 내가 몽정과 불결한 생각의 세계로 들어서고 있음을 알려 주었다. 그러나 내 운명이 망쳐지기 시작했을 때 칼날은 내가 늘 그러리라고 예상했던 것과 똑같이, 내가 두려워했던 것과 똑같이, 가장 예기치 않았던 순간에 떨어졌다.

그 일이 벌어진 것은 우리가 세인트폴에서 남쪽으로 70킬로미터쯤 떨어진 미네소타의 노스필드에 있을 때였다. 그날 오후에도 나는 늘 그랬듯, 저녁 공연이 시작되기 전에 한두 시간쯤 죽일 생각으로 그 지역의 극장을 찾아 나섰다. 그 당시는 발성 영화가 한창 유행일 때였는데, 나는 그런 영화를 아무리 보아도 물리지가 않아서 틈이 날 때마다 극장을 찾아갔고, 때로는 같은 영화를 서너 번씩 다시 보기도 했었다. 그 특별한 날의 인기 프로는 『코코넛』이었다. 막스 브라더즈의 새 코미디가 플로리다에 들어온 것이었다. 나는 전에 이미 그 영화를 보았었지만 그 촌뜨기들, 특히 멋진 가발을 쓰고 요란하게 코를 킁킁거리는 벙어리 하포라면 사족을 못썼으므로 그 영화가 상영된다는 말을 듣자마자 극장으로 달려갔다. 극장은 상당한 크기의 건물이어서 좌석 수가 2, 3백 석은 되었지만 봄 날씨가 좋았던 탓으로 나와 함께 영화를 본 사람들의 숫자는 기껏해야 대여섯 명밖에 되지 않았다. 물론, 그렇더라도 상관할 일은 아니었다. 나는 팝콘을 한 봉지 사 들고 자리에 앉아 어둠 속에 흩어진 다른 사람들을 잊어버린 채 배를 잡고 웃기 시작했다. 그러기를 한 20분이나 30분쯤 되었을 때, 뒤에서 뭔가 이상하면서도 어쩐지 향긋한 약 냄새가 풍겨 오는 것이 느껴지더니, 그 코를 찌를 듯 강한 냄새가 점점 더 강해졌다. 그리고 내가 고개를 돌려 무엇인지 알아볼 수 있기도 전에, 그 자극적인 약품에 적신 헝겊이 내 코와 입을 틀어막았다. 나는 풀려나려고 버둥거리면서 안간힘을 썼지만 어떤 손이 내 얼굴을 뒤로 밀어 젖혔고, 다시 저항해 볼 힘을 끌어 모을 수 있기도 전에 온몸에서 힘이 쭉 빠졌다. 내 근육은 기운을 잃었고, 살갗에서는 땀이 흥건히 배어 났고, 머리는 몸에서 떨어져 나간 듯한 느낌이었다. 내가 거기에서부터 어디로 옮겨졌건, 전에는 한 번도 가보지 못한 곳이었다.

나는 슬림과 싸우거나 맞닥뜨리게 될 갖가지 방법들 —— 주먹다짐, 강도질, 어두운 골목길에서의 총격 —— 을 상상해 왔었지만 그가 나를 납치하리라는 생각은 단 한 번도 머릿속에 떠오르지 않았다. 그렇게 오랫동안 계획을 세워서 일을 벌이는 것은 내 외삼촌의 수법이 아니었다. 그는 순간의 충동에 따라 행동하는 성급하고 무모한 사람이었다. 만일 슬림이 나 때문에 그런 기질을 버렸다면, 그것은 오로지 그가 얼마나 증오에 차 있으며 내 성공이 얼마나 원한에 사무쳤는지를 보여 주는 것이었다. 또 그에게는 내가 이제껏 없었던 단 한 번의 확실한 기회였던 만큼, 그는 실수를 함으로써 그 기회를 날려 버리려고 하지 않았다. 이번만은 아니었다. 그는 완전한 악당처럼, 모든 각도에서 빈틈없이 생각하는 능숙한 전문가처럼 행동할 것이고, 마침내는 우리를 압박해서 돈을 받아 내고야 말 것이었다. 그는 단지 돈만을 위해서 그러는 것도, 또 복수만을 위해서 그러는 것도 아니었다. 그는 두 가지 모두를 원했다. 결국 몸값을 받아 내기 위해 나를 납치한 것은 매혹적인 결합, 돌멩이 하나로 새 두 마리를 잡는 방법이었다. 이번에는 그에게 동업자가 있었다. 프리츠라고 하는 뚱뚱한 강도였는데, 그들의 머리가 얼마나 수준 이하였는지를 생각한다면 나를 감춰 놓는 일에 꽤 철저한 준비를 했던 셈이었다. 먼저 그들은 나를 노스필드 외곽에 있는 어느 동굴에 숨겼고, 나는 그 습기 차고 더러운 구덩이에서 다리는 굵은 밧줄로 묶이고 입에는 재갈이 물린 채 사흘 밤낮을 보냈다. 다음에 그들은 나를 다시 에테르로 마취시켜 다른 어떤 곳, 미네아폴리스 아니면 세인트폴의 아파트인 듯한 건물의 지하실로 데려갔다. 하지만 그곳에서는 하루밖에 머물러 있지 않았다. 거기에서부터 그들은 다시 시골로 차를 몰아가 투기꾼이 버리고 간 어떤 집에 아지트를 차렸는데, 나중에 나는 거기가 사우스다코타였다는 것을 알게 되었다. 나무 하나 없이 황량하고 적막한 그 황무지가 내게는 지구라기보다 달처럼 보였다. 더군다나 그곳은 길에서부터 너무 멀리 떨어져 있어서 내가 그들로부터 용케 달아날 수 있다손 치더라도 도와줄 사람을 찾는 데는 여러 시간이 걸릴 것이었다. 그들은 거기에다 두어 달 족히 견딜 수 있는 통조림 식품들을 쌓아 두고 있었다. 그 모든 것들이 길고 견디기 힘든 농성을 암시했다. 슬림이 그 짓을 하기 위해 선택한 방법은 그처럼, 가능한 한 천천히 하는 것이었다. 그의 속셈은 사부를 안절부절못하게 하자는 것이었고, 그렇게 해서 상황을 좀더 오래 질질 끌 수 있다면 더 더욱 좋았다. 그는 조금도 서두르지 않았다. 그 일이 그에게는 더없이 즐겁고 재미있는 일이었는데, 무슨 이유로 즐기기 전에 그만두려고 했을까?

나는 슬림이 그처럼 기운이 돋아서 의기양양하고 자만스럽게 빼기는 모습을 본 적이 없었다. 그는 별 네 개짜리 장군처럼 오두막 주위로 거드럭거리며 돌아다니고 큰 소리로 명령을 내리며 자기가 한 농담에 혼자 신이 나서 웃어 젖혔다. 미친 사람이 부리는 허세의 소용돌이. 그의 기고만장한 태도는 보기에도 역겨웠지만 다른 한편으로는 그것이 나를 인정사정없는 폭행으로부터 구해 주었다. 모든 일이 더 바랄 것 없이 잘 풀리고 있는 이상, 슬림은 너그러워질 수가 있었고 그래서인지 내가 예상했던 것처럼 포악하기 짝이 없는 기세로 내게 달려들거나 하지는 않았다. 물론 그렇다고 해서 그가 이따금씩 변덕이 나면 내 뺨을 쌩쌩 소리가 나게 이쪽저쪽 번갈아 때리거나 귀를 잡아 비틀지 않았다는 얘기는 아니다. 하지만 그의 폭행은 대체로 비꼬는 말과 빈정거리는 투로 나왔다. 그는 자기가 〈그 더러운 유대 놈에게 어떻게 역습을 가했는지〉 떠벌려 대거나, 〈봐라, 녀석아, 또 다른 고름 주머니야. 와! 이거 화산들이 네 이마에다 온통 수를 놓았는걸〉 하고 내 얼굴에 돋아난 여드름을 가지고 놀리거나, 또는 내 운명이 완전히 자기 손에 달려 있다는 것을 일깨우는 데 물리는 법이 없었다. 특히 마지막 얘기를 강조하기 위해 그는 권총을 손가락에 걸고 빙빙 돌리면서 나에게로 어슬렁어슬렁 다가와 내 머리에다 총구를 대고 누르기가 일쑤였다.

「내 말이 무슨 뜻인지 알겠지, 녀석아?」

그런 다음 그는 웃음을 터뜨리곤 했다.

「이 방아쇠를 살짝 당기기만 하면 네 골이 저 벽에 가 튀길 거란 말이다.」

한두 번 그는 거침없이 방아쇠를 당긴 적도 있지만 그것은 단지 나를 겁주기 위해서였다. 나는 그가 몸값을 챙기지 않는 한 실탄을 장전할 배짱이 없다는 것을 알고 있었다.

그곳에서 지내는 일이 절대로 쉽지는 않았지만, 나는 그 상황에 대처할 수 있다는 것을 알았다. 사람들 말마따나 깨지고 터지고 한 끝에, 뼈가 부러지는 것보다는 그가 떠들어대는 소리에 귀를 기울이는 편이 훨씬 더 낫다는 사실을 알아차렸다. 내가 계속 입을 봉하고 화를 돋우지 않는 한 그는 대체로 15분이나 20분쯤 뒤에는 김이 빠져 버렸다. 또 내 입에는 거의 언제나 재갈이 물려져 있었기 때문에 그 점에 있어서는 달리 어떻게 해볼 도리가 없었다. 그러나 입에서 재갈이 풀려 있을 때에도 나는 그가 비꼬는 말을 못 들은 척하려고 있는 힘을 다했다. 머릿속으로는 신랄한 반박과 모욕적인 말이 수십 가지씩 떠올랐지만 그렇더라도 대개는 그런 생각을 속으로만 삭였다. 그 개자식과 말다툼을 하지 않으면 않을수록 나를 못살게 굴지 않으리라는 것을 너무도 잘 알고 있었기 때문이었다. 또 그 외에도, 내게는 매달릴 것이 별로 없었다. 슬림은 반미치광이여서 도저히 믿을 수가 없는 인간인 데다, 일단 돈을 챙기고 나면 나를 죽일 방법을 찾아내지 않으리라고 믿을 구석도 전혀 없었다. 갇혀 지내는 곤경은 그럭저럭 견딜 수 있었지만 내 머릿속에서는 앞으로 닥쳐올 장면들 —— 내 목을 자르고, 내 머리에다 총알을 박아 넣고, 뼈가 드러나도록 살가죽을 벗겨 내고 하는 —— 이 한시도 떠나지 않았다.

프리츠도 내가 그런 고통을 더는 데는 전혀 도움이 되지 못했다. 그는 명령에 무조건 복종하는 부하, 숨을 씩씩거리고 신발을 질질 끌면서 슬림이 시키는 대로 갖가지 하찮은 일을 하는 머리가 모자란 뚱보에 지나지 않았다. 또 그가 하는 일이란 것도 나무를 때는 풍로에다 먹을 것을 요리하고, 마룻바닥을 닦고, 변기통을 비우고, 내 팔다리를 묶은 밧줄이 느슨해지면 단단히 조이고 하는 것이 고작이었다. 슬림이 어디에서 그런 멍청이를 찾아냈는지는 아무도 모를 일이었지만, 그보다 더 고분고분한 심복을 찾아낼 수는 없었을 것이다. 프리츠는 식모이자 하인, 심부름꾼, 그리고 절대로 불평을 하지 않는 충성스런 부하였다. 그는 마치 그 황무지가 미국에서 가장 훌륭한 휴양지이기라도 한 것처럼, 그 긴긴 낮과 밤 동안 내내 아무 하는 일 없이 멍하니 창 밖이나 내다보는 일에 매우 만족해 있었다. 열흘째인가 열이틀째가 되는 날까지 나는 그와 얘기를 할 기회가 별로 없었지만, 그 뒤로 얼마 동안씩 둘이서만 시간을 보내기 시작했다. 예후디 사부에게 몸값을 요구하는 첫번째 쪽지가 보내진 뒤로 슬림이 아침마다 시내로 차를 몰아 떠났기 때문이었다. 아마도 편지를 부치거나, 전화를 걸거나, 다른 어떤 방법으로 자기의 요구 사항을 전하기 위해서일 것이다. 나는 프리츠와 나 사이에 어떤 이해가 생겨났다고까지 하려는 것은 아니지만, 적어도 그는 슬림이 그런 것처럼 나를 겁먹게 하지는 않았다. 사실 그로서는 내게 사적인 감정이 있을 리 없었다. 그는 단지 자기의 일을 할 뿐이었고, 오래지 않아 나는 그 역시 앞으로 전개될 상황에 대해 나만큼이나 모르고 있다는 것을 알게 되었다.

「그 사람은 나를 죽일 거예요, 그렇죠?」

나는 언젠가 그가 구운 콩과 크래커로 내게 점심을 먹여 주고 있을 때 그렇게 물어보았다. 슬림은 내가 날아서 도망칠 거라는 생각에 잔뜩 겁을 먹고 있어서 심지어는 내가 음식을 먹거나 잠을 자거나 변을 볼 때도 절대로 밧줄을 풀어 주려고 하지 않았다. 그래서 프리츠는 마치 내가 어린아이인 것처럼 스푼으로 음식을 떠서 내 입에다 넣어 주고 있었다.

「지금 뭐라고 그랬지?」

프리츠는 늘 그랬듯이 내 말이 떨어지자 곧바로 되물었다. 그의 눈은 마치 뇌가 피츠버그와 앨러게이니 산맥 사이의 어느 곳에선가 교통이 막혀 정체된 것처럼 멍해 보였다.

「지금 뭐라고 그랬지?」

「그 사람이 나를 죽일 거라고요, 그렇지 않나요?」

내가 같은 말을 되뇌었다.

「그러니까, 내가 여기에서 살아 나갈 가망은 전혀 없는 거죠?」

「그건 잘 모르겠는데. 네 외삼촌은 나한테 앞으로 어떻게 할 건지 아무 말도 안 했어. 그냥 자기 생각대로 밀고 나가는 거지.」

「그 사람이 아저씨한테 일이 어떻게 되어가고 있는지 알려 주지 않아도 상관없다는 건가요?」

「그래, 난 상관 안 해. 내 몫을 받을 수만 있다면 내가 무슨 이유로 상관을 해야 하지? 그 사람이 너를 어떻게 하든지 그건 나하고는 아무 상관도 없는 일이야.」

「그럼 뭘 가지고 그 사람이 아저씨한테 줘야 할 몫을 줄 거라고 믿는 거죠?」

「그런 건 없어. 하지만 그 사람이 나한테 줘야 할 걸 주지 않는다면 내가 가만 놔두지 않을걸.」

「이 일은 절대로 성공 못 해요, 프리츠. 슬림이 보낸 편지는 모두 시내에 있는 우체국에서 부쳐졌는데 그러면 사람들이 당장에, 눈 깜짝할 새에 여기까지 추적을 할 거라고요.」

「하, 그거 괜찮은 얘긴데. 너, 우리가 바보라고 생각하는 거니?」

「그래요. 난 그렇게 생각해요. 아주 바보라고요.」

「하! 우리한테 또 다른 동업자가 있다면 어쩔래? 그리고 그 편지들을 받는 사람이 그 동업자라고 한다면?」

「글쎄요. 아저씨라면 어찌겠어요?」

「뭐, 그냥 시치미를 뚝 떼는 거지. 내가 무슨 말을 하려는지 알겠니? 그 다른 동업자가 쪽지나 뭐 그런 걸 돈을 가진 친구들한테 전해 주는 거야. 그러면 그 사람들이 우리가 여기 있다는 걸 알아낼 길이 없지.」

「그러면 그 사람은, 그러니까 아저씨하고 공모한 사람은 어떻게 하고요? 그 사람은 눈에 안 보이거나 뭐 그런 건가요?」

「그래, 바로 그거야. 그 사람은 눈에 안 보이게 하는 가루를 갖고 있어서 연기처럼 사라져 버리지.」

그것이 내가 프리츠와 가장 긴 대화를 나누었던, 그로서는 가장 장황하고 말이 길었던 때였다. 그는 내게 비열하지는 않았더라도 앞뒤가 꽉꽉 막힌 데다 머리가 텅텅 비어 있어서, 아무리 애를 써도 그를 납득시킬 수 없었다. 나는 그가 슬림에게 등을 돌리게 할 수도, 그를 설득해서 밧줄을 풀게 할 수도 —— 〈미안하지만 꼬마야, 그건 절대로 안 돼〉 —— 그의 충성과 확고한 믿음을 흔들 수도 없었다. 여느 다른 사람 같았다면 내 질문에 두 가지 중 하나로, 즉 그게 사실이라든가 아니면 거짓이라는 식으로 대답했을 것이다. 다른 사람이라면 아마도 〈그래, 슬림은 네 목을 자르려고 하고 있어〉라고 하거나, 아니면 내 머리를 토닥이고 나서 〈그런 두려움은 근거가 없는 거야〉라고 했을 것이다. 설령 그가 거짓말로 그런 말을 했더라도 —— 좋게건 나쁘게건 여러 가지 이유로 —— 나는 분명한 대답을 들었을 것이다. 그러나 프리츠에게서는 아니었다. 프리츠는 극단적으로 솔직해서 내 대답에 질문을 할 수 없었다. 그래서 생사가 걸린 중차대한 질문에는 분명한 대답을 해주어야 한다는 정상적인 인간의 기본적인 예의마저도 망각한 채 모른다고 한 것이었다. 한마디로, 그는 생각이 전혀 없는 머저리였고, 얼굴에 여드름이 가시지 않은 아이라도 그와 이야기를 한다는 것은 쇠귀에 경 읽기라는 것을 알 수 있었다.

아, 내가 사우스 다코타에서 겪었던 일은 몸서리쳐지게 즐거운, 재미와 즐거움이 끊이지 않는 우스꽝스러운 경험이었다. 나는 한 달 이상 사지가 묶이고 재갈이 물린 채 십여 개의 녹슨 삽과 쇠스랑이 친구 노릇을 해주는 비좁은 방에 혼자 갇혀 내가 잔인하고 참혹한 죽음을 당하게 될 거라고 믿어 의심치 않았다. 내 유일한 희망은 사부가 나를 구하러 오리라는 것뿐이었다. 나는 그와 경찰대가 오두막을 급습해서 프리츠와 슬림의 몸에 총알을 잔뜩 박아 넣고 나를 다시 살아 있는 사람들의 땅으로 데려가는 꿈을 수도 없이 꾸었다. 그러나 몇 주일이 지났어도 사정은 전혀 달라지지 않았다. 그리고 나중에 가서 사정이 바뀌었을 때에는 더욱 나빠지기만 했을 뿐이었다. 몸값을 요구하는 쪽지가 보내지고 협상이 시작되자 나는 슬림의 기분이 차츰차츰 안 좋아지고 있다는, 그의 자신감이 썰물 빠지듯 조금씩 조금씩 줄어들고 있다는 기미를 느꼈다. 이제 게임이 심각하게 바뀌어 있었다. 처음의 들뜬 흥분은 가라앉았고 그의 익살맞은 언행이 차츰차츰 예전처럼 신경질적이고 난폭한 태도로 바뀌어 갔다. 그는 프리츠에게 잔소리를 해댔고, 음식이 시원찮다고 투덜거렸고, 몇 장의 접시를 벽에 던져 박살냈다. 그것이 최초의 징후들이었다. 그리고 마침내는 나를 발길로 차 의자에서 떨어뜨리고 프리츠의 뚱뚱한 몸집을 빗대어 놀리고, 내 팔다리의 밧줄을 단단히 졸라매고 하는 다른 징후들이 뒤따랐다. 압박감이 그에게 영향을 미치고 있다는 것은 분명해 보였지만, 왜 그렇게 되었는지는 알 수 없었다. 나는 다른 방에서 진행되는 논의의 당사자가 아니다 보니 몸값을 요구하는 쪽지를 읽은 적도, 나에 대해서 쓰여진 신문 기사를 본 적도 없었다. 그리고 내가 문틈으로 조금씩 엿들은 소리는 너무 나지막하고 단편적인 말들이어서, 아무리 애를 써도 무슨 얘기인지 짜맞출 수가 없었다. 내가 알 수 있었던 한 가지는 그가 점점 더 슬림답게 굴고 있다는 것이었다. 그 경향은 명백했고, 슬림이 예전의 그로 돌아간 만큼 이제까지 있었던 모든 일이 휴일처럼, 엄청나게 호화로운 요트를 타고 앤틸리즈 열도로 순항을 했던 것처럼 느껴지리라는 것을 알았다.

  6월 초가 되자 그는 물어뜯을 기세로까지 성질이 사나워졌다. 심지어는 언제나 평온하고 여간해서 화를 내지 않는 프리츠까지도 지칠 대로 지친 기색을 보이기 시작하고 있었다. 나는 그 멍청한 동업자의 눈빛에서 슬림이 그를 놀릴 때마다 폭발하기 일보 직전까지 화가 치밀곤 하는 것을 알 수 있었다. 그때쯤 가서는 내 기도의 가장 열렬한 목적이 그들 사이에서 치열한 싸움이 벌어지기를 바라는 것으로 바뀌어 있었다. 물론 상황이 그렇게까지 되지는 않았지만, 그들의 대화가 얼마나 자주 사소한 말다툼으로 번지는지를 보는 것만으로도 내게는 적지 않은 위안이 되었다. 그들의 언쟁은 대개 슬림이 프리츠를 지분거리고, 프리츠는 골이 나서 구석에 앉아 바닥을 내려다보며 나지막하게 욕설을 내뱉는 정도에 지나지 않았다. 그러나 적어도 그 싸움은 내게서 마음의 짐을 어느 정도 덜어 주었다. 대기 중에 그처럼 많은 위험이 잠복해 있을 때 하다못해 5분이나 10분이라도 그들에게서 잊혀지는 것은 커다란 축복, 상상도 할 수 없는 혜택이었다.

매일같이 날씨가 차츰차츰 더워지면서 내 살갗을 점점 더 괴롭히기 시작했다. 이제 태양은 절대로 지지 않을 것 같아 보였고, 밧줄 때문에 온몸이 끊임없이 근질거렸다. 더위와 함께 거의 온종일을 갇혀 지내는 뒷방으로 거미들이 기어들어와 다리 위로 오르내리고, 얼굴을 뒤덮고, 머리칼에 알을 슬었다. 한 마리를 털어 내기가 무섭게 다른 놈이 기어오르곤 하면서. 모기들은 전폭기처럼 내 귀로 달려들었고, 파리들은 열여섯 개의 거미줄에 걸려 꿈틀거리고 붕붕거렸다. 내 몸에서는 끊임없이 땀이 배어 나왔다. 소름끼치는 거미들이 나를 괴롭히지 않으면 갈증이 나를 괴롭혔다. 그리고 갈증이 아니면 내 의지와 결의가 가차없이 무너져 내린다는 슬픔이 나를 괴롭혔다. 나는 만신창이가 된 채 속을 끓이는 바보 천치로 변해 가는 중이었다. 아무리 용감해지고 강해지려고 애를 써도 더 이상은 나 자신을 지체할 수 없는 순간들, 아무런 이유도 없이 눈물이 솟아 멈추지 않을 때가 있었다.

어느 날 오후, 슬림이 나를 가둬 놓은 비좁은 방으로 불쑥 들어왔다가 내가 그렇게 울고 있는 것을 보았다.

「왜 그렇게 질질 짜는 거냐, 녀석아?」

그가 물었다.

「너, 내일이 너한테 굉장한 날이라는 것도 모르냐?」

나는 그에게 우는 모습을 들킨 것이 죽도록 창피해서 아무

대꾸도 없이 고개를 돌렸다. 그가 무슨 얘기를 하고 있는지는 전혀 알 길이 없었고, 입에 재갈이 물려져 있었기 때문에 그게 뭐냐고 물어 볼 수도 없었다. 또 당시로서는 어떻게 되건 상관하고 싶지도 않았다.

「돈을 받는 날이란 말이다, 녀석아. 내일 우리는 한몫 챙길 건데 아마 꽤 두둑한 다발이 될 거다. 5만 명의 춤추는 아가씨들이 찌그러진 슈트케이스 속에 꼭꼭 붙어 누워 있겠지. 그게 바로 내가 갖고 싶었던 거다. 어떠냐 녀석, 그거 굉장한 은퇴 계획 아니냐? 또 돈에는 표시가 되어 있지 않으니까 나는 멕시코까지 가는 동안 내내 그 돈을 쓸 수 있고, 연방 수사관들은 어떻게도 손을 쓸 수 없겠지.」

나로서는 그 말을 의심할 이유가 전혀 없었다. 그의 말소리가 전에 없이 빠르고 잔뜩 긴장이 되어 바야흐로 무슨 일이 일어나려는 게 분명해 보였다. 하지만 그렇더라도 나는 아무런 반응을 보이지 않았다. 그에게 만족감을 주고 싶지 않아서 계속 외면을 하고 있었다. 잠시 뒤에 슬림이 의자 맞은편의 침대에 걸터앉더니, 내가 여전히 아무 반응도 보이지 않자 몸을 앞으로 기울여 내 입에서 재갈을 풀어냈다.

「내가 얘기를 하고 있을 때는 나를 쳐다봐라.」

그가 명령했다.

하지만 나는 눈길을 그대로 마룻바닥에 고정시킨 채 그를 쳐다보려고 하지 않았다. 아무 예고도 없이 그가 내게로 획 달려들어 있는 힘껏 뺨을 후려갈겼다. 나는 고개를 들었다.

「그러는 게 좋아.」

그가 말했다.

여느 때 같으면 그는 작은 승리에 만족하면서 히죽 웃었겠지만 그날은 그런 시시하고 익살스러운 몸짓을 보이지 않았다. 그의 표정이 험악하게 바뀌는가 싶더니, 몇 초 동안 그가 나를 무섭게 노려보았다. 나는 옷 안에서 몸이 오그라드는 느낌이었다.

「너는 운이 좋은 놈이야.」

그가 말을 이었다.

「5만 달러라니. 네 녀석이 그만한 가치가 있다고 생각하냐? 난 그놈들이 그 정도까지 내놓을 거라고는 생각도 못 했다. 하지만 액수가 계속 올라가고 있는데도 그놈들은 꿈쩍도 하지 않아. 제기랄! 나한테 그런 거금을 내놓으려고 하는 사람은 이 세상에 아무도 없을 거다. 일반 시장에서라면 나는 기껏해야 동전 한두 개밖에 받아 내지 못할 테고, 그것도 운이 아주 좋은 날이라야겠지. 그런데 지금은 그 밉살맞은 유대 놈이 너를 돌려받으려고 5만 달러를 선뜻 내놓겠다는 거다. 내 생각엔 그게 너를 특별한 놈으로 만들어 줄 것 같은데, 안 그러냐? 아니면 그놈이 단지 나를 속이려는 거라고 생각하냐? 그게 그놈이 꾸미고 있는 거냐? 지킬 생각이 없는 약속을 더 많이 하는 게?」

나는 이제 그를 쳐다보고 있었지만, 그렇다고 해서 그의 질문에 대답할 생각이 있었다는 얘기는 절대로 아니었다. 슬림은 잔뜩 도사린 자세로 침대 가장자리에 걸터앉아 내게 얼굴을 바짝 들이대고 있었다. 그의 얼굴이 너무 가까이 다가와 있어서 나는 그의 눈에 선 핏발과 팽창되어 있는 눈동자와 얼굴 피부에 뚫린 분화구 같은 땀구멍을 모두 다 볼 수 있었다. 가쁜 숨을 몰아쉬고 있는 그가 어느 순간에라도 나에게로 달려들어 내 코를 물어뜯을 것만 같았다.

「원더보이 월트.」
그가 속삭임에 가까울 정도로 목소리를 낮추었다.
「그거 아주 듣기 좋은 소리 아니냐? 원더……보이……월트……. 사람들 모두가 네 얘기를 들은 모양이던데 말이다. 어디에서나 네 얘기를 하고 있는 걸 보면. 알고 있는가 모르겠지만, 나도 네가 공연하고 있는 걸 직접 봤었지. 한 번이 아니라 여러 번, 그러니까 작년에 여섯 번 아니면 일곱 번. 세상에 그런 건 없지, 안 그러냐? 물위를 걷는 꼬마. 그건 내가 본 것 중에서 가장 굉장한 솜씨, 라디오가 생긴 뒤로 가장 멋진 속임수였어. 줄도 거울도 허방다리도 없이. 그 속임수가 어떻게 된 거냐, 월트? 어떻게 해서 그렇게 땅 위로 떠오를 수 있는 거냐?」
나는 그에게 얘기를 하지 않을 셈이었다. 단 한 마디도 하지 않을 셈이었다. 그러나 내가 아무 대답도 없이 10초나 15초쯤 그를 빤히 쳐다보고만 있자 그가 벌떡 일어서더니 주먹으로 내 관자놀이를 후려치고 다른 손으로는 내 따귀를 갈겼다.
「속임수는 없어요.」
내가 대답했다.
「호! 호!」
그가 비아냥거렸다.
「호! 호!」
「그 연기는 정말이에요. 삼촌이 본 그대로예요.」
「너, 나한테 그 말을 믿으라는 거냐?」
「믿건 안 믿건 상관없어요. 난 속임수가 없다는 말을 하는 거예요.」
「거짓말하면 못쓴다, 월트. 너도 그걸 알고 있겠지? 특히 네 윗사람들한테는. 거짓말쟁이들은 지옥불에 타게 돼. 나한테 그런 허튼소리나 하는 걸 그만두지 않으면 거기가 바로 네가 가게 될 곳이라는 걸 잊지 마. 지옥의 불속으로. 내 말 명심해라, 녀석아. 나는 사실을 원하고, 지금 당장 그걸 원해.」

「그게 내가 지금 얘기하고 있는 거예요. 완전한 사실, 오로지 사실만을요. 정말이에요.」

「좋아.」

그가 실망해서 무릎을 탁 쳤다.

「네가 그런 식으로 나온다면, 어디 그렇게 한번 해보자고.」

그가 침대에서 벌떡 일어서더니, 내 멱살을 잡고 팔을 홱 치켜올려 나를 의자에서 들어냈다.

「네가 그렇게까지 자신이 있다면 나한테 보여 봐. 이제 밖으로 나가서 증거를 좀 보자고. 하지만 너, 네가 방금 씨부렁댄 대로 하는 편이 좋을 거다. 나는 거짓말을 하는 녀석하고는 상대 안 해. 내 말 듣고 있냐, 월트? 해볼 테면 해보고 그렇지 않으면 아가리 닥치고 있어. 땅 위로 떠오르거나 아니면 내 손에 반쯤 죽을 줄 알아.」

그가 고함을 지르고 욕지거리를 늘어놓으며 나를 다른 방으로 끌고 갔다. 머리가 바닥에 부딪치면서 나무 가시가 머리 가죽으로 파고들었다. 그러나 내가 맞서 싸우기 위해 할 수 있는 일은 아무것도 없었다. 내 팔다리는 여전히 밧줄로 단단히 동여매어져 있어서 내가 할 수 있는 일이라고는 머리칼 속으로 피가 배어드는 동안 자비를 구걸하며 몸부림을 치고 비명을 지르는 것뿐이었다.

「저 녀석을 풀어 줘.」

그가 프리츠에게 명령했다.

「저 잘난 척하는 꼬마가 날 수 있다고 했으니까 우린 저 녀석이 제 말대로 하는지 두고 보겠어. 만일이니, 그런데니, 하지만이니 하는 소리는 안 통해. 지금은 쇼를 벌일 시간이니까. 꼬마 월트가 우리 앞에서 날개를 펼치고 공중으로 떠올라 춤을 출 거야.」

나는 바닥에 나가떨어진 자세로 프리츠의 얼굴을 쳐다보았다. 그 뚱뚱한 사내는 너무 놀라서 두려움과 당혹감이 뒤섞인 표정으로 멀거니 슬림을 바라보기만 할 뿐, 입을 열 생각도 하지 못하고 있었다.

「뭐해?」

슬림이 다그쳤다.

「뭘 기다리고 있는 거지? 저 자식을 풀어 줘.」

「하지만 슬림.」

프리츠가 더듬거렸다.

「그건 도대체 얘기가 안 돼. 우리가 저 애를 하늘로 날려보내면 저 애는 곧장 날아서 도망쳐 버릴 거야. 네가 늘 얘기했던 대로.」

「내가 했던 얘기는 잊어버려. 그냥 밧줄이나 풀라고. 그럼 우리는 저 자식이 무슨 헛소리를 하는지 알게 될 테니까. 내 분명히 장담하는데, 저놈은 땅 위로 한 발짝도 떠오를 수 없어. 단 1센티미터도. 그리고 또 만일 떠오른다고 해도 걱정할 게 뭐가 있지? 나한테는 총이 있는데 말야. 다리에다 한 방만 쏘면 저 자식은 거꾸로 처박히는 오리보다도 더 빠르게 떨어질 거라고.」

그 미친 소리가 프리츠를 설득한 것처럼 보였다. 그가 발을 질질 끌면서 방 한가운데로, 슬림이 나를 팽개쳐 둔 곳으로 걸어와 몸을 굽히고 밧줄을 풀기 시작했다. 하지만 그가 첫번째 매듭을 푸는 순간, 나는 두려움과 역겨움이 한꺼번에 밀려오는 것을 느꼈다.

「난 하지 않을래요.」

내가 말했다.

「아니, 넌 해야 돼.」

슬림이 윽박질렀다. 그때쯤엔 내 손은 풀려 있었고, 프리츠는 내 다리에 감긴 밧줄을 풀기 시작했다.

「내가 하라고 하면 하루 종일이라도 해야 돼.」

「나를 쏘아 죽여도 좋아요.」

내가 울면서 말했다.

「내 목을 따도 좋고, 나를 태워 재로 만들어도 좋지만 무슨 수로도 내가 그렇게 하게는 만들지 못해요.」

슬림이 짤막하게 껄껄거리고 나서 구둣발 끝으로 내 등을 찍었다. 내 입에서 헉 토해 내는 숨이 폭발하듯 터져 나왔고, 나는 고통을 못 이겨 바닥에 나뒹굴었다.

「어이, 그만해 둬, 슬림.」

프리츠가 내 발목에 감긴 마지막 매듭을 풀면서 말했.

「이 애는 그럴 기분이 아냐. 어떤 멍청이라도 그걸 알 수 있어.」

「누가 너한테 물었어, 이 땅딸보야?」

슬림이 자기보다 체중이 두 배는 더 나가고 힘은 세 배쯤 더 강한 남자에게로 성질을 부리면서 으르렁거렸다.

「입 닥쳐!」

프리츠가 바닥에서 몸을 일으키느라 숨을 씨근거리며 되받았다.

「너, 나를 그런 식으로 부르면 내가 좋아하지 않는다는 거 알잖아.」

「어떤 식으로?」

슬림이 소리쳤다.

「내가 얘기하는 게 어떤 식인데, 이 뚱보야?」

「너도 알잖아. 그 땅딸보니 뚱보니 하는 소리. 친구를 그런 식으로 놀리는 건 안 좋아.」

「우리가 신경과민이 되어 가고 있는 건가? 그렇다면 내가 너를 뭐라고 불러야 하지? 거울을 보고 뭐가 보이는지 얘기해 봐. 산더미 같은 비곗살, 바로 그거야. 나는 그걸 보이는 대로 부른 거라고, 이 뚱보야. 다르게 보이고 싶으면 살을 몇 파운드라도 빼.」

프리츠는 내가 그때까지 본 사람 중에서 가장 성격이 유하고 무딘 남자였지만 이번에는 슬림이 그를 너무 심하게 밀어붙였다. 나는 그것을 느낄 수 있었고 냄새맡을 수 있었다. 등을 찍힌 충격에서 벗어나 정신을 차리려고 숨을 헐떡이며 안간힘을 쓰고 있는 동안에도, 나는 지금이 단 한 번뿐인 기회라는 것을 알았다. 내 팔다리는 이제 자유로웠고, 머리 위에서는 적개심에 찬 싸움이 벌어지려는 참이었다. 내가 할 일은 기회를 포착하는 것뿐이었다. 그 기회는 프리츠가 슬림에게로 한 발짝 다가가 주먹으로 그의 가슴을 후려쳤을 때 왔다.

「그런 식으로 부르지 말라고 했잖아!」

그가 으르렁거렸다.

「더군다나 내가 그만두라고 했을 때에는.」

나는 할 수 있는 한 조용하게 서두르지 않고, 가만가만 소리를 죽여 조금씩 조금씩 문 쪽으로 기어가기 시작했다. 내 뒤에서 쿵하는 소리에 이어 다시 한 번 더 쿵 하는 소리가 들리더니, 거친 마룻바닥에서 신발을 질질 끄는 소리가 뒤따랐다. 그리고 다음에는 그 직직 끌리는 소리 사이사이에 고함과 신음과 욕설이 끼여들었지만, 그때쯤엔 나는 손으로 방충문을 밀고 있었다. 다행히도 그 문은 너무 뒤틀려서 문틀에 꽉 끼여 있지가 않았다. 나는 단번에 그것을 밀어 열고 다시 30센티미터쯤 기어간 다음, 사우스 다코타의 단단한 땅에 어깨부터 먼저 떨어져 햇빛 속으로 굴러 나왔다.

온몸이 이상하게 물먹은 솜처럼 느껴졌다. 아니, 일어서려고 했을 때는 그것마저도 알아차리지 못할 지경이었다. 근육은 말을 듣지 않았고 팔다리를 마음대로 움직일 수도 없었다. 오랫동안 갇혀서 활동을 하지 않았던 탓으로 몸이 마비되어 버린 것이었다. 나는 일어서서 걸으려고 안간힘을 썼지만 한 발짝을 떼어놓기가 무섭게 비틀거리기 시작했고, 쓰러졌다 다시 일어나 비틀거리며 두세 발짝을 걷고는 다시 쓰러졌다. 그러나 내게는 허비할 시간이 단 1초도 없었다. 나는 알코올 중독자처럼 비틀거리고 서너 걸음을 뗄 때마다 앞으로 푹푹 고꾸라지면서도, 마침내는 집요한 끈기로 슬림이 집 근처에 세워 놓은 찌그러진 고물 자동차까지 갈 수 있었다. 내리쬐는 햇빛이 그 차를 가마솥처럼 달구어 놓은 바람에 문 손잡이를 잡는 순간 하마터면 나도 모르게 비명이 터져 나올 뻔했다. 다행히도 나는 차에 대해서는 좀 알고 있었다. 예후디 사부에게서 운전하는 법을 배워 둔 덕분에 핸드브레이크를 풀고, 초크 밸브를 잡아당기고, 시동 키를 돌리는 데는 아무 문제도 없었다. 그러나 시트를 조절할 시간은 없었다. 액셀러레이터에 발이 닿기에는 내 다리가 너무 짧아서, 단 한 가지 방법은 죽기

살기로 운전대에 매달린 채 미끄러져 내리는 것뿐이었다.

시동이 걸리는 소리에 오두막 안에서 싸움이 멈췄다. 차가 움직이기 시작했을 때는 슬림이 벌써 총을 들고 문 밖으로 뛰쳐나와 내 쪽으로 달려오고 있었다. 나는 어떻게든 그와의 거리를 떨어뜨리려고 차를 빙 돌렸지만 그 개자식은 나를 따라잡고 있는 중이었다. 또 핸들에서 손을 떼어 기어를 2단으로 바꿀 틈도 없었다. 그가 총을 들어 겨누는 것이 보이자, 나는 차를 오른쪽으로 돌리는 대신 왼쪽으로 돌려 범퍼로 곧장 그를 들이받았다. 슬림은 범퍼에 무릎 바로 위를 받히면서 튕겨져 나가 땅바닥에 쓰러졌고, 그것이 내게 기어를 바꿀 몇 초의 시간을 주었다. 그가 다시 일어설 수 있기 전에, 나는 차가 똑바로 앞으로 나가도록 운전대를 바로잡고 기어를 2단으로 놓은 다음, 있는 힘을 다해 액셀러레이터를 밟았다. 첫번째 총알이 뒷유리창을 박살내며 날아들고 뒤이어 두 번째 총알이 사물함 문짝에 구멍을 내면서 계기판에 와 맞았다. 그러나 뒤에서 총을 쏘건 말건, 나는 왼발로 클러치를 더듬어 기어를 3단으로 바꾸고 그대로 내달렸다. 거친 황무지 위로 야생마를 길들이는 사람처럼 펄쩍펄쩍 뛰어오르며, 시속 50, 60킬로로 차를 몰아가는 동안, 어느 순간에라도 다음번 총알이 날아들어 내 등짝에 구멍을 낼 것만 같았다. 하지만 총알은 더 이상 날아오지 않았다. 나는 그 인간 쓰레기를 먼지 속에 남겨 두었고, 몇 분 뒤에 길로 들어섰을 때는 탈출에 성공한 것이 틀림없었다.

사부를 다시 보게 되어 기뻤느냐고? 그야 두말할 필요도 없는 일이다. 그가 양팔로 나를 숨막히도록 끌어안았을 때 내 가슴이 기쁨으로 고동쳤느냐고? 그랬다, 내 가슴은 기쁨으로 고동쳤다. 예후디 사부와 내가 행운에 감격해서 울었느냐고? 물론, 우리는 그랬다. 우리가 웃고, 축하를 하고, 지그 춤을 백 번씩 추었느냐고? 그랬다, 우리는 그렇게 다 하고도 모자라서 더 했다.

「다시는 너를 내 눈에서 벗어나지 않게 할 거다.」

예후디 사부가 말했다.

그리고 나는 이렇게 대답했다.

「나도 사부님 없이는 절대 어디로도 가지 않겠어요. 앞으로 무슨 일이 있더라도요.」

옛 속담에 가진 것을 잃기까지는 그 진가를 알지 못한다는 말이 있다. 미네소타의 노스필드에 있는 극장에서 납치를 당한 순간부터 사우스 다코타의 래피드 시티에서 사부를 다시 만나게 되었을 때까지, 나는 내가 잃은 것은 무엇인지를 분명히 알게 되었다. 그 다섯 주일 반 동안 나는 소중한 모든 것을 다 잃고 한탄을 했었지만, 이제는 그 어느것도 빼앗겼던 것을 되찾는 즐거움에 비길 수 없다는 사실을 입증하기 위해 세상 사람들 앞에 서 있었다. 내가 허리띠에 새겼던 모든 승리 가운데서 예전의 삶으로 다시 돌아왔다는 단순한 사실보다 더 감격스러운 것은 아무것도 없었다.

우리의 재회가 래피드 시티에서 이루어진 것은 내가 탈출한 뒤 처음 이른 곳이 거기였기 때문이었다. 슬림의 고물차는 푼돈에 쪼들리는 빈털터리의 차 아니랄까 봐 관리가 소홀했던 탓으로, 채 30킬로미터도 가지 않아 휘발유가 바닥나 버렸다. 만일 어둠이 내리기 직전에 나를 태워 준 어떤 세일즈맨이 아니었더라면 나는 아마도 밤새도록 도와 줄 사람을 찾으며 그 황무지 주변을 배회하고 있었을 것이다. 그는 내가 부탁한 대로 나를 가장 가까운 경찰서까지 데려다 주었고, 경찰들은 내가 누구인지를 알고 나자 나를 진짜 왕자처럼 떠받들었다. 그들은 내게 수프와 코니아일랜드 핫도그를 먹여 주었고, 새 옷을 사 주었고, 따뜻한 물에 목욕을 시켰고, 카드놀이 하는 법을 가르쳐 주었다. 다음날 오후에 사부가 찾아왔을 때 나는 이미 스무 명도 넘는 기자들과 인터뷰를 하고 사진을 찍기 위해 4백 번도 넘게 포즈를 취한 뒤였다. 나에 대한 소문이 그처럼 빨리 퍼진 이유는 내가 납치된 사건이 한 달 이상 신문의 제1면을 장식한 덕분이었다. 지방 신문의 어떤 비상근 통신원이 무슨 사건이라도 터지지 않았나 해서 경찰서 주변을 기웃거리고 돌아다니다가 신문에 사진이 실렸던 나를 알아보고 말을 퍼뜨린 것이었다. 그 뒤로 형사들과 사건을 쫓아다니는 기자들이 몰려들어 내게 플래시 라이트를 폭죽처럼 터뜨렸고, 나는 다음날 새벽까지 내가 납치범들을 어떻게 속였으며 그들이 나를 돈과 교환할 수 있기 전에 어떻게 빠져 나왔는지 되는 대로 떠벌려 댔다. 지금 생각해 보면 있는 그대로의 사실만을 얘기하는 것으로도 충분했을 것 같지만, 그 당시에는 과장을 하고 싶은 충동을 누를 수가 없었다. 말하자면 나는 새로 알게 된 내 명성을 한껏 즐기면서, 신문 기자들이 나를 주시하고 내 말 한 마디 한 마디를 놓치지 않으려는 것에 우쭐해졌던 것이다.

사부는 경찰서로 들어서자마자 그 엉터리 같은 짓을 당장에 중단시켰다. 다음 한 시간 동안 나는 사부와 포옹을 하고 눈물을 흘리느라 정신이 없었지만, 그 어느것도 일반에게는 공개되지 않았다. 우리는 경찰서 뒤쪽에 있는 방에서 단 둘이 앉아 두 명의 경찰이 문 앞에서 보초를 설 동안 서로의 품에 안겨 흐느꼈다. 그런 다음 성명서가 작성되고 서류들에 서명이 끝나자, 사부는 몰려든 사람들을 팔꿈치로 밀치며 나를 데리고 그곳을 빠져 나왔다. 길거리에서 우리를 멍하니 바라보던 사람들과 축하해 주려는 사람들 사이에서 환호성이 일고 만세소리가 울려 퍼졌다. 그러나 사부는 목을 길게 빼고 구경하는 사람들에게 딱 한 번만 미소를 지으며 손을 흔들어 보였을 뿐, 길모퉁이에서 대기하고 있던 운전사가 딸린 차 안으로 나를 급히 밀어 넣었다. 그로부터 한 시간 반 뒤, 우리는 뉴잉글랜드와 케이프코드의 백사장을 향해 동쪽으로 달려가는 기차의 객실에 단둘이 앉아 있었다.

밤이 내린 뒤에야 나는 우리가 캔자스에서 내리지 않으리라는 것을 알아차렸다. 왜냐하면 사부에게 얘기해야 할 그간의 일들, 묘사하고 설명하고 자세히 알릴 일들이 너무 많아서 내 머릿속이 밀크쉐이크 기계처럼 휘저어진 탓이었다. 위더스푼 부인에 대해서 물어봐야겠다는 생각이 든 것은 우리가 불을 끄고 침대에 드러누운 다음이었다. 그때까지 사부와 나는 여섯 시간을 함께 있었는데, 그녀의 이름이 얼른 머릿속으로 떠오르지 않았다.

「그러면 위치토는 어떻게 하고요?」

내가 물었다.

「거기도 우리에겐 케이프코드만큼 좋은 데가 아닌가요?」

「좋은 곳이기야 하지.」

사부가 대답했다.

「하지만 이 무렵에는 너무 더워. 바다가 너한테는 더 좋을 거다, 월트. 거기에서라면 더 빨리 회복될 수가 있어.」

「그러면 위더스푼 부인은 어떻게 하고요? 그 아주머니는 언제 오기로 되어 있죠?」

「이번에는 오지 않을 거다, 녀석아.」

「어째서죠, 사부님? 플로리다 기억 안 나요? 그 아주머니는 거기를 그렇게도 좋아했어요. 우리가 그 아주머니를 물에서 끌어내기까지 해야 되었을 정도로요. 나는 파도 속에서 물장구치고 노는 걸 그 아주머니보다 더 좋아하는 사람은 한 사람도 못 봤어요.」

「그렇기는 하겠지만 그 여자는 이번 여름엔 수영을 하지 않을 거다. 적어도 우리하고는.」

예후디 사부가 나지막하고 구슬프게 떨리는 소리로 어둠을 채우며 한숨을 내쉬었다. 나는 죽을 듯이 피곤했고 막 졸음이 쏟아지려는 참이었지만, 그럼에도 불구하고 가슴이 경보를 울리듯 빠르게 두근거리기 시작했다.
「아…….」
내가 불안감을 드러내지 않으려고 애쓰면서 말했다.
「그런데 어째서죠?」
「오늘 밤엔 너한테 얘기하지 않을 생각이었다만, 네가 그 얘기를 꺼낸 이상 너한테 숨길 필요가 없을 것 같다.」
「무슨 일인데요?」
「메리언은 결단을 내리려고 하고 있어.」
「결단이라니요? 무슨 결단요?」
「그 여자는 결혼을 하기로 약속했어. 모든 일이 계획대로 된다면 추수 감사절 전에 성스러운 혼인을 하게 될 거다.」
「결혼이라고 했나요? 남은 평생 동안 짝을 맺는다는 건가요?」
「그래, 맞았다. 손가락에는 반지를 끼고, 침대에는 남편을 누이고.」
「그러면 그 남편이 사부님인가요.」
「그 생각은 잊어버려라. 나는 너하고 같이 여기에 있지 않니? 내가 너하고 같이 있다면 무슨 수로 거기서 그 여자하고 같이 있을 수 있지?」
「하지만 사부님은 그 아주머니한테 제일 중요한 사람이잖아요. 그 아주머니는 사부님을 이런 식으로 버릴 권리가 없어요. 사부님이 그러라고 하지 않는 한에는요.」
「그 여자는 그래야 했고, 나는 그 여자에게 방해가 되고 싶지 않았다. 그 여자는 보기 드물게 좋은 사람이야, 월트. 그러니까 네가 그 여자한테 안 좋은 소리를 하는 건 듣고 싶지 않다.」
「난 무슨 말이든 하고 싶은 대로 할 거예요. 누가 사부님에게 못된 짓을 했다면 난 어떤 지독한 말이라도 할 거예요.」

「그 여자가 나한테 못된 짓을 할 건 없다. 어쩔 도리가 없어서 깰 수 없는 약속을 하게 된 거지. 만일 내가 너라면 말이다, 나는 앞으로 50년 동안 메리언이 그런 약속을 한 걸 시간 시간마다 고마워할 거야.」

「고마워해요? 나는 그런 방종한 여자한테는 침을 뱉어요. 그런 두 얼굴을 한 여자한테는 못된 짓을 했다고 침을 뱉고 저주를 해요.」

「그 여자가 왜 그런 일을 했는지 알게 되면 아닐 거다. 그건 모두 너 때문이었어, 이 녀석아. 그 여자는 월터 클레어본 롤리라는 벼락 출세한 녀석을 구하려고 있는 돈 없는 돈 다 끌어 모았는데, 그건 내가 이제까지 본 것 중에서 가장 용감하고 가장 이타적인 행동이었어.」

「말도 안 돼요. 난 그거하고는 아무 상관도 없어요. 난 거기에 있지도 않았다고요.」

「5만 달러다, 녀석아. 너 그만한 돈이 하늘에서 떨어진다고 생각하니? 몸값을 요구하는 쪽지들이 오기 시작했을 때 우리는 신속히 행동해야 했어.」

「물론 그게 많은 돈이긴 하지만 우린 적어도 그 두 배는 벌었을 거예요.」

「어림도 없다. 메리언과 나는 그 절반도 모을 수가 없었어. 우리가 꽤 많이 벌어들인 건 사실이다만 월트, 네가 생각한 것만큼은 아니야. 경비가 엄청났으니까. 호텔 청구서, 운임, 광고, 그걸 모두 계산에 넣으면 우리는 겨우 빚을 지지 않았을 뿐이야.」

「아니.」

나는 속으로 우리가 얼마나 많은 돈을 썼는지를 재빨리 계산했고, 그러자 정신이 어질어질해졌다.

「그 〈아니〉가 꼭 맞는 말이다. 그러니 어떻게 해야 할까? 그게 문제였지. 너무 늦기 전에 어디로 가야 할까? 늙은 재판관 위더스푼은 우리를 만나려고도 하지 않았어. 그 노인은 찰리가 자살을 한 뒤로 메리언과 연락을 끊고 지냈는데 이제 와서 침묵을 깰 이유가 없었지. 은행 사람들은 웃었고, 고리 대금업자들은 우리를 상대하지 않았고, 집을 팔더라도 여전히 돈이 모자랐어. 그러니 어떻게 해야 할까? 그게 우리 가슴에 뚫린 구멍에서 타오르는 질문이었지. 시계는 째깍거리고, 하루하루를 허송할수록 액수는 계속 올라가기만 하고.」

「나 같은 애를 구해 내는 데 5만 달러라니요?」

「그래도 싼 가격이었다. 앞으로 네가 벌어들일 잠재적인 흥행 수입을 생각하면 싼 가격이었지. 하지만 우리에게는 그 돈이 없었어.」

「그래서 어떻게 했나요?」

「이제 너도 틀림없이 이해가 되었겠지만, 위더스푼 부인은 다방면으로 매력과 재주를 가진 여자다. 어쩌면 내가 그 여자 마음에서 특별한 자리를 차지했을 수도 있겠지만, 그 여자를 위해 횃불을 든 남자들은 나 하나만이 아니었지. 위치토에는 그 여자를 흠모하는 사람들이 많았고, 그런 사람들이 담 뒤와 소화전에마다 잠복해 있었어. 그 중 하나는 오빌 콕스라는 곡물 업계의 젊은 거물인데, 그 사람이 작년에 다섯 번 청혼을 했다더라. 그런데 너하고 내가 순회 공연 여행을 떠나 있을 동안에 오빌이 다시 돌아와서 아주 강력하게 구혼을 했던 모양이야. 메리언은 물론 퇴짜를 놓았지만 어느 정도 아쉬움과 후회가 없지는 않았고, 내 생각엔 거절을 할 때마다 그 아쉬움과 후회가 조금씩 더 강해졌던 것 같아. 내가 더 얘기를 해야 하니? 그 여자는 5만 달러 때문에 콕스에게로 돌아선 거다. 그 사람은 기꺼이 그 돈을 내놓으려고 했지만, 단 그 여자가 나를 버리고 자기와 함께 제단에 서야 한다는 조건을 달아서였지.」

「그건 협박이라고요.」

「얼마간은 그렇겠지. 하지만 그 오빌은 정말로 그렇게 나쁜 사람은 아니다. 어쩌면 좀 멍청한 면이 있을지는 모르지만, 어쨌든 메리언은 두 눈을 똑바로 뜨고서 그 사람한테로 가려는 거니까.」

「글쎄요.」

나는 그 일을 모두 어떻게 받아들여야 할지 몰라 입에서 나오는 대로 내뱉었다.

「아무튼 그 아주머니한테 사과를 하기는 해야겠네요. 나를 위해서 그렇게 용감한 일을 했으니까요.」

「그게 바로 그 여자가 한 일이다. 한 치도 틀림없는 진짜 여장부처럼.」

「하지만요.」

내가 그냥 물러서고 싶지 않아서 말을 이었다.

「하지만 이제 그 일은 모두 끝났어요. 내 말은 게임이 모두 다 끝났다는 거예요. 나는 슬림에게서 내 힘으로 빠져 나왔고, 이제는 아무도 5만 달러를 내줄 필요가 없어요. 오빌은 아직 그 냄새나는 돈을 그대로 가지고 있는데, 그건 당연히 위더스푼 부인이 여전히 자유롭다는 얘기예요.」

「그럴지도 모르지. 하지만 그 여자는 여전히 오빌 콕스와 결혼할 생각을 갖고 있어. 바로 어제 그 여자하고 얘기를 해 봤는데 그게 현재 상황이다. 메리언은 그 일을 성사시키려고 하고 있어.」

「우린 그걸 막아야 돼요, 사부님. 그게 우리가 해야 할 일이에요. 결혼식장으로 쳐들어가서 그 아주머니를 빼내 와요.」

「꼭 영화에서처럼 말이냐, 월트?」

우리가 그 따분한 얘기를 시작한 뒤 처음으로 예후디 사부가 웃음을 터뜨렸다.

「바로 맞췄어요. 영화에 나오는 것처럼 그 사람을 때려눕히자고요.」

「그 여자를 가게 놓아둬라, 월트. 그 여자 마음은 정해졌고, 우리는 어떻게도 그걸 막을 수 없어.」

「하지만 그건 내 잘못 때문이에요. 내가 그렇게 바보처럼 납치만 당하지 않았다면 이런 일은 절대로 일어나지 않았을 거예요.」

「그건 네 잘못이 아니라 네 외삼촌 잘못이야. 그러니까 너는 자신을 탓하면 안 돼. 지금은, 그리고 앞으로도 영원히 그 일은 잊어버려라. 위더스푼 부인은 하고 싶은 일을 하려는 거고, 우리는 그 일로 이러니저러니 해서는 안 된다. 내 말 알아들었지? 우리는 신사처럼 행동해야 돼. 나는 그 여자에게 방해가 되지 않는 건 물론이고, 이제껏 어떤 신부가 받았던 것보다도 더 멋진 선물을 보낼 거다. 자, 이제 잠을 좀 자두도록 해라. 우리 앞에는 할 일이 산더미처럼 쌓여 있으니까. 나는 네가 이런 일로 잠시라도 더 애를 태우는 건 원치 않아. 이 일은 끝났다. 막은 내려졌고 다음번 공연이 시작되려 하고 있어.」

예후디 사부는 아무 일도 없었다는 듯이 태연하고 침착하게 그 얘기를 했지만, 다음날 아침 식당차에서 아침을 먹으려고 앉았을 때는 그의 얼굴이 수척하고 초췌해 보였다. 마치 밤새도록 자지 않고 어둠 속을 응시하며 세상의 종말을 생각하고 있었던 것처럼. 그가 전보다 더 야위어 보인다는 생각이 스치자, 나는 전날 밤 내가 어떻게 그것을 못보고 지나칠 수 있었을까 의아해졌다. 행복감이 나를 너무 눈멀게 했던 것일까? 나는 할 수 있는 한 초연하게 그의 얼굴을 좀더 자세히 살펴보았다. 그에게 뭔가 변한 것이 있다는 데에는 의심의 여지가 없었다. 피부는 수척한 데다 혈색도 좋지 않았고, 눈가의 주름에도 얼마쯤 쪼글쪼글해진 기미가 있었다. 전체적으로 그는 어딘가 모르게 줄어든 것처럼 보였다. 내가 기억했던 것만큼 당당해 보이지가 않았다. 물론 그는 많은 고통을 겪었지만 —— 처음에는 내 납치라는 시련으로, 다음에는 자기의 여자를 잃는다는 충격으로 —— 그것이 전부였으면 싶었다. 그러나 이따금씩 나는 그가 음식을 씹으면서 움찔움찔하는 것을 본 듯했고, 한번은 식사가 거의 끝나 갈 무렵에 그의 손이 테이블 아래로 급히 내려가 배를 움켜쥐는 것도 분명히 보았다. 그는 어디가 아픈 것일까? 아니면 단지 일시적으로 소화가 잘 되지 않는 것일까? 그리고 만일 몸이 좋지 않다면 얼마나 좋지 않을까? 물론 그는 거기에 대해서는 한 마디도 하지 않았다. 또 나 역시 건강한 것과는 거리가 멀었기 때문에 그는 아침을 먹는 동안 내내 관심의 초점을 내게로 돌릴 수 있었다.

「먹어 둬라.」

그가 말했다.

「너는 대꼬챙이처럼 말랐어. 그 와플[21]을 마저 다 먹어라.

그러면 좀더 시켜 줄 테니까. 우리는 네 뼈에다 살을 좀 붙이고 힘을 완전히 회복시켜야 돼.」

「열심히 먹고 있어요.」

내가 대답했다.

「호사스러운 호텔에 갇혀 있었던 건 아니니까요. 하지만 나는 지금껏 그 부랑자들하고 같이 개나 먹는 음식을 먹으면서 살았고 그 바람에 위장이 아주 조그맣게 쪼그라들고 말았어요.」

「그리고 네 피부에도 문제가 있다.」

사부가 얇은 베이컨 조각을 하나 더 삼키려고 애쓰는 나를 지켜보면서 덧붙였다.

「거기에 대해서도 어떻게든 손을 써야 할 거다. 그 잔뜩 돋아난 부스럼 말이다. 넌 꼭 수두를 앓았던 것처럼 보여.」

「아뇨. 이건 그냥 여드름이에요. 때로는 아주 쓰라리기도 하지만 그냥 참고 지낼 만해요.」

「그야 그렇겠지. 너는 그렇게 갇혀 있는 바람에 너무 형편없이 말랐어. 햇빛도 못 받고 갇혀서 밤이고 낮이고 땀을 줄줄 흘렸을 테니 그렇게 마른 것도 놀랄 일은 아니지. 바닷가가 너한테는 좋은 약이 될 거다, 월트. 그리고 만일 그 여드름이 없어지지 않으면 내 너한테 그것들을 어떻게 없애고 다른 여드름이 돋아나지 않게 하는지 알려 주마. 우리 할머니가 쓰시던 비방이 있는데, 그게 아직도 효과가 있어.」

「그 말은 내 얼굴 모습이 바뀌지 않아도 된다는 뜻인가요?」

「그 정도로도 충분해. 너한테 주근깨가 그렇게 많지만 않았다면 지금처럼 안 좋아 보이지는 않았을 거다. 주근깨에다 여

---

21) 밀가루, 우유, 계란 등을 반죽해서 만든 것.

드름이 합쳐져서 굉장해졌어. 하지만 걱정 말아라, 녀석아. 얼마 안 있으면 네가 걱정할 건 구레나룻뿐일 테니까. 그리고 그건 영구적으로, 네가 죽는 날까지 남아 있을 거다.」

우리는 케이프코드에 있는 조그만 해안 별장에서 한 달 이상을 보냈다. 내가 슬림에게 납치되어 갇혀 있던 날에서 하루도 덜거나 빼지 않고 꼭 그만큼이었다. 사부는 나를 언론으로부터 보호하기 위해 가명으로 그 집을 빌렸고, 편의상 우리는 아버지와 아들로 위장했다. 그가 선택한 가명은 벅이었는데 — 그 자신은 티머시 벅, 그리고 나는 티머시 벅 2세, 또는 팀 벅 원과 팀 벅 투 — 우리는 그 이름을 두고 꽤 많이 웃었다. 팀벅투[22]가 멀리 떨어져 있다는 점에서만큼은 그곳, 몇 킬로미터 주위로 집 한 채 없이 대양이 내려다보이는 갑(岬)의 고지대에 위치한 그 별장과 별로 다르지 않다는 게 재미있어서였다. 이틀마다 한 번씩 호돈 부인이라는 여자가 튜로에서 차를 몰아와 요리를 해주고 집을 청소하기는 했지만, 그 여자와 한두 마디씩 주고받는 것을 제외한다면 사부와 나는 계속 단둘이서만 지냈다. 우리는 햇빛에 미역을 감았고, 해변에서 오랜 산보를 했고, 대합 찌개를 먹었고, 매일같이 열 시간 내지 열두 시간씩 잤다. 그렇게 한 주일을 편히 쉬고 나자, 나는 다시 공중 부양술을 시도해 볼 만큼 충분히 건강해졌다는 느낌이 들었다. 그러나 사부는 내 훈련을 서두르지 않고 땅에서 하는 일상적인 운동부터 시작하도록 했다. 윗몸 일으키기, 제자리 뛰기, 해안에서 천천히 달리기. 다시 공중으로

---

[22] 아프리카 서부의 말리 중부에 있는 도시. 보통 멀리 떨어져 있는 곳을 일컬음.

떠오르는 연습을 해볼 때가 되자 우리는 호돈 부인이 볼 수 없는 절벽 뒤에서 연습을 시작했다. 나는 처음엔 기술이 좀 무디어져서 몇 번씩 실수를 하고 떨어졌지만 5, 6일이 지나자 예전의 유연하고 탄력 있는 솜씨를 되찾을 수 있었다. 그리고 또 사부의 비방(秘方) —— 바닷물과 식초와 약방에서 구해 온 아스트린젠트에 적신 따뜻한 수건을 4시간마다 한 번씩 얼굴에 붙이는 —— 이 약속했던 것만큼은 되지 않았더라도, 내 여드름 중 절반은 저절로 없어졌다. 틀림없이 내가 다시 먹게 된 좋은 음식과 햇빛 덕분이었을 것이다.

그 당시 내가 모래 언덕과 농무 경적(濃霧警笛) 사이에서 휴일을 보내는 동안 생겨났던 나쁜 버릇만 아니었더라면 내 건강은 아마도 그보다 더 빨리 회복되었을 것이다. 내 손은 이제 다시 제멋대로 움직일 수 있게 되자 상당한 자립심을 보이기 시작해서 방랑벽을 주체하지 못하고 여기저기 탐사를 해보려는 충동으로 안절부절못했다. 내가 아무리 여러 번 가만히 있으라고 타일러도 어디로든 좋을 대로 돌아다니며 도무지 말을 들으려고 하지 않았다. 밤이 되어 내가 이불 밑으로 기어들기만 하면 내 손가락들은 자기네들이 좋아하는 뜨거운 적도 바로 밑의 숲속 왕국으로 날아가겠다고 고집을 피웠다. 거기에 있는 막강한 친구, 손가락 중에서 가장 큰 손가락, 정신적 텔레파시로 우주를 지배하는 왕을 찾아가려는 것이었다. 그 왕이 부르면 어떤 신하도 거역을 할 수 없었다. 내 손은 그것의 노예였고, 나는 손을 다시 밧줄로 묶어 둘 수 없는 이상 자유를 줄 수밖에 없었다. 말하자면 이솝의 광기가 내 광기가 되어, 페니스가 내 삶을 지배하게 된 셈이었다. 내 페니스는 이제 위더스푼 부인이 언젠가 손으로 감싸쥐었던 조그만 물총과는 전혀 딴판이었다. 그 이후로 크기와 키가 모두 자랐고, 이제는 그것의 말이 곧 법이었다. 그것이 만져 달라고 조르면 나는 만졌다. 애무하고 잡아당기고 꽉 쥐어 달라고 떼를 쓰면 나는 기꺼운 마음으로 그 명령에 복종했다. 눈이 먼들 무슨 상관일까? 머리칼이 모두 빠진들 무슨 상관일까? 자연이 나를 부르고 있었다. 그리고 나는 매일 밤마다 아담 그 자신처럼 숨차고 탐욕스럽게 달려갔다.

사부에 대해서는 어떻게 생각해야 좋을지 알 수 없었다. 그는 자신을 즐기고 있는 것처럼 보였고 안색과 피부 빛깔도 분명히 더 나아져 있었다. 또 그의 기분도 더 이상 밝을 수가 없었다. 하지만 그렇더라도 나는 그가 배를 움켜쥐는 모습을 서너 번은 보았고, 얼굴을 찡그리는 일은 두세 번의 식사 때마다 거의 정기적으로 일어나고 있었다.

순회 공연 여행을 재개할 때가 다가오자 예후디 사부는 스피노자를 읽거나 내 연습을 도와주고 있지 않을 때면 협의 사항들에 대해 옥신각신하면서 전화통을 붙들고 있기에 바빴다. 이제 나는 거물이었다. 납치 사건이 나를 그렇게 만들어 주었고, 사부는 그 상황을 최대한으로 이용할 만반의 준비를 갖추고 있었다. 그가 계획을 급히 변경해서 케이프코드의 외딴집에 거처를 정한 다음 공세를 취하기 시작한 것도 내 위상을 높이기 위해서였다. 그는 이제 점수패를 쥐고서 얼마든지 배짱을 튕길 수 있었다. 요구액을 제시하고, 공연 계약 대행자들에게서 이제껏 들어 보지 못했던 퍼센티지를 강요하고, 최고 인기 연예인들에게 필적하는 개런티를 요구할 수 있었다. 나는 우리 둘 모두가 예상했던 것보다 더 빨리 정상에 올라 사부가 수완을 발휘하는 일이 다 끝나기도 전에 동부 해안을 따라 늘어서 있는 수십 곳의 극장들 —— 연말까지 공연이 계속 이어지게 해줄 하루 내지 이틀 동안의 흥행지들 —— 과 출연 계약을 맺었다. 그리고 이제는 흥행지도 조그만 도시와 마을들이 아니라 내가 늘 가보기를 꿈꾸었던 진짜 도시들, 일류로 손꼽히는 장소들이었다. 프로비던스와 뉴어크, 뉴헤이븐과 볼티모어, 필라델피아, 보스턴, 뉴욕. 공연 장소도 실내로 바뀌었고 이제부터 우리는 큰 도박을 벌이게 될 것이었다.

「이제 물위를 걷는 일 따위는 없다.」

사부가 말했다.

「또 시골 아이 같은 복장도 하지 않고, 시골 장터나 장사꾼들이 소풍을 나온 곳으로도 가지 않아. 이제 너는 공중 예술가다, 월트. 이 세상에서 단 하나뿐인. 그리고 사람들은 네 공연을 보는 특권을 얻기 위해 최고액을 지불하게 될 거야. 그 사람들은 화려한 외출복을 입고 호화로운 벨벳 의자에 점잖게 앉아 있겠지만, 일단 극장이 어두워지고 스포트라이트가 네게로 비추어지면 머리통에서 눈알이 튀어나오겠지. 그 사람들은 천 번을 죽게 될 거다, 월트. 네가 그 사람들 앞에서 의기양양하게 걷고 재주를 넘고 하면 그 사람들은 너를 따라 천국의 계단을 하나씩 하나씩 올라갈 거고, 공연이 끝날 때쯤이면 신 앞에 앉아 있게 될 거야.」

운명의 장난이란 바로 그런 것이었다. 납치는 내게 일어났던 일 중에서 가장 끔찍한 사건이었지만 그것이 내게는 커다란 행운, 나를 마침내 궤도에 진입시켜 준 연료가 되었다. 나는 한 달이 넘게 공짜 선전이 되었고 슬림의 손아귀에서 빠져나왔을 때쯤엔 이미 사람들 입에 오르내리는 이름, 미국에서 가장 큰 반향을 일으키는 아이가 되어 있었다. 더군다나 내

탈출 소식이 일대 센세이션, 첫번째 센세이션을 훨씬 능가하는 두 번째 센세이션을 일으킨 덕분에 그 이후로는 어떤 나쁜 일도 있을 수 없었다. 이제 나는 희생자였을 뿐만 아니라 영웅, 대단한 용기를 가지고 굉장한 일을 해낸 꼬마로서 단순한 동정을 넘어 사랑을 받고 있었다. 그런 일을 무엇에 비유할 수 있을까? 나는 지옥에 던져졌었다. 밧줄로 묶이고 재갈에 물린 채 죽은 것으로 치부되어 있었다. 그런데 한 달 뒤에는 모든 사람들에게서 사랑을 받는 아이가 되어 있었다. 그것은 머리에 바람이 들어서 기고만장해지기에 족한 일이었다. 미국이 내 발 밑에 있었고, 예후디 사부 같은 사람이 줄을 당기고 있는 이상 내 인기는 앞으로도 오랫동안 계속될 것이 거의 확실했다.

내가 슬림보다 한 수 위였다고는 해도, 그가 아직 체포되지 않고 있다는 사실이 바뀐 것은 아니었다. 경찰이 사우스 다코타의 오두막을 급습했을 때는 여기저기 찍힌 지문과 한 무더기의 더러운 빨랫감 외에는 범인들의 흔적이 하나도 남아 있지 않았다. 지금 생각해 보면 나는 겁을 먹고 다시는 곤경에 빠지지 않도록 빈틈없이 경계를 했어야 옳았지만, 참으로 이상하게도 거기에 대해서는 별 걱정이 되지 않았다. 그런 걱정을 하기에는 케이프코드가 너무도 평화로웠다. 또 슬림의 코를 납작하게 만들어 놓은 이상 그런 일이 다시 생기더라도 — 내가 살아 나온 것이 얼마나 위기일발이었는지는 금세 잊어버리고 — 그를 뭉개 버릴 자신이 없었다. 예후디 사부는 나를 보호해 주겠다고 약속했고, 나는 그의 말을 믿었다. 내가 어디를 가건 그가 함께 있는데 무슨 일이 벌어질 수 있을까? 하루하루가 지날수록 나는 납치를 당했던 일에 대해 점점 더 생각을 하지 않게 되었다. 어쩌다 그 일을 생각할 때가 있더라도 그것은 주로 내가 도망쳐 나올 당시의 일을 떠올리며 슬림이 무릎을 얼마나 심하게 다쳤을까 궁금해하는 정도였다. 나는 그의 부상이 정말로 심했기를, 그가 범퍼에 받혔을 때 슬개골은 물론 뼈까지도 박살이 났기를 바랐다. 그가 입은 부상이 아주 심각해서 평생 동안 절름발이가 되리라는 것을 알고 싶었다.

그러나 뒤를 돌아다보고 싶은 생각이 들기엔 다른 일들로 너무 바빴다. 하루하루가 새로운 공연을 위한 준비와 리허설로 꽉 차 있었고, 거기에다 내 페니스가 유희와 기분 전환을 할 만반의 태세를 갖추고 있었다는 점을 감안한다면 한밤중의 손장난을 기록한 카드에도 빈칸이 전혀 없었다. 밤마다 벌이는 엉뚱한 짓과 오후의 힘든 연습 사이에서 내게는 시무룩해지거나 무서워할 시간이 남아 있지 않았다. 나는 슬림에 대한 두려움에 시달리지도, 위더스푼 부인의 임박한 결혼에 의기소침해지지도 않았다. 내 생각은 좀더 당면한 문제, 어떻게 하면 원더보이 월트를 극장 공연자, 실내 무대라는 제한에 알맞는 연기자로 바꿀까 하는 문제에 쏠려 있고, 그것만으로도 내 머릿속을 가득 채우기에 족했다.

예후디 사부와 나는 그 문제에 대해 상당히 많은 대화를 나누었지만 대체로 시행착오를 거쳐서 새로운 연기를 완성해냈다. 매일같이 몇 시간씩 바람 부는 바닷가에 서서, 갈매기들이 머리 위로 맴을 돌며 끼룩거리는 동안 만족스러운 결과를 얻으려고 애쓰며 변경과 수정을 거듭했다. 우리는 1분 1분을 중요시하고 싶었다. 그것이 지배적인 원칙이자 우리가 들이는 모든 노력과 치밀한 계산의 목표였다. 산간 벽지에서는 모든 쇼를 내 마음대로 했었고 공연 시간도 한 시간, 또는 내 기분에 따라 그 이상도 될 수 있었다. 그러나 극장에서의 공연은 사정이 달랐다. 내 연기는 다른 프로그램들과 함께 선보이도록 되어 있어서 내게 주어진 시간은 결국 20분으로 줄어들 수밖에 없었다. 또 우리는 넓은 호수와 광활한 하늘의 효과를 이용할 수도, 근 1백 미터나 되는 거리를 활보하며 이동해 가는 장려함도 누릴 수 없었다. 모든 것이 좁은 공간 내에서 꽉 짜여져야 했다. 그러나 일단 이해 득실을 따져 보고 나자, 우리는 더 좁다는 것이 꼭 나쁘지만은 않다는 것을 알았다. 우리에게는 마음대로 쓸 수 있는 새로운 도구들이 있었고, 요령은 그것들을 우리에게 유리하도록 돌리는 것이었다. 그 한 예로 우리에게는 조명이 있었다. 사부와 나는 조명이 있음으로써 가능해질 수 있는 온갖 효과를 상상하며 그에 대한 기대로 침을 흘렸다. 우리는 칠흑 같은 어둠으로부터 시작해 눈부실 만큼 환한 빛으로 이행하거나, 아니면 그 반대로도 할 수 있었다. 또 무대가 보일 듯 말 듯 어둠침침하게 빛을 죽일 수도, 이곳에서 저곳으로 스포트라이트를 비출 수도, 색깔을 교묘하게 조작할 수도, 내 모습이 마음대로 나타났다 사라졌다 하게 할 수도 있었다. 그리고 다음에는 음악이 있었다. 실내에서 연주되는 음악은 훨씬 더 풍부하고 유량하게 들릴 뿐 아니라 무대 뒤쪽으로 사라지지도, 차들이 오가는 소리나 회전 목마가 돌아가는 소리에 묻히지도 않을 것이었다. 악기들은 공연에서 없어서는 안 될 부분이 될 것이고, 관객들에게 어떤 반응을 보여야 할지 미묘한 암시를 주면서 그들을 변화무쌍한 정서의 바다로 실어 나를 것이었다. 현악기, 금관악기, 목관악기, 드럼. 우리가 매일 밤마다 오케스트라석에 앉힐 직업적인 연주자들은 우리가 어떤 곡을 연주해 달라고 하면 어떻게 해야 가장 좋을지를 알아서 해줄 것이었다. 하지만 그 중에서도 가장 유리한 점은 관객들이 더 편안한 상태에서 내 연기를 볼 수 있다는 데 있었다. 붕붕거리는 파리들과 내리쬐는 햇살에 마음이 흐트러지지 않으면 관객들의 주의가 산만해지거나 웅성거리는 일이 훨씬 줄어들 것이었다. 커튼이 올라가는 순간 숨죽인 정적이 나를 맞을 것이고 내 공연은 처음부터 끝까지, 아주 간단한 묘기에서부터 이제껏 무대에서 선보였던 중에 가장 열광적이고 가장 아슬아슬한 피날레에 이르기까지, 시계 바늘처럼 정확히 진행되며 통제될 것이었다.

그렇게 우리는 두 주일 동안을 심사숙고하면서 충분한 이야기를 나누었고 마침내는 청사진을 안출해 냈다. 사부가 그것을 이런 말로 표현했다.

「스타일과 일관성, 구성과 리듬, 그리고 돌연한 변화.」

우리는 관객들에게 이런저런 묘기들 되는 대로 보여 줄 생각이 아니었다. 내 연기는 이야기처럼 전개될 것이고, 연기가 진행되는 동안 조금씩 조금씩 더 긴장감을 조성하여 관객들을 점점 더 깊고 강한 스릴로 끌어들일 것이었다. 가장 뛰어나고 가장 볼 만한 묘기는 맨 뒤로 미뤄 둔 채.

의상은 더 이상 단순할 수가 없었다. 목 부분을 터놓은 하얀 와이셔츠에 헐렁한 검은 바지, 그리고 하얀 무용화. 그 중에서도 특히 하얀 신발이 가장 필수적이었다. 눈에 확 띄어서 무대의 갈색 마룻바닥과 최대한으로 강렬한 대조를 이루어야 하기 때문이었다. 공연 시간이 20분밖에 안 되었으므로 의상을 갈아입거나 무대 뒤로 들어갔다 다시 나올 시간은 없었다.

우리는 연기가 멈춰지거나 끊기는 일 없이 계속 이어지도록 했지만, 마음속으로는 그것을 네 부분으로 나누었고, 그 하나하나의 부분을 마치 연극의 막처럼 따로따로 생각했다.

제1부 클라리넷 독주, 떨리는 음으로 연주되는 목가적인 몇 소절. 그 멜로디는 순진 무구함과 미풍에 흔들리는 민들레를 암시한다. 텅 비고 밝게 비춰진 무대의 막이 오른다. 내가 등장해서 처음 2분 동안은 아무것도 모르는 얼간이 같은, 멍청하고 바보스러운 연기가 이어진다. 나는 주위에 흩어진 보이지 않는 물체들에 부딪치고, 클라리넷 독주에 낮게 울리는 바순이 합세를 할 동안 돌에 발이 걸리고, 벽에 코를 찧고, 문에 손이 끼이고 하면서 연달아 한 장애물에 이어 다른 장애물에 부딪친다. 나는 무능력한 인간, 겨우 일어서서 비틀거리는 —— 땅 위로 떠오르는 것은 고사하고 —— 바보 멍청이의 표본인 것처럼 몇 번 쓰러질 뻔 쓰러질 뻔하다가, 마침내 앞으로 넘어져 바닥에 코를 박고 엎어진다. 트롬본이 음정을 살짝 내렸다 올리는 글리산도를 연주하고 객석에서 웃음이 좀 터져 나온다. 같은 연기가 한 번 더 반복되지만 이번에는 첫번째보다 더 목불인견이다. 향현(響弦) 달린 작은북이 차르르 울리는 소리와 반구형의 큰북이 쿵쿵 울리는 소리에 이어 다시 트롬본이 미끄러지듯 끼여든다. 여기에서 익살극은 절정에 이르고 나는 살얼음에 미끄러져 넘어진다. 그리고 다시 일어서서 한 걸음을 떼는 순간, 발이 롤러스케이트에 걸려 또 넘어진다. 요란한 웃음소리가 터져 나온다. 나는 안간힘을 쓰고 일어나 정신을 차리려고 돌아다니다가 관객들이 어리둥절해 하기 시작하는 바로 그때, 내 연기가 어느 모로 보아도 서

투르기 짝이 없어 보이는 바로 그때, 첫번째 묘기를 선보인다.

제2부 그 첫 번째 묘기는 우연히 일어난 일처럼 보여야 한다. 나는 다시 발이 걸리고, 중심을 잡기 위해 안간힘을 쓰면서 갈지자걸음으로 나아가다가 손을 뻗쳐 무엇인가를 붙잡는다. 보이지 않는 사다리의 발판이다. 어느새엔가 나는 허공에 매달려 있지만 단지 몇 분의 1초 동안이다. 그 일은 너무도 순식간에 일어나서 내가 떠올랐는지 아닌지 분명히 알기가 어렵다. 나는 관객들이 알아챌 수 있기 전에 손을 놓고 바닥으로 쿵 떨어진다. 불빛이 흐릿해지다가 꺼지면서 극장 전체가 어둠에 잠긴다. 뒤이어 경이감과 기대로 떨리는 신비스러운 현악이 연주되고, 잠시 뒤에는 스포트라이트가 켜진다. 그 불빛은 오른쪽 왼쪽으로 돌아다니다가 보이지 않는 사다리가 놓여 있는 곳에서 멈춘다. 나는 다시 일어나 보이지 않는 발판을 쳐다보기 시작한다. 내 손이 다시 사다리에 가닿고, 나는 놀란 듯 입을 쩍 벌리면서 그것을 조심스럽게 두드려 본다. 거기에 실제로는 존재하지 않는 것이 있다. 나는 그것이 튼튼한지를 확인하려고 다시 두드려 본 다음, 아주 조심스럽게 한 단계 한 단계씩 올라가기 시작한다. 이제 의심의 여지라고는 없다. 나는 땅 위로 떠올랐고, 그것을 증명하기 위해 새하얀 신발 끝을 허공에서 흔들고 있다. 내가 사다리를 올라가고 있는 동안 스포트라이트가 부드럽게 퍼져 나가 마침내는 무대 전체를 비춘다. 나는 꼭대기에 이르러 아래를 내려다보고 겁을 먹기 시작한다. 내 몸은 이제 땅에서 1.5미터 위에 떠 있는데, 거기에서 대체 무슨 짓을 하고 있는 것일까? 현악기가 내 두려움을 강조하며 다시 떨리기 시작한다. 나는 사다

리를 내려오기 시작하지만 바닥까지 절반쯤 내려오다가 손을 뻗쳐 뭔가 단단한 것을 잡는다. 허공으로 돌출해 나온 널빤지이다. 나는 어리둥절해서 그 보이지 않는 물체 위로 손가락을 쓸다가 조금씩 조금씩 호기심에 끌린다. 그리고는 마침내 사다리에서 몸을 빙 돌려 그 널빤지 위로 기어오른다. 그것은 내 무게를 떠받칠 수 있을 만큼 튼튼하다. 나는 다시 일어나 1미터 높이에서 무대를 가로지르며 천천히 걷기 시작한다. 그 다음에는 한 받침대가 다른 받침대로 이어지면서 널빤지는 계단이 되고, 계단은 로프가 되고, 로프는 그네가 되고, 그네는 미끄럼틀이 된다. 7분 동안 나는 기거나 발끝 걸음으로 그런 물체들을 확인하며 음악 소리가 고조되는 사이 점점 더 자신감을 얻는다. 이제 나는 언제까지라도 신나게 뛰어 돌아다닐 수 있을 것처럼 보인다. 그러나 다음 순간, 나는 갑자기 발판에서 뛰어내려 떨어지기 시작한다.

제3부 나는 팔을 펼치고 꿈결에서처럼 천천히 땅으로 떨어져 내리다가 발이 막 무대에 닿으려 할 때 그 자리에서 멈춘다. 중력은 이제 작용을 멈췄고, 나는 10여 센티미터 높이에서 나를 받쳐 주는 어떤 지지물도 없이 허공에 떠 있다. 극장이 다시 어두워졌다가 1초 뒤에 하나의 스포트라이트에서 비춰지는 빛줄기가 나를 감싼다. 나는 위를 올려다보았다 밑을 내려다보았다 다시 위를 올려다보며 발가락을 꼼지락거린다. 그리고 왼쪽 발을 이리저리 돌렸다가 다음에는 오른쪽 발을 이리저리 돌린다. 그 일은 실제로 일어난 것이다. 내가 허공에 뜬 채로 서 있다는 것은 정말로 현실이다. 드럼통 굴리는 소리가 정적을 깬다. 끊임없이 신경을 긁으며 요란하게 울리

는 소리가 무시무시한 위험, 불가능에의 도전을 알리는 것처럼 들린다. 나는 눈을 감고 팔을 최대한으로 뻗친 다음, 깊은 숨을 들이쉰다. 그때가 공연의 정확한 중간점, 가장 중요한 순간이다. 스포트라이트가 내게로 고정된 가운데 나는 천천히, 손 하나 까딱 않고 몸을 띄워 올려 하늘을 향한 단 한 번의 매끄러운 부상으로 2미터 높이까지 떠오른다. 거기에서 나는 일단 멈춰 선 다음, 머릿속으로 길게 세 박자를 세고 눈을 뜬다. 그 이후로는 모든 것이 요술로 바뀐다. 음악이 최고조로 울려 퍼지는 가운데 나는 몸을 비틀고, 앞으로 뒤로 공중제비를 넘고 하는 동안 스포트라이트 불빛 속으로 들어갔다 나왔다 하면서 8분에 걸친 공중 곡예를 펼친다. 한 곡예는 다른 곡예로 흘러들고, 각각의 묘기는 바로 전의 묘기보다 더욱더 볼 만해진다. 이제 위험하다는 느낌은 전혀 없다. 모든 것이 눈앞에서 무너져 내리는 자연의 법칙을 지켜보는 즐거움과 행복감과 황홀감으로 바뀌어 있다.

제4부 마지막 공중제비를 넘은 뒤에 나는 무대 한복판의 2미터 높이에 있는, 곡예를 펼치기 전의 위치로 미끄러져 들어간다. 음악이 멎으면서 세 개의 스포트라이트가 내게 집중된다. 하나는 빨간색, 하나는 하얀색, 하나는 파란색이다. 음악이 다시 시작된다. 첼로와 호른의 합주로 더없이 장려하고 멋진 음악이 다시 연주되기 시작한다. 이제 악단은 모든 미국인들에게 가장 소중하고 가장 익숙한 음악인 「아름다운 아메리카」를 연주하고 있다. 네 번째 소절이 시작될 때 나는 앞쪽으로 움직이기 시작해서 연주자들의 머리 위를 지나 관객들 쪽으로 걸어 나간다. 그리고 음악이 연주되는 동안 극장 맨

뒤편까지 똑바로 앞을 보며 계속 걷는다. 관객들은 목을 길게 빼고 자리에서 일어난다. 나는 벽까지 갔다가 돌아서서 전과 똑같이 느릿느릿하고 장엄한 걸음걸이로 돌아가기 시작한다. 내가 다시 무대에 이르렀을 때에는 관객들은 나와 하나가 된다. 나는 내 우아한 연기로 그들을 감동시켰고, 신과 같은 힘의 신비를 그들과 함께 나누었다. 나는 허공에서 몸을 돌려 다시 한 번 잠깐 멈췄다가 음악의 마지막 부분이 연주되는 동안 천천히 바닥으로 내려온다. 그런 다음 팔을 펴고 미소를 지으며 인사를 하고 나면 ── 꼭 한 번만 ── 커튼이 내려온다.

그리 초라하지는 않았다. 어쩌면 마지막에 약간 오만한 구석이 있었을지도 모르지만, 사부는 무슨 일이 있더라도 「아름다운 아메리카」를 꼭 집어 넣고 싶어해서 나는 어떠한 말로도 그의 생각을 돌릴 수 없었다. 첫머리의 팬터마임 줄거리는 순전히 내 머리에서 나온 것이었는데, 사부는 그 멍청이 짓에 홀딱 반해서 넋을 잃었다. 그는 촌뜨기 복장을 하면 더 재미있어질 거라고 했지만 나는 아니라고, 그와는 정반대라고 맞섰다. 만일 관객들이 익살극을 원하면 그들을 웃기기 위해 훨씬 더 많은 애를 써야 하기 때문이었다. 처음부터 완벽하게는 할 수 없고 살금살금 다가가서 그들을 깜짝 놀라게 해야 했다. 나는 사부를 반나절이나 설득해 그 주장을 관철시킬 수 있었지만, 다른 문제들에 있어서는 내 주장이 거의 먹혀들지 않았다. 내가 가장 걱정스러워 한 부분은 마지막 부분, 즉 무대를 떠나 공중에서 관객들의 머리 위로 걸어 나가는 부분이었다. 물론 그것이 좋은 생각이라는 것은 알았지만 나로서는 아직 내 상승 능력에 완전한 자신감을 가질 수 없었다. 2미터

60, 70센티미터 정도의 높이를 유지하지 못한다면 별의별 문제들이 다 생겨날 수 있었다. 어쩌다 관객들이 벌떡 일어나 내 다리를 찰싹 때리기라도 한다면 살짝 빗나가는 충격으로도 얼마든지 내 연기를 망칠 수 있을 것이었다. 또 만일 누군가가 실제로 내 발목을 잡아 땅으로 끌어내리기라도 한다면? 그렇게 되면 극장 안에서 대소동이 벌어질 것이고, 나는 죽임을 당하게 될 것이었다. 내게는 그것이 분명한 위험으로 느껴졌지만 사부는 내 걱정을 일소에 붙여 버렸다.

「아니, 할 수 있다. 지난 겨울 너는 3미터 60센티까지 떠올랐고 그 이후로 나는 네가 3미터 아래로 떨어졌던 일은 거의 기억도 할 수 없어. 어쩌면 앨라배마에서는 그랬는지도 모르지만, 그 때는 네가 감기에 걸려서 할 마음이 내키지 않았기 때문이야. 지금 너는 더 나아져 있다, 월트. 모든 분야에서 조금씩 조금씩 발전을 보여 왔어. 물론 집중을 해야 할 필요는 있겠지만, 2미터 70센티 정도로 떠오르는 건 이제 전력을 발휘해야 되는 일이 아니다. 그건 단지 늘 하는 일, 그저 한 바퀴 바람을 쐬고 집으로 돌아오는 일 같은 거야. 그러니 걱정할 것 없다. 한 번만 해보면 괜찮아질 거야. 내 말을 믿어라. 너는 아주 멋지게 해낼 테니까.」

가장 어려운 묘기는 사다리 점프였고, 나는 그 한 가지를 익히는 데 다른 묘기들을 모두 다 합친 것만큼이나 많은 시간을 들여야 했다. 그때쯤엔 내 연기의 대부분은 내가 이미 편안하게 느끼는 동작들의 결합이었다. 보이지 않는 발판, 순간적인 상승, 공중 곡예. 그 모든 것들이 내게는 이미 평범한 기술이었다. 그러나 사다리 점프는 새로운 묘기인 데다 프로그램 전체가 그 일을 제대로 해낼 수 있느냐 없느냐에 달려 있었다. 어쩌면 그 묘기 —— 눈 깜짝할 동안 그저 10센티 정도 떠오르는 —— 는 내가 이미 익혀 둔 극적이고 화려한 연기들에 비한다면 별로 대단할 게 없는 것처럼 보일 수도 있지만, 어려움은 최면 상태로 이행하는 데 있었다. 한 상태에서 다른 상태로 넘어가기 위해서는 번개처럼 빠른 두 단계가 필요하기 때문이었다. 나는 무대 위에서 넘어지고 바보처럼 뛰어 돌아다니고 하다가 곧장 떠오르면서 그 두 과정을 매끄럽게 이어진 하나의 동작으로 연결시켜야 했는데, 그러려면 앞으로 넘어지면서 발판을 움켜쥐는 동시에 공중으로 떠올라야 했다. 여섯 달 전만 하더라도 나는 그런 일을 해볼 엄두조차 내지 못했지만, 그 이후로 공중 부양에 앞서 거쳐야 하는 최면 시간을 상당히 줄일 수 있었다. 맨 처음 그 일을 시작했을 때는 6, 7초가 걸리던 것이 1초 이내, 생각과 행위의 동시적인 융합에 가까울 정도로 단축된 것이다. 그러나 아직도 내가 선 자세에서 떠오른다는 문제가 남아 있었다. 나는 늘 그런 식으로 떠올랐고, 그러다 보니 그것이 내 기술의 기본적인 원칙처럼 되어 있었다. 넘어지기 직전에 떠오르는 급진적인 변화를 도입한다는 것은 모든 과정을 처음부터 끝까지 다시 시작해야 한다는 것을 뜻했다. 하지만 나는 그 일을 해냈다. 나는 분명히 그 일을 해냈고, 그것은 내가 공중 부양자로서 이루어 낸 모든 묘기 가운데서도 가장 자랑스러운 것이었다. 예후디 사부는 그것을 〈흩어지는 돌진〉이라고 불렀는데, 그 말은 대체로 그 묘기의 느낌, 즉 동시에 한 곳 이상의 장소에 있는 느낌과 같았다.

앞으로 넘어지면서 나는 순간적으로 땅을 디디고 눈을 깜짝인다. 눈을 깜짝이는 것이 절대 필요하다. 그럼으로써 최면의 기억이 되살아나기 때문이다. 아주 잠깐 동안의 실낱 같은 암흑이라도 내게서 필요한 변화를 일으키기에 충분하다. 나는 눈을 깜짝이고 팔을 들어올려 보이지 않는 사다리의 발판에 손을 걸친 다음, 위로 올라가기 시작한다.

그 일은 내가 상당히 오랫동안 그처럼 복잡한 묘기를 계속해 오지 않았더라면 불가능했을 것이다. 3분의 1초가 한계였지만 내게 필요한 시간은 그것뿐이었다. 그리고 일단 그 기술을 완성하자 그것은 쇼의 전기, 다른 묘기의 중심에 위치한 축이 되었다.

우리가 케이프코드를 떠나기 사흘 전에 하얀 양복을 입은 남자가 피어스애로를 우리집 문 앞으로 가져 왔다. 위치토에서부터 내내 차를 몰아 그 먼길을 온 것이었다. 그가 차에서 내려 사부의 손을 힘차게 잡아 흔들고 싱긋이 웃으면서 큰 소리로 인사를 건넸을 때, 나는 내가 그 파렴치한 오빌 콕스를 보고 있는 줄 알았다. 내 머릿속으로 처음 떠올랐던 생각은 그 건방진 작자의 정강이를 걷어차는 것이었지만, 내가 기습적인 환영 인사를 건네기 전에 예후디 사부가 그를 미스터 바이절로라고 부르는 소리가 들렸다. 그가 위더스푼 부인을 연모하는 또 다른 바보라는 것을 알아내는 데는 시간이 그리 오래 걸리지 않았다. 그는 스물네댓쯤 된 젊은 사람으로 동글동글한 얼굴에 웃음소리가 엄청나게 허풍스러웠고, 그의 입에서는 두 마디를 할 때마다 〈메리언〉이라는 말이 튀어나왔다. 그녀는 틀림없이 별의별 교묘한 거짓말로 그를 설득해서 그처럼 멀리까지 심부름을 보냈겠지만 그는 자기가 그 일을 하게 된 것이 더없이 기쁘고 자랑스러운 것처럼 보였다. 그것이 나를 역겹게 했다. 사부가 그에게 집 안으로 들어와 시원한 음료수라도 한 잔 마시자고 했을 때, 나는 이미 그에게서 등을 돌리고 나무 계단을 쿵쿵 올라가고 있었다.

나는 곧장 부엌으로 들어갔다. 거기에서는 조그맣고 빼빼 마른 호돈 부인이 싱크대 앞의 의자에 걸터앉아 점심 식사 설거지를 하고 있었다.

「안녕하세요, 호돈 부인.」

내가 인사를 건넸다. 하지만 말은 그렇게 하면서도 내 마음은 악마가 머릿속에서 재주를 넘고 있는 것처럼 부글부글 끓고 있었다.

「오늘 저녁 요리는 뭐죠?」

「가자미, 으깬 감자, 그리고 절인 사탕무예요.」

그녀가 뉴잉글랜드의 퉁명스럽고 콧소리가 밴 어조로 대답했다.

「맛있겠네요. 빨리 그 사탕무를 깨물어 먹고 싶어서 기다릴 수가 없겠는데요. 나한테는 2인분으로 해줄 수 있죠?」

그녀의 얼굴에 살짝 미소가 어렸다.

「문제없어요, 벅 도련님.」

그녀가 의자에서 빙 돌아앉아 나를 바라보았다. 나는 그녀 앞으로 서너 발짝 다가간 다음 혼을 빼놓기로 마음먹었다.

「아주머니의 요리 솜씨도 좋기는 하지만요, 이거의 반만큼 맛있는 음식도 내놓지 못할걸요.」

그런 다음 나는 그녀가 뭐라고 하기도 전에 활짝 웃어 보이고 팔을 뻗쳐 공중으로 떠오르기 시작했다. 그리고는 머리가 천장에 부딪치기 직전까지 몸을 띄워 올려 천천히 위로 올라갔다. 올라갈 수 있는 데까지 다 올라가자, 나는 허공에 뜬 채로 호돈 부인을 내려다보았다. 그녀의 얼굴 전체에 퍼지는,

기겁을 해서 대경실색한 기색이 바로 내가 원했던 반응이었다. 숨막힌 비명이 그녀의 목구멍으로 잠겨들면서 눈이 허옇게 뒤집히더니, 다음에는 의식을 잃고 의자에서 굴러 떨어져 쿵 하는 소리와 함께 마룻바닥에 쓰러졌다.

그 일이 벌어진 순간 공교롭게도 바이절로와 사부는 막 집 안으로 들어서다가 쿵 하는 소리를 듣고 부엌으로 달려 들어왔다. 예후디 사부는 내가 바닥으로 내려오는 도중에 문을 박차고 먼저 뛰어들었지만 바이절로는 2, 3초 뒤에 내 발이 땅에 닿고 나서야 들어왔다.

「이게 무슨 짓이냐!」

사부가 그 상황을 한눈에 알아보고 소리쳤다. 그리고 나를 밀치고 기절해 있는 호돈 부인에게로 몸을 굽혔다.

「이게 대체 무슨 짓이냐!」

「그냥 좀 사고가 생겼어요.」

내가 대답했다.

「사고라니! 어림없는 소리!」

그의 목소리에는 지난 몇 달 동안, 아니 몇 년 동안의 그 어느 때보다도 더 화난 기색이 배어 있었다. 나는 갑자기 그런 짓궂은 장난을 쳤던 게 후회스러웠다.

「네 방에 가 있어라, 이 바보 녀석아! 그리고 내가 부를 때까지는 한 발짝도 나오지 마. 지금은 손님이 와 계시니까 나중에 보자.」

그날 나는 사탕무 절임도 호돈 부인이 요리한 다른 요리도 먹지 못했다. 그녀는 기절한 상태에서 깨어나자마자 발딱 일어서서 다시는 우리집에 발을 들여놓지 않겠다며 휑하니 문밖으로 걸어나갔다. 나는 그녀가 떠나는 장면을 옆에서 지켜보지는 못했지만, 그것이 다음날 아침 사부가 내게 해준 얘기였다. 처음엔 나는 그가 나를 놀리려고 그런다는 생각이 들었지만 다음날 낮이 되어도 그녀가 나타나지 않자, 나 때문에 그 가엾은 여자가 죽도록 겁에 질렸다는 것을 분명히 알게 되었다. 그녀의 혼을 빼놓는 것이 바로 내가 원했던 짓이기는 하지만, 막상 일을 벌여 놓고 나니까 그 일이 더는 재미있어 보이지 않았다. 그녀는 밀린 임금을 받으러 오지도 않았고, 그래서 우리가 사흘을 더 머물러 있었어도 그녀를 본 것은 그것이 마지막이었다.

그 사흘 동안 나는 형편없는 음식을 먹어야 했을 뿐 아니라, 우리가 짐을 챙겨 떠나던 날 아침에는 예후디 사부의 명령으로 집을 청소하는 수모까지 겪었다. 나는 저녁도 못 먹은 채 잠자리로 쫓겨가고 취사와 집안 허드렛일을 떠맡고 하는 식으로 벌을 받는 게 몹시 언짢았지만, 내가 아무리 성질이 돋아서 투덜거리더라도 그에게는 얼마든지 그럴 권리가 있었다. 내가 골리앗을 팔매질로 쓰러뜨린 다비드 이래로 가장 굉장한 아이라는 사실도 사부에게는 문제가 되지 않았다. 나는 정도를 벗어났었고 내 간덩이가 잔뜩 부어 오르기 전에 나를 찍어 눌러 혼내 주는 수밖에는 다른 도리가 없었다.

그러나 내 감정을 폭발시킨 장본인이었던 바이절로에 대해서는 할 얘기가 별로 없다. 그는 단지 몇 시간 동안 어슬렁거리다가 오후 늦게 그를 태우러 온 택시로 떠났을 뿐이었다. 아마도 가장 가까운 기차역에서 내린 다음 거기서부터 캔자스로 돌아가는 긴 여행을 시작할 셈인 모양이었다. 나는 2층 창문에서 그가 떠나는 모습을 지켜보며 그의 저능아 같은 쾌활함을 경멸했다. 또 그가 올리버 콕스, 위더스푼 부인이 나와 사부를 버리고 선택한 남자의 친구라는 사실도. 그런데 예후디 사부는 그에게 더없이 친절한 태도를 보였다. 그가 은행 서기 노릇이나 하는 멍청이를 얼마나 정중하게 대하는지 보고 있으려니까 저절로 울화가 치밀었다. 사부는 그와 악수를 한 것은 물론이고 신부감에게 주는 결혼 선물까지 전해 달라고 맡겼다. 택시 문이 막 닫히려는 참에 멋지게 포장된 큼직한 상자를 그 악당의 손에 넘겨준 것이었다. 하지만 나로서는 그 상자 속에 뭐가 숨겨져 있는지 알 길이 없었다. 사부는 거기에 대해서 아무런 얘기도 해주지 않았고, 나는 기회가 닿는 대로 물어 볼 생각이었지만 그가 나를 감금 상태에서 풀어 주었을 때는 너무도 많은 시간이 지난 뒤여서, 막상 기회가 생겼을 땐 깨끗이 잊어버리고 말았다. 결국 내가 그 선물이 무엇이었는지를 알게 된 것은 7년이 지난 뒤였다.

케이프코드에서부터 우리는 서쪽으로 반나절 차를 몰아 워세스터로 향했다. 다시 옛날처럼 피어스애로를 타고 가죽 의자에 편히 앉아 여행을 한다는 것이 기분 좋게 느껴졌다. 차가 일단 내륙으로 접어들자 사부와 나 사이에 있었던 갈등은 모두 길가에 버려진 사탕 싸는 종이들처럼 뒤에 남겨져 모래 언덕의 풀과 파도 속으로 날아갔다. 하지만 그렇더라도 나는 어느것도 당연한 것으로 받아들이고 싶지 않았다. 내가 사부에게 다시 사과를 한 것은 단지 우리 사이에 어떤 나쁜 감정도 없다는 점을 분명히 해두기 위해서였다.

「잘못했어요. 미안해요.」

나는 그렇게 사과를 했지만 그 모든 일이 어제 뉴스처럼 진부했다.

우리는 체리벨리 호텔에 투숙했다. 그곳은 내가 첫 공연을 갖기로 되어 있는 룩소 극장에서 지척인, 평판이 좋지 못한 매춘부들의 소굴이었다. 다음 나흘 동안 우리는 룩소 극장에서 아침부터 저녁까지 리허설을 계속했다. 그 극장은 내가 바랐던 웅장한 위락장과는 거리가 멀었지만 무대와 커튼과 조명 설비가 있었고, 사부는 우리가 여행을 해나가는 동안 좀더 큰 도시에 들르게 되면 극장들이 더 나아질 것이라는 말로 나를 안심시켰다. 그의 말로는 워세스터가 무대 감각을 익히기 위해서 첫 공연을 하기에 꼭 알맞는 조용한 곳이라는 것이었다. 나는 별 어려움 없이 내가 해야 할 역할을 빨리 배우고 이해했지만, 그렇더라도 손을 써야 할 갖가지 곤란한 점과 사소한 문제점들이 있었다. 사부는 조명 순서를 완벽하게 바꾸고, 음악을 묘기와 일치시키고, 오케스트라석 위로 반쯤 튀어나온 발코니를 피하기 위해 피날레를 다시 짜는 등, 온갖 잡다한 일들에 몰두해 있었다. 그는 막 올리는 사람과 함께 커튼들을 시험했고, 조명 기사와 함께 조명을 조절했고, 연주자들과 함께 끝없이 음악에 대해서 이야기를 나누었다. 또 마지막 이틀 동안의 리허설에는 적지 않은 경비를 들여 악사를 일곱 명씩이나 고용한 외에도, 모든 일을 완벽하게 하려는 열망에서 변경되거나 수정된 사항들을 계속 총보(總報)에 계속 휘갈겨 댔다. 나로서는 음악쟁이들과 함께 연습을 하는 것이 훨씬 더 재미있었다. 그들은 한물 간 무명의 악사들, 내가 태어나기도 전부터 연주를 시작한 고참 악사들이었는데, 한마디 덧붙이자면 아마도 여러 곳의 극장에서 2천 일 이상을 보내며 수만 가지의 다른 공연을 위해 연주를 했을 것이었다. 그러나 볼 것 안 볼 것 다 본 그 늙다리들 사이에서도 내가 처음 그들 앞으로 나서서 묘기를 선보이자 굉장한 소동이 벌어졌다. 드럼 연주자는 기절했고, 바순 연주자는 바순을 떨어뜨렸고, 트롬본 연주자는 정신이 나가서 뭔지 모를 소리를 웅얼거렸다. 그것이 내게는 좋은 징조로 느껴졌다. 만일 내가 그처럼 산전수전 다 겪은 사람들까지도 놀라게 할 수 있다면 일반 관객들 앞에 나섰을 때에는 과연 어떤 일이 벌어질까?

우리가 묵었던 호텔은 극장과 가깝기는 했지만, 그 싸구려 호텔에서 며칠 밤을 보내는 동안 나는 거의 녹초가 되고 말았다. 창녀들이 시도 때도 없이 계단을 오르내리고 복도를 어슬렁거리고 하는 통에 내 음경이 부러진 뼈처럼 발딱발딱 곤두서서 전혀 쉴 틈을 주지 않았기 때문이었다. 게다가 나는 2인용 객실을 사부와 함께 쓰고 있던 탓으로 옆 침대에서 코고는 소리가 들리기 전까지는 감히 내 물건을 흔들어 댈 수가 없었다. 발기는 언제까지라도 지속될 수 있을 것 같았다. 그러나 사부는 어둠 속에서 그날의 리허설에 대해 세세한 점들을 하나하나 따져 가며 논의하기를 좋아했고, 나는 손으로 쥐고 있는 물건에 정신을 쏟기보다는 그의 질문에 합당한 대답을 생각해 내야 되었다. 그러는 사이 1분 1분이 흐를수록 고통은 점점 더 심해져서 도저히 참기가 힘들어졌다. 마침내 그가 잠이 들면 나는 손을 아래로 뻗쳐 신고 있던 양말을 한 짝 벗었다. 그것이 내 정액받이였다. 나는 왼손으로 그것을 받쳐 들고 오른손으로 그 짓을 시작해서 뿜어져 나오는 정액을 뭉쳐진 면양말 주름에다 받아 냈다. 그렇게 오래도록 참은 뒤라서 한두 번을 흔들기가 무섭게 일은 끝나기 마련이었다. 조용한 찬미가를 신음처럼 토해 내고 잠 속으로 빠져 들려고 했지만, 그 당시에는 여간해서 한 번으로는 충분하지가 못했다. 복도에서 어떤 매춘부가 웃음을 터뜨리고 위층에 있는 방에서 침대 스프링이 삐걱거리면 내 머릿속이 온통 갖가지 종류의 외설스러운 모습들로 뒤엉키는 것이었다. 그리고 다음에는 미처 알아차리기도 전에 내 물건이 다시 뻣뻣해지고, 나는 다시 그 짓을 시작했다.

어느 날 밤 아마도 내가 너무 시끄럽게 소리를 낸 모양이었다. 워세스터 공연 바로 전날이었는데, 내가 양말짝에 가득 찬 또 한 번의 축복을 향해 용을 쓰고 있을 때 사부가 갑자기 잠을 깼다. 신경에 거슬리는 소음 때문이었다. 어둠 속에서 그의 목소리가 터져 나오자 나는 마치 샹들리에가 머리로 떨어져 내린 듯한 느낌이었다.

「너 어디가 불편하냐, 월트?」

나는 내 물건에 가시라도 돋아난 것처럼 얼른 손을 떼었다.

「불편해요? 불편하다는 게 무슨 말이죠?」

내가 물었다.

「그 소음을 얘기하는 거다. 밀치락거리고 흔들리고 삐걱거리는 소리. 네 침대에서 야단법석이 일어나고 있어.」

「가려워서요. 너무 가려워서요, 사부님. 세게 긁지 않으면 가라앉으려고 하지를 않아요.」

「그래, 가려움, 맞다. 사타구니에서 시작해 가지고 시트를 다 버리는 걸로 끝나는 가려움이지. 그걸 좀 쉬게 해라, 녀석아. 그러다가 너는 제풀에 지쳐 버릴 거고, 지쳐 빠진 공연자는 연기를 제대로 할 수 없어.」

「난 지치지 않았어요. 힘이 펄펄 넘쳐서 지금 당장에라도 공연을 하고 싶어요.」

「당분간은 그렇겠지. 하지만 수음에는 그 대가가 있고 오래지 않아서 너는 큰 부담을 느끼게 될 거다. 페니스가 얼마나 소중한 것인지는 얘기할 필요가 없겠지. 하지만 너는 그걸 너무 좋아하게 됐는데, 까딱하다가는 그게 다이너마이트 막대기로 바뀔 수가 있어. 빈두를 아껴 둬라, 월트. 그게 정말로 중요해질 때까지 아껴 둬.」

「뭘 아껴 둬요?」

「빈두. 활력소를 뜻하는 인도 말이다.」

「끈적끈적한 것 말인가요?」

「맞다, 끈적끈적한 것. 아니면 네 마음대로 뭐라고 불러도 되겠지. 거기엔 수백 가지 이름이 있지만 모두 다 똑같은 걸 뜻하는 거니까.」

「나는 빈두가 마음에 들어요. 그 말이 다른 말을 모두 깔아뭉개 버리겠는데요.」

「네가 너 자신을 깔아뭉개지 않는 한에서다. 우리 앞에는 굉장한 낮과 밤들이 놓여 있고, 너는 젖 먹던 힘까지 모두 다 짜내야 할 거야.」

하지만 그 어느것도 문제가 되지 않았다. 피곤했건 피곤하지 않았건, 빈두를 아껴 두었건 양동이에 뿜어냈건, 나는 지옥에서 빠져 나온 박쥐처럼 한계를 깨버렸다. 워세스터에서 우리는 사람들을 아연실색케 했고, 스프링필드에서는 탄성을 금치 못하게 했고, 브리지리프트에서는 관객들의 넋을 홀라당 빼놓았다. 심지어는 뉴헤이븐에서 벌어졌던 불상사까지도 재난으로 위장된 축복이 되었다. 그 사고가 의심스러워하는 사람들의 입을 영원히 봉했기 때문이었다.

나에 대한 말들이 너무도 많이 떠돌고 있다 보니 내 묘기를 사기라고 의심하는 사람들이 생겨나는 것도 어쩌면 당연한 일이었다. 그들은 이 세상이 어떤 특정한 방식으로 짜맞추어져 있다고 믿었고, 거기에 나 같은 재능을 지닌 사람이 설 자리는 없었다. 내가 할 수 있는 일을 한다는 것은 곧 모든 법칙을 뒤엎는 일이었다. 그것은 과학에 위배되었고, 논리와 양식을 붕괴시켰고, 수많은 이론들을 분쇄했다. 그리고 거물급 학자와 교수들은 내 묘기를 수용할 수 있도록 법칙들을 고치기보다는 내가 속임수를 쓰고 있다는 결론을 내렸다. 우리가 가는 모든 도시에서마다 신문들이 그런 기사들, 즉 온갖 논쟁과 주장, 비난과 반론, 그리고 찬성과 반대로 채워졌다. 사부는 물론 어느 편도 들지 않았다. 그는 싸움판 밖에 서서 입장료 수입이 굴러 들어오는 것을 보며 행복하게 미소를 지었고, 기자들이 그에게 논평을 요구하면 그의 대답은 언제나 똑같았다.

「극장으로 와서 당신들이 직접 판단하시오.」

2, 3주 동안의 가열된 논쟁이 있은 뒤에 사정은 뉴헤이븐에서 극도로 악화되었다. 나는 그 곳이 예일 대학이 있는 도시라는 것도, 또 만일 2년 전 캔자스에서 자행된 악랄하고 불법 무도한 살인 행위만 아니었더라면 거기가 바로 내 형 이솝이 있을 곳이라는 것도 잊지 않고 있었다. 우리가 그곳으로 와 있다는 사실이 나를 슬프게 했다. 나는 공연을 앞두고 하루 종일 무거운 심정으로 호텔방에 틀어박혀 우리가 함께했던 열광적인 시간들을 떠올리며 그가 아직 살아 있었더라면 얼마나 훌륭한 사람이 되었을까를 생각하고 있었다. 마침내 오후 6시가 되어 우리가 극장으로 떠났을 때 나는 참담한 기분에 빠져 있었고, 그런 탓으로 잘 해보려고 아무리 애를 썼어도 그 공연은 내가 했던 중에서 가장 형편없는 공연이 되었다. 나는 타이밍을 놓쳤고, 회전을 하다가 비틀거렸고, 떠오른 높이는 아예 치욕적이었다. 그리고 마침내는, 내가 공중에

서 사람들의 머리 위로 걸어 나가야 할 시간이 되었을 때 무시무시한 폭탄이 터지고 말았다.

나는 평소 때의 고도를 유지할 수 없었다. 순전한 의지력으로 2미터 남짓까지는 떠오를 수 있었지만 내가 할 수 있었던 것은 그 정도가 고작이었다. 키가 좀 크고 팔 길이가 중간 정도인 사람이라면 누구든 펄쩍 뛰어오를 필요도 없이 내 발목을 움켜쥘 수 있을 만큼이었다. 나는 그런 사실을 알고 몹시 걱정스러운 마음으로 피날레를 시작했지만, 그 뒤로 상황은 점점 더 나빠졌다. 오케스트라석 쪽으로 반쯤 가다 말고, 나는 좀더 높이 떠오를 수 있는지를 알아보기 위해 용기를 내어 마지막 분발을 하기로 마음먹었다. 그러나 기적을 바란 것은 아니었고 그저 약간의 숨쉴 여유, 그러니까 15 내지 20센티미터쯤 더 떠오르자는 것이었다. 나는 힘을 다시 모으기 위해, 잠시 허공에 멈춰 서서 눈을 감고 내가 하려는 일에 정신을 집중시켰다. 그러나 다시 움직이기 시작하자마자 내가 떠오른 높이는 좀 전과 마찬가지로 낮아졌다. 아니, 올라가기는 커녕 몇 초 뒤에 나는 사실상 가라앉기 시작하고 있다는 것을 알아차렸다. 가라앉는 속도는 아주 완만하게, 1미터 나갈 때마다 3, 4센티미터가 낮아지는 정도였지만 그 하강(下降)은 마치 바람이 빠지는 풍선처럼 역전시킬 수 없는 것이었다. 내가 맨 뒷줄에 이르렀을 때의 고도는 1미터 80, 아무리 키가 작은 사람이라도 쉽게 낚아챌 수 있는 높이로 떨어져 있었다. 그 다음에 끔찍한 일이 벌어지기 시작했다. 빨간 블레이저 코트를 입은, 어떤 대머리가 훌렁 까진 바보가 자리에서 벌떡 일어나 내 왼쪽 발뒤꿈치를 탁 친 것이었다. 나는 그 충격으로 빙글 돌면서 한쪽으로 기울어진 이동식 무대차처럼 비스

듬한 자세가 되었고, 미처 균형을 잡을 수 있기도 전에 다른 누군가가 오른쪽 발을 때렸다. 그 두 번째 충격으로 공연은 결단이 나고 말았다. 나는 죽은 참새처럼 허공에서 떨어져 의자 등받이의 쇠로 된 가장자리에 이마부터 먼저 부딪치면서, 그 너무도 갑작스럽고 심한 충격에 그대로 기절해 버렸다.

  나는 뒤이어 벌어진 난장판은 볼 수 없었지만, 어느 모로나 그것은 굉장한 소동이었다. 9백 명의 사람들이 한꺼번에 소리를 지르고 우왕좌왕 마구 내닫는, 극장 전체에 들불처럼 번진 집단 히스테리의 폭동. 비록 내가 의식을 잃었다고는 해도 내 추락은 한 가지를 증명했고, 그럼으로써 내내 따라다니던 의심의 그림자를 말끔히 지워 버렸다. 그 연기는 실제였다. 내 팔다리에 묶인, 보이지 않는 줄도 없었다. 내 옷 속에 숨겨진 헬륨 기포도, 내 허리에 둘린 소리 없는 엔진도 없었다. 관객들 중 몇몇이 하나씩 하나씩, 마치 내가 어떤 종류의 의학 표본이기라도 한 것처럼, 의심 많은 손가락으로 내 기절한 몸을 더듬고 꼬집었다. 그들은 내 옷을 벗겼고, 내 입 속을 들여다보았고, 내 엉덩이를 벌려 항문을 자세히 살펴보았다. 그러나 누구도 조물주가 만들어 놓지 않은 염병할 것은 찾아내지 못했다. 그런 소동이 벌어지는 동안 사부는 무대 뒤쪽에 있던 자리에서 뛰어 일어나 내 쪽으로 달려오고 있었다. 그가 열아홉 줄의 관람석을 뛰어넘어 나를 마지막 사람에게서 떼어 냈을 때쯤엔 평결은 만장일치였다. 원더보이 월트는 실제로 존재하는 인물이며 그의 연기는 있는 그대로, 보았던 그대로였다고. 아멘.

  그날 밤 첫번째 두통이 찾아왔다. 내가 의자 등받이에 얼마나 심하게 부딪쳤는지를 생각한다면 그처럼 쑤시는 아픔과 후유증을 느끼는 것도 놀랄 일은 아니었다. 그러나 통증이 너무도 엄청났다. 무시무시한 잭해머의 공격, 내 두개골 안쪽 벽을 두드리는 우박들의 끊임없는 일제 사격이었다. 그 고통이 한밤중에 깊은 잠에서 나를 깨웠다. 나는 사부와 욕실을 가운데 두고 붙은 방을 쓰고 있었는데, 일단 침대에서 몸을 일으킬 용기를 끌어내자 상비약함에 아스피린이 몇 알 남아 있기를 바라면서 비틀비틀 욕실로 향했다. 그러나 머리가 너무 아픈 바람에 정신을 차릴 수 없어서 욕실 불이 이미 켜져 있다는 것도 알아차리지 못했다. 아니, 설령 알았다 하더라도 새벽 3시에 어째서 그 불이 켜져 있는지에 대해서는 생각을 하지 못했을 것이다. 잠시 뒤에 알게 되었듯이, 그 터무니없는 시간에 침대를 벗어난 사람은 나 하나만이 아니었다. 문을 열고 그 눈부시게 하얀 타일로 덮인 방으로 들어섰다가 나는 하마터면 예후디 사부와 부딪칠 뻔했다. 연보라색의 실크 파자마를 걸친 그가 양손으로 세면대를 움켜쥐고 고통을 못 이겨 허리를 꺾은 채, 속에서 불이 타오르는 듯 숨을 헐떡이며 헛구역질을 하고 있었다. 그가 구역질을 하는 시간이 20, 30초쯤 더 계속되었고, 나는 그 장면을 지켜보기가 너무도 끔찍해서 내 고통에 대해서는 거의 잊고 말았다.

내가 그곳으로 들어와 있는 것을 보자 사부는 방금 전에 벌어졌던 일을 숨기려고 할 수 있는 짓을 다했다. 그가 연극에서처럼 찡그린 얼굴을 억지웃음으로 바꾸더니, 허리를 펴고 어깨를 뒤로 젖히며 손바닥으로 머리칼을 쓸어 넘겼다. 나는 아닌 척 가장하지 말라고, 이제 그의 비밀을 알아차렸다고 하고 싶었지만 고통이 너무 심해서 그런 말을 꺼낼 수 없었다. 그가 내게 어째서 자지 않았느냐고 물었다가 두통 때문에 그런다는 것을 알게 되자 당장에 약병을 흔들어 아스피린을 꺼내고, 유리잔에 물을 받아 오고, 내 이마의 혹을 살펴보면서 의사 노릇을 하느라 분주해졌다. 그렇게 나를 돌보아 주는 동안 그는 잠시도 입을 쉬지 않았고, 그 바람에 나는 어떤 말도 할 수가 없었다.
「우리는 정말로 완전한 짝이구나, 안 그러냐?」
사부가 나를 내 방으로 데려가 침대에 눕히면서 말했다.
「처음엔 네가 곤두박이쳐 머리를 깨고, 그 다음엔 내가 상한 무명조개를 우겨 넣고. 그 망할 것을 먹지 말았어야 하는 건데. 그걸 먹을 때마다 지독한 위경련에 걸리곤 하거든.」
아주 그럴싸한 얘기였다. 더군다나 즉석에서 꾸며낸 얘기치고는. 하지만 나를 속일 수는 없었다. 내가 아무리 그를 믿고 싶었다 하더라도 나는 단 1초도 속지 않았다.

다음날 오후가 되자 견딜 수 없이 지독한 두통은 사라졌다. 왼쪽 관자놀이 근처에 무지근한 통증이 남아 있기는 했어도 일어나서 돌아다니지 못할 정도는 아니었다. 혹이 오른쪽 이마에 불거졌던 것을 생각한다면 그쪽이 더 아파야 하는 게 이치에 닿았지만, 나는 그런 일에 전문가가 아니어서 그 모순된 상황에 별 신경을 쓰지 않았다. 내 관심사는 다만 기분이 더 나아졌고, 통증이 가라앉고 있으며, 다음번 공연 준비가 되어 있다는 것뿐이었다.

내가 정말로 걱정이 되었던 것은 사부의 건강 상태 —— 내가 욕실에서 목격했던 그 무시무시한 고통을 불러일으킨 원인이 무엇이건 간에 —— 를 중심으로 한 것이었다. 진실은 더 이상 숨겨질 수가 없었다. 그가 내게 숨겨 왔던 일이 마침내 분명히 드러난 것이었다. 그런데도 다음날 아침이 되자 나는 그의 상태가 훨씬 더 나아진 것처럼 보여서 감히 그 얘기를 꺼내지 못했다. 어쩐지 그럴 용기가 나지 않아서 입을 열 수 없었다. 지금 생각해 보면 그때 내가 처신했던 방법이 자랑스럽지 못하지만, 사부가 어떤 끔직한 병에 걸렸다는 것은 생각만 해도 너무 무서웠다. 무서운 결론에 뛰어드느니 단순한 배탈이라는 그의 변명을 억지로라도 받아들이는 편이, 무명조개가 내 눈을 가리도록 하는 편이 더 나았다. 그는 줄곧 내 눈을 완전히 가렸을 뿐 아니라, 내가 보지 말아야 할 것을 본 뒤로 그것을 다시는 보지 못하도록 확실히 해두었다. 그리고 나는 사부의 그런 연기에 의지할 수밖에 없었다. 그는 아예 그런 일이 없었던 것처럼 강한 모습을 보였고, 나는 조금씩조금씩 그 일을 보지 못했다고 생각하기 시작했다. 그런 거짓말을 믿으려고 해서가 아니라 그러지 않기에는 너무 겁이 났기 때문이었다.

뉴헤이븐에서 우리는 프라비던스로, 프라비던스에서 보스턴으로, 보스턴에서 올버니로, 올버니에서 시라큐스로, 시라큐스에서 버펄로로 옮겨 가며 순회 공연을 계속 했다. 나는 그 모든 흥행지들과 극장들과 호텔들, 그리고 내가 했던 모든 공연과 그 밖의 공연들에 대해서 지금까지도 기억을 하고 있다. 그것은 늦여름에서 초가을까지의 일이었다. 조금씩 조금씩 나뭇잎들이 초록색을 잃어 가면서 온 세상이 빨간색과 노란색, 주황색, 그리고 갈색으로 바뀌었고, 우리가 어느 곳으로 가건 길가의 나무들은 변화하는 색깔로 장관을 이루고 있었다. 사부와 나는 이제 유명 인사가 되어 있어서 어느것도 우리를 더 이상 가로막을 수 없을 것처럼 보였다. 내 공연은 어느 도시에서나 만원 사례를 이루었다. 매일같이 좌석이 매진되었을 뿐 아니라, 수백 명의 사람들이 매표소에서 돌려보내졌다. 그리고 암표상들이 입장권을 액면가보다 세 배, 네

배, 심지어는 다섯 배까지 받으면서 성업 중이었다. 우리가 새로 투숙할 호텔에 차를 댈 때마다 입구에서 기다리는 사람들, 단지 우리를 한 번만이라도 보려고 비바람 속에서 기다리는 열성적인 팬들이 몰려 있었다.

지금 생각해 보면 나와 함께 공연을 했던 다른 연기자들은 시샘이 좀 났겠지만, 사실 그들은 아무리 보아도 썩 훌륭한 편은 못 되었다. 관중들은 내 연기를 보려고 몰려들어 왔다가 그들의 연기도 같이 보게 되는 셈이었는데, 그것은 곧 돈이 모두 우리 수중으로 들어온다는 뜻이었다. 그 몇 주일, 몇 달 동안 나는 모든 종류의 열광적인 공연을 합친 것보다도 더 많은 돈을 벌어들였다. 코미디언, 요술쟁이, 가성(假聲) 가수들, 새소리를 흉내내는 사람들, 소규모 재즈 밴드, 춤추는 원숭이들. 그들 모두 내가 등장하기 전에는 자기네들의 몫을 챙기며 재주를 부렸다. 나는 그들의 미친 듯한 묘기를 지켜보기가 즐거워서 무대 뒤편에 있을 때면 다정해 보이는 누구하고라도 친구가 되려고 했지만, 사부는 내가 그런 집단과 어울리는 것을 별로 좋아하지 않았다. 그는 대부분의 사람들에게 무뚝뚝한 태도를 보였고, 내게도 자기의 예를 따르라고 강요했다.

「너는 스타야.」

사부는 그렇게 속삭이곤 했다.

「그러니까 스타처럼 굴어. 너는 저런 멍청이들하고 같이 시간을 낭비해선 안 돼.」

그것은 우리 사이의 작은 논쟁거리였지만 나로서는 그럴 필요가 없을 때 적을 만들어야 할 이유가 무엇인지 알 수 없었다. 적어도 우리가 앞으로 몇 년 동안 서커스 무대에서 활동하게 될 거라는 점을 감안한다면 그랬다. 그러나 사부는 내가 모르는 사이에 장래를 위한 계획을 짜두었고, 9월 말경이 되자 공공연하게 봄철의 단독 공연 여행에 대한 이야기를 하고 있었다. 예후디 사부는 늘 그런 식이었다. 사정이 더 나아지면 목표를 더 높이 잡는. 순회 공연 일정은 크리스마스 때나 되어야 끝날 예정이었지만, 그는 저 너머에 있는, 보다 더 장대한 것을 보고 있었다. 그가 내게 처음 그 얘기를 꺼냈을 때 나는 그 굉장하고 엄청난 제안에 홀딱 반하고 말았다. 그의 생각은 샌프란시스코에서부터 뉴욕까지 가장 큰 열 개 내지 열두 개 도시에서 특별 공연을 벌이며 동쪽으로 훑어 나간다는 것이었다. 우리는 매디슨스퀘어 가든이며 솔저스필드 같은 실내 운동장과 축구 경기장에서 공연을 할 것이며, 입장객 수는 아무리 적게 잡아도 5만 명이 넘으리라는 것이었다. 〈미국을 가로지르는 승리의 행진〉이라는 것이 그의 말이었는데, 그가 계획을 다 털어놓았을 때는 내 가슴이 평소 때보다 네 배는 더 빠르게 뛰고 있었다. 그의 입은 모든 시대의 가장 위대한 판매기였고, 일단 그가 열변을 토해 내기 시작하자 마치 굴뚝으로 연기가 뿜어져 나오듯 그의 입에서 꿈들이 쏟아져 나왔다.

「굉장하네요, 두목.」

내가 감탄했다.

「그런 식으로 순회 여행을 한다면 우리는 수백만 달러를 긁어모을 수 있겠는데요.」

「난 물론 그렇게 할 거다. 네가 좋은 솜씨를 유지하기만 하면 성공은 확실해. 필요한 건 그것뿐이야, 월트. 너는 네가 해왔던 일을 계속하면 되는 거고, 그러면 롤리의 행진은 확실하다.」

그러는 사이 우리는 뉴욕에서의 첫번째 극장 공연을 위한 준비를 해나가고 있었다. 물론 그곳에서의 공연은 추수감사절 주말에나 가서야 있을 예정이었으므로 앞으로도 갈 길이 멀었지만, 우리 모두는 그것이 시즌의 하이라이트, 이제까지 내가 쌓아 온 경력의 절정이 되리라는 것을 알고 있었다. 나는 단지 그 일을 생각하는 것만으로도 현기증이 일었다. 열 번의 보스턴 공연과 열 번의 필라델피아 공연을 합치더라도 한 번의 뉴욕 공연을 당해 내지 못할 것이고, 버펄로에서의 여든여섯 번 공연에 트랜튼에서의 여든세 번 공연을 합치더라도 그 수입은 뉴욕에서 1분 동안 무대에 서는 것에도 미치지 못할 것이었다. 뉴욕은 최고의 흥행지, 쇼비즈니스 업계의 진원지였던 만큼, 내가 다른 도시들에서 아무리 많은 격찬을 받았더라도 브로드웨이에서 공연을 하고 사람들에게 내가 무엇을 할 수 있는지 보여 주는 것과는 비교할 바가 못 되었다. 그것이 사부가 뉴욕 공연 일정을 순회 여행에서 그처럼 느지막이 잡아 둔 이유였다. 사부는 우리가 거기에 이르렀을 때쯤에는 내가 노련한 연기자, 총알의 맛이 어떤지를 알고 유연한 태도로 충격을 완화시킬 수 있는 실전 경험이 풍부한 병사가 되어 있기를 바랐다. 그리고 나는 충분한 시간을 갖고서 그런 베테랑이 되었다. 10월 12일, 나는 마흔네 곳의 흥행지에서 공연을 했고 이제 준비가 되었다는 생각으로 몸이 달았지만 우리에게는 갈 길이 아직도 한 달이나 남아 있었다. 나는 그렇게 어중간한 상태를 견딜 수 없었다. 뉴욕이 밤낮으로 나를 초조하게 만들었고, 얼마쯤 뒤에는 그 초조감을 더 이상 견딜 수 없을 것 같다는 생각이 들었다.

  우리는 10월 13일과 14일에는 리치몬드에서, 15일과 16일에는 볼티모어에서 공연을 가진 뒤, 펜실베이니아의 스크랜

튼으로 향했다. 나는 그곳에서도 훌륭한 연기, 분명히 다른 어떤 공연에서보다도 못하지 않은 연기를 선보였지만, 공연을 마친 직후 인사를 하고 막 커튼이 내려왔을 때 정신을 잃고 바닥에 쓰러졌다. 그때까지 컨디션이 아주 좋았고 공중에서 하는 묘기도 늘 해왔던 것처럼 수월하고 침착하게 해낼 수 있었다. 그러나 마지막으로 발이 무대에 닿는 순간, 몸이 천 근은 되는 것처럼 무겁게 느껴졌다. 나는 미소를 지으며 절을 할 동안에만 간신히 자세를 유지했을 뿐, 커튼이 내려오는 것과 동시에 무릎이 꺾이고 등이 무너지며 바닥으로 처박혔다. 5분 뒤 분장실에서 눈을 떴을 때는 머리가 좀 멍한 느낌이 들기는 했어도 위기는 지나간 것처럼 보였다. 하지만 몸을 일으키는 순간, 그 지독한 고통이 다시 몰려와 가차없고 눈을 멀게 하는 통증으로 나를 잡아 찢기 시작했다. 나는 걸음을 떼려고 했지만 온 세상이 유령의 집 거울에 비친 배꼽춤 댄서처럼 물결치며 빙글빙글 돌고 있어서 내가 어디로 가고 있는지도 알 수 없었다. 두 발짝을 떼었을 때 나는 이미 중심을 잃은 뒤였다. 만일 사부가 옆에 있다가 나를 붙들지 않았더라면 나는 다시 납작하게 엎어졌을 것이다.

그 시점에서 우리 둘 중 누구도 별 걱정을 하지 않았다. 두통과 현기증은 피로, 감기 기운, 귀의 염증 등 어떤 원인으로도 일어날 수 있었다. 그러나 사부는 안전을 기하기 위해 윌크스 바르에게 전화를 걸어서 다음날 저녁 공연을 취소했다. 나는 스크랜튼 호텔에서 푹 잤고, 다음날 아침에는 완전히 회복이 되어 통증과 불편한 기운이 싹 가셨다. 내가 그처럼 빨리 회복되었다는 것은 아무리 보아도 이치에 닿지 않았지만 사부와 나는 그것을 여러 가지 원인들 중의 하나, 다시 생각해 볼 필요도 없는 우연한 일로 받아들였다. 우리는 그날 하루를 쉬게 된 것에 기뻐하면서 원기 왕성하게 피츠버그로 출발했고, 거기에 도착해서 호텔에 여장을 푼 다음에는 내 컨디션이 돌아온 것을 축하하기 위해 함께 영화를 보러 가기까지 했다. 그러나 다음날 밤, 포스버그 극장에서 공연을 했을 때 스크랜튼에서와 똑같은 일이 벌어졌다. 공연이 더할 나위 없이 훌륭했지만 연기가 끝나고 커튼이 내려온 뒤 쓰러진 것이다. 그리고 내가 눈을 뜨자마자 두통이 다시 시작되었다. 이번에는 통증이 하룻밤 사이에 가시지 않았다. 다음날 아침잠을 깼을 때에도 내 머리는 여전히 칼로 쑤시는 듯 아팠고, 오후 네 시가 되기까지는 통증이 가시지 않았다. 예후디 사부가 그날 밤의 공연을 취소한 지 몇 시간 뒤였다.

모든 원인은 내가 뉴헤이븐에서 머리에 받았던 충격으로 집중되었다. 십중팔구 그것이 내 문제의 원인이었을 것이다. 그런데도 내가 지난 몇 주일 동안 뇌진탕을 일으킨 채 걸어 돌아다녔다면 그것은 아주 가벼운 뇌진탕임이 틀림없었다. 충격을 받고서도 계속 돌아다니며 좋은 건강 상태를 유지하고 있는데 달리 어떻게 그 이상하고 불확실한 사실을 설명할 수 있을까? 두통과 현기증은 내가 공연을 마친 뒤에 찾아왔으므로 공중으로 떠오르는 일과 내 새로운 컨디션 사이에 어떤 관계가 있는 것이 분명해 보였다. 그리고 사부는 내 뇌가 충격을 받은 탓으로 떠오를 때마다 뇌동맥에 무리한 압박이 가해지고, 그로 인해 내려올 때 참을 수 없는 두통이 일어나는 게 아닌가 하는 생각에서 나를 병원에 입원시켜 내 두개골에 엑스레이 사진을 몇 장 찍어 보고 싶어했다.

「한번 그래 보는 게 어떻겠니?」

그가 물었다.

「우리는 지금 이번 여행에서 가장 어려운 상황에 놓여 있어. 그리고 너한테는 일주일이나 열흘쯤 쉬는 게 꼭 필요하고. 병원에서는 몇 가지 검사를 하고 신경 계통을 두루 살펴보면 이 고약한 게 뭔지 알아낼 수 있을 거다.」

「절대로 안 돼요. 나는 어떤 병원에도 안 가요.」

「뇌진탕의 유일한 치료법은 쉬는 거야. 사정이 그렇다면 달리 선택할 길이 없어.」

「잊어버리세요. 나는 병원에서 죽치고 있느니 차라리 사슬에 묶여서라도 일을 하는 편이 더 나아요.」

「간호사들을 생각해 봐라, 월트. 하얀 유니폼을 입은 그 다정하고 예쁜 처녀들 말이다. 너는 밤이고 낮이고 너를 애지중지하는 그 귀여운 여자들을 열 명쯤 옆에 두게 될 거야. 그리고 네가 잘만 하면 다른 몸짓까지도 보게 되겠지.」

「그래도 소용없어요. 누구도 나를 잘 속아넘어가는 놈으로 바꾸지는 못하니까요. 우리는 공연을 하기로 계약했고, 난 그 공연을 할 거예요. 그러다 죽는 한이 있더라도요.」

「리딩과 알투나는 그리 중요한 곳이 아니야. 또 우리가 엘미라와 빙햄턴을 건너뛰더라도 문제될 건 하나도 없어. 나는 지금 뉴욕을 생각하고 있다. 너 역시 그렇다는 거 알아. 네가 컨디션이 좋아야 하는 건 바로 거기서다.」

「공연을 할 때는 머리가 아프지 않아요. 중요한 건 그거라고요. 나는 할 수 있을 때까지 계속할 거예요. 나중에 머리가 좀 아프다고 해서 그게 무슨 상관이죠? 난 고통스러워도 얼마든지 살 수 있어요. 어쨌든 산다는 건 고통이니까요. 살아가면서 의미 있는 게 한 가지 있다면 그건 내가 무대에서 연기를 할 수 있다는 거예요.」

「문제는 그 연기가 너를 망가뜨리고 있다는 거다. 네가 내려올 때마다 계속 그렇게 두통을 느끼면 넌 더 이상 원더보이 월트가 되지 못해. 난 아무래도 네 이름을 미스터 버티고로 바꿔야 될 것 같다.」

「미스터 누구요?」

「미스터 현기증. 미스터 고소 공포증.」

「난 아무것도 겁나지 않아요, 알겠지만요.」

「넌 아주 용기가 대단한 녀석이고 내가 너를 좋아하는 것도 그 때문이지. 하지만 어느 공중 부양자의 경력에서나 대기가 위험으로 가득 찰 때가 오는데, 나는 지금 우리가 그 시기에 이르지 않았나 싶다.」

우리는 다음 한 시간 동안 그런 문제들에 대해서 이야기를 계속했고, 마침내 나는 그를 설득해 마지막 기회를 얻을 수 있었다. 그것은 협정이었다. 다음날 밤 리딩에서 공연을 하고 두통이 일어나건 안 일어나건, 그 다음날 밤 알투나에서 공연을 할 수 있을 만큼 상태가 좋으면 예정대로 공연을 계속한다는 것이었다. 그렇게 밀고 나가는 것은 미친 짓이었지만 나는 두 번째의 극심한 두통으로 겁에 질렸고, 내가 솜씨를 잃어가고 있는 것이 아닌가 두려웠다. 만일 두통이 첫번째 단계에서 시작되기라도 한다면? 내 유일한 희망은 그대로 밀고 나가는 것, 말하자면 상태가 좀더 나아지거나 더 이상 견디지 못할 때까지 공연을 계속 하면서 무슨 일이 일어나는지 지켜보는 것이었다. 그 당시 나는 완전히 제정신이 아니어서 머리가 터져 산산조각이 나더라도 상관하고 싶지 않았다. 내 능력을 잃는 것보다는 차라리 죽는 게 더 나아, 나는 속으로 그렇게 말했다. 원더보이 월트가 될 수 없다면 나는 누구도 되고 싶지 않아.

리딩에서의 공연은 몹시 안 좋게, 내가 두려워했던 것보다도 훨씬 더 고약하게 끝났다. 내 도박이 보답을 받지 못했을 뿐 아니라, 그 결과도 전보다 훨씬 더 끔찍했다. 나는 공연을 마친 뒤 그럴 거라고 알고 있던 바로 그 순간에 쓰러졌지만 이번에는 분장실에서 깨어나지를 못했다. 무대 담당원 둘이 길을 건너 호텔까지 나를 들어 옮겼고, 15분이나 20분쯤 뒤 눈을 떴을 때는 통증이 몰려오는지 알아보기 위해 일어설 필요도 없었다. 빛이 눈에 와 닿는 순간 지독한 고통이 시작된 것이다. 수백 개의 전차들이 레일에서 벗어나 내 왼쪽 관자놀이 바로 뒤의 한 점으로 몰려들고 있었다. 거기에서 비행기들이 박살났고, 트럭들이 충돌했고, 두 초록색 악마들이 해머를 집어 들고 내 안구에다 말뚝을 박아 넣기 시작했다. 나는 침대에서 몸부림치며 참담한 고통에서 나를 구해 달라고 울부짖었다. 사부가 호텔 전속 돌팔이 의사를 불러 내게 피하 주사를 놓게 했을 때, 나는 죽음의 그림자가 드리워진 계곡으로 불꽃 썰매가 우당탕거리며 돌진하는 중에 광란 상태가 되어 있었다.

나는 열 시간 뒤 필라델피아의 어느 병원에서 깨어났고, 열이틀 동안 꼼짝도 하지 못했다. 두통은 의식이 돌아온 뒤로도 48시간 더 지속되었지만 의사들이 계속 강한 진통제를 놓아서 사흘째가 되기까지는 아무것도 기억나지 않았다. 통증이 사라졌음을 알게 된 것은 마침내 다시 깨어났을 때였는데, 그 뒤로 나는 온갖 검사와 절차의 대상이 되었다. 의사들의 호기심은 끝이 없어서 일단 시작을 한 이상 나를 가만 놓아두려고 하지 않았다. 시간 시간마다 다른 의사들이 입원실로 들어와 내 상태를 관찰했다. 그들은 고무 망치로 내 무릎을 때렸고, 쿠키커터처럼 생긴 기계들을 몸 위로 굴렸고, 불빛을 눈에 비추었고, 심장 박동 소리를 들었고, 귀를 들여다보았고, 머리 끝에서 발끝까지 엑스레이를 찍었다. 또 그 외에도, 그들은 내 피를 뽑고 소변과 대변을 받아 냈다. 이제 과학을 제외하고는 더 이상 살아 있는 것은 아무것도 없었다. 그런데도 그 하얀 가운을 걸친 작자들은 끝까지 철저하게 자기네들의 일을 하고 있었다. 하루 이틀도 못 되어 그들은 나를 벌거벗은 채 벌벌 떠는 버러지, 혼란스럽게 얽힌 주사 바늘과 청진기와 압설자에 묶인 미생물로 만들어 버렸다. 간호사들이 좀 괜찮게 보였더라면 그래도 어느 정도 안심이 되었겠지만 내가 본 간호사들은 모두 늙고, 추하고, 궁둥이에는 비곗살이 뒤룩뒤룩 찌고, 턱에 수염이 돋은 여자들이었다. 늘씬하게 쭉 빠진 간호사는 눈을 씻고 볼래야 보이지가 않아서 간호사들 중 하나가 내 체온을 재거나 차트를 읽으려고 들어올 때마다 눈을 감고 자는 척했다.

그 시련을 겪는 동안 내내 예후디 사부는 내 곁에 붙어 앉아 있었다. 언론에서는 내가 어디에 있는지를 알아채고서 그 뒤로 일주일 동안 최근의 내 상태에 관한 기사들로 지면을 채웠다. 사부는 매일같이 그런 기사들을 큰 소리로 읽어 주었는데, 나는 거기에 귀를 기울이고 있을 동안에는 내가 그처럼 대서 특필되고 있다는 데서 어느 정도 위안을 받았지만, 그가 신문을 다 읽고 내려놓는 순간 권태와 짜증이 다시 밀려오곤 했다. 그 다음에는 뉴욕 주식 시장이 붕괴되었고, 나는 제1면에서 밀려났다. 하지만 나는 거기에 별 관심을 두지 않았다.

그 위기는 단지 일시적이며 검은 화요일 사건이 끝나면 내가 다시 1면으로 복귀할 것이라고만 생각했다. 사람들이 창문에서 뛰어내려 죽었다느니, 머리에 총을 쏘아 자살했다느니 하는 얘기들은 모두 선정적인 신문의 엉터리 기사로밖에 보이지 않아서 나는 그것들 모두를 허무맹랑한 얘기라고 일축해 버렸다. 내 유일한 관심사는 순회 공연을 다시 시작하는 것이었다. 이제 두통은 사라졌고 나는 완전히 정상으로 돌아와 기운이 펄펄 넘치는 느낌이었다. 아침에 눈을 뜨고 예후디 사부가 내 침대 곁에 앉아 있는 것을 보면 나는 언제나 그 전날 물었던 것과 똑같은 질문으로 하루를 시작하곤 했다.

「나 언제 여기에서 나가요?」

그리고 매일같이 그는 내게 똑같은 대답을 해주었다.

「진찰 결과가 나오기만 하면.」

진찰 결과가 나왔을 때 나는 더 이상 기쁠 수가 없었다. 그처럼 수없이 주사를 놓고 그 온갖 튜브와 흡입기와 고무장갑을 사용한 뒤에, 의사들은 내게서 아무런 이상도 찾아낼 수 없었다. 뇌진탕도, 뇌종양도, 혈액 질환도, 내이(內耳)의 불안정도, 부어 오른 멍도, 유행성 이하선염도, 두개골의 융기도 없었다. 그들은 내게 아무 이상 없이 건강하다는 진단서를 내주었고, 내가 자기네들이 그때까지 보았던 열네 살짜리 사내아이들 중에서 가장 완벽한 표본이라고 단언했다. 내게서 두통과 현기증이 사라지자 그들은 정확한 원인을 판별할 수 없었다. 어쩌면 그것은 내 몸을 통과해 지나간 병원균이었을지도 몰랐다. 또 아니면 내가 뭘 잘못 먹었기 때문일 수도 있었다. 그게 무엇이든 간에 이제는 사라져 버렸고, 설령 있다 하더라도 너무 작아서 찾아낼 수가 없었다. 이 지구상에 있는 가장 강력한 현미경으로도.

「그것 봐요.」

사부가 내게 그 소식을 전하자 내가 말했다.

「난 그럴 줄 알았다고요.」

우리는 4층에 있는 내 입원실에서 침대 가장자리에 나란히 걸터앉아 있었다. 이른 아침이었고, 베네치아 블라인드의 길고 좁은 틈새로 햇살이 쏟아져 들어왔다. 3, 4초 동안 나는 살아오면서 그 어느 때보다도 더 행복한 기분을 느꼈다. 너무 행복해서 소리라도 지르고 싶었다.

「너무 성급하게 굴지 말아라. 나는 아직 말을 다 안 끝냈어.」

사부가 말했다.

「성급하게 굴지 말라니요? 그래서 안 될 게 뭐죠, 두목? 빠르면 빠를수록 더 좋잖아요. 우리는 벌써 여덟 번의 공연을 놓쳤는데, 여기서 짐을 빨리 싸가지고 나가면 나갈수록 우리가 가려는 곳에 더 빨리 닿게 돼요. 다음번 예약을 한 데가 어디죠? 너무 멀지만 않다면 막이 오르기 전에 대어갈 수 있을 거예요.」

사부가 내 한 쪽 손을 잡아 꼭 쥐었다.

「진정해라, 월트. 숨을 깊게 들이쉬고 눈을 감아. 그리고 내가 이제부터 하는 말을 잘 들어라.」

그 말이 농담처럼 들리지는 않아서 나는 그가 하라는 대로 조용히 앉아 있으려고 애를 썼다.

「좋아.」

사부가 그 한 마디만 하고 말을 멈췄다. 그가 다시 입을 열기까지 긴 침묵이 이어졌고, 그 어두운 침묵이 말을 끊어 놓는 동안 나는 뭔가 끔찍한 일이 일어나려 하고 있다는 것을 알았다.

「앞으로는 어떤 공연도 없을 거다.」

마침내 그가 말을 이었다.

「우린 모두 끝났어. 원더보이 월트는 결딴났다.」

「놀리지 말아요, 사부님.」

내가 눈을 뜨고 그의 우울하고 단호한 얼굴을 바라보았다. 그리고 사부가 내게 윙크를 던지며 껄껄 웃을 때를 기다렸지만, 그는 그 검은 눈으로 나를 응시하고만 있었다. 뭔가 더 있다면 그것은 바로 그의 표정이 더욱 슬퍼졌다는 것이다.

「이런 순간에 너를 놀릴 생각은 없다.」

그가 말했다.

「우리는 막바지까지 이르렀고 이제 우리가 거기에 대해서 할 수 있는 일은 아무것도 없어.」

「하지만 의사들이 지금 막 나한테 아무 이상도 없다고 했잖아요. 나는 어느 때보다도 더 건강해요.」

「그게 문제다. 너한테 잘못된 건 아무것도 없어. 그건 치료할 게 아무것도 없다는 뜻이지. 휴식으로도, 약으로도, 운동으로도. 너는 지극히 건강하고 네가 건강하기 때문에 네 경력은 끝난 거야.」

「그건 말도 안 돼요, 사부님. 난 그 말 한 마디도 못 알아듣겠어요.」

「나는 전에 너 같은 경우에 대해서 들은 적이 있다. 아주 드문 일이지. 문헌에는 단 두 사람이 나와 있는데, 시기적으로는 몇백 년 떨어져 있어. 19세기 초 어떤 체코슬로바키아 공중 부양자가 너 같은 일을 겪었고, 그 전에는 루이 14세 시대에 활동했던 프랑스 사람 앙투안 뒤부아가 있지. 너는 세 번째다, 월트. 공중 부양의 역사에서 너는 이런 문제에 직면한 세 번째 사람이야.」

「난 아직도 사부님이 무슨 얘기를 하고 있는지 모르겠는데요.」

「그건 바로 사춘기 때문이야, 월트. 청년으로 변해 가는 시기 말이다. 아이가 어른으로 바뀌어 가는 신체적 변화.」

「내 페니스나 뭐 그런 거 말인가요? 내 곱슬곱슬한 털과 목소리가 갈라지는 거요?」

「그래, 맞다. 모든 자연적인 변화.」

「어쩌면 내가 자위를 너무 많이 했는지도 몰라요. 내가 그 멍텅구리 짓을 그만둔다면요? 그러니까 빈두를 좀더 아낀다면요? 그러는 게 도움이 될까요?」

「잘 모르겠다. 네 상태에 대해서 치료법이 꼭 한 가지 있기는 하지만, 네게 그런 일을 겪게 하는 건 꿈도 꾸지 않겠다. 나는 이미 너한테 너무 많은 시련을 받게 했어.」

「난 상관없어요. 이걸 고칠 방법이 있으면 그게 바로 우리가 해야 할 일이에요.」

「난 지금 거세를 얘기하고 있는 거다, 월트. 네가 불알을 까면 기회가 있을지도 몰라.」

「있을지도 모른다고 했나요?」

「아무것도 보장되어 있지는 않아. 프랑스 인 공중 부양자는 그렇게 해서 예순네 살까지 공중 부양을 계속했지만 체코 사람의 경우에는 아무 소용이 없었지. 성기를 절단한 일은 허사가 되었고 두 달 뒤에 그 사람은 찰스브리지에서 뛰어내려 자살했어.」

「난 뭐라고 해야 할지 모르겠네요.」

「당연히 그럴 테지. 내가 네 입장이었더라도 무슨 말을 해야 할지 몰랐을 거다. 이제 그만두어야 할 때가 되었다는 건 바로 그런 이유에서야. 나는 네가 그런 일을 하는 건 바라지 않는다. 누구도 다른 사람에게 그러라고 할 수는 없어. 그런다면 인간이 아니지.」

「글쎄요. 결과가 그렇게 확실하지 않다면 그런 위험을 무릅쓰는 건 별로 현명한 짓이 못 되겠죠. 내 말은, 내가 원더보이 월트이기를 그만둔다면 적어도 내 불알은 계속 남아 있을 거라는 얘기예요. 결국에 가서는 두 가지 모두를 다 잃는 처지가 되고 싶지는 않아요.」

「바로 그거다. 그래서 나는 이 일이 막을 내렸다는 거야. 이제 그 얘기는 더 해봤자 아무 소용도 없다. 우리는 이제까지 잘해 왔고 이제 그 일은 끝났어. 적어도 너는 아직 정상에 있을 때 떠나는 거다.」

「하지만 두통이 사라진다면요?」

「그렇지 않을 거다. 그렇지 않을 거라는 내 말을 믿어라.」

「사부님이 어떻게 알아요? 그 다른 사람들은 그렇게 되었을지 모르지만 나는 그 사람들과 다르다면요?」

「그렇지 않아. 그건 영원한 조건이고 거기에 치료법이라고는 없어. 우리가 이미 그만두기로 한 위험을 무릅쓴다면 두통이 평생 동안 너를 떠나지 않을 거다. 네가 공중에 떠 있는 1분 1분에 대해 너는 땅에서 세 시간씩 고통으로 시달리게 될 거야. 그리고 나이를 먹어 갈수록 그 고통은 점점 더 심해지지. 그게 중력의 복수다. 우리는 그걸 이겨냈다고 생각했지만 사실은 그게 우리보다 더 강해. 그게 세상 이치다. 우리는 한동안 이겼고 이제는 졌어. 그걸로 됐다. 그게 하느님이 원하는 거라면 우리는 그분의 뜻에 따라야 해.」

 그 모든 얘기가 너무도 슬프고 너무도 절망스럽고 너무도 무상했다. 나는 그렇게 오랫동안 성공을 거두기 위해 안간힘을 써왔는데, 이제 내가 역사에 길이 남을 사람들 중의 하나가 되어 가려는 참에, 나는 등을 돌리고 떠나야 했다. 예후디 사부는 눈썹 하나 까딱하지 않고 그 상황을 감수했다. 그는 철학자처럼 초연하게 우리의 운명을 받아들였을 뿐, 어떤 소동도 벌이려고 하지 않았다. 내 생각으로도 그것은 고매한 자세였지만 곤란한 일에 그대로 굴복하는 것은 내가 타고난 기질이 아니었다. 일단 우리 사이에서 할말이 모두 끝나자 나는 일어서서 가구를 발길로 차고, 벽을 주먹으로 치고, 미친 듯이 방안을 휘저으며 돌아다니기 시작했다. 나는 의자를 발길로 차 넘어뜨렸고, 나이트 테이블을 바닥에 내리쳐 박살냈고, 목이 터져라 내 불운을 저주했다. 예후디 사부는 현명한 사람이었기에 어떤 식으로도 나를 말리려고 하지 않았다. 심지어는 간호사 둘이 무슨 난리가 벌어지고 있는지 보려고 내 방으로 달려들어왔을 때에도 그는 어떠한 손해건 모두 다 보상해 주겠다며 침착하게 그들을 돌려보냈다. 그는 내 기질이 어떤지를 알았고, 내 분노가 스스로 표현할 기회를 가져야 한다는 것도 알고 있었다. 내게는 화를 참는 것도, 다른 뺨을 돌려 대는 것도 통하지 않았다. 만일 세상이 나를 친다면 맞받아 쳐야 했다.

 그러는 게 공평했다. 예후디 사부는 현명하게도 나를 그대로 놓아두었는데, 만일 그때 내가 바보 멍청이처럼 굴면서 너무 심하게 나갔더라도 비난을 그에게로 돌릴 생각은 없다. 그렇게 한참 분통을 터뜨리다가 나는 평생 살아오면서 가장 어리석은 생각을 떠올렸다. 모든 실수를 끝내기 위해 더 큰 실수를 범한 것이었다. 당시에는 그러는 것이 꽤나 현명해 보였지만, 그것은 다만 내가 사실을 있는 그대로 받아들일 수 없었기 때문이었다. 사실을 거부하고 나면 곤란을 자초하게 될 뿐인데도. 그러나 나는 사부의 생각이 잘못이라는 것을 증명하기 위해, 내 상태에 관한 그의 이론이 순전히 김빠진 사이다라는 것을 보여 주기 위해 필사적으로 매달렸다. 그래서 바로 거기, 필라델피아 병원 병실에서 나는 1929년 11월 3일에 내 경력을 소생시키기 위해, 느닷없이 최후의 필사적인 시도에 돌입했다. 주먹으로 벽을 치다 말고 돌아서서 사부를 마주 본 다음, 팔을 펼치고 허공으로 떠오른 것이었다.

「보세요!」

내가 그에게 소리쳤다.

「잘 보고 뭘 봤는지 얘기해 봐요.」

사부가 어둡고 근심스러운 표정으로 나를 바라보았다.

「나는 과거를 보고 있다.」

그가 말했다.

「나는 마지막으로 원더보이 월트를 보고 있다. 나는 지금 막 하고 있는 일 때문에 후회를 하게 될 사람을 보고 있다.」

「나는 어느 때보다도 더 잘하고 있어요.」

내가 되받아 소리쳤다.

「그리고 세상에서 이것보다 더 훌륭한 건 없어요.」

사부가 손목시계를 흘끗 들여다보았다.

「10초. 네가 거기 떠 있는 1초 1초마다 너는 3분씩 고통을 받게 되어 있어. 내 장담하지.」

나는 내 논지를 이해시켰다 싶어서 또 한차례의 긴 고통을 감수하느니 차라리 내려오기로 했다. 다음에 그 일이 —— 사부가 내게 그럴 거라고 했던 것과 똑같은 일이 —— 일어났다. 발가락이 땅에 닿는 순간 머리가 내게서 빛을 빨아들여 별이 번쩍 보이는 충격으로 폭발하면서 다시 빠개졌다. 내 숨통에서 튀어나온 토사물이 2미터 떨어진 벽에 가 맞았다. 칼날이 튀어나오는 나이프가 내 두개골을 열고 내 골 한가운데로 깊이 파들어 가고 있었다. 나는 덜덜 떨고, 울부짖고, 바닥에 쓰러졌지만 이번에는 기절을 하는 사치를 누리지 못한 채 낚싯바늘에 눈이 꿰인 가자미처럼 몸부림을 치며 돌아다니고 있었다. 그리고 사부는 내가 의사를 불러서 주사를 놓아 달라고 애원하며 도움을 청하는데도 단지 고개를 젓고 물러날 뿐이었다.

「괜찮아질 거다.」

그가 말했다.

「한 시간 내에 너는 아무 일도 없었던 것처럼 괜찮아질 거야.」

그리고는 내게 위로의 말 한 마디 해주지 않고 난장판이 된 방을 차근차근 정돈한 다음, 짐을 챙기기 시작했다.

그것은 내가 받아 마땅한 취급이었다. 사부는 그의 말이 쇠귀에 경 읽기가 되자 뒤로 물러나 내 행동이 스스로 말하도록 놓아두는 수밖에 다른 도리가 없었다. 그래서 고통이 내게 말을 했고, 이번엔 귀기울여 들었다. 나는 47분 동안 귀를 기울였고, 강의가 끝났을 즈음에는 내가 알아야 할 것들을 모두 알게 되었다. 세상 돌아가는 이치에 대한 집중 강좌, 슬픔에 대한 벼락 공부. 고통이 나를 올바르게 되돌려 놓은 덕으로, 그날 아침 늦게 병원에서 걸어 나왔을 때는 내 머리에 얼마쯤 제정신이 돌아와 있었다. 나는 삶의 현실을 알아 차렸다. 내 정신의 모든 균열과 내 피부의 모든 구멍을 알게 된 이상, 다시는 그것들을 잊지 않을 셈이었다. 영광스러운 날들은 끝났다. 원더보이 월트는 죽었고, 이제 그가 다시 얼굴을 보일 기회는 어디에도 없었다.

우리는 한 쌍의 유령처럼 말없이 그 도시의 거리들을 헤치고 사부의 호텔로 돌아갔다. 거기까지 가는 데는 10분이나 15분쯤 걸렸을 것이다. 우리가 호텔 입구에 이르자 나는 손을 내밀어 작별 인사를 하는 것보다 더 나은 방법을 생각해 낼 수 없었다.

「저, 그런데요.」

내가 말을 꺼냈다.

「지금이 우리가 헤어져야 할 때인 것 같네요.」

「뭐라고?」

사부가 물었다.

「어째서지?」

「사부님은 이제 새로운 아이를 찾아야 하잖아요. 또 내가 방해만 된다면 붙어 돌아다닐 이유가 별로 없고요.」

「그런데 왜 내가 새로운 아이를 찾아야 하지?」

그는 내 말에 정말로 놀란 것처럼 보였다.

「이제는 내가 아무 쓸모도 없는 아이니까요. 그게 이유예요. 연기는 끝났고 나는 이제 아무짝에도 쓸모가 없기 때문이죠.」

「너, 내가 너를 그런 식으로 버릴 거라고 생각하니?」

「그렇지 않나요? 공평한 게 제일이니까요. 내가 아무 쓸모도 없다면 사부님은 다른 계획을 짜기 시작하는 게 당연하잖아요.」

「난 이미 계획을 짜두었다. 수백 가지, 수천 가지를 짜두었지. 내 계획은 소매 속에도 들어 있고 양말 속에도 들어 있다. 내 온몸이 계획들로 들끓고 있어. 그리고 나는 그런 계획들로 가려워서 미치기 전에 그것들을 네 앞에다 꺼내 놓고 싶다.」

「나한테요?」

「너말고 누구겠냐, 이 잘난 척하는 녀석아. 하지만 이런 중요한 얘기를 문간에 서서 할 수는 없겠지, 안 그러냐? 방으로 올라가서 점심을 좀 시키고 당면한 문제를 이야기해 보자.」

「난 아직 이해가 안 가는데요.」

「이해할 게 뭐가 있니? 우리는 공중 부양 사업을 못하게 되기는 했지만 그렇다고 가게문을 닫았다는 얘기는 아니다.」

「그 말은 우리가 아직도 동업자라는 뜻인가요?」

「5년이라면 긴 시간이야, 녀석아. 결국 우리는 그 시간을 함께 겪었고 나는 너한테 정이 들었다면 들었어. 너도 알다시피 나는 이제 젊지가 못하다. 그러니까 다른 누군가를 찾아낸다는 건 이치에도 닿지 않아, 지금은, 내 나이에는 아니다. 내가 너를 찾아내는 데는 반평생이 걸렸고, 그래서 나는 우리가 실패를 좀 했다는 이유로 너한테 작별 키스를 하지는 않을 거다. 좀 전에도 얘기했듯이 나는 너하고 상의할 계획을 몇 가지 가지고 있는데, 네가 그 계획이 마음에 든다면 동업자가 되기로 하자. 그렇지 않으면 우리는 돈을 나누어 가지고 헤어지는 거다.」

「돈이라니요? 세상에, 난 까맣게 잊고 있었어요.」

「그건 네 마음속에 다른 생각들이 있었으니까 그렇지.」

「난 너무 맥이 빠져서 머리가 통 돌아가지 않았어요. 우리가 얼마나 가지고 있죠? 대강 따져서 어느 정도나 돼요, 두목?」

「2만 7천 달러. 그건 모두 호텔 금고에 들어 있는데, 우리 마음대로 얼마든지 쓸 수 있는 거다.」

「나는 우리가 다시 몰락해 버렸다고 생각했어요. 하지만 이제 사정이 좀 달라진 것 아닌가요? 내 말은 2만 7천 달러라면 꽤 쓸 만한 전리품이라는 거죠.」

「나쁘지는 않지. 그보다 더 나빠질 수도 있었으니까.」

「그러니까 배가 아직 가라앉지는 않았다는 거로군요.」

「별로 많이 가라앉은 건 아니다. 우리는 썩 잘해 냈고, 이제 어려운 시기가 닥쳐오고 있으니까 다른 사람들보다는 훨씬 더 안락하겠지. 우리는 조그만 배에서 포근하고 따뜻하게, 대부분의 사람들보다 훨씬 더 편하게 역경이라는 바다를 헤쳐 나갈 거야.」

「그렇고말고요.」

「바로 그거야, 동업자. 전원 승선. 바람이 일기만 하면 우리는 닻을 올리고 힘차게 출발하는 거지.」

나는 이 세상 끝까지라도 그와 함께 갈 것이었다. 배로건, 자전거로건, 포복으로 기어서건, 우리가 이용하게 될 교통 수단이 무엇이건 그것은 문제가 되지 않았다. 나는 단지 그가 있는 곳에 있고, 그가 가는 곳에 가고 싶을 뿐이었다. 호텔 앞에서 그와 이야기를 나누기 전까지 나는 내가 모든 것을 잃었다고 생각했다. 내 경력과 삶뿐 아니라 사부까지도. 나는 그가 나와 끝장을 낼 것이라고, 나를 버리고 거기에 대해서는 두 번 다시 생각하지 않을 것이라고 상상했지만, 이제 다르다는 것을 알았다. 나는 그에게 단지 지불 수표만이 아니었다. 엔진은 녹슬고 날개는 부서진 하늘을 나는 기계만이 아니었다. 좋든 나쁘든 우리는 앞으로 오랫동안 같이 있을 것이고, 그것이 내게는 극장과 축구 경기장의 좌석들을 모두 다 합친 것보다도 더 중요했다. 나는 지금 그 당시의 상황이 어둡지 않았다고 말하려는 것은 아니지만, 그럴 수 있었던 것보다는 반만큼도 어둡지 않았다. 예후디 사부가 아직 나와 함께 있었다. 그는 나와 함께 있었을 뿐 아니라 길을 밝혀 줄 성냥도 한 주머니 가득 가지고 있었다.

그래서 우리는 방으로 올라가 점심을 먹었다. 나는 천 가지 계획들에 대해서는 모르겠지만 사부는 분명히 그 중 서너 가지를 꺼내 놓았고, 그 하나하나를 아주 신중하게 생각한 것 같았다. 한마디로, 그는 그만두지 않을 것이다. 비록 5년 동안의 힘든 노력이 창 밖으로 날아가 버렸고 수십 년의 계획과 준비가 하룻밤 새에 먼지로 변했어도, 그는 마치 우리 앞에 모든 것이 놓여 있는 것처럼 다음 수를 생각하며 새로운 아이디어들로 끓어오르고 있었다. 예후디 사부는 아주 보기 드문 부류여서 나는 그와 같은 사람, 정글에서도 내 집처럼 편안한 기분을 느낄 수 있는 사람은 단 하나도 만나 보지 못했다. 그는 왕은 아니었을지 몰라도 그 법칙들을 누구보다도 더 잘 이해했다. 누가 그의 배를 때리건, 얼굴에 침을 뱉건, 가슴을 난타하건, 그는 뒤로 펄쩍 물러나 닥쳐오는 모든 곤란에 맞설 준비가 되어 있었다. 끝났다는 말은 절대로 하지 말자. 그는 그것을 모토로 살았을 뿐 아니라 그 말을 만들어 낸 장본인이었다.

첫번째 계획은 아주 간단했다. 우리는 뉴욕으로 옮겨 가서 다른 사람들처럼 산다는, 즉 나는 학교에 들어가서 훌륭한 교육을 받고 그는 사업을 시작해 돈을 벌어서 우리 두 사람 모두 행복하게 산다는 것이었다. 그가 말을 마쳤을 때 내가 아무 반응도 보이지 않자 그는 다음번 계획으로 넘어갔다. 두 번째 계획은 대학과 교회 그리고 부인 사교 클럽에서 공중 부양술에 대한 강의를 하며 여행을 계속한다는 것이었다. 적어도 여섯 달 정도는 우리에 대한 요청이 쇄도할 것이고, 그런 만큼 내 명성의 마지막 불꽃이 잦아들 때까지 원더보이 월트를 계속 이용하지 말아야 할 이유는 없었다. 하지만 내가 그것도 마음에 들어 하지 않자 그는 어깨를 으쓱하고 다음번 계획으로 넘어갔다.

「그것도 아니라면 소지품을 챙겨 가지고 차에 올라서 할리우드로 옮겨 가도록 하자. 너는 영화배우로 새로운 일을 시작하고 나는 네 대리인이자 매니저 노릇을 하면 되겠지. 네가 공연을 하면서 받았던 모든 호평을 감안한다면 너를 시험삼아 써보도록 하는 데는 별 어려움이 없을 거다. 너는 이미 상당한 이름을 얻었고, 거기에다 익살극에서 보인 네 재능을 더한다면 당장에 설 자리를 얻게 될 거야.」

「아, 이제서야 그 얘기를 하는군요.」

내가 말했다.

「나도 네가 거기에 마음이 끌릴 줄 알았다.」

사부가 의자에 등을 기대고 앉아 두툼한 쿠바 산 시거에 불을 붙였다.

「그게 내가 그걸 맨 마지막으로 남겨 두었던 이유다.」

바로 그렇게 해서 우리는 다시 인생 행로를 떠났다.

우리는 다음날 아침 일찍 호텔을 나섰고, 오전 여덟 시에는 이미 번쩍거리는 도시의 햇빛 찬란한 언덕에서 새로운 삶을 꾸리기 위해 서쪽으로 차를 몰아 가고 있었다. 당시 동부에서 서부로 가는 것은 길고 힘든 여행이었다. 다차선 고속 도로로, 동쪽 해안에서 서쪽 해안까지 이어진 6차선 도로도 없었던 탓에, 옳은 방향으로 통하는 어떤 길이건 가리지 않고 조그만 도시들과 촌락들을 지나며 꾸불꾸불 나아가야 했기 때문이었다. 만일 차가 T 모델 트랙터 뒤로 따라붙게 된다면 그것은 운이 나쁜 탓이었다. 또 만일 사람들이 도로를 파고 있다면 빙 돌아 다른 길을 찾아야 했는데, 그러자니 길에서 몇 시간씩 허비할 때가 그렇지 않을 때보다 더 많았다. 당시에는 그런 것들이 게임의 법칙이었지만 그렇다고 내가 더딘 여행에 조바심을 냈다고는 할 수 없다. 나는 단지 승객일 뿐이었으므로 한두 시간쯤 뒷자리에서 자고 싶으면 그러지 못하게 막을 사람은 아무도 없었다. 몇 번인가 사부는 우리가 차들이 하나도 없는 길게 뻗은 직선 도로로 접어들었을 때 운전대를 내게 넘겨 주었지만, 그런 일이 자주 있지는 않아서 결국 운전의 98퍼센트는 그가 했다. 사부에게는 그 여행길이 최면에 걸리는 듯한 경험이었는지, 5, 6일이 지나자 멍하니 생각에 잠기는 상태에 빠져 들기 시작했다. 우리가 중부 평원을 향해 나아갈수록, 사부는 자기만의 생각에 잠기는 일이 점점 더 많아졌다. 우리는 드넓은 하늘과 평탄하고 황량한 들판이 펼쳐진 땅으로 돌아와 있었고, 가도 가도 끝이 없는 하늘이 그에게서 열의를 얼마쯤 빼앗아 가는 것처럼 보였다. 어쩌면 그는 위더스푼 부인이나 또는 그의 과거의 기억으로부터 떠올라 그를 괴롭히는 다른 누군가를 생각하고 있었는지도 모른다. 하지만 그보다는 삶과 죽음의 문제, 달리 마음을 둘 곳이 아무데도 없을 때 머릿속으로 슬글슬금 기어드는 두려운 일에 대해서 곰곰이 생각을 하고 있었던 듯싶다. 내가 왜 여기에 있는가? 나는 어디로 가고 있는가? 내가 마지막 숨을 내쉰 다음에는 어떤 일이 일어날까? 그런 것들이 마음을 무겁게 하는 주제라는 것은 알지만, 그 여행에서 사부가 보였던 행동을 50년 이상이나 숙고해 본 지금 나는 내가 무슨 얘기를 하고 있는지 안다고 믿는다. 희미한 기억 속에서 한 가지 대화가 떠오른다.

만일 그가 했던 얘기에 대한 내 해석이 틀리지 않았다면 그 대화가 그의 마음을 괴롭히기 시작했던 생각들을 보여 줄 것이다. 지금 생각하기에 우리는 포스워드를 지나 텍사스 어디쯤엔가 있었는데, 나는 별다른 이유 없이 늘 그러던 식으로 쾌활하고 허풍스럽게 재잘거리며 내 입에서 나오는 말소리를 듣고 있었다.

「캘리포니아에는 절대로 눈이 내리지 않아요. 그리고 사부님은 일년 내내 바다에서 헤엄을 칠 수 있어요. 사람들 말로는 거기가 천국 다음가는 곳이라고 하던데요. 거기하고 비교하면 플로리다는 무더운 늪지처럼 보인데요.」

「어떤 곳도 완벽하지는 않아, 이 녀석아.」

사부가 말했다.

「지진과 진흙 사태와 가뭄을 잊지 마라. 거기는 몇 년씩 비가 오지 않을 때도 있는데, 그런 일이 일어나면 주(州) 전체가 부싯깃통으로 변해 버려. 집이, 달걀 프라이를 뒤집는 데 걸리는 시간보다도 더 짧은 시간에 홀랑 타버릴 수가 있지.」

「거기에 대해선 걱정 말아요. 6개월 뒤면 우리는 돌로 지은 성채에서 살게 될 테니까요. 화재에도 끄떡없게요. 하지만 안전을 기하기 위해서 우리집 구내에다 소방대를 두면 되겠죠. 분명히 얘기하겠는데요, 영화하고 나는 서로에게 도움이 될 거예요. 나는 엄청나게 많은 돈을 긁어모을 거고 우린 은행을 하나 새로 열어야 할 거예요. 롤리 상호 신용 은행. 전국적인 본점은 선세트 대로에다 둘 거고요. 두고 보세요, 얼마 안 가서 나는 스타가 될 테니까요.」

「만약 그 일이 모두 생각대로 잘되면 너는 빵 값을 벌 수 있겠지. 중요한 건 그거다. 내가 언제까지고 네 곁에 있을 것 같지는 않으니까.

나는 네가 스스로를 지킬 수 있도록 대책을 강구하고 싶다. 네가 어떻게 그러느냐는 건 문제가 되지 않아. 배우, 카메라맨, 심부름하는 아이, 어떤 일이건 다 괜찮겠지. 나는 다만 내가 없어진 뒤에도 네 앞에 미래가 있다는 걸 알고 싶은 거다.」

「그건 늙은이들이나 하는 얘기예요, 사부님. 사부님은 아직

쉰도 안 됐다고요.」

「마흔여섯이지. 내가 태어난 곳에서는 그 나이면 꽤 늙은 거야.」

「말도 안 돼요. 캘리포니아의 태양 아래로 나서면 바로 그 날부터 수명이 10년은 더 길어질 걸요.」

「어쩌면 그렇겠지. 하지만 그렇다고 해도 나한테는 살아갈 날보다 살아온 날이 더 많아, 월트. 그리고 앞으로 있을 일에 대해 미리 준비를 해둔다고 해로울 건 조금도 없어.」

그 뒤로 우리는 다시 화제를 바꾸었거나 아니면 이야기를 아예 그만두었지만, 하루하루 지날수록 그 어두운 몇 마디 이야기가 점점 더 불안하게 다가왔다. 사부가 자기의 감정을 숨기려고 그렇게 애를 썼던 것을 생각한다면 그 말은 고백이나 마찬가지였다. 나는 그에게서 그처럼 솔직하게 털어놓는 말을 단 한 번도 들은 적이 없었다. 또 비록 그가 만약이니 어쩌니 하는 표현을 썼다 하더라도 나는 행간에 숨은 뜻을 알아차리지 못할 만큼 멍청이가 아니었다. 내 생각은 뉴헤이븐 호텔에서 보았던, 사부가 배를 움켜쥐고 있는 장면으로 되돌아갔다. 만일 그때 내가 나 자신의 고통 때문에 그처럼 꼼짝못하고 있지만 않았더라면 나는 좀더 주의 깊게 지켜보았을 것이다. 이제 우리가 캘리포니아에 닿을 때까지 차창 밖을 내다보고 날짜나 세는 것 외엔 별로 할 일이 없는 이상, 나는 그의 일거수일투족을 지켜보기로 단단히 마음먹었다. 이번에는 전처럼 그렇게 겁쟁이가 되지는 않을 셈이었다. 만일 그가 얼굴을 찡그리거나 배를 움켜쥐는 모습이 다시 눈에 띄기만 하면 나는 그에게 다 털어놓으라고 한 다음, 맨 먼저 찾아낼 수 있는 의사에게로 데려갈 작정이었다.

그는 내 불안감을 알아차린 게 틀림없었다. 그 대화를 나눈 지 얼마 지나지 않아서 어둡고 우울한 얘기는 한 마디도 비치지 않고 화제를 다른 데로 돌린 것만 보아도 그랬다. 우리가 텍사스를 지나 뉴멕시코로 접어들자 그는 상당히 기운을 차린 것 같았고, 나는 그에게서 괴로워하는 기색을 찾으려고 감시를 게을리 하지 않았지만 그런 조짐은커녕 아주 가벼운 기미조차도 찾을 수 없었다. 조금씩 조금씩, 그는 다시 내 눈을 흐릴 수 있었다. 거기에서부터 1천 2백이나 1천 3백 킬로미터를 더 가서 벌어진 일만 아니었더라면 내가 진실을 알아내기까지는 몇 달, 아니 어쩌면 몇 년이 걸렸을지도 모른다. 사부의 자제력은 그처럼 강했다. 기지의 싸움에서는 아무도 그를 대적할 수 없었고, 나는 그와 맞서려고 할 때마다 내가 바보 같다는 느낌을 받았을 뿐이었다. 그는 나보다 훨씬 더 예민하고 훨씬 더 재치 있고 경험도 더 많아서 내가 미처 손을 쓰기도 전에 나를 속여 바보로 만들 수 있었다. 어떤 경쟁도 있을 수가 없었다. 예후디 사부는 언제나 나를 이겼을 뿐 아니라, 마지막 순간까지도 계속 이기고 있었다.

그 여행길에서 가장 지루한 나날이 시작되었다. 우리는 뉴멕시코와 아리조나를 가로지르며 며칠을 보냈고, 얼마쯤 지난 뒤에는 이 세상에 우리밖에 남아 있지 않은 것 같은 느낌이었다. 그러나 사부는 사막이 뭐가 그렇게 좋은지 우리가 그 바위와 선인장들뿐인 불모지로 들어서자, 이상한 지형 지물들을 연신 가리키면서 지구의 나이가 얼마나 헤아릴 수 없이 많은지에 대해 짤막짤막한 강연을 늘어놓았다. 하지만 아주 솔직히 말해서 나는 그런 설명에 눈곱만큼도 관심이 없었다. 사부의 즐거움을 망치고 싶지 않아서 입을 봉하고 귀를 기울이는 척하기는 했지만, 4천 곳의 잔구(殘丘)와 6백 곳의 계곡을 지나고 나자 평생 동안 다시는 그런 경치를 안 봐도 될 만큼 질려 버렸다.

「만일 여기가 하느님의 땅이라면……」

마침내 내가 말했다.

「하느님이나 실컷 가지라고 해요.」

「그렇게 침울해 할 것 없다.」

사부가 말했다.

「이곳 경치는 계속 이럴 거고 몇 킬로미터나 되는지 헤아려 본다고 해서 여행하는 거리가 짧아지지는 않아. 만일 네가 캘리포니아로 가고 싶다면 우리는 이 길을 지나야만 돼.」

「나도 그건 알아요. 하지만 내가 참는다고 해서 그게 좋다는 얘기는 아니라고요.」

「그러려고 노력해 보는 편이 나을 거다. 그러면 시간이 더 빨리 지나갈 테니까.」

「사부님 기분을 망치려는 건 아니지만요, 이런 경치나 바라보는 건 정말 너무 따분해요. 그러니까 내 말은, 어떤 곳이 지저분해 보이건 아니건 그게 무슨 상관이냐는 거예요. 거기에 사람들이 좀 있기만 하면 재미있기 마련이니까요. 사람들을 빼고 나면 뭐가 남죠? 공허, 바로 그거예요. 그리고 공허가 나한테 해줄 수 있는 건 혈압을 떨어뜨리고 눈꺼풀이 처지게 하는 것뿐이고요.」

「그렇다면 눈을 감고 잠을 좀 자둬라. 나는 자연과 이야기를 할 테니까. 그렇게 안달복달하지 마라. 오래 걸리지는 않을 거다. 네가 미처 알기도 전에 우리는 네가 원하는 사람들을 모두 보게 될 거야.」

11월 16일, 서부 애리조나에서 내 평생 가장 암울한 날이 밝아 왔다. 그날 역시 다른 날처럼 바짝 마른 아침이었고, 열 시쯤에 우리는 캘리포니아 주 경계선을 지나 해안을 향해 모하비 사막으로 접어들었다. 우리가 그 이정표를 지나쳤을 때 나는 기뻐서 조그맣게 환호성을 질렀지만, 여정의 마지막 구간을 지나는 동안에는 잠잠해졌다. 사부는 계속 빠른 속도로 차를 몰고 있었으므로 우리는 저녁때쯤이면 로스앤젤레스에 닿을 수 있었을 것이다. 나는 지금도 그때 내가 그 도시에서 첫날을 기념하기 위해 호화로운 레스토랑에서 저녁을 먹자고 했던 것을 기억하고 있다.

「어쩌면 우리는 버스터 키튼이나 해럴드 로이드하고 마주치게 될지도 몰라요.」

내가 말했다.

「그거 아주 멋진 일 아닌가요? 어떤 근사한 나이트클럽에서 산처럼 쌓인 구운 사슴 요리 너머로 그런 사람들과 악수를 한다고 상상해 봐요. 만일 그 사람들 쪽에서 기분이 내키면 우리는 파이를 차지하려고 다투는 일에 끼여들어 커다란 고깃덩이를 찢어 낼 수도 있어요.」

사부가 그 터무니없는 소리에 막 웃음을 터뜨리기 시작했을 때, 나는 고개를 들었다가 길 앞쪽에서 어떤 것을 보았다.

「저게 뭐죠?」

내가 물었다.

「뭐가 말이냐?」

사부가 되물었다.

그리고 잠시 뒤에 우리는 목숨을 걸고 달아나기 시작했다. 그 〈뭐〉라는 것은 좁은 도로를 가로질러 흩어져 있는 네 명의 강도였다. 그들은 2, 3백 미터쯤 앞에서 한 줄로 늘어서 있었는데, 강렬한 햇살이 내리쬐는 데다 열을 받은 땅으로부터 피어 오르는 아지랑이 때문에 처음에는 그들을 알아보기가 어려웠다. 그들의 모습이 마치 다른 행성에서 온 유령들, 빛과 희박한 공기로 만들어져 흔들거리는 환영(幻影)처럼 보였다. 50미터쯤 더 가까워지자 나는 그들이 멈추라고 신호를 보내는 듯, 손을 머리 위로 들어올리고 있는 것을 보았다. 그때까지만 해도 나는 그들을 도로 공사 인부로 잘못 알았고, 좀더 가까이 다가가 그들의 얼굴이 손수건으로 가려져 있는 것을 보았을 때에도 거기에 대해서는 아무 의심도 하지 않았다. 여기는 먼지가 많아, 나는 속으로 그렇게 말했다. 그래서 바람이 불면 가릴 게 좀 필요할 거야. 그러나 우리가 60, 70미터 앞까지 다가갔을 때 나는 갑자기 그들 네 사람의 손에 모두 번쩍거리는 금속 물체가 들려 있는 것을 보았다. 내가 그것이 총이라는 것을 알아차린 순간, 사부가 있는 힘껏 브레이크를 밟아 주르르 미끄러지면서 차를 세웠다가 후진을 하기 시작했다. 우리 둘 중 누구도 입을 열지 않았다. 우리는 액셀러레이터를 끝까지 밟고서 엔진이 붕붕거리고 차체가 덜덜 떨리는 중에 뒤로 물러났다. 그 네 명의 무법자가 우리를 쫓아 달려오는 동안 그들의 총신이 햇빛을 번쩍번쩍 되쏘았다. 예후디 사부는 백미러를 보기 위해 고개를 다른 쪽으로 돌리고 있어서 내가 본 것을 볼 수 없었지만, 나는 그들이 우리와의 거리를 점점 더 좁히는 것을 지켜보고 있다가 그 중의 하나가 다리를 절뚝거리며 뛰고 있는 것을 알았다. 그는 어린애처럼 조그만 체구에 빼빼 마른 몸집을 하고 있었음에도 불구하고, 다른 사람들보다 더 빨리 달려오고 있었다. 얼마 지나지 않아 그가 다른 사람들을 제치고 맨 앞으로 나섰다. 그의 얼굴에서 손수건이 벗겨져 내리고 내가 그의 얼굴을 알아본 것은 바로 그때였다. 사방으로 먼지가 날리고 있었지만 나는 그 악당을 어디에서라도 알아 볼 수 있었다. 에드워드 J. 스파크스. 다른 누구도 아닌 그가 다시 나타났던 것이다. 그리고 슬림이 눈에 띄는 순간, 나는 내 운명이 영원히 망쳐졌다는 것을 알았다.

「저놈들이 우리를 쫓아오고 있어요. 차를 돌려서 달아나요. 저놈들이 총을 쏠 수 있을 만큼 가까워졌어요.」

내가 엔진 소음 너머로 소리쳤다.

그러나 그것은 별 도움이 안 되는 소리였다. 우리는 후진을 하고 있어서 빨리 달아날 수가 없었지만 차를 돌리느라 시간을 허비하면 더 더욱 늦어지게 될 터였다. 하지만 그렇더라도 위험을 무릅써야 했다. 만일 3, 4초 내에 속도를 높이지 않는다면 우리에게 기회는 없을 것이었다.

예후디 사부가 차를 오른쪽으로 홱 돌려 황급하게 후진으로 U턴을 했다가 기어를 1단으로 바꿨다. 톱니바퀴들이 끔찍하게 갈리는 소리를 내면서 뒷바퀴가 길에서 벗어나 흩어진 바위에 부딪쳤고, 다음에 우리는 차체가 요란하게 흔들리고 미끄러지며 도리깨질을 하듯 튀어 오르는 동안 빙글빙글 돌고 있었다. 뒷바퀴가 다시 땅에 닿기까지는 1, 2초 가량 걸렸지만 그때쯤 우리는 차를 반대 방향으로 돌린 다음, 뒤에서 총을 쏘아 대는 소리가 들리는 가운데 쏜살같이 내닫기 시작했다. 그러나 불행히도 그중 한 발이 뒷바퀴에 맞아 고무 타이어가 터졌고, 그 바람에 피어스애로가 급격하게 왼쪽으로 기울어졌다. 사부는 차와 함께 흔들리면서도 액셀러레이터에서 절대로 발을 떼지 않았다. 그는 차가 길에서 벗어나지 않게 하려고 미친 듯이 운전대를 잡아 돌리며 기어를 이미 3단으로 바꾸고 있었다. 하지만 다음번 총알이 뒷유리창을 뚫고 들어오는 순간, 그에게서 비명이 터져 나오며 그의 손이 운전대에서 퉁겨져 올라갔다. 차가 길에서 펄쩍 뛰어올라 바위들이 흩어진 사막으로 흔들리며 내달렸고, 잠시 뒤에는 사부의 오른쪽 어깨에서 피가 뿜어져 나오기 시작했다. 어디에서 그런 힘이 생겨났는지는 아무도 모를 일이었지만, 사부는 다시 운전대를 움켜쥐고 한 번 더 시도를 해보았다. 그게 소용이 없었던 것은 그의 잘못이 아니었다. 그때쯤 차는 손쓸 수 없이 흔들리며 질주하는 중이었고, 그가 차를 다시 길로 되돌려 놓기도 전에 왼쪽 앞바퀴 타이어가 커다랗게 튀어나온 바위의 경사면에 미끄러지면서 차가 전복되었다.

그 다음은 캄캄한 암흑이었다. 차가 뒤집힐 때의 급격한 동요로 인해 나는 앉아 있던 자리에서 퉁겨져 나왔고, 맨 마지막으로 기억이 나는 것은 사부 쪽으로 날아간 것이었다. 그렇게 허공으로 떠올랐다가 떨어지는 사이 나는 계기반이나 운전대에 머리를 부딪쳤던 게 틀림없었다. 차가 움직임을 멈추었을 때 정신을 완전히 잃었기 때문이었다. 그 뒤로 여러 가지 일들이 벌어졌겠지만 나로서는 그런 일들을 알 수 없었다. 나는 슬림과 그의 패거리가 차를 덮쳐 트렁크에서 물건을 강탈해 가는 것도, 또 그들이 슈트케이스를 열어 옷가지들을 땅바닥에 흩어 놓는 것도 보지 못했다. 그들이 어째서 나중에 우리를 쏘아 죽이지 않았느냐 하는 것은 지금까지도 일종의 미스터리로 남아 있다. 그들은 우리를 죽일 것이냐 말 것이냐로 논쟁을 벌였겠지만, 나는 그들이 하는 말을 한 마디도 듣지 못했고, 그런 이유로 우리가 어떻게 해서 살 수 있었는지는 전혀 짐작이 가지 않는다. 어쩌면 우리가 이미 죽은 것처럼 보였거나 아니면 그들이 우리에게는 아예 관심조차 없었는지도 몰랐다. 그들은 우리 돈이 모두 들어 있는 금고를 손에 넣었고, 설령 그들이 떠날 때 우리가 아직 숨을 쉬고 있었더라도 부상으로 인해 어쨌든 죽을 거라고 생각했을 것이다. 우리가 가지고 있던 돈을 마지막 한푼까지 강탈당한 것에 어떤 위안을 느낀다면, 그것은 털린 돈의 액수가 얼마 안 된다는 것이었다. 슬림은 틀림없이 우리가 몇백만 달러를 가지고 있을 거라는 생각으로 평생 동안의 횡재를 기대했겠지만, 그가 힘들여 얻은 돈은 고작 2만 7천 달러에 지나지 않았다. 더군다나 그것을 넷으로 나누고 보면 얼마 되지 않는 액수, 사실상 약간의 수당에 지나지 않는 금액이었다. 나는 그가 얼마나 실망했을까를 생각하자 즐거워졌고, 그 뒤로 여러 해 동안 그의 기대가 얼마나 어그러졌을까를 상상하는 것만으로도 기분이 좋아졌다.

나는 한 시간쯤 기절해 있었던 것으로 생각되지만, 그보다 더 될 수도 있고 덜 될 수도 있었다. 어찌 되었건, 정신이 들고 보니 나는 사부의 몸 위에 엎어져 있었다. 우리 두 사람은 팔다리가 서로 뒤엉키고 옷이 피에 흠뻑 젖은 채 운전석 쪽의 문에 처박혀 있었고, 사부는 여전히 의식이 없었다. 내가 눈을 끔뻑거려 초점을 맞추었을 때 처음 눈에 띈 것은 조그만 돌멩이 위로 기어오르는 개미였다. 내 입에는 부서진 흙덩이가 잔뜩 들어 있었고 얼굴은 땅에 납작하게 눌려 있었다. 차가 전복되면서 문이 열렸기 때문이었는데, 지금 생각해 보면 그것은 일말의 행운이었다. 행운이라는 말이 그런 상황을 설명하는 데 쓰일 수 있는 말인지는 모르겠지만. 적어도 내 머리가 유리창을 뚫고 나가지는 않았고, 내가 고마워해야 할 것은 그것이었다. 적어도 내 얼굴이 갈가리 찢기지는 않았던 것이다.

 나는 이마를 몹시 다쳤고 온 몸이 멍투성이였지만 다행히 뼈는 하나도 부러지지 않았다. 내가 그 사실을 알아차린 것은 몸을 일으켜 머리 위에 있는 문짝을 열려고 했을 때였다. 뼈에 심각한 손상을 입었더라면 그렇게 움직일 수가 없었을 것이다. 하지만 그렇더라도 문을 밀어 여는 일은 쉽지 않았다. 문짝의 무게가 반 톤이나 나가는 데다, 차가 이상한 각도로 기울어져 있어서 힘을 제대로 주기도 어려웠다. 내가 문을 열고 그 틈새로 기어오를 수 있기까지는 적어도 5분 이상 안간힘을 썼을 것이다. 더운 바람이 얼굴을 때렸지만 피어스애로의 밀폐된 찜통에 갇혀 있던 뒤라서 그 바람이 오히려 시원하게 느껴졌다. 나는 1, 2초쯤 그대로 걸터앉아 흙을 뱉어 내고 후텁지근한 공기를 들이쉬었다. 그러나 손이 미끄러지면서 뜨겁게 달구어진 차체에 닿는 순간, 놀라서 펄쩍 뛰었다가 땅에 털썩 떨어지고 말았다. 나는 몸을 추스르고 일어나 비틀거리며 차 반대편 쪽으로 돌아가기 시작했다. 그러는 중에 트렁크가 열려 있는 것을 보았고 금고가 없어졌다는 것도 알았지만, 이미 벌어진 일이었기에 거기에 대해서는 더 이상 생각을 하지 않았다. 차는 왼쪽 옆부분이 불쑥 튀어나온 바위에 걸쳐져 있어서 땅과 문 사이에 15 내지 20센티미터쯤 되는 좁은 공간이 만들어져 있었다. 그 공간은 내가 머리를 밀어 넣을 만큼 넓지는 못했지만, 땅에 납작 엎드려 안쪽을 들여다보자 사부의 머리가 창 밖으로 늘어져 있는 것이 보일 정도는 되었다. 어떻게 해서 그런 일이 일어났는지는 설명할 수 없지만,

내가 그 좁은 틈을 통해 그를 쳐다보는 순간 그가 눈을 떴다. 한순간 그의 눈과 내 눈이 마주쳤고, 잠시 뒤에는 그의 얼굴이 미소 비슷한 표정으로 일그러졌다.

「나 좀 여기서 꺼내다오, 월트.」

그가 말했다.

「팔이 망가져서 혼자 힘으로는 움직일 수가 없구나.」

나는 다시 차 반대편으로 달려가 셔츠를 벗어서 양손에 둘렀다. 달아오른 차체로부터 손바닥을 보호하기 위해 즉석에서 대용품 벙어리 장갑을 한 켤레 만든 것이다. 그런 다음 나는 차 위로 기어올라가 열려 있는 문 가장자리에 몸을 지탱하고 사부를 끌어내기 위해 손을 뻗쳤다. 그러나 불행히도 그는 오른쪽 어깨가 망가져서 팔을 뻗칠 수 없었다. 그가 안간힘을 써서 몸을 돌리고 다른 쪽 팔을 내밀었지만, 그러는 데는 엄청난 힘이 들었고 고통 또한 너무 심해 보였다. 나는 그에게 가만히 있으라고 한 다음, 바지에서 벨트를 풀어내어 그 가죽 끈을 차 안으로 늘어뜨렸다. 그것이 효과가 있는 것처럼 보였다. 예후디 사부가 왼손으로 혁대를 단단히 움켜쥐었고, 나는 끌어당기기 시작했다. 얼마나 여러 번 그가 여기저기 부딪치고 미끄러지고 했는지는 기억도 하기 싫지만, 우리 둘 다 그 일에 계속 매달린 끝에 20, 30분쯤 뒤에는 마침내 그를 끌어낼 수 있었다.

그렇게 우리는 모하비 사막에 고립된 채 버려져 있었다. 차는 망가졌고, 마실 물도 없었고, 가장 가까운 도시라야 60킬로미터는 떨어져 있었다. 그것만으로도 아주 곤란했지만, 우리의 곤경 가운데서 가장 고약한 것은 사부의 부상이었다. 그는 두 시간여 동안 굉장히 많은 피를 흘린 데다, 뼈는 몸 속에서 산산이 부서졌고, 근육은 찢겼고, 마지막 남은 힘은 차 밖으로 기어 나오느라 다 소모되었다. 나는 그를 피어스애로의 그늘에 앉힌 다음 땅에 여기저기 흩어져 있는 옷가지들을 주워 모으러 달려갔다. 그리고 하나씩 하나씩 그의 흰 와이셔츠들과 맞춤 실크 넥타이들을 주워 올린 다음, 더 이상 안을 수 없을 만큼 한 아름 꽉 차자 그것들을 붕대로 쓰기 위해 날라왔다. 그것이 내가 생각해 낼 수 있었던 가장 나은 아이디어였지만 크게 도움이 되지는 못했다. 넥타이들을 이어 매고 셔츠들을 기다란 조각으로 찢어서 그의 어깨를 힘닿는 데까지 단단히 동여맸는데도, 피는 멎을 줄 모르고 계속 배어 나왔다.

「여기서 잠시 쉬어야겠어요.」

내가 말했다.

「그리고 해가 넘어가기 시작하면 사부님이 일어서서 걸을 수 있는지 알아보기로 해요.」

「그래 봤자 소용없다, 월트.」

그가 대답했다.

「난 절대로 그럴 수 없을 테니까.」

「틀림없이 할 수 있어요. 우린 길을 따라 걷기 시작하면 미처 알아차리기도 전에 어떤 차가 와서 우리를 태워 줄 거예요.」

「여기에서는 오늘 하루 종일 차가 한 대도 보이지 않았어.」

「그건 상관없어요. 누군가가 나타나게 되어 있으니까요. 그게 평균율의 법칙이라고요.」

「그렇지만 차가 한 대도 오지 않으면?」

「그러면 사부님을 업어 나를 거예요. 무슨 수를 써서라도 나는 사부님을 외과 의사에게로 데려가서 치료를 받게 할 거예요.」

예후디 사부가 눈을 감고 고통을 참으며 속삭였다.
「그놈들이 돈을 모두 가져 갔지?」
「그거 한 가지는 똑소리 나게 맞췄네요. 모두 없어졌어요. 마지막 한푼까지.」
「거참, 쉽게 들어온 건 쉽게 나가는구나. 그렇지, 월트?」
그가 미소를 지으려고 안간힘을 쓰면서 말했다.
「대강 그런 것 같아요.」
예후디 사부는 소리를 내어 웃기 시작했지만, 그렇게 웃기에는 고통이 너무 심했다. 그가 안간힘을 쓰며 숨을 고르더니 내 눈을 들여다보며 아닌 밤중에 홍두깨 격으로 불쑥 말을 꺼냈다.
「지금부터 사흘 뒤 우린 뉴욕에 가 있을 거였는데……」
「그건 다 지난 얘기예요, 두목. 하루 뒤면 우린 할리우드에 있을 거라고요.」
사부가 아무 말도 하지 않고 한참 동안이나 나를 바라보았다. 그러더니 뜻밖에도 왼손을 뻗쳐 내 손을 잡아 쥐었다.
「지금 네가 어떤 아이이건……」
마침내 그가 입을 열었다.
「그건 모두 나 때문이다. 그렇지 않니, 월트?」
「그야 물론 그렇죠. 난 사부님이 나를 찾아내기 전에는 아무짝에도 쓸모 없는 부랑아였어요.」
「난 단지 그게 양방향으로 작용했다는 것을 알려 주고 싶은 거다. 내가 어떻게 되어 있건 그것은 너 때문이야.」
나는 그 말에 뭐라고 대답해야 할지를 몰라서 잠자코 있었다. 대기 중에 이상한 기미가 배어 있었고, 갑자기 나는 우리 얘기가 어디로 가고 있는지 알 수 없었다. 그때 내가 겁을 먹었다고 말하려는 건 아니지만 —— 적어도 그때까지는 —— 명치께가 뒤틀리며 꿈틀거리기 시작했다. 그것은 언제나 대기가 교란되는 확실한 조짐이었다. 내 몸 속에서 그런 동요가 일기 시작할 때마다 나는 날씨가 바뀌려고 한다는 것을 알고 있었다.

「걱정 마라, 월트.」

사부가 말을 이었다.

「모든 게 다 잘 될 거야.」

「나도 그렇게 생각해요. 하지만 난 지금 사부님이 나를 바라보는 눈길 때문에 안절부절못하겠어요.」

「나는 생각을 하고 있는 중이다, 그것뿐이야. 내가 할 수 있는 한 침착하게 이 상황을 심사숙고해 보려는 거니까 그 일로 당황할 건 없다.」

「나는 당황하지 않았어요. 사부님이 나를 속이지만 않는다면 난 절대로 당황 안 해요.」

「너는 나를 믿고 있지? 그렇지 않니, 월트?」

「물론 믿고 있어요.」

「그렇다면 나를 위해서 뭘 좀 해주지 않겠니?」

「물론이죠. 뭐든지요.」

「좋다. 네가 지금 나를 위해서 해줬으면 하는 건, 차 안으로 다시 들어가서 사물함에 있는 권총을 가져다 달라는 거다.」

「권총이요? 그걸 뭐에다 쓰게요? 이제는 쏘아 죽일 강도들이 하나도 없는데요. 있는 거라곤 우리하고 여기로 불어오는 바람뿐이에요. 그리고 바람은 어떻든지 간에 별로 상관할 게 못 돼요.」

「질문은 하지 말아라. 내가 시키는 대로 권총이나 가져 와.」

내게 달리 선택할 길이 있었을까? 그랬다, 아마 있었을 것이다. 나는 거절할 수도 있었고, 그랬더라면 그 일은 거기에서 그대로 끝났을 것이다. 그러나 사부는 내게 명령을 내렸고, 나는 그에게 건방진 소리를 할 입장이 아니었다. 그때는, 더구나 그런 때에는 아니었다. 그는 권총을 원했고, 내가 알고 있는 한에서는 그에게 권총을 가져다 주는 것이 내가 할 일이었다. 그래서 나는 두말하지 않고 차 안으로 기어 들어가 권총을 꺼내 왔다.

「고맙다, 월트.」

1분쯤 뒤 내가 권총을 건네 주자 그가 말했다.

「너는 마음에 꼭 드는 녀석이야.」

「조심하세요. 그 총은 장전이 되어 있어요. 그리고 우리에게 가장 불필요한 것은 또 다른 사고예요.」

「자, 이리 와라.」

그가 자기 옆의 땅을 두드리면서 말했다.

「내 옆에 앉아서 내가 하는 말을 잘 들어라.」

나는 이미 모든 것을 후회하기 시작했다. 그의 목소리에 밴 다정한 어조에는 체념한 기색이 배어 있었고, 내가 땅에 앉았을 때는 뱃속이 몹시 울렁거리며 식도를 타고 장대높이뛰기를 하는 듯한 메스꺼움이 치밀어 올랐다. 사부의 살갗이 분필처럼 창백했고, 콧수염에는 땀방울이 송골송골 맺혀 있었고, 팔다리는 덜덜 떨리고 있었다. 하지만 그의 눈길만은 흔들리지 않았다. 그에게 아직 남아 있는 힘이 모두 그의 눈 속에 모아져 있는 것 같았다.

「이렇게 하자는 거다, 월트.」

그가 내 눈을 똑바로 들여다보면서 말했다.

「우리는 지금 아주 곤란한 처지에 놓여 있고, 어떻게든 여기서 빠져 나가야 해. 그 일을 빨리 서두르지 않으면 우린 둘 다 죽게 될 거야.」
「그럴 수도 있겠죠. 하지만 기온이 좀 떨어지기 전에 떠난다는 건 말이 안 돼요.」
「말을 자르지 마라. 먼저 듣고 나서 그 다음에 얘기해도 돼.」
그가 혀로 입술을 축이려고 잠시 말을 멈췄지만 그러기에는 침이 너무 말라 있어서 아무 소용도 없었다.
「우린 일어나서 여기를 빠져 나가야 해. 그건 분명한 거고 오래 기다리면 기다릴수록 사정은 더욱 나빠져. 그런데 문제는 내가 일어서서 걸을 수가 없다는 거다. 어떻게 해도 상황을 바꿀 수는 없어. 해가 질 때쯤이면 나는 지금보다도 더 약해져 있을 뿐이야.」
「그럴 수도 있고 아닐 수도 있겠죠.」
「더 나아질 가망성은 조금도 없어, 이 녀석아. 그러니까 주저앉아서 귀중한 시간을 낭비하는 대신 내 너한테 한 가지 제안을 하마.」
「예, 그게 뭔데요?」
「나는 여기에 남아 있고 너 혼자서 떠나는 거다.」
「잊어버리세요. 나는 사부님 곁에서 꼼짝도 안 할 거예요. 나는 벌써 오래 전에 약속을 했고 그 약속을 철저히 지킬 거예요.」
「그건 정말 고마운 말이다만, 그래 봤자 단지 화를 자초하게 될 뿐이야. 너는 여기에서 벗어나야 하는데, 나를 끌고서는 그렇게 할 수가 없어. 현실을 직시해라. 우리가 함께 지내는 건 오늘이 마지막이다. 너도 그걸 알고 나도 그걸 알아. 그리고 우리가 더 빨리 그 사실을 인정할수록 사정이 조금이라도 더 나아질 거다.」

「절대로 안 돼요. 난 죽어도 그렇게 하지 않겠어요.」

「물론 너는 나를 내버려두고 싶지 않을 거다. 그건 네가 떠나야 한다는 것을 몰라서가 아니라 내가 이런 상태로 여기에 누워 있는 걸 생각한다면 괴롭기 때문이지. 너는 내가 고통받는 걸 원치 않고, 나는 그걸 고맙게 생각한다. 그것만 봐도 네가 잘 배웠다는 걸 알 수 있어. 하지만 나는 너한테 방법을 한 가지 제시할 거야. 거기에 대해서 생각을 좀 해보고 나면 너는 그게 우리 모두를 위해 가장 나은 해결책이라는 걸 알게 될 거다.」

「그 방법이라는 게 뭔데요?」

「아주 간단한 거다. 네가 이 총을 받아 들고 내 머리를 쏘는 거야.」

「제발 사부님, 지금은 농담을 할 때가 아니에요.」

「이건 농담이 아니다, 월트. 먼저 나를 쏘고, 그 다음에 네 갈 길을 가거라.」

「햇볕을 너무 많이 쬐어서 머리가 이상해진 모양이네요. 사부님은 어깨에 총알이 하나 박혀 있는 것뿐이라고요. 물론 아프겠지만 그렇다고 죽을 정도는 아니에요. 의사라면 그런 상처쯤은 식은 죽 먹기로 치료할 수 있어요.」

「나는 총알에 대해서 얘기하는 게 아니다. 내 뱃속에 퍼져 있는 암에 대해서 얘기하고 있는 거야. 우린 이제 더 이상 서로를 속일 필요가 없다. 내 창자는 모두 결딴이 나고 망가져서 나는 살 날이 6개월도 채 남지 않았어. 내가 여기서 벗어날 수 있다 하더라도 어쨌든 죽게 될 거다. 그러니까 이 일을 우리 손으로 처리하는 게 어떻겠니? 6개월간의 통증과 고뇌……. 내가 기대할 수 있는 건 그것뿐이야. 생각 같아서는 죽기 전에 네가 뭔가 새로운 일을 시작하는 걸 보고 싶다만, 형편이 그렇게 되어 있지가 않아. 그게 너무 안타깝구나, 많은 일들이 너무 안타까워. 하지만 네가 지금 방아쇠를 당겨 준다면 나한테 큰 호의를 베푸는 셈이 될 거다, 월트. 나는 너한테 달려 있고 네가 나를 실망시키지 않으리라는 걸 알아.」

「그만둬요. 그런 말 하지 말아요, 사부님. 사부님은 지금 무슨 말을 하고 있는지도 모르고 있어요.」

「죽음이 그렇게 끔찍한 건 아니다, 월트. 사람이 막바지에 이르게 되면 그건 정말로 원하는 것일 뿐이야.」

「나는 그럴 수 없어요. 천년이 지나도 그럴 수 없어요. 사부님은 세상이 끝날 때까지 그래 달라고 할 수 있지만 나는 절대로 사부님에게 손가락 하나도 겨눌 수 없어요.」

「네가 그러지 않겠다면 내가 직접 해야 될 거다. 그러려면 훨씬 더 힘이 들겠지. 나는 네가 그 수고를 덜어 줬으면 한다.」

「제발 사부님. 총을 내려놓아요.」

「미안하다, 월트. 보고 싶지 않으면 지금 작별 인사를 해라.」

「난 아무 말도 하지 않을래요. 그 총을 내려놓기 전까지는 나한테서 아무 말도 듣지 못할 거예요.」

하지만 사부는 내 말을 듣고 있지 않았다. 여전히 내 눈을 들여다보며 그는 권총을 들어올려 머리에 대고 공이치기를 뒤로 당겼다. 그는 마치 내가 말릴까 봐, 내가 손을 뻗쳐 총을 움켜쥘까 봐 두렵기라도 한 것 같았다. 그러나 나는 움직일 수가 없었다. 그대로 앉아서 지켜보기만 했을 뿐 손가락 하나 까닥할 수 없었다.

그의 손이 바들바들 떨렸고 이마에서는 구슬땀이 배어 나왔다. 그러나 눈길만은 여전히 확고하고 뚜렷했다.
「좋았던 시절들을 기억해라.」
그가 말했다.
「내가 너한테 가르쳤던 것들을 기억해.」
그런 다음 그는 침을 한 번 꿀꺽 삼키고 눈을 감으며 방아쇠를 당겼다.

3

내가 슬림을 뒤쫓는 데는 3년이 걸렸다. 천 날이 넘도록 샌프란시스코에서부터 뉴욕까지, 모든 도시들에서 그 인간 쓰레기를 찾으며 전국 각지를 떠돌아다닌 것이었다. 나는 할 수 있는 한 날치기를 하고 속이고 빼앗고 하면서 하루하루를 근근이 살았고, 그러는 사이에 조금씩 조금씩 나는 본래의 거지로 되돌아갔다. 나는 차를 얻어 탔고, 도보로 걸었고, 기차에 몰래 스며들었다. 그리고 잠은 이집 저집 문간에서, 떠돌이 노동자 캠프에서, 간이 숙박소에서, 허허벌판에서 닥치는 대로 잤다. 어떤 도시들에서는 길가에 모자를 놓아두고 오렌지들을 번갈아 던지며 받는 묘기로 잔돈푼을 구걸했다. 다른 도시들에서는 마루를 닦고 쓰레기통을 비웠다. 또 다른 도시들에서는 훔쳤다. 나는 식당 주방에서 음식을 좀도둑질했고, 금전등록기에서 돈을, 울워스 잡화점[23)]의 물건 상자에서 양말과 내의를 훔쳤다. 내 손이 닿을 수 있는 것이면 무엇이든지 가리지 않고서. 나는 무료 급식을 받는 실업자들의 줄에 끼었고, 구세군 교회에서 설교를 듣는 동안 내내 코를 골았다. 또 저녁 한끼를 벌기 위해 길모퉁이에서 탭댄스를 추거나 노래를 부르기도 했다. 한 번은 시애틀에 있는 어느 극장에서 내 성기를 빨고 싶어하는 어떤 늙은 남자로부터 10달러를 받았고, 또 한 번은 미네아폴리스의 해네편 애비뉴에서 도랑에 빠져 있는 1백 달러짜리 지폐를 주운 적이 있다. 그 3년을 보내는 동안 10여 명의 사람들이 10여 곳의 다른 장소에서 내게로 다가와 원더보이 월트가 아니냐고 물었다. 맨 처음 그런 질문을 받았을 때는 깜짝 놀라서 정신이 없었지만, 그 뒤로 나는 대답을 준비해 두었다.

「미안합니다. 그런 이름은 들어 보지도 못했는데요. 아마 다른 사람하고 혼동을 한 모양입니다.」

나는 그렇게 둘러대곤 했다. 그리고 상대방이 더 우기기 전에 고개를 까딱해 보이고 사람들 속으로 사라졌다.

내가 슬림을 따라잡은 것은 열여덟 살이 다 되어 가던 무렵이었다. 그때 내 키는 165센티미터로 자랄 만큼 다 자랐고, 루즈벨트 대통령의 취임식이 꼭 두 달 앞으로 다가와 있었다. 주류 밀매업자들은 아직 영업을 계속하고 있었지만, 위반자는 중벌에 처한다는 금주령 때문에 마지막 남은 재고를 팔고 달리 부정한 투자를 할 길이 없는지 알아보고 있는 중이었다. 내가 외삼촌을 찾아낸 방법은 그 점을 이용해서였다. 후버가 축출되리라는 것을 알게 되자, 나는 내가 찾아낼 수 있는 모든 주류업자들의 문을 두드리기 시작했다. 슬림은 주류 밀매

---

23) 미국의 실업가 프랭크 윈필드 울워스가 세운 저가(低價)의 물건 체인점.

같은 막다른 불법 행위에 들러붙어 떨어지지 않을 작자였고, 만일 누군가에게 직업을 구걸했다면 세인트루이스 근처에서 그 일을 하고 있을 공산이 컸다. 당연히 동부와 서부는 제외시켰다. 더군다나 나는 이미 그런 곳에서 많은 시간을 허비한 뒤였으므로, 그가 전에 자주 들락거렸던 곳들을 겨냥하기 시작했다. 그리고 세인트루이스와 캔자스 시티, 오마하에서도 아무런 단서를 찾지 못하자 중서부에 있는 다른 도시들로 점점 더 범위를 넓혀 나갔다. 밀워키, 신시내티, 미네아폴리스, 시카고. 디트로이트에서부터 나는 다시 시카고로 돌아왔다. 그 전에 먼저 세 번 그곳을 찾아갔을 때는 어떤 단서도 찾아내지 못했지만, 네 번째에는 운이 바뀌었다. 삼세 번이라는 말은 잊어버리자. 스리 스트라이크면 아웃을 당하지만 포볼이면 걸어 나간다. 그리고 내가 1933년 1월 시카고에서 돌아왔을 때, 나는 마침내 1루를 밟았다. 추적은 시카고에서 130킬로미터 더 내려간 일리노이의 로포드로 이어졌고, 거기에서 나는 그를 찾아냈다. 새벽 3시에 어느 창고에 앉아 밀수입된 2백 상자의 캐나다 산(産) 호밀 위스키를 지키고 있는 그를 마침내 찾아냈다.

바로 그 자리에서 그를 쏘아 죽였더라면 쉬웠을 것이다. 나는 호주머니에 총알이 장전된 권총을 가지고 있었는데, 그것이 3년 전 사부가 자살을 하는 데 썼던 바로 그 권총이라는 사실을 생각한다면 그 총을 이제 슬림에게로 돌리는 일에는 어떤 정의가 있을 법했다. 하지만 내게는 다른 계획들이 있었던 데다 그 계획들을 여러 해 동안 마음속에 키워 왔으므로, 감정에 휘말려들고 싶은 생각은 추호도 없었다. 단지 슬림을 없애는 것만으로는 충분하지가 못했다. 그는 자기를 처형하는 사람이 누구인지를 알아야 했고, 나는 그에게 죽음의 고통을 얼마쯤 맛보도록 한 뒤에야 죽음을 허락할 셈이었다. 결국 서로 공평한 게 제일이니까. 어차피 복수가 달콤할 수 없다면 애시당초 그런 성가신 일을 할 이유가 어디에 있겠는가? 이제 과자 가게로 들어선 이상, 나는 큰 접시에 가득 담긴 과자들을 실컷 즐길 셈이었다.

그 계획은 복잡하지 않다면 아무 쓸모도 없었다. 내 계획은 과거의 기억들이 모두 뒤섞인 것이었지만, 이숍이 시볼라의 농장에서 그 옛날 내게 읽어 주었던 책이 아니었더라면 나는 그 계획을 결코 생각해 내지 못했을 것이다. 그 책들 가운데 한 권, 너덜너덜한 푸른색 표지가 달린 두툼한 책이 아서 왕과 원탁의 기사들에 관한 것이었다. 그 갑옷을 입은 사람들은 나와 이름이 같은 월터 경(卿)만 빼고는 내가 가장 좋아하는 영웅들이었고, 그래서 나는 다른 어떤 책보다도 더 자주 그 책을 읽어 달라고 했다. 내가 친구를 가장 필요로 할 때마다 —— 말하자면 상처를 치료하고 있을 때나 사부와의 싸움에 져서 기분이 축 처져 있을 때 —— 공부를 제쳐놓고 2층으로 올라와 나와 함께 있곤 했는데, 나는 마술과 모험에 관한 그런 이야기들에 귀를 기울이는 게 얼마나 위안이 되었는지를 절대로 잊지 않았다. 그리고 이제 내가 세상에 홀로 남겨진 만큼, 그 이야기들이 자주 머릿속으로 떠올랐다. 결국, 나는 혼자서 탐구를 하고 있었던 셈이다. 나는 내 성배(聖杯)를 찾기 시작했고, 그렇게 1년쯤을 찾아다니자 이상한 일이 생기기 시작했다. 이야기에 나오는 성배가 진짜 성배로 바뀌기 시작했다. 그 컵으로 마시면 네게 새로운 생명을 주리니. 그러나 내가 찾고 있던 생명은 오로지 외삼촌의 죽음으로부터 시작될 수 있었다. 그것이 나의 성배였다. 그것을 찾기 전까지는 내게 실질적인 삶이란 있을 수 없었다. 그 컵으로 마시면 네게 죽음을 주리니. 조금씩 조금씩 한 컵이 다른 컵으로 바뀌었고, 그 바뀐 컵이 내가 이곳에서 저곳으로 떠돌아다니는 동안 그를 어떻게 죽일 것이냐 하는 문제로 차츰차츰 나를 끌어들였다. 그 계획이 마지막으로 구체화되었을 때 나는 네브래스카 주의 링컨에 있는 세인트 올라프 루터 선교회에서 수프 주발 위로 몸을 굽히고 있었는데, 그 이후로는 더 이상 아무 의구심도 가지지 않았다. 나는 컵에 스트리크닌을 채워 그 개자식에게 마시라고 강요할 작정이었다. 그것이 내가 떠올린 장면이었고, 그날 이후로 그 장면은 단 한 번도 나를 떠나지 않았다. 나는 그의 머리에 총을 들이대고 그 자신의 사약을 마시도록 할 것이다.

그런 생각을 가슴에 품고 나는 일리노이 주 록포드의 썰렁하고 텅 빈 창고에서 슬림의 등뒤로 살금살금 다가가고 있었다. 그가 졸음을 이기지 못해 고개를 끄덕끄덕할 때까지 3시간 동안을 나무 상자 더미 뒤에 쪼그리고 앉아 기다린 보람이 있어서, 이제 드디어 기다리고 기다리던 순간이 내 앞으로 다가온 것이었다. 그 한순간을 위한 계획을 짜는 일에 얼마나 많은 시간을 들였는지를 생각한다면, 내가 그처럼 침착할 수 있다는 것이 놀라울 지경이었다.

「안녕하쇼, 삼촌.」

내가 그의 귀에다 대고 속삭이는 소리로 말했다.

「못 본 지 꽤 오래됐지?」

나는 그의 뒤통수에 권총을 들이대고 있었지만, 그가 분명히 알 수 있도록 하기 위해 엄지손가락으로 공이치기를 당겼다. 슬림이 앉아 있는 테이블 위에는 40촉짜리 알전구가 매달려 있었고, 테이블에는 밤새 야간 경비원 노릇을 하는 데 필요한 물건들이 어지럽게 놓여 있었다. 커피가 든 보온병, 호밀 위스키 한 병, 조그만 유리잔 하나, 일요일판 신문 연재 만화, 그리고 38구경 리볼버.

「월트?」

그가 물었다.

「너, 월트 맞지?」

「살아서 직접 왔소이다, 당신이 제일 아끼는 조카가.」

「난 아무 소리도 듣지 못했는데 대체 무슨 수로 그렇게 살금살금 다가온 거냐?」

「손을 테이블 위에다 얹고 고개 돌리지 마. 총을 집으려고 하면 당신은 죽은 목숨이야, 알아들었어?」

그가 두려움을 숨기려고 조그맣게 웃는 소리를 냈다.

「좋아, 알아들었어.」

「꼭 옛날로 돌아온 것 같지 않아? 우리 둘 중 하나는 의자에 앉아 있고, 다른 하나는 총을 들이대고 있던 그 옛날. 난 당신이 내가 집안의 전통에 충실하다는 걸 인정해 줄 거라고 생각하는데.」

「너 이렇게까지 할 필요 없다, 월트.」

「닥쳐. 나를 설득하려고 들면 지금 이 자리에서 당장 총알을 박아 넣을 거니까.」

「이 빌어먹을. 얘기할 기회는 줘야 할 거 아니냐.」

나는 그의 머리 뒤에서 코를 킁킁거렸다.

「이게 무슨 냄새지, 삼촌? 당신 벌써 바지에다 똥을 싼 거야? 난 당신이 배짱이 두둑할 거라고 생각했는데. 이 몇 년 동안 나는 당신이 얼마나 배짱 좋은 남자였는지를 생각하면서 돌아다녔는데.」

「너 미쳤구나. 난 아무 짓도 안 했어.」

「나한테는 분명히 똥 냄새 같은데. 아니면 단지 두려움 때문인가? 당신한테서는 두려우면 그런 냄새가 나나?」

내 왼손에는 총이 쥐어져 있었고 오른손에는 가방이 들려 있었다. 나는 슬림이 얘기를 계속할 수 있기 전에 —— 벌써 그의 말이 내 신경을 거스르기 시작했다 —— 그의 머리 위로 가방을 휙 넘겨 그 앞의 테이블에 쾅 내려놓았다.

「그걸 열어.」

내가 명령했다.

그가 손가방의 지퍼를 열 동안 나는 테이블 옆으로 빙 돌아 그의 총을 호주머니에 집어 넣었다. 그리고는 천천히 그의 머리에서 총을 떼어 내고 서로의 얼굴이 똑바로 마주 보일 때까지 테이블 앞쪽으로 옮겨 갔다. 그가 가방 속으로 손을 집어 넣어 그 안에 든 물건들을 꺼낼 동안, 나는 계속 그의 얼굴에 총을 겨누고 있었다. 처음에는 독을 탄 우유가 든 유리병, 다음에는 은으로 된 성배. 나는 그 컵을 2년 전 클리블랜드의 어느 전당포에서 훔친 뒤로 계속 가지고 다녔다. 순은은 아니었고 은도금이 되어 있을 뿐이었지만, 양옆에는 조그만 기마상들이 양각되어 있었다. 나는 그것을 훔친 바로 그날 저녁, 반짝반짝 윤이 날 때까지 문질러 닦았다. 그 성배가 테이블 위에 병과 함께 놓아지자, 나는 좀더 넓게 보려고 두 발짝 뒤로 물러섰다. 이제 쇼가 막 시작되려는 참이었고, 나는 어느 것 한 가지도 놓치고 싶지 않았다.

슬림은 늙어 보였다. 생각했던 것보다도 훨씬 더 —— 내가 그를 마지막으로 보았던 때부터 20년은 더 지난 것 같이 ─ 늙어 보였다. 그의 눈에 떠오른 표정이 너무도 고통스럽고 너무도 두렵고 너무도 혼란스러웠다. 나보다 물렁한 남자였다면 아마도 그에게 일말의 동정심을 느꼈을 것이다. 하지만 나는 아무런 감정도 느끼지 못했다. 나는 그가 죽기를 바랐고, 그의 얼굴을 들여다보며 거기에서 인간답고 선량한 일말의 조짐을 찾고 있을 동안에도 그를 죽일 거라는 생각으로 스릴을 느꼈다.

「이게 대체 뭐냐?」

그가 물었다.

「칵테일을 마실 시간. 당신은 상당히 독한 걸 털어 넣게 될 거야, 아미고.[24] 그리고 내 건강을 위해 축배를 해야 돼.」

「이건 우유처럼 보이는데.」

「100퍼센트, 그리고 다른 것 약간. 암소 베시에게서 직접 짜온 거지.」

「우유는 애들한테나 갖다 줘. 나는 그 엿 같은 맛 딱 질색이니까.」

「당신한테 좋은 거야. 튼튼한 뼈와 명랑한 기질을 만들어 주는. 지금 당신은 굉장히 늙어 보이는데, 젊어지는 샘물에서 한 모금 마시는 것도 썩 나쁜 생각은 아닐 거야. 그게 놀라운 효과를 보일 테니까. 내 말을 믿어, 거기에 있는 그 액체를 몇 모금 마시면 당신은 지금부터 단 하루도 늙어 보이지 않을 거라고.」

「너 나더러 우유를 컵에다 따르라는 거겠지? 그게 네가 하

---

24) 스페인 말로 친구라는 뜻임.

려는 얘기냐?」

「우유를 컵에다 따르고 그걸 들어올려서 〈오래오래 살아, 월트〉라고 해. 그리고 마시기 시작해. 끝까지 다 마셔. 마지막 한 방울까지도.」

「그 다음은 뭐지?」

「다음엔 아무것도 없어. 이 일로 당신은 세상에 커다란 봉사를 하게 될 거야, 슬림. 그래서 하느님이 당신한테 보답을 하게 될 거고.」

「이 우유에 독이 들어 있겠지?」

「그럴 수도 있고 아닐 수도 있어. 단 한 가지 방법은 당신이 직접 알아내는 거야.」

「헛소리! 내가 이 따위 걸 마실 거라고 생각한다면 넌 미친놈이야.」

「그걸 마시지 않으면 당신 골통에 총알이 박힐 거야. 하지만 그걸 마시면 당신한테 기회가 있을 수도 있어.」

「좋아, 꼭 지옥에서 온 중국놈 같군.」

「그거야 모르지. 어쩌면 나는 당신에게 그저 겁을 주려고 이러는 건지도 몰라. 또 어쩌면 우리가 사업 얘기로 들어가기 전에 당신하고 약소하게 건배를 하고 싶어선지도 모르고.」

「사업? 어떤 사업인데?」

「지나간 사업, 현재 사업, 어쩌면 미래의 사업일 수도 있지. 난 파산했어, 슬림. 그래서 일자리가 필요해. 어쩌면 나는 당신한테 도와 달라고 여기에 와 있는 건지도 몰라.」

「좋아, 네가 일자리를 얻도록 도와주지. 그렇지만 내가 우유를 마셔야 할 이유는 하나도 없어. 너만 좋다면 내일 아침 제일 먼저 빙고한테 얘기를 해주지.」

「좋아, 그 말 기억해 두지. 하지만 그 전에 먼저 우리는 비타민 D를 마시기로 되어 있어.」

나는 테이블 가장자리로 한 걸음 다가가 총을 치켜들고 그의 턱 밑에다 꽉 찔렀다. 머리가 뒤로 홱 제쳐질 정도로 세게.

「우리는 지금 그걸 마시기로 되어 있어.」

그때쯤 그는 손을 덜덜 떨고 있었지만 내가 시키는 대로 병마개를 돌려 땄다.

「그걸 쏟지 마.」

그가 우유를 성배에 쏟아 붓기 시작하자 내가 말했다.

「한 방울이라도 흘리면 방아쇠를 당길 거니까.」

하얀 액체가 한 용기에서 다른 용기로 부어졌고, 테이블 위로는 한 방울도 떨어지지 않았다.

「좋아. 아주 좋아. 이제 컵을 들고 건배해.」

「오래오래 살아, 월트.」

그 구역질 나는 늙은 놈은 땀을 줄줄 흘리고 있었다. 나는 그가 받침 달린 잔을 입으로 가져 갈 동안 그에게서 풍겨 나오는 고약한 냄새를 들이쉬었다. 그가 무슨 일이 일어날지를 알고 있다는 게 즐거웠다. 나는 그의 눈에 서린 두려움이 점점 더 커지는 것을 지켜보다가 갑자기 그와 함께 떨기 시작했다. 부끄러움이나 후회 때문이 아니라 즐거움 때문이었다.

「그걸 단숨에 마셔, 이 늙은 놈아.」

내가 소리쳤다.

「아가리를 벌리고 꿀꺽꿀꺽 소리가 나게.」

그가 눈을 감고 억지로 약을 먹는 어린애처럼 코를 싸쥔 다음 마시기 시작했다. 그는 마셔도 거꾸러지고 안 마셔도 거꾸러질 것이지만 적어도 나는 그에게 한 조각 희망을 펼쳐 보였다. 마시는 편이 총에 맞는 것보다는 더 낫다고. 총에 맞으면 확실히 죽지만 어쩌면 나는 우유로 그를 놀리려는 것뿐일 수도 있다고. 또 비록 내가 그럴 셈은 아니지만 독약을 마시고도 운 좋게 살아 남을 수도 있다고. 기회가 단 한 번밖에 없을 때에는 누구든 그 가망성이 아무리 희박하다 할지라도 그대로 받아들이기 마련이다. 그래서 슬림은 코를 싸쥐고 그 기회를 잡아 보려고 했다. 그리고 나로서는, 그 역겨운 인간에 대해서 어떻게 느꼈건 상관없이, 그가 착한 아이처럼 약을 마셨다는 것만은 인정해야 한다. 그는 마치 아주까리 기름을 마시듯 자기의 사약을 마셨다. 그러는 중에 눈물을 흘리고 한 모금을 삼킬 때마다 숨을 헐떡이며 끙끙거리기는 했어도 우유가 다 없어질 때까지 용감하게 들이켰다.

나는 독이 퍼지기를 기다리며 유령처럼 버티고 서서 고통의 조짐을 찾으려고 슬림의 얼굴을 지켜보았다. 시간이 째깍째깍 지나가는데도 그 개자식은 여전히 거꾸러지지 않고 있었다. 나는 즉각적인 결과 —— 한두 모금을 삼킨 뒤에 죽는 —— 를 기대하고 있었지만 우유가 독을 완화시킨 모양이었다. 슬림이 빈 잔을 테이블 위에다 쾅 내려놓았을 때 나는 이미 뭔가 잘못되지 않았나 의심을 하고 있었다.

「엿먹어라!」

그가 욕을 해댔다.

「엿먹어라, 이 허세나 부리는 개자식아.」

그는 내 얼굴에 떠오른 놀란 표정을 본 것이 분명했다. 그는 코끼리라도 죽일 수 있는 스트리키니네를 마셨지만 이제 막 러시안 룰렛 게임에서 이긴 장난스러운 도깨비처럼 씩 웃으면서 벌떡 일어나 의자를 뒤로 밀어 젖혔다.

「거기 그대로 있어!」
내가 총으로 그를 겨누며 소리쳤다.
「그러지 않으면 후회하게 될 거야.」
그 대답으로 슬림이 웃음을 터뜨렸다.
「네 놈한테는 그런 베짱이 없어, 이 지겨운 녀석아.」
그의 말이 옳았다. 그가 돌아서서 걸어가기 시작하는데도 나는 도저히 총을 쏠 수 없었다. 그는 내게 자기의 등을 타깃으로 내주었지만 나는 방아쇠를 당기기가 겁이 나서 그를 지켜보고만 있었다. 그가 한 발짝을 떼고 또 한 발짝을 떼더니, 창고 밖의 어둠 속으로 사라지기 시작했다. 나는 벽을 울리는, 나를 놀리는 듯한 미치광이 같은 웃음소리를 들으면서 더 이상은 참을 수 없다는 생각이 들었을 때, 그가 영원히 나를 뭉개 버렸다는 생각이 들었을 때 독이 그를 덮쳤다. 그때까지 그는 20, 30발짝을 뗄 수 있었고 그것이 갈 수 있는 한계였다. 그것은 결국 내가 최후로 웃었다는 뜻이다. 나는 갑자기 그의 목에서 가래가 그르렁거리며 숨이 끊어지는 소리와 그의 몸이 땅바닥에 쿵 부딪치는 소리를 들었다. 내가 어둠 속을 더듬어 마침내 그를 찾아냈을 때 그는 완전히 죽어서 쭉 뻗어 있었다.

그렇더라도 나는 그것을 당연한 것으로 받아들이고 싶지가 않아서 좀더 자세히 보려고 그의 시체를 불빛 쪽으로 끌어갔다. 얼굴이 밑으로 가게 목덜미 칼라를 움켜쥐고 시멘트 바닥을 가로질러 질질 끌면서. 나는 테이블에서 몇 미터 떨어진 곳에 멈춰 섰다. 그러나 내가 쪼그려 앉아 슬림의 머리에 총알을 박아 넣으려는 바로 그 순간, 등뒤에서 어떤 목소리가 나를 가로막았다.

「좋아, 꼬마.」
그 목소리가 말했다.
「총을 떨어뜨리고 손을 머리 위로 쳐들어.」
나는 총을 떨어뜨리고 손을 들어올린 다음 천천히, 아주 천천히 그 낯선 사람에게로 돌아섰다. 그는 내게 어떤 특별한 인상도 주지 않았다. 30대 후반 아니면 40대 초반의 별다른 특징이 없는 사내. 그는 파란색 줄무늬가 든 멋진 양복에 값비싼 검은 구두를 신었고, 윗호주머니에는 복숭아 빛깔의 손수건을 꽂아 멋을 부리고 있었다. 나는 처음엔 그의 나이를 더 많게 보았지만, 그것은 순전히 그의 머리칼이 하얗게 세어 있었기 때문이었다. 일단 그의 얼굴을 자세히 보고 나자 나는 그가 전혀 늙지 않았다는 것을 알게 되었다.

「넌 지금 막 내 부하 하나를 해치웠는데, 그건 절대로 안 돼, 꼬마. 네가 아무리 어리더라도 상관없어. 넌 그런 짓을 한 이상 벌을 받아야 해.」

「예, 맞는 말씀입니다.」
내가 말했다.
「내가 저 개자식을 죽었습니다. 저 작자는 죽어 마땅하고 그래서 제가 해치웠습니다. 그게 우리가 해충을 없애는 방법입니다, 아저씨. 그것들이 집 안으로 기어 들어오면 없애 버려야 합니다. 아저씨는 원한다면 저를 쏠 수 있고, 저는 상관 않겠습니다. 저는 해야 할 일을 했고 중요한 건 그것뿐입니다. 지금 죽는다면 적어도 행복하게 죽겠지요.」

그의 눈썹이 약간 올라가더니 놀란 듯 잠시 꿈틀거렸다. 그는 내 몇 마디 말에 어리둥절해져서 어떤 반응을 보여야 할지 모르는 것 같았다. 내 말을 1, 2초쯤 생각해 본 뒤에 그는 좀 즐기기로 작정한 모양이었다.

「그래서 지금 죽기를 바란다는 거냐?」

그가 물었다.

「그렇다고는 하지 않았습니다. 총을 쥐고 있는 사람은 아저씨지 제가 아니니까요. 아저씨가 방아쇠를 당기고 싶어한다면 저로서는 죽었다 깨어나도 어떻게 해볼 도리가 없습니다.」

「그런데 내가 쏘지 않는다면? 그러면 내가 너를 어떻게 해야 하지?」

「글쎄요. 아저씨는 이제 막 부하를 하나 잃었으니까 그자를 대신할 누군가를 고용하는 일에 대해서 생각할 수 있겠지요. 저는 슬림이 여기서 얼마나 오랫동안 일을 했는지는 모르지만, 틀림없이 아저씨가 그 인간이 얼마나 더럽고 지겨운 쓰레기인지를 알아낼 만큼은 오래 있었을 겁니다. 만일 아저씨가 그걸 몰랐다면 제가 지금 여기에 서 있지 않았을 테니까요, 안 그렇습니까? 저는 가슴에 총탄을 맞고 바닥에 쭉 뻗어 있을 겁니다.」

「슬림에게는 결점이 있었지. 그 점에 대해서는 너하고 따지지 않겠다.」

「아저씨는 잃은 게 별로 없습니다. 이해 득실을 따져 본다면 이 작자가 없는 편이 더 낫다는 것을 알게 될 겁니다. 슬림 같은 아무 쓸모도 없는 인간 쓰레기에게 안됐다고 느끼는 척할 이유가 뭡니까? 이 작자가 아저씨를 위해 무슨 일을 했건 저는 더 잘할 겁니다. 이건 약속입니다.」

「너 입은 좀 살아 있구나, 꼬마.」

「지난 3년 동안 별의별 일을 다 겪은 뒤에 남은 거라고는 그것뿐이죠.」

「그런데 네 이름은 어떻게 되지? 너 아직 이름을 갖고 있냐?」
「월틉니다.」
「월트, 뭐?」
「월터 롤립니다.」
「너 내가 누군지 알고 있겠지, 월트?」
「모릅니다. 저로서는 알 길이 없습니다.」
「내 이름은 빙고 월시다. 내 이름 들어 본 적 있냐?」
「물론 들어 봤습니다. 아저씨는 시카고의 제1인자입니다. 오말리 두목의 오른팔이고 루프[25]의 왕입니다, 빙고. 바퀴를 돌려서 일이 되어 돌아가게 하는 거물이죠.」

그는 내가 추켜세우는 말에 미소를 짓지 않을 수 없었다. 제2인자에게 제1인자라고 추켜 주면 듣는 사람은 그 칭찬을 기쁘게 받아들이게 마련이다. 그가 아직 총을 내리지 않고 있다는 것을 생각하면 그에 대해서 안 좋은 말을 늘어놓을 계제가 절대로 아니었다. 그렇게 해서 살 수만 있다면 나는 언제까지고 그의 똥구멍을 긁어 줄 수도 있었다.

「좋아, 월트.」

마침내 그가 말했다.

「시험할 기회를 한 번 주기로 하지. 두세 달 지내다 보면 쓸 만한지 아닌지 알게 될 거다. 익숙해지는 시험 기간 같은 거라고 알아 둬라. 하지만 그때 가서 제대로 못 하면 나는 너를 차버릴 거다. 긴 여행을 떠나 보내 줄 거다.」

「슬림이 막 떠난 데로겠지요?」

「그게 내가 제시하는 거래다. 그걸 받아들일 테면 받아들이

---

[25] 시카고의 상업 중심 지구.

고 말 테면 말아라, 꼬마야.」
「저한테는 아주 괜찮게 들리는데요. 제가 그 일을 할 수 없다면 도끼로 제 머리를 자르십시오. 예, 저는 해낼 수 있습니다. 못 할 게 뭐 있습니까? 제가 아저씨 마음에 들지 못한다면 살아 봤자 무슨 소용이겠습니까?」

그렇게 해서 내 새로운 경력이 시작되었다. 빙고는 내게 적응 교육을 시키면서 요령을 가르쳤고, 나는 조금씩 조금씩 그의 부하가 되어 갔다. 두 달 동안의 시험 기간은 견디기 몹시 힘들었지만, 그 기간이 끝났을 때에도 내 머리는 여전히 목에 붙어 있었고, 그 뒤로 나는 점점 더 깊이 그 일에 빠져 들었다. 오말리는 쿠크 카운티에 가장 큰 조직들 중의 하나를 두고 있었는데, 그 사업을 운영하는 책임자가 빙고였다. 도박장, 복권 사업, 윤락업, 사설 경비대, 슬롯 머신. 그는 단 한 사람, 즉 보스에게만 설명할 책임을 지고서 그 모든 사업들을 확실하게 장악하고 있었다. 나는 어수선한 시기, 변화와 새로운 기회의 시기에 그를 만났지만 한 해가 지나자 그는 중서부에서 가장 능력 있는 사람들 중의 하나로 자리를 굳혔다. 그를 후원자로 둔 것이 내게는 행운이었다. 빙고가 나를 자기의 보호 하에 둔 뒤로 나는 방심하는 법 없이 그의 말에 귀를 기울였고, 얼마 안 가서 곧 내 모든 삶이 완전히 바뀌었다. 한마디로 나는 다시 행운을 잡은 셈이었다. 3년 동안의 좌절과 굶주림을 겪은 뒤에, 나는 이제 내 배를 채울 음식과 호주머니에 든 돈과 등에 걸친 근사한 옷이 있었다. 그리고 내가 빙고의 부하였던 만큼, 두드리면 어느 때에나 문들이 열렸다.

나는 그를 위해 심부름을 다니거나 이따금씩 하찮은 일을 하는 잔심부름꾼으로 출발했다. 그에게 담뱃불을 붙여 주고, 그의 옷을 세탁소로 가져다 주고, 여자 친구들에게 꽃을 전해 주고, 자동차 바퀴 덮개를 반짝반짝하게 닦고 하는 것이 내 일이었다. 나는 그의 명령에 충직한 강아지처럼 발딱발딱 일어났다. 굴욕적으로 들릴지도 모르겠지만, 사실 나로서는 몸종 노릇이라도 마다할 생각이 아니었다. 내게 기회가 오리라는 것을 알고 있었기에, 그가 나를 받아들여 준 것이 고마울 따름이었다. 그 시기는 대공황였는데 달리 어디에서 나 같은 얼간이가 그보다 더 나은 대우를 받을 수 있었겠는가. 내게는 배운 것도, 기술도, 또 이미 끝나 버린 경력을 제외하고는 어떤 훈련을 받은 적도 없었다. 그래서 나는 자존심을 꿀꺽 삼키고 시키는 대로 무슨 일이건 다 했다. 만일 내가 먹고 살기 위해 아첨을 하게 되었다면 그랬다 치자. 나는 세상에서 제일가는 아첨꾼이 될 셈이었다. 내가 빙고의 이야기에 귀를 기울이면서 그의 농담에 맞장구를 친들 무슨 상관일까? 사실 그는 얘기 솜씨가 아주 없지는 않았고, 기분이 내킬 때면 상당히 재미도 있었다.

일단 내가 그에 대한 충성심을 증명해 보이자 그는 나를 저버리지 않았다. 이른봄이 되었을 즈음에 나는 이미 사다리를 올라가는 중이었고, 거기에서부터는 내가 다음번 발판을 얼마나 빨리 밟느냐 하는 것이 유일한 관심사였다. 빙고는 나를 스터터즈(말더듬이) 그로건이라는 전직 프로 복서와 짝을 지웠는데, 그 뒤로 우리는 술집과 레스토랑, 그리고 과자 가게들을 순회하면서 오말리가 매주마다 징수하는 상납금을 걷어들이기 시작했다. 스터터즈는 그 이름이 암시하듯 말주변이 별로 없었지만, 나는 번지르르한 말솜씨를 가지고 있어서 책임을 회피하려거나 상납금을 내지 않으려는 사람들과 마주칠 때마다 지불 약속을 어긴 고객들에게 무슨 일이 일어났었는지를 현란하게 수식해서 늘어놓을 수가 있었다, 내 파트너가 주먹을 동원할 필요도 거의 없을 정도로. 물론 그는 쓸 만한 버팀목이었고 양자 택일을 강요하는 시위의 목적을 위해서는 그를 옆에 두고 있는 편이 더 나았지만, 나로서는 그에게 도움을 청할 필요 없이 분쟁을 수습할 수 있다는 것이 자랑스러웠다.

내가 만족스러운 실적을 올리고 있다는 말이 마침내 빙고의 귀에까지 들어가자, 그는 나를 사우스 사이드에서 복권 업소를 운영하는 위치로 승진시켰다. 스터터즈와 함께 돌아다니는 것도 나쁘지는 않았지만, 나로서는 그렇게 독자적으로 일을 하는 것이 더 마음에 들었다. 다음 여섯 달 동안 나는 피부색이 다른 십여 명의 이웃과 어울려 보도를 누볐고, 내 단골 손님들이 몇 달러의 상금을 따볼 셈으로 푼돈들을 내놓을 동안 그들과 잡담을 주고받았다. 복권의 숫자를 맞추는 데는 길모퉁이의 신문 판매원에서부터 교회지기에 이르기까지 모든 사람들에게 어떤 특정한 방식이 있었다. 나는 그들이 자기네가 어떻게 숫자들을 배합했는지에 대해서 떠들어대는 소리를 듣기 좋아했는데, 그 숫자들은 생일과 꿈, 타율과 감자 가격, 포장 도로의 갈라진 틈의 개수, 자동차 번호판, 세탁물 기입표, 그리고 지난 일요일 기도회에 참석한 사람들의 숫자 등 어디에서건 따왔다. 이길 확률은 거의 제로여서 돈을 잃었을 때는 아무도 그것을 내 탓으로 돌리지 않았지만, 누군가가 적중을 시킨 드문 경우에는 내가 기쁜 소식을 전해 주는 사절로 바뀌었다. 나는 럭키도(행운의 돈) 백작, 두둑한 지갑에서 아낌없이 돈을 내주는 귀족이 되었고, 돈을 내주면서 사람들의 얼굴이 환하게 밝아지는 것을 볼 때마다 즐거워졌다. 요컨대 그 일은 상당히 기분 좋은 일이어서 빙고가 나를 다시 승진시켰을 때는 그곳을 떠나기가 섭섭할 지경이었다.

복권 업소에서 나는 도박장으로 옮겨졌고, 1936년에는 로커스트 가에 있는 경마 도박장 — 드라이클리닝 공장 뒷방에 숨겨져 있는 아늑하고 담배 연기 가득한 무허가 노름집이었다 — 의 운영 책임자가 되었다. 고객들은 구겨진 셔츠와 바지를 들고 와서 앞쪽 카운터에 맡긴 다음, 옷들이 죽 걸려 있는 선반 사이를 지나 뒤쪽에 숨겨진 방으로 들어갔다. 그곳으로 들어선 사람들은 거의 예외 없이 있는 돈을 몽땅 털리는 것에 대해서 몇 마디씩 하곤 했는데, 내 회계원인 월도 맥네어는 언젠가 그것을 이런 말로 표현했다.

「여기는 호주머니를 비우는 동시에 바지를 다려 주는, 이 세상에서 단 하나뿐인 곳입니다. 노름에서 가진 돈을 죄다 털리더라도 알거지가 될 수는 없는 곳이지요.」

그런 얘기는 고객들이 내 밑에서 일하는 부하들과 주고받는 판에 박은 농담이 되었고, 얼마쯤이 지나자 우리는 어느 정해진 날에 얼마나 많은 사람들이 그런 소리를 하는지 내기를 걸기 시작했다.

나는 베니 세탁소 뒤에 숨겨진 그 도박장에서 썩 쓸 만한 사업을 운영하고 있었다. 내가 도입한 경마 현황 표시기들만 해도 전국 각지의 모든 경마장에 연결된 최첨단 현대 장비였다. 교통이 혼잡했지만 나는 꼬마 아이를 하나 고용해서 그곳을 항상 틔워 놓도록 했고, 담배꽁초는 언제나 바닥이 아니라 재떨이에 눌러 끄도록 주지를 시켰다. 또 대여섯 명의 경찰들에게 개인적인 노후 대비 자금으로 쓰도록 정기적으로 상납을 하는 일도 소홀히 하지 않았다. 그 당시 내가 올라 있던 지위는 스물한 살이라는 나이에 비한다면 어느 모로나 상당한 위치였다. 나는 페더스톤 호텔의 고급스러운 방에서 살았고, 이탈리아계 재단사가 반값으로 맞춰 준 양복들을 옷장 한가득 채워 놓고 있었다. 또 어느 오후에건 내가 원하기만 하면 리글리 클럽에서 걸어 나와 야구 게임을 보러 갈 수도 있었다. 그것만으로도 이미 썩 괜찮았지만 그 외에도 내게는 숱한 여자들이 있었고, 나는 내 사타구니가 접할 수 있는 모든 즐거움을 절대로 놓치지 않을 셈이었다. 7년 전 필라델피아에서 그 끔찍한 결정에 직면했던 뒤로 내게는 불알이 너무도 소중한 존재가 되어 있었다. 나는 그것을 지키기 위해 명성과 재산이 한꺼번에 따를 수도 있는 시도까지도 포기했었다. 그리고 이제 원더보이 월트가 더 이상 존재하지 않는 만큼, 내 선택을 정당화시키는 가장 확실한 방법은 할 수 있는 한 자주 내 물건을 써먹는 것이었다. 시카고로 찾아 들었을 무렵 나는 이미 숫총각이 아니었지만, 바람둥이로서의 내 경력은, 빙고의 부하가 되어 마음에 드는 여자들을 얼마든지 살 수 있는 돈이 생기기 전까지는 충분히 피어날 수가 없었다. 내 동정을 잃었던 것은 서부 펜실베이니아 어딘가의 벨마 차일드라는 농장 여자에게였는데, 그것은 참으로 한심하기 짝이 없는 성교였다. 추운 헛간에서 옷도 벗지 않은 채 서로를 더듬거리고, 뭐가 어디로 가야 하는지를 몰라서 자세를 취하려고 드잡이를 할 동안 얼굴이 침으로 떡칠이 되었던. 그로부터 몇 달 뒤 나는 미네아폴리스에서 주운 1백 달러 덕분에 창녀들과 두세 번 경험을 갖기도 했었지만, 욕망의 거리로 들어섰을 때에는 어느 모로 보나 아직 풋내기에 지나지 않았다. 그러나 일단 새로운 삶에 발을 들여놓고 자리가 잡힌 이상, 나는 잃어버린 시간을 보상받기 위해 할 수 있는 모든 일을 다할 작정이었다.

그렇게 시간이 흘러갔다. 나는 조직 내에서 자리를 확실히 굳혔을 뿐 아니라, 나쁜 친구들과 함께 휩쓸리고 있다는 것에 대해서도 양심의 가책을 전혀 느끼지 않았다. 나는 나 자신을 그들 중의 하나로 보았고, 그들이 표방하는 바를 표방했고, 내 과거에 대해서는 누구에게도 일체 얘기를 하지 않았다. 빙고에게건, 나와 함께 잔 여자들에게건, 누구에게건. 내가 지나간 과거 속에서 살고 있지 않는 한, 나는 내 앞에 찬란한 미래가 펼쳐져 있다며 자신을 속일 수 있었다. 뒤를 돌아다보는 것은 너무도 마음 아픈 일이어서 나는 똑바로 앞만 쳐다보았다. 그리고 한걸음 한걸음을 더 나갈 때마다 예후디 사부와 함께 지냈던 나로부터 점점 더 멀어졌다. 내 가장 선량한 부분은 캘리포니아 사막의 땅 밑에 그와 함께 묻혀 있었다. 나는 그를 스피노자의 책, 원더보이 월트의 신문 스크랩북, 그리고 내 새끼손가락 관절이 든 목걸이와 함께 묻었다. 그러나 내가 매일 밤 꿈속에서 그곳으로 돌아갔다 하더라도, 낮 동안에는 그 일을 생각하면 미쳐 버릴 것만 같았다. 처음에는 슬림을 죽인 것이 셈을 다 치른 것으로 여겨졌지만, 결국에 가서는 그것도 아무 도움이 되지 못했다. 물론 내가 한 일에 후회는 없었더라도 예후디 사부는 여전히 죽어 있었고, 이 세상에 있는 모든 빙고를 합친다 하더라도 그를 대신해 줄 수는 없었다. 그 보상으로 나는 마치 출세 가도를 달리고 있는 것처럼, 내가 진짜로 굉장한 사람인 것처럼 으스대며 시카고를 휘젓고 돌아다녔다. 하지만 그 이면에 있는 나는 아무것도 아니었다. 사부가 없는 지금 나는 아무것도 아니었고, 어느 곳으로도 이를 수 없었다.

너무 늦기 전에 빠져 나올 기회, 더 깊이 빠져 들지 않고 헤어날 단 한 번뿐인 기회가 찾아오기도 했지만, 그 제안이 내 앞에 떨어졌을 때 나는 너무 눈이 멀어 있어서 그 호의를 받아들이지 못했다. 그것은 1936년 10월의 일이었는데, 그 무렵 나는 자만심에 한껏 부풀어서 거품이 절대로 터지지 않을 거라는 생각을 갖고 있었다. 어느 날 이른 오후, 나는 개인적인 용무를 몇 가지 보려고 세탁 공장을 나섰다. 브라워 이발소에서 머리를 깎고 와바시 애비뉴에 있는 레멜리 식당에서 점심을 먹은 다음, 딕시 싱클레어라는 무용수와 한바탕 놀아나기 위해 로열파크 호텔로 건너갈 생각에서였다. 만날 시간과 장소는 2시 30분에 409호실로 정해져 있었고, 내 바지 앞섶은 이미 그에 대한 기대로 부풀어 있었다. 그러나 내가 레멜리 식당 문에 이르기 6, 7미터 앞에서, 막 모퉁이를 돌아 점심을 먹으러 들어가려던 참에, 나는 고개를 들었다가 다시 보게 될 줄은 꿈에도 몰랐던 사람과 마주쳤다. 나는 그 자리에 얼어붙은 듯 멈춰 섰다. 예전처럼 아름답고 말쑥한 차림을 한 위더스푼 부인이 팔에 한 가득 쇼핑백 꾸러미를 안고 택시를 향해 시속 2백 킬로미터로 달려가고 있었다. 내가 목이 콱

메어 거기에 그대로 멈춰 선 채 무슨 말을 꺼내기도 전에, 그녀가 고개를 들고 내 쪽을 흘끗 바라보았다가 그대로 얼어붙었다. 나는 미소를 지었다. 나는 입이 찢어져라 미소를 짓고 나서 내가 여태껏 했던 것 중에 가장 놀랄 만한 연기, 처음에는 웃음으로 받아넘겼다가 깜짝 놀란 척하는 연기를 해보였다. 그녀의 턱은 말 그대로 다물어지지를 않았고, 그녀의 팔에 안겨 있던 꾸러미들이 주르르 미끄러져 내려 보도에 흩어졌다. 잠시 뒤에 그녀가 양팔로 나를 부둥켜안고 갓 면도를 한 내 얼굴에 어디고 가릴 것 없이 립스틱을 찍어 댔다.

「바로 너였구나, 망할 자식.」

그녀가 나를 있는 힘껏 끌어안으면서 말했다.

「이제서야 너를 붙잡았어. 미꾸라지처럼 쏙쏙 빠져 나가는 못된 놈. 도대체 지금까지 어디에 있었던 거지?」

「여기저기에요.」

내가 대답했다.

「이리저리 돌아다녔습니다. 올라갔다 내려왔다 내려갔다 올라갔다, 아주 흔한 얘기죠. 아주머니는 굉장해 보이는데요. 정말 근사해요, 위더스푼 부인. 아니, 이젠 콕스 부인이라고 불러야 되겠지요? 지금은 그게 아주머니 이름 아닌가요? 오빌 콕스 부인.」

그녀가 나를 좀더 자세히 보려고 양손으로 내 팔을 쥔 채 한 걸음 뒤로 물러났다. 그녀의 얼굴 전체에 환한 미소가 번졌다.

「난 아직도 위더스푼이야, 녀석아. 제단까지 가기는 했었지만 막상 때가 되자 〈네〉라는 말이 목구멍에 걸려 버렸어. 그래서 〈네〉는 〈아뇨〉가 됐고 7년 뒤에는 지금 여기 있게 된 거지. 난 지금도 독신이고 그걸 자랑스러워하고 있어.」

「잘된 일이네요. 난 늘 콕스가 실수라는 걸 알고 있었어요.」

「그 선물만 아니었더라면 아마 난 계획대로 밀고 나갔을 거야. 빌리 바이절로가 케이프코드에서 그 선물 상자를 가지고 돌아왔을 때 나는 그걸 빨리 열어 보고 싶어서 견딜 수가 없었어. 신부는 결혼식 전에 선물을 열어 볼 수 없게 되어 있지만, 그건 특별한 거였거든. 그리고 포장을 풀었다가 그 결혼이 할 게 아니라는 걸 알게 된 거야.」

「상자 속에 뭐가 있었는데요?」

「나는 네가 알고 있을 거라고 생각했는데…….」

「그분에게 물어 볼 시간이 없었어요.」

「그 사람이 보낸 건 지구본이었어, 세계 지구본.」

「지구본요? 그게 뭐가 그렇게 특별하죠?」

「중요한 건 선물이 아니었어. 그거하고 같이 보낸 쪽지였지.」

「난 그것도 보지 못했는데요.」

「딱 한 마디뿐이었어. 〈당신이 어디에 있건 나 또한 당신과 함께 있을 거요.〉 그 구절을 읽고 나니까 안절부절못하겠더라. 나한테는 이 세상에 단 한 사람밖에 없었던 거야. 그 멋진 남자. 만일 그 사람을 차지할 수 없다면 대용품들이나 싸구려 모조품들하고 같이 시간을 낭비하고 싶지는 않았어.」

그녀가 길가에 서서 그 쪽지를 기억하고 있을 동안 시내 중심가로 몰려드는 사람들이 소용돌이치며 우리를 지나쳐 갔다. 바람이 그녀의 초록색 펠트 모자 가장자리를 흔들었고, 잠시 뒤에는 그녀의 눈에 눈물이 어리기 시작했다. 나는 그녀가 본격적으로 울음을 터뜨리기 전에 허리를 굽혀 꾸러미들을 주워 모았다.

「안으로 들어가요, 위더스푼 부인.」

내가 말했다.
「내가 점심을 살게요. 그런 다음에 우리는 이탈리아 산 적포도주를 통째로 주문해서 코가 비뚤어지도록 마시는 겁니다.」
 나는 문에서 지배인에게 10달러짜리 지폐를 한 장 쥐어 주고 조용한 방을 하나 내달라고 했다가, 그가 어깨를 으쓱하고는 특별석들이 모두 예약되어 있다는 설명을 늘어놓자 지갑에서 10달러짜리를 한 장 더 벗겨 냈다. 그것으로 뜻하지 않은 예약 취소 사태가 벌어지도록 하기에 충분했고, 그로부터 채 1분도 안 되어 웨이터들 중 하나가 홀을 지나 뒤쪽의 실내로 우리를 안내하고 있었다. 우리는 다른 고객들의 눈에 띄지 않도록 빨간 벨벳 커튼이 드리워지고 촛불이 켜진 아늑한 골방에 자리를 잡았다. 그날 나는 위더스푼 부인에게 감명을 주기 위해서라면 무슨 짓이든 다 할 셈이었는데, 지금 생각해 보아도 그녀가 실망을 했다고는 생각되지 않는다. 우리가 의자에 앉았을 때 분명히 그녀의 눈에서 즐거워하는 빛을 보았으니까. 내가 그녀의 체스터필드 담배에 불을 붙여 주려고 이니셜이 새겨진 금 라이터를 꺼내 들었을 때, 그녀의 머릿속으로 갑자기 내가 더 이상 꼬마 월트가 아니라는 생각이 스친 것 같았다.
「우린 꽤 친하게 지냈었지, 그렇지 않아?」
 그녀가 물었다.
「그랬었죠.」
 내가 대답했다.
「하지만 나는 아주머니를 마지막으로 본 뒤에 굉장히 어려운 시기를 겪었습니다.」
 우리는 처음 몇 분 동안 서로를 탐색하면서 이런저런 이야기를 나누었지만 얼마 지나지 않아서 다시 편안한 기분을 느끼기 시작했고, 웨이터가 메뉴판을 가지고 들어왔을 때쯤엔 이미 옛날 일들을 얘기하고 있었다. 나중에 알게 된 일이었지만 위더스푼 부인은 내가 사부와 마지막으로 보냈던 몇 달 동안에 대해서 생각했던 것보다 훨씬 더 많은 것을 알고 있었다. 사부가 죽기 1주일 전 여행을 하면서 그녀에게 써보낸 긴 편지로 모든 일들을 자세히 알린 것이었다. 내 두통, 원더보이 월트의 종말, 할리우드로 가서 나를 영화배우로 만들려는 계획까지도.

「난 이해가 안 가는데요.」

내가 말했다.

「아주머니하고 사부님이 서로 피장파장이었다면 왜 아주머니에게 편지를 써보낸 거죠?」

「우린 피장파장이 아니었어. 단지 결혼을 하지 않았던 것뿐이고 그게 전부야.」

「그래도 나는 이해가 안 가는데요.」

「그 사람은 죽어 가고 있었어, 월트. 너도 그걸 알고 있을 거야. 그때쯤엔 너도 틀림없이 그걸 알았을 거야. 네가 납치되고 얼마 안 되어서 그 사람은 자기가 암에 걸렸다는 걸 알게 되었어. 꽤나 혼란스럽지 않았겠니? 죽음에 대해서 얘기하고, 네 곤란한 처지에 대해서 얘기하고. 우리는 너를 빼낼 돈을 긁어모으려고 하면서 위치토를 훑고 돌아다니던 중이었는데, 때마침 그 사람이 치명적인 병에 걸리고 만 거야. 맨 처음 결혼 이야기가 나오게 된 건 바로 그래서였지. 너도 알 테지만 난 정말 그 사람과 결혼하고 싶었어. 그 사람이 얼마나 오래 살건 상관하지 않고 그 사람의 아내가 되기만을 바랐어.

하지만 그 사람은 내 말을 들으려고 하지 않았지. 이러면서 말이야. 〈당신이 나하고 결혼을 한다면 그건 시체와 결혼을 하는 셈이 될 거요. 앞일을 생각해요, 메리언.〉—— 그 사람은 나한테 그 말을 천 번은 했을 거야 ——〈앞일을 생각해요, 메리언. 이 콕스라는 친구가 그리 나쁜 사람은 아니오. 그 사람이 내주는 돈으로 우리는 월트를 빼낼 수 있을 거고, 당신은 남은 평생 동안 우아한 삶을 살게 될 거요. 그건 썩 괜찮은 거래 아니오? 그 일에 뛰어들지 않는다면 당신은 바보요.〉」

「괜찮은 거래라니, 기가 막혀서! 사부님은 아주머니를 정말로 사랑했어요, 안 그래요? 내 말은 아주머니를 죽도록 사랑했다는 거예요.」

「그 사람은 우리 둘 모두를 똑같이 사랑했어, 월트. 이솝과 수 아주머니에게 그런 일이 일어난 뒤로 그 사람에게 남은 건 이 세상에 너하고 나뿐이었으니까.」

나는 그녀에게 사부가 어떻게 죽었는지 알리고 싶은 생각이 전혀 없었다. 그렇게 끔찍한 얘기는 들려주고 싶지가 않았다. 그래서 나는 술을 마시는 동안 내내 그 얘기를 피했지만, 그녀는 계속 우리가 했던 여행의 마지막 부분에 대해서 얘기를 해달라고 졸랐다. 우리가 캘리포니아로 간 뒤에 무슨 일이 있었느냐, 어째서 영화계에 발을 들여놓지 않았느냐, 그는 얼마나 더 오래 살았느냐, 왜 자기를 그런 눈으로 쳐다보고 있느냐? 나는 그가 어느 날 밤 잠을 자다가 조용히 세상을 떠났다고 둘러댔지만 그녀는 내 말을 곧이곧대로 믿기엔 나를 너무도 잘 알았다. 그녀가 나를 3, 4초 동안 빤히 쳐다보았다가 내가 뭔가 꾸며대고 있다는 것을 알아차렸다. 사정이 그렇게 된 이상, 얘기를 더 꾸며낸다는 것은 아무 소용도 없는 일이었다. 그래서 나는 그녀에게 그 모든 끔찍한 일을 다 이야기했고, 그러면서 조금씩 조금씩 그 두려웠던 시간으로 다시 되돌아갔다. 나는 단 한 가지도 빼먹고 지나가지 않았다. 위더스푼 부인에게는 당연히 알 권리가 있었다. 일단 이야기를 시작하자, 나는 멈출 수가 없었다. 내 입에서 얘기가 줄줄이 흘러 나올 동안 나는 그녀의 화장이 얼룩지고 분가루가 뺨 위로 흘러내리는 것을 지켜보면서, 그녀가 눈물을 흘리는 중에 계속 말을 쏟아 놓았다.

이야기를 마치자 나는 상의 단추를 풀고 어깨에 두르고 있던 권총집에서 권총을 꺼냈다. 그리고 잠시 그대로 들고 있다가 테이블 위에 가만히 내려놓았다.

「자, 여기요. 사부님의 권총입니다. 아주머니도 잘 알고 있는 거겠죠?」

「가엾은 월트.」

그녀가 측은해 했다.

「가엾고 보잘것없는 놈이죠. 이게 사부님이 나한테 남겨 준 유일한 물건입니다.」

위더스푼 부인이 한 10초쯤, 개머리판에 떡갈나무가 붙은 그 조그만 권총을 응시했다. 그리고 다음에는 아주 조심스럽게 손을 뻗쳐 그 위에다 올려 놓았다. 나는 그녀가 총을 집어 들 거라고 생각했지만 그녀는 그러지 않았다. 다만 그대로 앉아 사부가 지녔던 물건을 만짐으로써 그를 다시 만질 수 있기라도 한 것처럼, 권총을 감싼 자기의 손가락을 내려다보고만 있었다.

「넌 네가 할 수 있는 단 한 가지 일을 한 거야.」

마침내 그녀가 말했다.

「내가 한 일은 그분을 실망시켜 드린 것뿐입니다. 그분은 내게 방아쇠를 당기라고 애원했지만 나는 그럴 수가 없었어요. 그분의 마지막 바람. 그런데도 나는 등을 돌리고 그분이 직접 그 일을 하게 한 겁니다.」

「좋았던 때를 기억해. 그게 그분이 너한테 했던 말이야.」

「난 그럴 수 없습니다. 좋은 때에 이르기도 전에 그분이 나한테 그걸 기억하라고 했던 때가 어땠었는지 기억이 나서요. 나는 그 마지막 날을 잊을 수 없습니다. 그 전에 있었던 어떤 일을 기억하려고 더 이전까지 기억을 거슬러 올라갈 수가 없어요.」

「총은 잊어버려, 월트. 그 고약한 걸 치워 버리고 깨끗이 잊어버려.」

「나는 그럴 수 없습니다. 만일 그런다면 그분은 영영 떠나고 말 겁니다.」

그녀가 의자에서 일어나 테이블을 떠난 것은 그때였다. 그녀는 어디로 가는지 이야기를 하지 않았고, 나도 묻지 않았다. 우리 두 사람 모두에게 그 이야기가 너무 슬프고 너무 끔찍해서 우리는 화제를 돌려 다른 얘기에 열중할 수가 없었다. 나는 권총을 다시 권총집에 밀어 넣고 손목시계를 들여다보았다. 오후 1시. 딕시와의 약속 시간까지는 아직 시간이 충분히 남아 있었다. 어쩌면 위더스푼 부인은 돌아올 것이고 어쩌면 그러지 않을 것이다. 어찌 되었든 나는 거기에 앉아서 점심을 먹었고, 그런 다음에는 로열파크 호텔로 의기양양하게 건너가 내 새로운 연인과 함께 시간을 보낼 생각이었다. 그녀의 비단결 같은 다리를 내 허리에 두르고 침대 위에서 뒹굴면서.

그러나 위더스푼 부인은 아주 가버린 것이 아니었다. 그녀는 단지 눈물을 훔치고 기분을 바꾸기 위해 숙녀 화장실에 다

녀온 것뿐이었다. 10분쯤 뒤에 그녀가 돌아왔을 때는 립스틱을 다시 바르고 눈썹 화장을 고친 뒤였다. 그녀는 눈언저리가 아직 불그스름했지만 자리에 앉으면서 내게 가벼운 미소를 지어 보였고, 나는 이제 그녀가 화제를 돌려 다른 얘기로 넘어갈 결심이 섰다는 것을 알 수 있었다.

「그런데 말야.」

그녀가 소스를 친 새우를 한입 베어 물면서 말을 이었다.

「요즘엔 공중으로 나는 일은 어떻게 됐니?」

「싸서 치워 버렸습니다.」

내가 대답했다.

「함대는 가라앉았고 나는 날개를 하나씩 하나씩 고철로 팔아 버렸죠.」

「그러면 한 번 더 해보고 싶은 생각은 없니?」

「그 머리를 빠개는 것 같은 통증만 없다면요.」

「두통이 그렇게 심했었니?」

「아주머니는 심하다는 말의 의미를 모르는군요. 나는 지금 고압 전류 같은 충격, 생명을 위협하는 고통에 대해서 얘기하고 있는 겁니다.」

「재미있는 건 이따금씩 너에 대한 얘기가 들린다는 거야. 기찻간에 앉아서나 길거리를 걷고 있다가 한두 마디씩 듣게 되는 그런 거. 사람들은 아직도 월트를 기억하고 있더라. 그 원더보이가 상당한 센세이션을 일으켰는지 많은 사람들이 너에 대한 얘기를 하고 있어.」

「예, 나도 압니다. 나는 굉장한 전설이죠. 문제는 아무도 그걸 믿지 않는다는 겁니다. 공연이 막을 내리자 사람들은 믿기를 그만뒀고 지금은 아무도 남아 있지를 않아요. 아주머니 애기가 무슨 말인지는 압니다. 나는 늘 그런 소리를 들었으니까요. 그건 얘기는 언제나 논쟁으로 끝이 나죠. 한 사람은 그게 엉터리였다고도 하고, 다른 사람은 어쩌면 아닐지도 모른다고 하고. 그리고 얼마 뒤에는 서로에게 잔뜩 기분이 상해서 얘기를 그만둬 버리죠. 하지만 그것도 얼마 전까지 일입니다. 이제는 그런 얘기가 들리지 않더군요. 그 모든 일이 아예 있지도 않았던 것처럼.」

「2년쯤 전에 난 어딘가에서 너에 대한 기사가 실린 걸 봤어, 무슨 신문인지는 잊어버렸지만. 원더보이 월트. 수백만 명의 상상력을 발동시킨 그 꼬마에게 무슨 일이 일어났고 지금 그 아이는 어디에 있을까, 뭐 그런 기사였어.」

「그 아이는 땅으로 떨어졌다, 그게 그 애한테 일어난 일이죠. 천사들이 그 애를 원래 있던 곳으로 되돌려 놓았고, 지금까지 아무도 그 애를 다시는 보지 못했습니다.」

「나를 빼놓고는.」

「아주머니를 빼놓고요. 하지만 그건 우리 둘만의 비밀이 아닌가요?」

「다른 사람들한테는 얘길 하지 말라는 거니, 월트? 그런데 너 나를 어떤 사람으로 알고 그러는 거지?」

그 뒤로 얘기가 꽤 산만해졌다. 웨이터 조수가 전채 접시들을 들어내가고 나서 웨이터가 메인 코스를 가지고 다시 들어왔을 때쯤에는 우리 두 사람 모두 두 병째 술을 마실 준비가 되어 있을 정도로 취해 있었다.

「술을 좋아하는 건 여전하군요.」

내가 말했다.

「술, 돈, 그리고 섹스. 이것들은 영원한 진리지.」

「그 순서대로 인가요?」
「네가 좋아하는 어떤 순서로든. 그것들이 없다면 이 세상은 정말 슬프고 우울한 곳이 될 거야.」
「우울한 곳이라는 얘기가 나왔으니 말인데요, 위치토에는 뭐 새로운 일이 있습니까?」
「위치토?」
그녀가 술잔을 내려놓고 요염하면서도 씁쓸한 웃음을 지어 보였다.
「거기가 어딘데?」
「나는 모르겠습니다. 아주머니가 얘기해요.」
「기억이 나지 않아. 5년 전에 짐을 싸서 떠난 뒤로 그 동네에 발을 들여놓은 적이 없으니까.」
「그 집은 누가 샀나요?」
「난 그 집을 팔지 않았어. 빌리 바이절로가 수다쟁이 마누라와 두 어린 딸하고 같이 살고 있지. 나는 그걸 세놓으면 용돈이 좀 생길 거라고 생각했지만 그 불쌍한 얼간이는 이사 온 지 한 달 뒤에 은행에서 쫓겨나고 말았어. 그래서 난 1년에 1달러만 받고 그 집을 빌려 주고 있어.」
「그렇게 할 수 있다면 틀림없이 형편이 썩 좋은 모양이군요.」
「나는 주식 시장이 무너지던 해 여름 그 시장에서 빠져 나왔어. 몸값을 요구하는 쪽지, 현금 조달, 몸값을 두고 갈 장소, 뭐 그런 것들하고 관련이 있었지. 하지만 이젠 모두 흐릿해졌어. 아무튼 그게 결국 내가 했던 일 가운데 가장 나은 일이 되었지. 네가 당했던 불행이 내 목숨을 구해 준 거야, 월트. 내가 그때 얼마를 가지고 있었건 간에 지금은 그 열 배 이상 가지고 있어.」

「그만한 돈이 있으면 위치토에 그대로 눌러 있는 게 어때요? 시카고로 온 지는 얼마나 됐죠?」

「난 볼일이 있어서 여기로 온 것뿐이야. 내일 아침에는 뉴욕으로 돌아가야 돼.」

「틀림없이 5번가겠죠?」

「바로 맞췄어, 미스터 롤리.」

「아주머니를 처음 봤을 때 그걸 알았습니다. 지금은 돈이 아주 많은 부인처럼 보이거든요. 그건 특별한 냄새를 풍기죠. 그리고 나는 여기 앉아서 그 향기를 맡고 있으니까 좋은데요.」

「그 대부분은 석유에서 나와. 그건 땅속에 있을 때는 냄새가 고약하지만 일단 현금으로 바뀌고 나면 감미로운 향기를 풍기거든. 그렇지 않아?」

그녀는 옛날의 위더스푼 부인 그대로였다. 여전히 술을 좋아하고, 여전히 돈 얘기를 하기 좋아하는, 일단 술병 마개를 뽑고 그녀가 좋아하는 얘기로 화제를 돌리자, 그녀의 기세는 담배를 꼬나 문 시카고의 어떤 자본가에게도 꿀릴 것이 없었다. 그녀는 메인 코스가 이어지는 시간의 대부분을 자기가 하고 있던 거래와 투자에 대해 얘기하면서 보냈다. 접시들이 다시 수레에 실려 나가고 웨이터가 디저트를 가지고 다시 들어왔을 때 뭔가가 딸깍했고, 나는 그녀의 머릿속에 불이 반짝 켜진 것을 알 수 있었다. 내 시계로는 2시 15분 전이었다. 무슨 일이 있더라도 나는 반시간 내에 그곳에서 나가기로 작정했다.

「네가 들어오고 싶다면, 월트.」

그녀가 말했다.

「내가 기꺼이 자리를 하나 만들어 줄게.」

「자리요? 무슨 자린데요?」

「텍사스. 나는 거기에다 새로 시굴정을 몇 개 팠는데 나 대신 굴착 작업을 감독할 사람이 필요해.」

「나는 석유에 대해선 아무것도 모릅니다.」

「넌 똑똑해. 그러니까 금방 따라잡을 수 있어. 네가 이미 이룬 발전만 보아도 그래. 멋진 옷에 근사한 레스토랑. 호주머니에는 돈이 두둑하고. 넌 먼길을 왔어, 멋진 녀석. 그리고 난 네 말투가 문법에 맞게 정비되었다는 것도 다 알아차렸으니까 딴청 피우지 마. 지금까지 우리가 얘기를 하는 동안 넌 문법에 틀린 말은 한 마디도 쓰지 않았어.」

「예, 거기에 대해서는 애를 좀 썼죠. 이제는 무식쟁이처럼 보이기가 싫어서 책도 좀 읽고 말투도 바르게 고쳤습니다. 난 지금이 시궁창에서 벗어날 때라고 생각했거든요.」

「내 말이 그거야. 넌 뭐든 네가 원하는 일을 할 수 있어. 네가 그 일에 마음을 쏟기만 하면 얼마나 큰일을 해낼지 아무도 몰라. 농담 아냐, 월트. 나한테로 오면 2, 3년 후에 우리는 파트너가 될 수 있을 거야.」

그것은 굉장한 제안이었지만 나는 그녀의 칭찬에 취해 버렸는지 넝쿨째 굴러 들어온 호박을 차버리고 고개를 저었다.

「난 지금 하고 있는 일이 마음에 듭니다. 시카고에서 원하는 걸 모두 다 얻을 수 있는데 왜 텍사스로 가겠어요?」

「그건 네가 지금 잘못된 일을 하고 있기 때문이야. 이 순경 도둑 놀음에는 장래가 없어. 이 일을 계속한다면 넌 스물다섯도 되기 전에 죽거나 감옥 신세를 지게 될 거야.」

「순경 도둑 놀음이라니요? 난 외과 의사의 손톱처럼 깨끗한데요.」

「그렇겠지. 그리고 교황은 변장을 한 뱀 놀리는 인도놈이고.」

그 뒤로 디저트가 수레에 실려 들어왔고 우리는 말없이 에클레어[26]를 갉아먹었다. 식사를 끝내기에 안 좋은 방법이었는지는 몰라도, 우리 둘 다 물러서기에는 너무 고집이 세었다. 마침내 우리는 날씨에 대해서 잡담을 하고 다가오는 선거에 대해서 횡설수설 몇 마디 주고받았지만, 활기는 이미 사라져 버렸고 그것을 다시 되살릴 길은 없었다. 위더스푼 부인이 화가 난 것은 단지 내가 그녀의 제안을 거절했기 때문만은 아니었다. 우리가 다시 만난 것이 천재일우의 기회였음에도 불구하고, 형편없는 얼간이처럼 내가 경솔하게 운명의 부름을 지나쳐 버렸기 때문이었다. 그녀가 내게 불쾌한 기분을 느낀 것은 당연한 일이었지만 나에게는 내 길이 있었고, 내 길이 그녀의 길과 같다는 것을 이해하기에는 너무 자만심에 차 있었다. 만일 내가 그곳을 얼른 빠져 나와 딕시 싱클레어에게 성기를 집어 넣고 싶어 그렇게 안달이 나 있지만 않았더라면 나는 그녀의 말을 좀더 주의 깊게 들었을 것이다. 그러나 나는 마음이 급해서 자기 반성 따위의 일로 한시라도 지체할 수가 없었다. 그렇게 그 기회는 지나가 버렸다. 일단 사타구니가 우위를 점하면 논리적으로 생각하는 능력을 잃고 마는 법이다.

우리는 커피를 건너뛰었고, 2시 10분에 웨이터가 테이블로 계산서를 가져 오자 나는 위더스푼 부인이 그것을 받기도 전에 웨이터의 손에서 얼른 낚아챘다.

「내가 내지요.」

---

26) 가늘고 긴 슈크림에 초콜릿을 뿌린 것.

내가 말했다.

「좋아, 잘 나가는 아저씨. 그래서 기쁘다면 한번 과시해 보라고. 하지만 언제든 정신을 차리게 되면 내가 어디에 있는지나 잊지 마. 어쩌면 너무 늦기 전에 제정신이 돌아올지도 모르지.」

그 말과 함께 그녀가 지갑 속으로 손을 밀어 넣어 명함을 한 장 꺼낸 다음, 그것을 가만히 내 손바닥에 올려 놓았다.

「비용에 대해서는 걱정 마.」

그녀가 덧붙였다.

「네가 나를 기억했을 때 거덜이 나 있다면 교환수에게 전화 요금을 수신자 지불로 해달라기만 하면 돼.」

하지만 나는 전화를 걸지 않았다. 나는 그 명함을 잘 간수할 셈으로 호주머니에 집어 넣었지만 그날 밤 침대로 가기 전에 그것을 찾았을 때는 어디에서도 찾을 수가 없었다. 점심 식사에 바로 뒤이어 바지를 급히 잡아당기고 끌어내렸던 것을 생각한다면 어떻게 된 일인지를 추측하기란 어렵지 않았다. 그 명함은 틀림없이 바닥에 떨어졌을 것이고, 객실을 치우는 여자가 이미 쓰레기통 속으로 던져 넣지 않았다면 로열 파크 호텔 409호실 바닥에 떨어져 있을 것이다.

그 시절 나는 막을 수 없는 세력, 모든 유망주들을 능가하는 유망주였고 정상을 향해 파죽지세로 달리는 특급 열차를 타고 있었다. 위더스푼 부인과 점심 식사를 한 지 채 반년도 지나지 않은 어느 후텁지근한 8월 오후, 나는 앨링턴 경마장에 들렀다가 승산이 없는 말에 1천 달러를 걸어 세 번째 레이스에서 이기는 행운을 잡았다. 만일 내가 그 말에 원더보이라는 이름이 붙었다는 사실을 덧붙인다면, 그리고 또 여전히 미신을 믿는 악습에 빠져 있다는 사실도 덧붙인다면, 내가 어째서 그처럼 가망 없는 도박에 뛰어들었는지를 이해하는 데 독심술사가 필요치 않을 것이다. 그 당시 나는 일상적인 일처럼 미친 짓을 하곤 했는데, 내가 돈을 건 말이 간발의 차이로 먼저 들어와 40배의 상금을 안겨 주자, 나는 하늘에 하느님이 있으며 그가 내 미친 짓에 미소짓고 있다는 것을 알았다.

그 상금이 내가 가장 원했던 일을 할 힘을 주었고, 나는 신속하게 내 꿈을 실현시키는 일에 착수했다. 미시간 호수가 내려다보이는 빙고의 호화로운 고층 아파트를 찾아가 그에게 개인 면담을 요청한 것이었다. 내가 그에게 청사진을 펼쳐 보이자 그는 처음에 받았던 충격을 극복하고 마지못해 청신호를 내려 주었다. 하지만 그가 못마땅해한 이유는 내 제안이 가치가 없어서라기보다는 내가 목표를 그처럼 낮게 잡은 것에 실망했기 때문이었던 듯싶다. 그는 나를 권력 중추부의 측근으로 끌어들일 생각을 품고 있었는데 나는 그에게 내 길을 가겠다고, 다른 모든 일을 등한시해야 할 정도로 내 모든 노력을 들이게 될 나이트 클럽을 열겠다고 한 것이었다. 나는 그가 내 제안을 배신행위로 해석할지도 모른다는 것을 알고 있었으므로 조심스럽고 신중하게 그 함정을 돌아가야 했다. 다행히도 그날 저녁 내 말주변은 재기에 넘쳤고, 나는 두 사람 모두가 이익을 보고 즐거움을 누리는 관점에서 그에게 얼마나 많은 이익이 돌아가게 될지를 보여 줌으로써 마침내 그를 설득할 수 있었다.

「제가 가진 4만 달러로 모든 걸 다 커버할 수 있습니다.」
내가 말했다.

「제 입장에 있는 다른 녀석이라면 인사를 하고 작별을 고했겠지만, 그건 제가 사업을 운영하는 방식이 아닙니다. 당신은 제 친굽니다, 빙고. 그리고 저는 당신이 그 수익금의 일부를 나누어 가졌으면 합니다. 출자를 할 필요도, 일을 도와줄 필요도, 책임을 질 필요도 없습니다. 하지만 저는 제가 1달러를 벌 때마다 25센트씩 드리겠습니다. 서로 공평한 게 제일 아니겠습니까? 당신은 제게 기회를 주었고 이제는 제가 그 호의를 갚아야 할 때입니다. 충성심은 마땅히 이 세상에서 가장 중요한 것이 되어야 합니다. 그리고 저는 제 행운이 어디에서 왔는지를 잊지 않고 있습니다. 이건 절대로 서민들을 상대하는 싸구려 술집이 되지는 않을 겁니다. 저는 어느것 하나 흠잡을 데 없는 황금 해안, 프랑스 인 주방장에다 일류 플로어쇼와 몸에 딱 들러붙는 옷을 입은 조각상처럼 미끈하게 빠진 여자들이 있는 본격적인 레스토랑을 얘기하는 겁니다. 그저 거기로 들어오는 것만으로도 신이 나게 될 겁니다, 빙고. 그 집에서 가장 좋은 자리는 당신의 자리가 될 거고, 당신이 나타나지 않는 날 밤에는 문 밖에서 아무리 많은 사람들이 기다리더라도 그 자리는 비어 있을 겁니다.」

그는 50퍼센트까지 끈질기게 자기 몫을 올렸지만 나는 어느 정도의 교환 조건을 예상하고 있었기에 그것을 문제삼지 않았다. 중요한 것은 그의 동의를 얻어내는 것이었고, 나는 계속 그의 기분을 맞춰 줌으로써, 다정하고 붙임성 있는 태도로 끊임없이 그의 방어적인 태도를 누그러뜨림으로써 내 뜻을 이루었다. 마지막에 가서 그는 자기가 얼마나 아량 있는 사람인지를 과시하기 위해 내가 그곳을 제대로 단장할 수 있도록 1만 달러를 내놓겠다고 제안했다. 나는 상관하지 않았다. 내가 원하는 것은 오로지 나이트클럽이었고 이익금에서 빙고의 몫 50퍼센트를 제외하더라도 나는 여전히 잘 나갈 수가 있었다. 또 그 외에도, 그를 파트너로 둠으로써 수많은 이점이 따르게 될 것이었다. 만일 내가 그 없이도 잘 해나갈 수 있다고 생각했다면 그것은 내 꾀에 빠지는 짓이었을 것이다. 그에게로 돌아가는 절반의 이익금이 오말리로부터 나를 보호해 주는 ── 사실상 그는 세 번째 파트너가 되었다 ── 그리고 경찰들이 문을 부수지 못하도록 막아 주는 보증인 셈이었다. 그가 시카고 주류 위원회와 돈 세탁 회사들, 그리고 지역의 탤런트 에이전트들과 밀접한 관계를 맺고 있는 것을 감안한다면 그 50퍼센트를 잃는 것이 결국은 그렇게 비참한 타협으로는 보이지 않았다.

나는 그곳에 〈미스터 버티고〉라는 이름을 붙였다. 시카고 중심지의 웨스트 디비전과 노스 라살레가 맞물리는 요지에 있는 그 클럽의 번쩍번쩍하는 네온사인 불빛은 밤하늘을 배경으로 댄싱걸이 칵테일 쉐이크를 빙빙 돌릴 동안 분홍색에서 파란색으로, 파란색에서 분홍색으로 바뀌었다. 그리고 그 불빛들의 룸바 리듬은 보는 이들의 가슴을 더 빨리 뛰게 하고 피를 더 덥게 했다. 누구든 그 리듬으로 가슴 설레는 것을 알고 나면 음악이 흐르는 곳 외에는 다른 어떤 곳에도 있고 싶은 생각이 들지 않았을 것이다.

클럽 안쪽의 실내 장식은 강렬함과 온화함의 조화, 아슬아슬한 풍자와 편안한 도로변 여관의 매력이 혼합되어 스마트한 멋을 풍기는 대도시의 안락함 그 자체였다. 나는 그런 분위기를 만들어 내기 위해 열심히 애를 썼고, 하나하나의 뉘앙스와 효과는 아주 세세한 부분까지, 모자를 받아 거는 여자의 루주에서부터 디너 접시의 색깔에까지, 메뉴판의 디자인에서부터 바텐더의 양말에까지 치밀하게 계획되었다. 그곳에는 50개의 테이블을 들일 공간과 상당한 크기의 댄스 플로어, 약간 높여 설치한 무대, 그리고 벽을 따라 길게 이어진 마호가니 바가 있었다. 그 일을 내 마음에 꼭 들도록 하는 데는 5만 달러가 한푼도 남김없이 다 들어갔지만, 1937년 12월 31일 그곳은 마침내 호화로움의 극치를 이룬 장소로 선을 보였다. 나는 시카고 역사상 가장 거창한 신년 전야 파티로 개업식을 열었고, 다음날 아침부터 미스터 버티고는 명소가 되었다. 그 뒤로 3년 반 동안 나는 매일 밤마다 그곳에서 하얀 디너 재킷에 맞춤 구두를 신고 건방진 미소와 기발한 말솜씨로 흥을 돋우며 고객들 사이를 어슬렁거렸다. 나로서는 그 클럽이 더할 나위 없는 장소였을 뿐 아니라, 그 시끌벅적한 곳에서 보내는 1분 1분이 모두 마음에 들었다. 만일 내가 엉뚱한 실수를 저질러 일을 망치지만 않았더라면 나는 아마도 지금까지 거기에 남아 있을 것이다. 그러나 사실 나는 3년 반 동안만 그 일을 할 수 있었다. 내가 몰락한 책임은 100퍼센트 내게 있지만, 그것을 안다고 해서 그 일을 기억하기가 덜 고통스러운 것은 아니다. 내가 굴러 떨어졌을 때 나는 정상을 향해 달리는 중이었고, 그 한 번의 실수가 내게는 진짜 재기불능, 망각 속으로 곧장 떨어지는 곤두박질로 끝났다.

그러나 후회는 없다. 나는 평생 여한이 없을 정도로 실컷 벌어서 실컷 써보았으니까. 그 클럽은 시카고에서 제일 가는 명소가 되었고, 나는 내 나름대로 그곳을 찾는 어떤 거물들 못지않은 명사가 되어 판사들, 시의원들, 그리고 야구 선수들과 함께 술을 마셨다. 또 매일 밤 11시 1분에 참석하는 알몸 퍼레이드에 오디션을 받으러 오는 숱한 쇼걸들과 무용수들이 있었던 만큼, 내가 침실의 스포츠에 탐닉할 기회가 부족했던 적은 단 한 번도 없었다. 미스터 버티고를 개업했을 당시 딕시와 나는 여전히 관계를 맺고 있었지만, 그녀는 내 바람기를 견디다 못해 여섯 달 뒤에 다른 곳으로 옮겨 갔다. 그 다음에는 샐리가 왔고, 그 다음에는 주얼, 그 다음에는 10여 명의 다른 여자들, 다리가 날씬하고 가무잡잡한 여자들, 줄담배를 피우는 빨간 머리들, 젖퉁이가 커다란 금발 여자들. 한때 나는 동시에 코라와 빌리라는 일거리가 없어진 두 여배우와 동거를 하기도 했는데, 나는 그들을 똑같이 좋아했고 그들도 나를 좋아하는 것처럼 서로를 좋아했다. 그리고 우리는 셋이 함께, 옛날로 치자면 재미있는 몇 가지 변태적인 행위들을 고안해 낼 수 있었다. 그런 내 버릇은 이따금씩 병원 치료를 받아야 하는 불편 —— 임질약을 먹고 매독 주사를 맞고 하는 —— 으로 이어졌지만 그 어떤 것도 나를 오랫동안 그 일에서 벗어나게 하지는 못했다. 어쩌면 그것이 타락한 생활 방식이었는지는 몰라도 나는 내 처지에 만족했고, 내 유일한 야망은 사정이 꼭 그대로 지속되는 것이었다. 그러다 1939년 9월, 독일군이 폴란드를 침공한 지 꼭 사흘 뒤에 디지 딘이 미스터 버티고로 걸어 들어온 이후, 순전히 그로 인해 파멸이 시작되었다.

그 일을 설명하기 위해서는 내가 세인트루이스에서 꼬마였던 시절로까지 한참을 거슬러 올라가야 한다. 나는 거기에서부터 야구를 좋아하기 시작했고, 기저귀 신세를 면하기도 전에 철저하게 물이 든 카디널즈 팬, 평생에 걸친 레드버드의 열광적인 응원자가 되어 있었다. 그들이 1926년 시리즈에서 우승을 했을 때 내 기쁨이 어땠는지는 전에도 이미 얘기한 바 있지만, 그것은 내가 보인 강한 애착의 한 예에 불과했다. 이솝이 내게 쓰는 법과 읽는 법을 가르쳐 준 뒤부터 나는 매일 아침마다 신문으로 내가 좋아하는 선수들을 쫓아갈 수 있었다. 4월부터 10월까지 나는 선수들의 방어율과 타율이 적힌 박스 스코어를 한 번도 거르는 법 없이 다 훑어보았고, 카디널즈의 모든 선수들, 프랭키 프리쉬와 페퍼 마틴 같은 뛰어난 선수에서부터 벤치에 앉아 부러진 방망이나 모으는 2군 견습생에 이르기까지 모든 선수들의 타율을 줄줄이 욀 수 있었다. 그 일은 예후디 사부와 함께 했던 좋은 시절에는 물론, 그 뒤의 힘겨운 몇 년 동안에도 끊이지 않고 계속되었다. 슬럼을 찾아 전국 각지를 배회할 동안 나는 그림자처럼 살았지만, 내게 닥친 일들이 아무리 암울하다 하더라도 여전히 내 팀과의 교류를 계속했다. 특히 그들이 1930년과 1931년 페넌트 레이스에서 우승을 거두었던 일은 내 기운을 돋우는 데, 내가 그 당시의 모든 곤란과 어려움을 헤쳐 나가는 데 큰 힘이 되어 주었다. 카디널즈가 이기고 있는 한 이 세상에는 뭔가 옳게 돌아가는 것이 있었고, 완전한 절망에 빠지는 일은 있을 수 없었다.

디지 딘이 등장한 것은 그 무렵이었다. 카디널즈는 1932년에 7위로 처졌지만 그것은 별문제가 되지 않았다. 딘은 그때까지 메이저 리그에 발을 들여놓은 어떤 신인보다도 더 화끈하고 입이 험한 선수여서 그 너저분한 야구단을 몸놀림이 흐트러진 촌놈들의 서커스로 바꾸어 놓았다. 그 남부 시골뜨기는 허풍이 심한 데다 경망스럽기는 했어도, 기막히게 멋진 투구 솜씨로 그 허풍을 뒷받침했다. 그의 지칠 줄 모르는 팔은 보이지도 않을 만큼 빠른 공을 던졌고, 그의 컨트롤은 초인적이었고, 그의 와인드업은 보기에도 아름다운 팔과 다리와 힘이 어우러진 놀라운 동작이었다. 내가 시카고에서 빙고의 부하로 정착했을 무렵 디지는 확고한 스타, 미국 그라운드를 누비는 일류 선수였다. 사람들은 그의 무모한 태도와 뛰어난 재능, 알아듣기 힘들 만큼 발음이 엉망인 영어, 요란한 항의, 익살스러운 몸짓, 그리고 번뜩이는 재치 때문에 그를 좋아했고, 나 역시 이 세상에 있는 누구 못지않게 그를 좋아했다.

삶이 점점 더 편안해 지면서 나는 카디널즈가 시카고로 올 때마다 그들의 경기를 지켜볼 수 있는 처지가 되어 있었다.

1933년에 딘은 한 게임에서 열일곱 명의 타자를 스트럭 아웃 시킴으로써 기록을 갱신했고, 카디널즈는 다시 일류 구단이 되어 가는 것처럼 보였다. 더군다나 그 팀이 선수 명부에 조 메드윅, 레오 듀로서, 그리고 립 콜린즈 같은 난폭한 선수들을 더 끌어들여 박차를 가하자 〈개스 하우스 패거리〉들은 확실한 팀으로 굳어지기 시작하고 있었다. 1934년은 그들에게 영광의 한 해가 되었는데, 나는 내가 그 해보다 더 야구 시즌을 즐긴 적이 있다고는 생각하지 않는다. 디지의 동생 폴이 열아홉 게임에서 승리하고, 디지는 서른 게임에서 승리를 거둔 결과로 카디널즈가 자이언트에 열 게임 뒤처져 있다가 그 팀을 따라잡아 페넌트 레이스에서 우승한 것이었다. 그 해는 월드 시리즈가 라디오로 중계 방송된 첫해여서 나는 시카고에 있는 집에 앉아 그 일곱 게임 모두에 귀를 기울였다. 디지는 첫번째 경기에서 타이거즈를 눌렀지만 그 팀의 감독인 프리시가 네 번째 이닝에서 그를 핀치러너로 내보내자 그 멍청이는 폭투에 머리를 얻어맞고 쓰러져 의식을 잃었다. 그러나 다음날 신문들의 헤드라인은 엑스레이 촬영 결과 디지의 머리에는 아무 이상도 없다는 것이었다. 그는 다음날 저녁에 공을 던지러 돌아왔지만 지고 말았다. 그리고 바로 이틀 뒤에 벌어진 마지막 게임에서 그는 타이거즈의 타자들이 그의 빠른 볼에 헛방망이질을 할 때마다 그들을 비웃으며 디트로이트 팀을 11대 0으로 완패시켰다. 언론은 그 팀에게 갖가지 이름을 붙여 주었다. 질주하는 악당들, 미시시피에서 온 싸움꾼들, 요란스러운 자주색 유니폼들. 그 〈개스 하우스 패거리〉는 상대 팀 선수들이 타구를 치는 족족 잡아냈고, 마지막 게임의 마지막 이닝에서 점수 차가 도저히 따라잡을 수 없게 벌어지자 타이거즈 팬들은 10분 동안 레프트 필더 조 메드윅에게 과일과 야채를 빗발치듯 집어 던졌다. 프로 야구의 품위와 질서를 지키는 최고 책임자인 랜디스 심판으로서도 그 빗발치는 공격을 끝낼 수 있는 유일한 방법은 9회 말에 메드윅을 필드에서 끌어내는 것뿐이었다.

그로부터 여섯 달 뒤 디지가 시카고에서 타이거즈를 상대로 새로운 시즌을 열었을 때, 나는 빙고와 그의 부하들과 같이 특별석에 앉아 있었다. 첫번째 이닝에서 투아웃에 주자가 하나 출루해 있는 중에 타이거즈의 4번 타자 프레디 린드스톰이 한가운데로 쳐낸 직선 타구가 디지의 다리를 맞추어 그를 쓰러뜨렸다. 나는 들것을 든 사람들이 달려와 그를 필드 밖으로 실어 내가는 장면을 바라보면서 가슴이 철렁 내려앉았지만, 그는 심하게 다친 것이 아니어서 5일 뒤에는 피츠버그의 마운드로 돌아왔고 거기에서 5안타만 허용하는 완봉승을 거두어 그 시즌의 첫번째 승리를 장식했다. 그는 계속해서 또 다른 최고의 해를 기록했지만 1935년에는 타이거즈가 운명을 지배하는 팀이었고, 시즌 말에 21연승을 기록함으로써 카디널즈를 제치고 우승기를 훔쳐 갔다. 그러나 내가 그 때문에 몹시 마음이 쓰였다고는 할 수 없다. 시카고는 타이거즈 때문에 열광했고, 시카고에 좋은 것은 내 사업에 좋았다. 또 내 사업에 좋은 것은 나에게 좋았다. 나는 그 시리즈 기간 중에 도박업에서 경험을 쌓았는데, 열기가 일단 가라앉고 난 뒤로 내가 대단한 실적을 올리게 되자 빙고는 그 포상으로 내게 도박장을 한 곳 개설해 주었다.

그러나 다른 한편으로 그 해는 디지의 부침(浮沈)이 내게 상당히 직접적으로 영향을 미친 해였다. 당시에는 그것을 강박 관념이라고까지 할 정도는 아니었지만, 리글리에서 벌어진 시즌 첫 경기 —— 34년 시리즈에서 머리에 강한 타구를 맞은 지 얼마 안 되었을 때였다 —— 의 첫 번째 이닝에서 그가 강판하는 것을 지켜본 뒤로 나는 그의 주위에 먹구름이 몰려들고 있다는 것을 느끼기 시작했다. 1936년에 그의 동생 폴의 팔이 망가진 것도 몹시 안 좋은 일이었지만, 그보다 더 고약한 일은 그 해 여름 자이언트를 상대로 한 게임에서 버지스 화이트헤드가 직선 타구를 뿜어내 그의 오른쪽 귀 바로 위를 맞췄을 때 였다. 그의 머리를 때린 타구는 어찌나 강했던지 다시 튀어올라 레프트 필드까지 날아갔다. 딘은 다시 쓰러졌고 7, 8분 뒤 라커룸에서 의식을 회복하기는 했어도 처음 나온 진단은 두개골 골절이었다. 그 부상은 결국 두 주일 동안 그의 정신을 혼미하게 만든 심한 뇌진탕으로 밝혀졌지만, 공의 방향이 1, 2인치만 달랐더라도 그 굉장한 선수는 그 시즌에서 스물네 번의 승리를 거두게 되는 대신 죽고 말았을 것이었다.

다음해 봄에도 그는 계속해서 욕지거리를 하고, 맞붙어 싸우고, 소란을 피웠지만 그것은 단지 뭘 모르고 있었기 때문이었다. 그는 빈볼을 던져 싸움을 걸었고, 두 게임 연속해서 반칙적인 견제구를 던졌다는 이유로 경고를 받자 마운드에서 연좌 항의를 하기도 했다. 그리고 어떤 연회에 나타나서는 새로 선출된 야구 연맹 총재를 사기꾼이라고 욕했는데 그 결과로 벌어진 싸움은, 특히 디지가 자기의 잘못을 인정하는 공식 철회서에 서명을 거부한 이후로는, 일종의 서부극 놀음이 되었다. 〈난 아무데도 서명 안 할 거요〉라는 게 그의 말이었고, 그에게 서명을 받아내지 못하자 포드 프릭은 한 걸음 뒤로 물러나 딘의 정직(停職)을 철회할 수밖에 없었다. 나는 디지 딘의 그처럼 배짱 있는 행동이 자랑스러웠지만, 사실 그가 정직을 당했더라면 올스타 게임에서 빠졌을 것이고, 그 무의미한 시범 경기에서 공을 던지지만 않았더라면 운명의 시간이 좀 더 늦추어졌을 것이다.

그 해의 올스타 게임은 수도 워싱턴에서 벌어졌고, 디지는 내셔널 리그를 향해 출발했다. 그는 처음 두 이닝은 솜씨 좋게 타자들을 잡아내면서 쉽게 처리했지만, 3회에는 두 명의 타자를 아웃시킨 뒤 디마지오에게 안타를 내주고 게리그에게 장타 홈런을 얻어맞았다. 다음번 타자는 얼 아브릴이었는데, 그 클리브랜드 팀의 외야수가 딘의 첫번째 투구를 마운드로 쳐보내자 금세기 최고의 우완 투수에게 갑자기 커튼이 내려지고 말았다. 당시에는 그것이 크게 걱정할 일로는 보이지 않았다. 공은 그의 왼쪽 발에 맞고 튀어 세컨드를 맡고 있던 빌리 허먼에게로 갔고, 허먼은 다시 1루로 공을 던져 타자를 아웃시켰다. 디지가 발을 절름거리며 필드를 벗어났을 때에는 아무도, 심지어는 디지 그 자신도, 거기에 대해서는 별 생각을 하지 않았다.

그것이 유명한 엄지발가락 부상이었다. 만일 그가 치료도 받지 않고서 그처럼 급하게 마운드로 되돌아가지만 않았더라면, 그 부상은 오래지 않아 치료가 되었을 것이다. 그러나 카디널즈는 페넌트 레이스로부터 밀려나는 중이어서 그를 마운드에 세울 필요가 있었고, 그 멍청한 시골뜨기는 자기에겐 아무 이상도 없다고 그들을 안심시켰다. 그리고는, 발가락이 너무 부어 올라 신발도 제대로 못 신은 채 야구 방망이를 지팡이 삼아 절름거리고 있으면서도, 다시 유니폼을 걸치고 공을 던지러 나갔다. 거인들이 다 그렇듯 디지 딘은 자기가 불멸이라고 생각을 한 것이고, 통증이 너무 심해서 왼발을 축으로 와인드업을 할 수 없는데도 아홉 이닝을 다 던져 발가락을 완전히 망가뜨렸다. 그 통증으로 인해 그의 자연스러운 투구법이 바뀌었고, 그 결과 팔에 너무 무리한 힘이 가해졌다. 그 첫 번째 경기가 끝난 뒤 그의 팔에는 염증이 생겼지만 그는 아랑곳하지 않고 다음 한 달 동안을 더 던졌다. 여섯 번인가 일곱 번의 경기를 치른 뒤, 염증이 너무 심해져서 그는 단 세 개의 공을 던진 뒤 교체되어야 했다. 그때쯤 디지는 완전히 무너져 내리는 중이었고, 그가 할 수 있는 일은 마운드에서 내려와 나머지 시즌 동안 경기에 참가하지 않는 것뿐이었다.

그렇더라도 팬들 가운데에서 그가 끝장났다고 생각하는 사람은 아무도 없었다. 일반적인 생각은 그가 한 해 겨울 동안 편히 쉬면 부상이 치료될 것이고, 봄이 되면 다시 예전의 위력을 되찾을 수 있으리라는 것이었다. 하지만 그는 춘계 훈련 기간 내내 악전 고투를 거듭했고, 그 다음에는 세인트루이스 팀이 현찰 18만 5천 달러와 두세 명의 신인을 대신 받는 조건으로 그를 타이거즈에 넘긴, 스포츠 역사상 가장 놀랄 만한 일이 벌어졌다. 나는 딘과 카디널즈의 총지배인인 브랜치 리키 사이에 애정이 전혀 없다는 것을 알고 있었지만, 만일 리키가 그 시골뜨기의 팔에 힘이 좀 남아 있다고 생각했다면 그를 넘기지 않았으리라는 것도 알고 있었다. 물론 나로서는 디지가 시카고로 오게 된 것이 더 이상 기쁠 수 없는 일이었다. 그러나 동시에, 그가 시카고로 온다는 것은 선수 생명이 다 되었다는 뜻이라는 것도 알고 있었다. 나의 가장 큰 우려는 곧 사실로 입증이 되었고, 스물일곱이나 여덟이라는 한창 무르익은 나이에 그 세계 최고의 투수는 이미 한물간 선수였다.
 그렇더라도 타이거즈로 옮겨 온 첫해에 그는 몇 차례의 멋진 순간들을 보여 주었다. 그 해의 시즌이 시작된 것은 미스터 버티고가 개업한 지 불과 넉 달밖에 안 되었을 때였지만, 나는 디지 딘이 망가진 팔로 치러 낸 몇 번의 경기를 지켜보기 위해 세 번인가 네 번 슬며시 가게를 빠져나가 경기장으로 스며들었다. 그가 카디널즈를 상대로 벌인 처음 몇 번의 경기 중에서 내가 지금까지도 분명하게 기억하고 있는 것은 예전의 팀 동료들과 맞붙어 싸운 고전적인 보복 경기였는데, 그 한판 승부에서 그는 형편없이 느린 공과 변화구를 배합하여 타자들을 계속 현혹시킴으로써 보잘것없는 승리를 거두었다. 다음에 시즌 후반 타이거즈가 또 한 번의 우승을 거머쥐기 위해 맹렬히 내닫고 있을 때, 시카고 팀의 매니저 개비 하트네트는 디지가 뉴욕 양키즈를 상대로 결사적인 일전을 벌이도록 고개를 끄덕여 줌으로써 모든 사람들을 실색케 했다. 그 게임은 하나하나의 투구에 기쁨과 실망이 실린, 손에 땀을 쥐게 하는 경기였고, 딘은 말할 것도 없이 자기의 새로운 구단에 또 한 번의 승리를 안겨 주었다. 그는 월드 시리즈의 두 번째 게임에서도 다시 기적을 연출할 뻔했지만, 8회에서 마침내 양키즈가 그를 두드리기 시작해 맹공격이 9회까지도 계속되자, 하트네트는 그를 빼내고 구원 투수를 등판시켰다. 디지는 내가 그때까지 들었던 것 중에서 가장 굉장하고 열광적인 박수 갈채를 받으며 마운드를 떠났다. 경기장에 있던 모든 관중들이 일어서서 그 위대한 선수를 위해 박수를 치고, 환호성을 지르고, 휘파람을 불었다. 그런 상황이 너무 오래, 너무 요란하게 계속되어 박수 갈채가 끝났을 때에는 우리들 중 몇몇은 눈물을 훔쳐내고 있었다.

 그것이 선수 생활을 마감하는 경기가 되어야 했다. 용감한 전사는 마지막 절을 하고 천천히 석양 속으로 사라지는 법이다. 그랬더라면 나는 그의 작별인사를 받아들이고 그를 공정하게 대했을 것이다. 그러나 딘은 그것을 알아차리기엔 머리가 너무 둔해서, 그 작별의 아우성은 쇠귀에 경 읽기가 되고 말았다. 내가 성질이 돋은 것은 그 때문이었다. 그 개자식은 언제 그만두어야 할지를 몰랐다. 그는 체면을 모두 벗어 던지고 다시 구장으로 돌아와 타이거즈를 위해 경기를 벌였는데, 38년 시즌이 연민의 정을 자아내게 하는 —— 몇 번의 눈부신 순간들이 간간이 낀 —— 경기였다면, 39년 시즌은 순전히 캄캄한 암흑이었다. 그는 팔이 너무 망가져서 공을 던질 수도 없을 지경이었다. 경기가 치러질 때마다 그는 계속 벤치만 지켰고, 그가 마운드에서 보낸 짧은 시간들은 완전한 망신이었다. 그는 가장 형편없는 얼간이보다도 더 형편없는 선수, 그가 한때 누렸던 것의 가장 희미한 그림자도 되지 못했다. 나는 그 때문에 괴로워하고 슬퍼했지만 동시에 그가 이 세상에서 가장 멍청하고 우둔한 바보라고 생각했다.

 9월에 그가 미스터 버티고로 걸어 들어왔을 때의 상황은 정확히 그랬었다. 시즌은 거의 끝나 가는 중이었고 타이거즈는 페넌트 레이스에서 멀찌감치 밀려나 있었으므로, 그 금요일 밤에 딘이 자기의 아내와 두 쌍의 다른 커플들을 데리고 나타났을 때 그의 출현이 별다른 동요를 불러일으키지는 못했다. 그때 나는 분명히 그의 장래에 대해서 마음을 터놓고 이야기할 입장은 아니었지만, 그렇더라도 그의 테이블로 건너가 클럽에 온 것을 환영해 주기로 마음먹었다.

「이곳을 찾아 주셔서 기쁩니다, 디지.」
내가 그에게 악수를 청하면서 말했다.
「나 역시 세인트루이스 출신입니다. 그리고 당신이 나타난 날부터 당신을 따라다녔지요. 나는 늘 당신의 제일가는 후원자였습니다.」
「그렇다니 정말 기쁘군요.」
그가 커다란 손으로 내 손을 덮어 싸고 다정스럽게 흔들었다. 그리고는 간단히 웃어 보이고 지나가는 미소를 짓다가 그의 표정이 갑자기 어리둥절해졌다. 그가 잠시 뭔가 잊어버린 것에 대한 기억을 더듬으려고 이마를 찌푸렸다가 기억이 떠오르지 않자, 내 눈에서 그것을 찾을 수 있다고 생각이라도 한 듯, 내 눈을 빤히 들여다보았다.
「나 당신을 아는 것 같은데요.」
그가 말했다.
「내 말은 우리가 만난 게 처음이 아니라는 겁니다. 거기가 어디였는지는 기억이 나지 않지만. 우리 전에 어디선가 만난 적이 있는 것 같은데, 내 말 맞지요?」
「나는 그렇게 생각 안 합니다, 디지. 아마 어느 날 관중석에 있는 나를 흘끗 봤을지도 모르지만, 우린 전에 서로 얘기를 한 적이 없습니다.」
「빌어먹을, 난 당신이 내가 처음 보는 사람이 아니라고 맹세할 수 있소. 이거 정말 미치겠구먼, 제기랄!」
그가 내게 시골뜨기 같은 헤벌어진 웃음을 지어 보이면서 어깨를 으쓱했다.
「아무튼 그건 아무래도 상관없소. 당신 분명히 여기에다 꽤 근사한 식당을 갖고 있군요.」

「고맙습니다, 챔프. 첫번째 라운드는 내가 사지요. 당신과 친구분들에게 즐거운 시간이 되기를 바랍니다.」
「바로 그래서 우리가 여기로 온 거요.」
「쇼 재미있게 보시고 뭐든 필요한 게 있으면 아무때든 불러요.」

나는 최대한으로 침착하게 그를 맞았다는, 내가 그 상황에 썩 잘 대처했다는 기분을 느끼며 자리를 떴다. 나는 그에게 아첨을 하지도, 또 그가 몰락한 것에 대해 모욕을 주지도 않았다. 누가 뭐래도 나는 매끈한 말솜씨와 우아한 매너를 지닌 시내 중심가의 멋쟁이 미스터 버티고였고, 그런 이상 내가 그의 곤경에 얼마나 많은 걱정을 하고 있는지는 보여 주고 싶지 않았다. 아무튼 그를 직접 본 것이 나를 어느 정도 주술에서 풀어 주었고, 일이 자연스럽게만 풀렸더라면 나는 아마 그를 운이 다한 또 다른 멋진 친구로 치부해 버리고 말았을 것이다. 내가 무슨 이유로 그에 대해 신경을 쓰겠는가? 디지 딘은 사라져 가는 중이었고, 얼마 안 가서 곧 나는 그에 대한 생각을 하지 않아도 될 것이었다. 그러나 일은 그렇게 풀리지 않았다. 그 일을 계속 되살린 것은 디지 자신이었다. 나는 우리 두 사람이 속내를 털어놓는 친구 사이가 된 척하려는 것은 아니지만, 그는 내가 그를 잊는 것이 불가능할 정도로 충분히 밀접한 관계를 유지했다. 만일 그가 내 예상대로 그냥 멀어져 갔더라면 어떤 일도 그처럼 악화되지는 않았을 것이었다.

나는 다음번 시즌이 시작될 때까지는 그를 다시 보지 못했다. 그때는 유럽에서 전쟁이 한창 치열해지고 있던 1940년 4월이었는데, 디지가 땅에 떨어진 경력을 소생시키기 위해 한번 더 시도를 해볼 셈으로 다시 돌아온 것이었다. 나는 신문을 집어 들고 그가 타이거즈와 또 다른 계약에 서명했다는 기사를 읽다가 하마터면 먹고 있던 살라미 소시지 샌드위치가 목에 걸릴 뻔했다. 이 사람이 도대체 무슨 장난을 하고 있는 거지? 〈내 팔은 이제 예전의 형편없는 채찍이 아니다〉라는 것이 그의 말이었다. 하지만 제기랄, 그는 또다시 해보지 않고는 못 배길 만큼 지독하게 야구 경기를 좋아했을 뿐이었다. 좋아, 멍청이. 나는 속으로 그렇게 말했다. 내가 상관을 하는지 두고 보라고. 당신이 세상 사람들 앞에서 수모를 당하고 싶다면 그건 당신 소관이야. 하지만 내가 당신을 안됐어 할 거라고는 기대하지 마.

그런데 어느 날 밤, 그가 느닷없이 클럽으로 어슬렁어슬렁 걸어들어오더니, 마치 오랫동안 못 본 동생을 만난 것처럼 나를 반겼다. 딘은 술을 마시는 사람이 아니었으므로 그런 행동을 보인 것이 술기운 때문이었을 리는 없었다. 하지만 그는 나를 보는 순간 얼굴이 환하게 밝아졌고, 다음 5분 동안 다정하고 쾌활한 태도로 전면 공세를 펼쳤다. 어쩌면 그는 여전히 우리가 서로를 잘 안다는 생각에 집착했을 수도 있었고, 아니면 내가 중요한 사람이라고 생각했는지도 몰랐다. 어쨌든 결과는 나를 보게 되어 더 이상 기쁠 수가 없다는 것이었다. 내가 그런 사람을 어떻게 거절할 수 있을까? 나는 그에게 냉담해지려고 할 수 있는 일을 다했지만 그처럼 상대편에서 다정하게 나오는데는 그의 관심에 굴복할 수밖에 없었다. 누가 뭐래도 그는 여전히 위대한 딘, 밤길로 접어든 내 영혼의 친구이자 또 다른 나였고, 일단 그가 내게 그처럼 흥허물없는 태도를 보이자 나는 예전에 빠졌던 망상의 덫으로 다시 빠져 들고 말았다.

나는 그가 우리 클럽에 정기적으로 찾아오는 손님이 되었다고 말하려는 건 아니지만, 다음 여섯 주 동안 그는 우리가 그저 아는 척을 하고 지나치는 정도 이상의 교제를 틀 수 있을 만큼 자주 들렀다. 몇 번인가 그는 혼자서 이른 저녁 —— 모든 음식에 리 앤드 페린스 스테이크 소스를 듬뿍듬뿍 끼얹으면서 —— 을 먹으러 왔고, 나는 그가 음식을 씹어 삼킬 동안 같이 앉아서 이런저런 얘기를 주고받았다. 우리는 야구 얘기를 피하는 대신 대체로 경마 얘기에 화제를 집중했는데, 내가 그에게 두어 번 어느 말에다 돈을 걸어야 할지 쓸 만한 조언을 해주자 그는 내 충고에 귀를 기울이기 시작했다. 나는 그때 용기를 내어 그의 복귀에 대한 내 감정이 어떤지를 솔직하게 털어놓아야 했지만, 그가 시즌 초반에 이렇다 할 묘책 없이 그저 그런 경기를 벌임으로써 야구장으로 들어설 때마다 망신을 당한 뒤에도 입 한번 떼지 않았다. 그때쯤에는 그를 너무 좋아하게 되어서, 잘하려고 그처럼 열심히 노력하는 요령부득인 사람에게 사실대로 얘기해 줄 용기가 나지 않았던 것이다.

그로부터 몇 달 뒤, 그의 아내 팻이 마이너리그로 내려가서 새로운 투구법을 개발하라고 그를 설득했다. 그 아이디어는 그가 스포트라이트를 받지 않으면 더 많은 발전을 이룰 수 있다는 것이었지만, 내가 보기에는 말도 안 되는 생각이었다. 그 제안은 아직 그에게 희망이 좀 남아 있다는 망상을 키워 줄 뿐이기 때문이었다. 그제야 나는 마침내 무슨 말인가를 할 용기를 끌어내었지만 너무 강하게 밀고 나갈 배짱은 없었다.

「아마 지금이 때인 것 같습니다, 디지.」

내가 말했다.

「지금이 바로 짐을 싸서 고향으로 농사나 지으러 가야 할 때인 것 같습니다.」

「그렇기는 하지만…….」

그가 더 이상 절망스러울 수 없는 표정으로 사방을 둘러보며 말했다.

「어쩌면 당신 말이 맞을 거요. 문제는 내가 야구공을 던지는 것 외에는 어느 일에도 맞지가 않는다는 겁니다. 나는 이번에 성적이 안 좋았고 그래서 지독한 곤경에 빠져 있소, 월트. 내 말은 나 같은 건달이 달리 무슨 일을 할 수 있겠느냐는 거요.」

얼마든지 있지. 나는 속으로 그렇게 생각했지만 그 말을 하지는 않았고, 며칠 뒤 그는 툴사로 떠났다. 어떤 위대한 선수도 그처럼 빨리 몰락으로 치닫지는 않았었다. 그는 텍사스 리그에서 10년 전 그가 강속구로 완전히 제압해 버렸던 그 똑같이 먼지 낀 행로를 따라 옮겨 다니면서 길고 비참한 여름을 보냈다. 이번엔 그는 겨우 몸을 지탱할 수 있을 뿐이었고, 별의별 하찮고 시시한 선수들이 그의 투구를 야구장 곳곳으로 날려보냈다. 새로운 투구법이건 아니건 결론은 분명했지만, 디지는 계속 자기의 팔을 망치고 형편없는 대우를 받으면서도 기가 꺾이지 않았다. 일단 샤워를 하고 옷을 갈아입은 뒤 경기장을 나서면 그는 경마 신문을 잔뜩 사들고 호텔방으로 돌아가 사설 마권업자들에게 전화를 걸기 시작하곤 했다. 나는 그 해 여름 그의 내기에 여러 번 손을 써주었는데, 그가 전화를 걸 때마다 우리는 5분이나 10분쯤 잡담을 하면서 서로의 근황을 알리곤 했다. 내가 믿을 수 없었던 것은 그가 얼마나 침착하게 그런 수모를 감수하고 있느냐 하는 것이었다. 그는 자신을 웃음거리로 만들었지만 그러면서도 예전과 똑같이 원기 왕성하고 수다스럽고 농담을 좋아하는 것처럼 보였다. 입씨름을 벌여 봤자 무슨 소용이 있겠는가? 나는 그의 몰락이 이제는 단지 시간 문제라는 생각으로 그에게 동조하는 척하면서 내 생각을 혼자 속으로만 간직했다. 조만간 그는 진실을 알게 되어 있었다.

9월이 되자 타이거즈가 그를 다시 불렀다. 그들로서는 마이너리그에서의 경험이 성과가 있었는지를 알아보고 싶어했을 것인데, 딘의 솜씨는 별로 유망하지는 않았어도 걱정했던 것처럼 그렇게 형편없지는 않았다. 그저 그렇다는 게 꼭 맞는 말이었다. 두 번의 신승과 두 번의 완패. 그리고 거기에 이 얘기의 마지막 장이 걸려 있다. 타이거즈는 뭔가 엉뚱하고 얼빠진 논리로 딘이 다음 한 시즌을 보장할 수 있을 만큼 옛날의 기량을 보여 주었다는 결정을 내린 다음, 예정대로 밀고 나가 그에게 돌아오라고 요구했다. 나는 그가 겨울 동안 시카고를 떠난 뒤에까지 그 새로운 계약에 대해서는 알지 못했지만, 그것을 알게 되자 드디어 내 속에 있던 어떤 것이 딱 부러졌다. 나는 몇 달 동안 그 일로 애를 태웠다. 나는 안달을 하고, 걱정을 하고, 시무룩해져 있다가 봄이 다시 돌아왔을 때쯤에는 어떻게 해야 할지를 분명히 알았다. 아무리 보아도 거기에 달리 선택할 길이 있을 것 같지는 않았다. 운명이 나를 도구로 선택한 이상, 그 일이 아무리 끔찍하더라도 단 한 가지 중요한 것은 디지를 구하는 일이었다. 만일 그가 직접 그 일을 할 수 없다면 내가 대신 끼여들어 그 일을 할 것이었다.

지금까지도 나는 어쩌다 내 머릿속으로 그런 뒤틀리고 사악한 생각이 기어들었는지를 설명하려면 애를 먹는다. 사실 나는 디지 딘을 설득해서 그가 더 이상 살고 싶어하지 않도록 만드는 것이 내 의무라고 생각했다. 물론 그처럼 노골적인 말로 이야기가 된다면 그 모든 일이 정신 이상의 기미를 보이겠지만 어쨌든 그것이, 그를 설득해서 자살로 몰고 가는 것이, 바로 내가 그를 구하기 위해 생각해 낸 방법이었다. 하지만 그것은 단지 내 영혼이 예후디 사부가 죽은 뒤로 몇 년 동안 얼마나 병들어 있었는지를 증명해 주는 한 예일 뿐이다. 나는 디지를 보면 나 자신이 생각나서 그에게 집착했고, 그의 경력이 화려하게 지속되는 한 그를 통해 내 과거의 영광을 되살릴 수 있었다. 만일 그가 세인트루이스 이외의 다른 도시에서 공을 던졌더라면 아마 그런 일은 일어나지 않았을 것이다. 또 만일 우리의 별명이 그렇게 비슷하지만 않았더라도[27] 그런 일은 일어나지 않았을 것이다. 나는 모른다. 나는 아무것도 모른다. 그러나 사실 그 시기는 내가 더 이상 우리 둘 사이의 차이점을 알 수 없는 그런 때였다. 그의 승리는 나의 승리였고, 마침내 불운이 그를 덮쳐 그의 경력이 망쳐졌을 때 그의 불명예는 나의 불명예였다. 나는 그런 일을 다시 견뎌 낼 수 없었고 조금씩 조금씩 나 자신을 통제할 수 없게 되었다. 그 자신을 위해서 디지는 죽어야 했고 나는 그가 옳은 결정을 내리도록 몰아가야 할 사람이었다. 단지 그를 위해서만이 아니라 나를 위해서도. 내게는 무기가 있었고, 말주변이 있었고, 광기의 힘이 있었다. 나는 디지 딘을 파멸시킬 것이고, 그러면서 마침내는 나 자신도 파멸시킬 것이다.

4월 10일, 타이거즈가 연고지에서 치러지는 개막 경기를

---

[27] 디지dizzy와 버티고에는 모두 현기증이라는 뜻이 있음.

위해 시카고로 돌아왔다. 바로 그날 저녁 나는 디지에게 전화를 걸어 중요한 일이 생겼다면서 잠시 내 사무실로 들러 달라고 했다. 그는 내게 몇 번씩 무슨 일로 그러느냐고 물었지만, 나는 그에게 너무 중요한 일이라서 전화로는 얘기할 수 없다고만 대답했다. 그리고 만일 당신의 삶을 일변시키는 제안에 흥미가 있으면 오라고 덧붙였다. 그는 저녁 식사를 마친 뒤에도 일정이 꽉 차 있어서 우리는 다음날 아침 11시 정각에 만나기로 약속 시간을 정했다. 다음날 아침 그는 입에 이쑤시개를 물고 그 특유의 휘청휘청한 걸음걸이로 어슬렁거리며 나타났다. 그는 소모사 양복에 빛 바랜 카우보이 모자를 쓴 차림이었는데, 내가 그를 마지막 보았던 뒤로 체중이 몇 킬로그램 더 불기는 했어도 그의 안색은 남서부의 태양 아래서 6주일 동안 연습을 한 뒤여서 건강한 빛을 띠고 있었다. 여느 때처럼 그는 만면에 웃음을 지으며 걸어들어왔고, 처음 몇 분 동안은 고객이 아무도 없는 낮 동안에 클럽이 얼마나 달라 보이는지에 대해서 얘기했다.

「텅 빈 야구장을 생각나게 하는데요.」

그가 말했다.

「아주 똑같아요. 무덤처럼 조용하고, 굉장히 더 넓고.」

나는 그에게 앉으라고 한 다음, 책상 뒤의 냉장고에서 루트비어[28]를 한 잔 내주었다.

「이 일은 시간이 좀 걸릴 겁니다. 그래서 나는 우리가 얘기를 할 동안 당신이 갈증을 느끼게 하고 싶지 않아요.」

---

[28] 사르사파랄라 뿌리, 사사프라스의 뿌리 등에 이스트를 넣어서 만든 음료로 알코올 성분이 거의 없음.

나는 손이 떨리기 시작하는 것을 느끼고 위스키 짐빔을 한 잔 따라서 두 모금 홀짝거렸다.

「팔은 좀 어떻습니까?」

내가 가죽 의자에 기대앉아 침착해 보이려고 최선을 다하면서 물었다.

「늘 그래요. 팔꿈치에서 뼈가 튀어나오는 것 같은 느낌이죠.」

「이번 춘계 훈련에서 많이 두들겨 맞았다고 들었는데요.」

「그건 그저 연습 게임일 뿐입니다. 아무 의미도 없는.」

「그렇겠죠. 그럼 정말로 의미가 있을 때까지 기다릴 겁니까?」

그가 내 목소리에서 빈정거리는 기미를 알아채고 변명투로 어깻짓을 해보인 다음, 셔츠 주머니에서 담배를 꺼냈다.

「그런데 말이오, 특종 기사가 뭡니까?」

딘이 그렇게 묻고 나서 담뱃갑을 흔들어 럭키 담배를 한 개비 뽑아 낸 다음 내 쪽으로 연기를 훅 뿜어냈다.

「전화로 얘기하는 걸 들으니까 죽고 사는 문제인 것처럼 들리던데요.」

「맞아요. 바로 그겁니다.」

「어째서죠? 새로운 브로마이드 사진이나 뭐 그런 거에 특허를 따기라도 했습니까? 제기랄, 당신 내 병든 팔을 치료할 수 있는 약이나 만들어 내보쇼, 월트. 그러면 내가 앞으로 10년 동안 내 봉급의 절반을 줄 테니까.」

「난 그거보다 훨씬 더 나은 걸 갖고 있소, 디지. 그리고 돈도 한푼 들지도 않고요.」

「무슨 일에건 돈이 들기 마련이오. 그게 이 땅의 법칙이오.」

「난 당신에게서 돈을 원하는 게 아니라 당신을 구하려는 거요, 디지. 내가 도와주지요. 그러면 당신이 지난 4년 동안 겪은 고통이 모두 없어질 거요.」

「그래요?」

내가 마치 그럴듯하고 재미있는 농담이라도 한 것처럼 그는 씩 웃으면서 물었다.

「그러면 어떻게 그 일을 할 셈이죠?」

「당신이 원하는 대로요. 방법은 중요하지 않으니까. 단 한 가지 중요한 건 당신이 거기에 찬성을 하는 거요. 그리고 왜 그래야 하는지를 이해하는 거지요.」

「당신은 나를 헛갈리게 하고 있군요. 난 당신이 무슨 얘기를 하는지 모르겠는데요.」

「언젠가 어떤 위대한 사람이 나한테 이러더군요. 〈사람이 막바지에 이르게 되면 정말로 원하는 단 한 가지는 죽음이야〉라고 말이오. 아주 분명하지 않아요? 나는 그 말을 아주 오래 전 옛날에 들었지만 그때는 너무 멍청해서 그게 무슨 뜻인지를 몰랐었지요. 하지만 이제는 알아요. 그리고 당신한테 분명히 얘기하겠는데, 디지, 그건 사실입니다. 그건 사실이오. 이제껏 어떤 사람이 했던 것보다도 더 진실된 말이죠.」

딘이 웃음을 터뜨렸다.

「당신은 정말 재미있는 사람이군요, 월트. 그렇게 별난 유머 감각을 갖고 있고 게다가 절대로 느르러지지도 않으니까. 그게 내가 당신을 그렇게 좋아하는 이유지만. 아마 이 도시에 당신처럼 간 큰 소리를 하는 사람은 아무도 없을 거요.」

나는 그의 우둔함에 한숨을 내쉬었다. 그런 촌놈을 다룬다는 것은 여간 어려운 일이 아니었지만, 내게 가장 필요한 것은 인내심을 잃지 않는 것이었다. 나는 술을 한 잔 더 홀짝거린 다음 그 짜릿한 액체를 2, 3초 동안 입 안에서 굴리다가 삼켰다.

「내 말 잘 들어요, 디지. 나도 당신이 처한 입장에 있어 봤소. 12, 13년 전, 나는 세상 꼭대기에 앉아 있었으니까. 나는 내가 하는 일에서 가장 뛰어난 독보적인 존재였소. 그리고 이런 말을 해서 어떨지 모르지만, 당신이 야구장에서 해낸 일은 내가 할 수 있었던 일에 비하면 아무것도 아니오. 내 옆에 있으면 당신은 피그미보다도 더 크게 없는 한 마리 곤충, 양탄자 속에 든 벌레에 지나지 않아요. 내 말 듣고 있습니까? 그 뒤로 어찌어찌해서 무슨 일이 일어났고, 나는 그 일을 계속할 수가 없었소. 하지만 나는 그 일에 계속 매달려 사람들이 나를 안됐다고 느끼게 하지는 않았어요. 나 자신을 웃음거리로 만들지 않았다는 말이오. 나는 그걸 비긴 걸로 하고, 그 다음엔 나 자신을 위해 또 다른 삶을 개척했소. 그게 내가 당신도 그랬으면 하고 바라고 기도하는 거요. 하지만 당신은 그러지를 않고 있어요. 당신의 촌스럽고 우둔한 머리가 그걸 알아차리기에는 쓸데없는 것들로 너무 꽉꽉 막혀 있어서지요.」

「잠깐만.」

디지가 갑자기 손가락을 흔들어 댔다. 뜻밖에도 그의 얼굴에 기쁜 빛이 번졌다.

「딱 1초만. 난 당신이 누군지 알고 있소. 빌어먹을, 그걸 내내 알고 있었는데도. 당신이 그 아이 맞지요? 당신은 바로 그 굉장했던 아이오. 월트 그래, 원더보이 월트. 이런 빌어먹을, 언젠가 우리 아버지가 나하고 폴과 엘머를 아칸소의 장날에 데려갔었는데 난 거기서 당신이 묘기를 부리는 걸 봤소. 정말 이 세상 게 아니었지. 난 늘 당신이 어떻게 됐을지 궁금했었소. 그런데 지금 여기 바로 내 앞에 앉아 있다니. 이거 도저히 믿을 수가 없는걸.」

「믿어요. 그리고 당신한테 내가 위대했다고 한 건 누구하고도 비교가 안 되게 위대했다는 얘기였소. 하늘을 가로질러 질주하는 혜성처럼.」

「당신은 위대했지. 맞아요, 내 그건 분명히 인정하겠소. 내가 이제껏 본 중에 가장 위대했다고.」

「당신도 그랬소, 디지. 위대할 만큼 위대했소. 하지만 당신은 이제 내리막길로 접어들었고, 나는 당신이 자신에게 하는 일을 보고 있으려면 가슴이 아픕니다. 내가 도와주지요, 디지. 죽음은 그렇게 끔찍한 게 아니오. 누구든 어느 땐가는 죽어야 하고 당신이 일단 그 생각에 익숙해지면 지금이 나중보다는 더 낫다는 걸 알게 될 거요. 당신이 나한테 기회를 준다면 난 당신이 부끄럽지 않게 해줄 수가 있소. 당신의 체면을 되살려 줄 수 있다는 말이오.」

「당신 정말 진담으로 하는 얘기군요.」

「물론이오. 이제껏 살아오면서 어느 때보다도 더 진담으로 하는 말이오.」

「당신 정신나갔군, 월트. 완전히 돌아 버렸어.」

「내가 당신을 죽이게 해주시오. 그러면 지난 4년 동안이 잊혀질 겁니다. 당신은 다시 위대해질 거요, 챔프. 언제까지고 다시 위대해질 거요.」

나는 너무 서두르고 있었다. 그가 원더보이 얘기로 내 정신을 흩트려 놓은 바람에, 우회를 해서 접근 방법을 수정하는 대신 위험 천만인 속도로 달려들고 있었다. 나는 그에게 천천히 압박을 가해서, 그처럼 정교하고 반박할 여지가 없는 논쟁으로, 마침내는 그가 생각을 바꾸도록 하고 싶었다. 그것이, 강제로 그러도록 시키는 것이 아니라 그 스스로 내 계획이 현명하다는 것을 알게 하는 것이 요점이었다. 나는 그의 생각이 내 생각과 같아지기를, 그가 내 제안에 너무도 감복해서 내게 그래 달라고 애원하기를 바랐다. 그러나 내가 했던 일은 그를 뒤처지게 놓아두고 위협과 설익은 상투어로 겁을 준 것이었다. 그가 나를 미쳤다고 생각한 것도 놀랄 일은 아니었다. 나는 그 모든 일을 망쳐 버렸고, 우리가 시작을 하고 있어야 할 시간에 그는 이미 일어나서 문 쪽으로 가고 있었다.

물론 나는 거기에 대해서는 걱정을 하지 않았다. 나는 문을 안에서 잠가 놓았고 열쇠 — 그것은 어쩌다 보니 내 호주머니에 들어 있었다 — 가 없이는 그 문을 열 수가 없었다. 그렇더라도 나는 그가 문 손잡이를 잡아당기고 문짝을 흔들고 하는 것은 원치 않았다. 문이 열리지 않으면 그는 자기를 내보내 달라며 소리를 치기 시작할 것이고, 그런 소동이 벌어지면 주방에서 일을 하고 있던 대여섯 명의 사람들이 달려나올 게 뻔한 일이었다. 그래서 나는 작은 일만을 생각하고 더 큰 결과를 무시한 채, 책상 서랍을 열어 사부의 권총을 꺼내 들었다. 그것이 마지막으로 나를 파멸시킨 실수였다. 디지에게 그 총을 겨눔으로써 나는 잡담과 처벌받을 수 있는 범죄 사이의 경계선을 넘었고, 일단 악몽에 빠져 들고 나자 더는 멈출 수가 없었다. 그러나 총을 꺼내 든 것은 필연적인 행위가 아니었을까? 그것은 모든 일에 요긴한 것, 이 순간 아니면 저 순간에 서랍에서 나오도록 되어 있는 것이었다. 디지에게 방아쇠를 당기고, 그럼으로써 사막으로 돌아가 전에 이루지 못했던 일을 하자. 디지로 하여금 예후디 사부가 애원했던 것과 똑같이 죽여 달라고 애원하도록 만든 다음, 실행할 용기를 끌어내어 잘못을 원상태로 돌리자.

그러나 이제는 어느것도 문제가 되지 않았다. 나는 디지가 일어섰을 때 이미 그 일을 망쳤고, 총을 꺼내 든 것은 망신을 당하지 않으려는 필사적인 몸부림에 지나지 않았다. 나는 그에게 다시 의자에 와서 앉으라고 한 다음, 15분 동안 그에게서 내가 의도했던 것보다 훨씬 더 많은 땀을 뽑아 냈다. 온갖 허세와 우람한 몸집에도 불구하고 딘은 사실상 겁쟁이여서 싸움이 벌어질 때면 언제나 가장 가까운 가구 뒤로 몸을 숨기곤 했다. 나는 그런 소문을 벌써부터 듣고 있었지만, 그는 총을 보자 내가 그러리라고 생각했던 것보다 훨씬 더 공포에 질렸다. 그는 겁에 질려 실제로 울음을 터뜨렸고, 나는 그가 의자에 앉아 끙끙 앓는 소리를 내며 엉엉 울 동안 그의 입을 닥치게 하기 위해서만이라도 하마터면 방아쇠를 당길 뻔했다. 그는 내게 살려 달라고 —— 자기를 죽이지 말고 살게 해달라고 —— 애원했다. 그 모든 일이 너무 뒤죽박죽으로 엉켜 있어서, 내가 그러리라고 상상했던 것과는 너무도 달라서, 나는 어떻게 해야 할지를 몰랐다. 상황은 그런 식으로 하루 종일이라도 계속될 수 있었지만 막 정오가 되었을 때 누군가가 문을 두드렸다. 아무도 들여보내지 말라는 지시를 분명히 내려 두었는데도 불구하고 누군가가 문을 두드리고 있었다.

「디지?」

여자 목소리였다.

「당신 그 안에 있어요, 디지?」

그의 아내 팻이었다. 누구 못지않게 실제적이고 두목 행세를 하는 여자. 그녀는 레멜리에서의 점심 약속 시간에 대어가려고 남편을 데리러 온 것이었다. 물론 디지는 그녀에게 자기를 어디로 찾아와야 할지 알려 주었을 것이고, 그것은 내가 생각을 소홀히 했던 또 하나의 뜻하지 않은 장애였다. 그녀는 엄처시하의 남편을 찾으러 내 클럽으로 쳐들어왔고, 다음에는 주방에 있던 부주방장 —— 그는 감자를 썰고 당근을 저미느라 바빴다 —— 의 멱살을 잡으면서 굉장한 난리를 치는 바람에, 그 불쌍한 얼간이가 마침내 산통을 깨고 만 것이었다. 어쩔 수 없이 그는 팻을 안내해서 계단을 올라와 복도를 따라왔고, 이제 그녀는 내 사무실 문 앞에 버티고 선 채 잔뜩 성질이 돋아 주먹으로 하얀 베니어판을 두드려 대고 있었다. 디지의 머리통 속으로 총알을 박아 넣을 수 없는 이상, 나는 권총을 치우고 문을 여는 수밖에 다른 도리가 없었다. 그 고약한 돌발 사태로 그 시점에서 일이 망쳐질 게 분명했다. 그 덩치 큰 친구가 끝까지 내 편을 들어서 잠자코 있기로 작정하지 않는 한. 다음 10초 동안 내 목숨은 빈약한 줄 —— 딘이 너무 당황해서 자기가 얼마나 겁에 질렸었는지를 아내에게 말하지 않고 그 혼란스러운 일을 자기 혼자서만 알기로 하는 —— 에 달려 있었다. 팻이 안으로 들어서자 나는 가장 다정하고 가장 사근사근한 미소를 지어 보였지만, 코를 훌쩍이며 울고 있던 디지가 그녀를 보는 순간 모든 일은 물 건너가고 말았다.

「저 조그만 개새끼가 나를 죽이려고 했어.」

그가 믿을 수 없게 높은 목소리로 범죄의 증거를 불쑥 꺼내 놓았다.

「저 자식이 내 머리에다 총을 들이대고 있었어. 저 조그만 개새끼가 나를 쏘려고 했어.」

그 말이 나를 나이트클럽에서 쫓아내는 계기가 되었다. 팻과 디지가 예약을 해두었던 레멜리 식당으로 가는 대신, 내 사무실에서 쿵쿵 걸어 나가 곧장 경찰서를 찾아가서 선서 증언을 하고 나에게 고소를 제기한 것이었다. 팻은 내 코앞에다 문을 쾅 닫으면서 나를 감방에다 처넣기 위해 무슨 수든 다 쓸 거라고 으르렁거렸지만 나는 미동도 하지 않았다. 다만 내 책상에 앉아 형사들이 나타나서 나를 실어 가기 전에 정신을 수습하려고 애쓰면서, 내가 무슨 바보짓을 했는지 의아해 하고 있을 뿐이었다. 형사들이 나타나기까지는 채 한 시간도 걸리지 않았다. 나는 불평 한 마디 없이 그들이 내 손목에 수갑을 채울 동안 미소를 짓고 농담을 던지며 사무실을 나섰다. 만일 빙고가 아니었더라면 나는 하느님 노릇을 하려 들었던 죄로 상당히 오랫동안 복역을 해야 되었겠지만, 그는 요소 요소에 제대로 된 연줄을 갖고 있어서 그 사건이 법원으로 송치되기도 전에 뒷거래가 이루어졌다. 그러는 것이 나뿐만 아니라 디지에게도 더 나았다. 그는 재판이 벌어지면 자기에게도 유리할 것이 없었으므로 —— 그 모든 비난과 함께 퍼지게 될 악소문은 차치하고라도 —— 기꺼이 타협을 받아들였다. 판사는 내게 선택할 기회를 주었다. 좀더 형량이 낮은 기소에 대한 유죄를 인정하고 줄리엣 형무소에서 6개월 내지 9개월을 복역하든가, 아니면 시카고를 떠나 군대에 들어가라는 것이었다. 나는 두 번째 문을 통해 걸어 나오는 방법을 택했다. 내가 유니폼을 입는 일에 무슨 큰 열망을 가지고 있어서가 아니라, 시카고에 너무 오래 있다 보니 미움을 샀고 그래서 떠날 때가 되었다는 생각이 들었기 때문이었다.

빙고는 나를 경찰서에서 꺼내기 위해 이리저리 손을 쓰고 뇌물을 안겼지만, 그렇다고 그것이 내가 저지른 짓에 대해 일말의 동정을 느꼈다는 얘기는 아니었다. 그는 나를 멍청이, 99.99퍼센트짜리 멍청이라고 생각했다. 돈을 위해 누군가를 폭력으로 제거하는 것은 제거하는 것이지만, 도대체 어떤 얼간이가 디지 딘 같은 국보적인 존재의 뒤를 좇는다는 말인가?

「그런 일을 생각해 낸 걸 보면 너는 아주 어처구니없이 미쳐 버린 게 틀림없어.」

「아마 그럴 겁니다.」

나는 그렇게 대답하고 자신을 변명하려고 들지 않았다. 그가 좋을 대로 생각하도록 놓아두고 그대로 넘어가자는 생각에서였다. 거기에는 물론 치러야 할 대가가 있었지만 나는 그와 논쟁을 벌일 입장이 전혀 못 되었다. 나는 그가 나를 도와준 대가로 현금을 내놓는 대신, 클럽의 내 지분을 그에게 넘기겠다고 서명함으로써 빙고가 제공해 준 법적인 도움에 보상하기로 동의했다. 미스터 버티고를 잃는다는 것이 내게는 어려운 일이었지만 연기를 그만둔 것의 5분의 1만큼도, 예후디 사부를 잃은 것의 10분의 1만큼도 어렵지 않았다. 이제 나는 특별할 게 아무것도 없는, 다시 예전처럼 평범한 인간일 뿐이었다. 머리를 짧게 치고 호주머니가 텅텅 빈 스물여섯 살짜리 병사 월터 클레어본 롤리. 현실 세계로 돌아온 걸 환영하네, 친구. 나는 양복들을 웨이터 조수들에게 나누어 주고 여자 친구들에게 작별 키스를 한 다음 새벽 완행 기차에 올라 신병 훈련소로 향했다. 그때 내가 막 뒤에다 남겨 놓고 떠난 것들을 생각해 보면 나는 운이 좋았던 것 같다.

그때쯤에는 디지도 역시 떠난 뒤였다. 그의 시즌은 단 한 경기로 이루어졌고, 피츠버그 팀이 첫번째 경기의 첫번째 이닝에서 스리 홈런으로 그를 난타하자 마침내 그는 은퇴를 선언했다. 내가 겁을 준 전략이 그의 머리에 어떤 판단력을 집어넣었는지도 모르지만, 어쨌든 나는 그의 결정에 관한 기사를 읽고 기뻤다. 타이거즈는 그에게 1루 코치로 일자리를 주었지만 몇 달 뒤 그는 세인트루이스에 있는 펠스터 양조 회사로부터 더 나은 조건을 제시받았다. 그리고 그 다음에는 브라운즈와 카디널즈의 게임을 중계하는 라디오 아나운서로 일하기 위해 자기의 옛 도시로 돌아갔다.

「내가 이 일을 한다고 해서 조금이라도 바뀌지는 않을 겁니다.」

그것이 디지가 방송을 시작하면서 내뱉은 제일성이었다.

「난 예전 그대로 교양 없고 뒤죽박죽인 영어를 할 겁니다.」

우리는 그 위대한 시골뜨기에게 경의를 표해야 한다. 사람들은 그가 전파를 통해 내뱉는 서민적인 막말에 마음이 끌렸고, 그는 방송국에서 25년 동안이나 붙잡아 둘 만큼 성공을 거두었다. 하지만 그것은 또 다른 얘기고, 내가 그에게 많은 관심을 보였다고는 할 수 없다. 내가 일단 시카고를 떠나자, 그 일은 더 이상 나와는 아무 상관도 없는 일이었기 때문이다.

4

나는 비행 학교로 가기엔 시력이 너무 나빠서 다음 4년 동안을 진흙탕 속에서 기며 보냈고, 그러다 보니 땅에서 기어다니다가 인간의 피부를 자양분으로 삼는 벌레들과 다른 생물들의 습성에 대해서라면 전문가가 되었다. 찰스 P. 맥거번 판사는 군대가 나를 사람으로 만들어 줄 거라고 했는데, 굴욕을 참고 병사들의 팔다리가 떨어져 나가는 것을 지켜보는 것이 남자다움의 증거라면, 나는 그 존경하는 판사님의 말씀이 옳았다고 생각한다. 무슨 얘기냐 하면, 나로서는 그 4년 동안의 얘기를 될 수 있으면 적게 하는 편이 더 낫다는 것이다. 처음에 나는 의병 제대를 신청하는 일에 대해서 심각하게 생각했지만 그 일을 밀고 나갈 용기가 도저히 나지 않았다. 내 계획은 은밀하게 다시 공중 부양을 시작해서 그처럼 지독하고 정신을 잃을 정도로 심한 두통을 일으켜 가지고 어쩔 수 없이 나를 귀향 조치시키게 한다는 것이었다. 그러나 문제는 내게 더 이상 돌아갈 집이 없다는 것이었고, 그 상황에 대해서 얼마 동안 곰곰이 생각해 본 결과 나는 그 엄청난 두통의 확실한 고통보다는 전쟁의 불확실성을 택하는 편이 더 낫다는 것을 알아차렸다.

나는 병사로서 뛰어나지는 못했지만 그렇다고 나 자신을 욕되게 하지도 않았다. 나는 내 일을 했고, 말썽을 피했고, 곤란을 견뎌 냈고, 죽지도 않았다. 1945년 11월, 마침내 그들이 나를 배로 실어다 주었을 때 내 정신은 완전히 소진되어 앞일을 생각할 수도, 계획을 짤 수도 없었다. 나는 다음 3, 4년 동안 주로 동부 해안을 오르내리며 떠돌아 다녔다. 가장 오래 머문 곳은 보스턴이었는데, 나는 거기에서 바텐더로 일하며 경마를 하고 일주일에 한 번씩 노스 엔드의 스피리오 도박장에서 벌어진 포커 게임에 끼여 모자란 수입을 벌충했다. 물론 그것은 중간에도 못 미치는 보잘것없는 노름이었지만 계속해서 한 번, 두 번, 다섯 번 이기게 되면 돈이 모이기 마련이다. 그러나 내가 가게를 열 수 있을 만한 돈을 모아 가려는 참에 행운이 내게서 등을 돌려 버렸다. 내 둥지에 든 달걀들이 깨져 흘렀고, 나는 빚을 지게 되어 채 몇 달도 지나지 않아 내게 빚을 준 고리대금업자들을 피해 그 도시를 몰래 빠져 나와야 했다. 거기에서부터 나는 롱아일랜드로 건너가 건축 공사장에서 일자리를 얻었다. 그 당시는 도시들 주위로 교외 지역이 생겨나기 시작하던 때였는데, 나는 돈이 있는 곳이라면 어디로든 찾아가 경치를 바꾸고 세상을 오늘날 보이는 것처럼 변모시키는 데 한몫을 했다. 그 모든 랜치 하우스[29]들과 깔끔한 잔디밭들과 황마에 싸인 가늘고 긴 묘목들, 그것들을 거기에

---

29) 칸막이가 없고 지붕 물매가 뜬 단층집의 미국 교회.

다 세우고 심고 한 사람이 나였다. 물론 그것은 지루한 일이었지만 그렇더라도 나는 18개월 동안 그 일을 계속했다. 그리고 어느 한 시점에서는 나로서도 설명할 수 없는 이유로 어찌어찌하다 결혼까지 했지만, 그 결혼은 채 반년도 지속되지 않았고, 이제는 그 모든 기억이 너무도 희미해져서 내 아내가 어떻게 생겼었는지를 떠올리는 것마저도 힘이 든다. 그 일에 대해서 열심히 생각을 하지 않으면 나는 그녀의 이름조차도 기억이 나지 않는다.

내게 무엇이 잘못됐는지는 알 수 없었다. 나는 언제나 그렇게 재빨랐고 그처럼 신속하게 기회를 잡아 그것을 내게 유리하도록 돌렸었지만, 이제는 나 자신이 무기력하게 느껴졌다. 세상 돌아가는 것에 동조를 하지 못한 채 시대의 흐름을 따라잡을 수도 없었다. 세상은 나를 지나쳐 갔지만 그 중에서도 가장 이상한 일은 내가 전혀 상관을 하지 않았다는 것이다. 내게는 아무런 야망도 없었다. 나는 상황을 유리하게 만들려고도, 유리한 상황을 찾으려고도 하지 않았다. 내가 원하는 것은 다만 평화롭게 남겨져 힘닿는 대로 근근이 살아가며, 발길 닿는 대로 돌아다니는 것뿐이었다. 나는 이미 큰 꿈들을 꾸었었다. 하지만 그로 인해 아무것도 되지 못했고, 이제는 너무 지쳐서 어떤 새로운 꿈도 생각할 수 없었다. 변화를 위한 공은 다른 사람이 들고 가게 하자. 나는 벌써 오래 전에 그 공을 떨어뜨렸고, 몸을 굽혀 다시 그 공을 주우려고 애쓸 생각이 없었다.

1950년, 나는 강을 건너 뉴저지의 뉴어크에 있는 싸구려 임대 아파트로 옮겨 가 전쟁이 끝난 뒤 아홉 번째인가 열 번째 직업에 발을 들여놓았다. 메이어호프 제빵 회사에서는 2

백 명이 넘는 사람들을 고용하고 있었는데, 우리는 여덟 시간씩 3교대로 상상할 수 있는 모든 제빵 재료들을 휘저었다. 빵 한 가지만 하더라도 일곱 가지 다른 종류들이 있었다. 흰빵, 호밀빵, 순밀빵, 조제(粗製)한 호밀빵, 건포도빵, 건포도 계피빵, 그리고 바바리아 흑빵, 거기에다 열두 가지 종류의 쿠키, 열 가지 종류의 케이크, 여섯 가지 종류의 도넛, 그리고 브레드 스틱,[30] 빵가루, 롤빵까지 합친다면 그 공장이 어째서 하루 24시간 동안 풀가동되었는지 이해가 갈 것이다. 나는 썰기 전의 빵 덩이를 싸는 셀로판 포장지를 바로잡고 준비하는 포장 라인에서 일을 시작했다. 처음 생각에는 기껏해야 몇 달밖에 붙어 있지 못할 것 같았지만, 일단 요령을 터득하고 나자 그곳은 생활비를 벌기에 썩 괜찮은 곳이 되었다. 공장 안의 냄새가 아주 기분 좋았고 거기에다 끊임없이 풍기는 갓 구운 빵과 설탕 향기까지 감안한다면, 작업 시간이 그때까지 내가 했던 다른 일들처럼 지루하게 이어지지는 않았다. 어쨌든 그것은 얘기의 일부분일 뿐이고 보다 더 중요한 것은 내가 그곳에 들어간 지 일주일쯤 뒤부터 내게 눈길을 주기 시작한 빨간 머리 여자가 있었다는 사실이다. 적어도 내가 시카고에서 희롱했던 쇼걸들과 비교한다면 그녀는 별로 예쁘지는 않았지만, 그녀의 초록색 눈에는 내 심금을 울릴 만한 백치미가 있어서 나는 많은 시간을 허비하지 않고 그녀와 교제를 텄다. 이제까지 살아오면서 나는 단 두 번의 쓸 만한 결정을 내렸는데, 그 첫번째는 아홉 살이었을 때 예후디 사부를 따라 기차에 올라 탄 것이고, 두 번째는 몰리 피츠시먼즈와 결혼을 한

---

30) 가는 막대 모양의 딱딱한 빵.

것이었다. 몰리는 나를 다시 완전한 인간으로 되돌려 주었다. 내가 뉴어크에 발을 들여놓았을 때 어떤 처지였는지를 생각한다면 그것은 절대로 하찮은 일이 아니었다.

그녀의 처녀 적 이름은 퀸이었고 나를 만났을 때의 나이는 서른을 약간 넘기고 있었다. 그녀는 고등 학교를 졸업하자마자 첫 남편과 결혼했고, 5년 뒤에는 그를 군대로 떠나 보냈다. 그녀의 전남편은 어느 모로 보나 다정하고 열심히 일하는 아일랜드 인이었지만 그가 치른 전쟁은 내가 치른 전쟁만큼 운이 좋지 못했던 모양이다. 1943년, 그가 메시나에서 총을 맞고 사망한 뒤 몰리는 아이 하나 없는 젊은 과부가 되어 혼자 살아가면서 뭔가 좋은 일이 일어나기를 기다리고 있었다. 그녀가 내게서 무엇을 보았는지는 아무도 모를 일이지만, 나는 그녀가 편안하게 느껴졌기 때문에, 그녀가 예전의 재치 있는 나를 되살려 주었고 멋진 농담을 들으면 알아주었기 때문에 그녀를 좋아했다. 사실 그녀에게는 화려한 구석이 전혀 없었고, 사람들 사이에서 돋보이게 해줄 만한 매력도 없었다. 길거리에 나선다면 그녀는 또 다른 노동자의 아내에 지나지 않을 것이다. 레스토랑으로 외식을 하러 나가지 않는 한 여간해서 화장도 하지 않는 평퍼짐하고 엉덩이에 비곗살이 낀 그저 그런 여자들 중의 하나. 하지만 그녀에게는 어떤 활발한 기운과 그녀 특유의 조용하고 사려 깊은 태도가 있었다. 분명히 몰리는 그랬다. 그녀는 내가 그때까지 알았던 어느 누구 못지 않게 똑똑했고 다정했다. 또 불평을 하지도 않았고, 나를 떠받들었고, 단 한 번도 나를 내가 아닌 다른 사람으로 바꾸려고 하지 않았다. 가정 주부로서 그녀는 좀 깔끔하지 못한 편이었고 요리 솜씨도 별로 좋지는 못했지만, 그것은 문제가 되지 않았다. 결국 그녀는 내 하녀가 아니라 내 아내였으니까. 그녀는 또한 내가 캔자스에서 이솝과 수 아주머니하고 같이 보냈던 나날들 이후로 단 하나의 진정한 친구, 이제까지 내가 사랑한 첫번째 여인이기도 했다.

    우리는 뉴어크 아이언바운드 구역의 승강기도 없는 아파트 2층에서 살았고, 몰리가 아이를 가질 수 없어서 언제나 단 둘뿐이었다. 나는 결혼을 한 뒤로 그녀에게 직장을 그만두도록 했지만 내 일자리는 계속 지키면서 메이어호프의 사다리를 타고 올라갔다. 그 당시는 한 사람의 월급으로 부부가 살 수 있었던 시절이었을 뿐 아니라, 회사에서 나를 야간 교대조의 십장으로 승진시켜 준 덕분에 우리는 이렇다 할 돈 걱정을 겪지 않았다. 물론 그것이 내가 한때 설정했던 기준에 비한다면 초라하기 짝이 없는 삶이었다고는 해도, 나 역시 거기에 대해서는 더 이상 신경을 쓰지 않을 정도로 많이 변해 있었다. 나는 일주일에 두 번씩 영화를 보러 갔고, 토요일 밤에는 외식을 했고, 책을 읽었고, 텔레비전을 보았다. 그리고 여름이면 애스버리 파크의 바닷가로 차를 몰았고, 거의 매주 일요일마다 몰리의 친척들 중 하나와 어울렸다. 퀸즈 집안은 대가족인데다 그녀의 남자, 여자 형제들 모두가 결혼해서 모두 아이들을 두고 있었다. 그래서 내게는 네 명의 처남과 동서, 네 명의 처형과 처남댁, 그리고 열세 명의 남자, 여자 조카들이 생겼다. 자신의 아이가 없는 남자로서 나는 아이들을 몹시 갖고 싶어했지만 그렇다고 월트 아저씨로서의 내 역할이 싫었다고는 할 수 없다. 몰리는 선량하고 마음씨 좋은 대모였고, 나는 궁정의 어릿광대였다. 괴상한 짓과 익살극을 벌이는 작달막하고 조그만 사내, 현관 계단을 굴러내려가는 코미디언.

몰리와 나는 23년을 함께 보냈다. 내 생각에 상당히 긴 세월이기는 했어도 흡족할 만큼 길지는 않았다. 내 계획은 그녀와 함께 늙어 그녀의 품에서 눈을 감는 것이었지만, 내가 그녀를 놓아 줄 준비도 되어 있기 전에 암이 그녀를 덮쳐 내게서 앗아갔다. 암은 처음엔 한 쪽 유방에 생겼다가 다른 쪽 유방으로 번졌고, 쉰다섯 살이 되었을 때 그녀는 이미 세상 사람이 아니었다. 그녀가 내 곁을 떠난 뒤로 예닐곱 달 동안 집 안에서는 나를 돕기 위해 할 수 있는 일을 다했지만, 내게는 그것이 너무도 끔찍한 시기여서 하루하루를 인사불성으로 취해 지냈다. 그리고 마침내는 상태가 너무 심해진 탓에 공장에서 일자리 마저 잃고 말았다. 만일 두 처남이 나를 알코올 중독 치료 시설에 집어 넣지 않았더라면 내게 무슨 일이 일어났을지는 아무도 모른다.

나는 리빙스턴에 있는 세인트 바나바스 병원에서 60일 동안 꼬박 치료를 받았는데, 내가 다시 꿈을 꾸기 시작한 것은 거기에서였다. 내 말은 백일몽이나 장래에 대한 생각이 아니라 실제로 잠을 자면서 꿈을 꾸었다는 뜻이다. 한 달 동안 거의 매일 밤마다, 영화를 보는 것 같은 괴이한 꿈들이 이어졌다. 어쩌면 그것은 내가 맞고 있던 주사약이나 진정제와 어떤 관련이 있었는지도 모르지만, 내가 원더보이 월트로서 마지막 공연을 한 지 44년 뒤에 그 당시의 일들이 모두 다시 밀려온 것이었다. 나는 매일 밤 예후디 사부와 함께 순회 공연을 하던 때로 돌아가 피어스애로를 타고 이 도시에서 저 도시로 여행을 하고 있었다. 그 꿈들이 내게 이루 말할 수 없는 행복감을 안기면서 벌써 오래 전부터 내가 느끼리라고 생각지도 못했던 즐거움을 되돌려 주었다. 나는 다시 물위에서 걷고,

넘쳐 나는 엄청난 군중들 앞에서 묘기를 뽐내고 있었다. 예전처럼 자신감을 갖고서 허공으로 떠올라 재주를 넘고, 의기양양하게 걸으며 아무 고통도 없이 허공에서 움직이고 있었다. 나는 그런 기억들을 묻기 위해 무진 애를 썼고, 다른 여느 사람들처럼 땅에 접근하기 위해 그토록 여러 해 동안 안간힘을 써왔지만, 이제 그것 모두가 한밤중에 펼쳐지는 총천연색 불꽃놀이처럼 폭발하며 다시 밀려오고 있었다. 그런 꿈들이 내 주위에 있는 모든 것들을 돌려놓았다. 그 꿈들이 내게 자신감을 되돌려 주었고, 그 뒤로 나는 더 이상 과거를 돌아다보는 것에 부끄러워하지 않았다. 나는 지금도 무엇을 어떻게 표현해야 할지는 모른다. 아마도 사부가 나를 용서해 준 모양이었다. 그는 몰리 때문에, 내가 그녀를 너무도 사랑했고 그녀의 죽음을 너무도 슬퍼했기 때문에, 그에 대한 내 빚을 탕감해 주었던 것이다. 그 어느것도 증명할 길은 없지만 그 효과는 부정할 수 없었다. 나를 짓누르고 있던 어떤 것이 들어내어졌던 것이다. 나는 지금처럼 맑은 정신으로 그 주정뱅이 주차장에서 걸어나왔다. 그때 내 나이는 쉰여덟이었고 내 삶은 망가졌지만, 나는 그것이 아주 나빴다고는 느끼지 않았다. 모든 것을 다 고려해 보았을 때는 사실상 썩 괜찮다고 느껴졌다.

몰리의 치료비를 치르고 나자 우리가 저축했던 돈은 단 한 푼도 남지 않았다. 나는 집세가 4개월씩이나 밀렸고, 집주인은 나를 퇴거시키겠다고 위협했다. 내게 남아 있는 것이라고는 승용차, 문짝이 찌그러지고 카뷰레터에 결함이 있는 7년 된 포드 페어레인 한 대뿐이었다. 병원을 나온 지 사흘쯤 뒤에 내가 아끼는 조카 덴이 일자리 건을 가지고 덴버에서 전화를 걸었다. 덴은 그 집안에서 가장 똑똑한 인물 —— 그들이 배출해 낸 첫번째 대학 교수 —— 로 지난 몇 년 동안 아내와 아이하고 같이 그곳으로 옮겨 가서 살고 있었다. 그의 아버지가 이미 그에게 내 형편이 얼마나 곤란한지를 얘기해 두었을 것이므로, 나는 은행 예금이 얼마나 남아 있느니 하는 악의 없는 거짓말로 쓸데없는 시간 낭비를 하지 않았다. 덴의 말은, 대단한 일자리는 아니지만 경치가 바뀌면 기분이 좀 나아지지 않겠느냐는 것이었다. 나는 무슨 종류의 일자리냐고 물었다. 그는 너무 우습게 들리지 않도록 하려고 〈유지 기사〉라고 대답했다.

「관리인을 얘기하는 건가?」

내가 물었다.

「맞습니다.」

그가 대답했다.

「자루걸레 운전사죠.」

그가 학생들을 가르치고 있는 건물에 자리가 하나 났는데, 만일 내가 덴버로 옮겨 오고 싶다면 그가 말을 넣어 일을 추진시켜 보겠다는 것이었다. 나는 그러겠다고 했다. 안 될 이유가 무엇인가. 이틀 뒤 나는 몇 가지 짐을 챙겨 포드 승용차에 밀어 넣고 로키 산맥을 향해 떠났다. 하지만 나는 결국 덴버까지 가지 못했다. 차가 고장이 났다거나 관리인이 되는 것에 대해서 생각을 바꿨기 때문이 아니라, 가는 도중에 일이 생겨 한 곳에서 끝을 맺는 대신 다른 곳에서 끝을 맺었기 때문이었다. 그것을 설명하기란 사실 어렵지 않다. 병원에서 그 온갖 꿈을 꾼 바로 뒤여서 나는 여행을 하는 중에 많은 기억을 떠올렸고, 캔자스 주의 경계선을 넘었을 때쯤에는 감상에 젖어 남쪽으로 좀 우회하지 않을 수가 없었다. 그렇다고 길에서 아주 멀리 벗어나는 것은 아니야, 나는 속으로 그렇게 말했다. 그리고 덴도 내가 거기에 닿는 시간이 좀 늦어지는 걸 상관하지 않을 테고. 나는 단지 위치토에서 시간을 좀 보내며 위더스푼 부인의 옛집을 다시 찾아가 그 집이 어떻게 되었는지 보고 싶을 뿐이었다. 언젠가, 전쟁이 끝난 지 얼마 안 되었을 때, 나는 뉴욕에서 그녀를 찾아보려고 했지만 그녀의 이름은 전화번호부에 올라 있지 않았고, 그녀의 회사 이름은 기억이 나지 않았다. 내가 알 수 있는 한 그녀는 이제 내가 관심을 가졌던 다른 모든 사람들처럼 세상을 떴을 것이다.

그 도시는 1920년대 이후로 꽤 많이 성장했지만 여전히 내 좋았던 시절의 이상향은 아니었다. 더 많은 사람과 더 많은 건물과 더 많은 길들이 있기는 했어도 일단 그 변화에 눈이 익고 나자 그곳은 내가 기억했던 것과 똑같이 침체되고 활기 없는 도시였다. 이제 사람들은 그 도시를 〈세계의 항공 중심지〉라 부르고 있었는데, 나는 그 도시 주위의 벽보판들에 그런 슬로건이 붙어 있는 것을 보자 실소를 금치 않을 수 없었다. 상공회의소에는 그 곳에 공장을 둔 모든 항공 회사들의 이름이 나열되어 있었지만, 내 생각은 나 자신에 대해서, 한때 위치토를 집이라 부르며 최초로 하늘을 날았던 소년에게로 쏠려 있었다. 나는 그 집을 찾아내는 데 좀 애를 먹었고, 그래서 처음에 생각했던 것보다 좀더 자세히 그 도시를 둘러볼 수 있었다. 옛날에 그 집은 도시 외곽의 텅 빈 들판으로 이어진 비포장 도로변에 자리를 잡고 있었지만, 이제는 주거 중심지로 변해서 주위에 다른 집들이 들어차 있었다. 또 예전의 그 길도 코로나도 애비뉴라는 이름이 붙어 현대적인 시설들을 모두 다 갖추고 있었다. 보도, 가로등, 그리고 한가운데에

흰 줄이 쳐진 검은 아스팔트. 하지만 그 집은 썩 괜찮아 보였다. 거기에는 의심의 여지가 없었다. 회색빛의 11월 하늘 밑에서 지붕널들이 하얗게 빛났고, 예후디 사부가 앞뜰에 심었던 조그만 나무들은 거인처럼 지붕 위로 우뚝 솟아 있었다. 누가 그 집을 소유하고 있건 관리를 잘 해온 덕분에 이제는 아주 고풍스럽고 역사적인, 지난 시대의 유서 깊은 저택 같은 분위기를 풍기고 있었다.

나는 차를 세워 놓고 현관 계단을 올라갔다. 늦은 오후였지만 아래층 창문에는 불이 켜져 있었다. 나는 거기까지 온 이상 내친김에 벨을 눌러 보고 싶은 생각이 들었다. 그 집에 사는 사람들이 아주 못돼먹지 않았다면 옛일을 생각해서 나를 안으로 들여 집 안을 한바퀴 둘러보게 해줄지도 몰랐다. 내가 바라고 있던 것은 단지 그것, 그저 한번 둘러보자는 것이었다. 현관문 밖은 날씨가 꽤 쌀쌀해서 나는 누군가가 나타나기를 기다리며 거기에 서 있을 동안 내가 처음으로 그 집을 찾아 들었던, 지독한 눈보라 속에서 길을 잃고 초주검이 되었던 때를 생각하지 않을 수 없었다. 안에서 누군가가 움직이는 발소리를 듣기까지는 벨을 두 번 울려야 했다. 마침내 문이 열렸을 때 나는 위더스푼 부인을 처음 만났던 때의 기억에 너무 깊이 빠져 있어서 내 앞에 서 있는 여자가 다름 아닌 위더스푼 부인이라는 사실을 알아차리기까지는 시간이 좀 걸렸다. 더 나이가 들고 더 허약해지고 더 주름살이 많아진 것은 분명했지만, 그렇더라도 바로 그 위더스푼 부인이 틀림없었다. 나는 어디에서라도 그녀를 알아볼 수 있었다. 그녀는 1936년 이후로 체중이 단 1킬로그램도 불지 않았고, 머리칼은 여전히 붉은 기가 도는 빛깔로 멋지게 염색이 되어 있었고, 연한 파란색 눈은 여전히 푸르고 밝았다. 그녀의 나이는 그때 일흔넷 아니면 일흔다섯이었지만 예순 —— 아무리 많게 봐야 예순셋 —— 이상으로는 보이지 않았다. 여전히 멋진 옷을 입고, 여전히 꼿꼿한 자세로, 입에 담배를 물고 왼손에는 스카치 위스키 잔을 든 그녀가 문간으로 나왔다. 누구라도 그런 여자는 사랑하지 않을 수 없었을 것이다. 내가 그녀를 마지막으로 본 뒤로 세상은 이루 말할 수 없이 많은 변화와 재난을 겪었지만 위더스푼 부인은 늘 그랬던 것처럼 멋진 여자였다.

나는 그녀가 나를 알아보기 전에 먼저 그녀를 알아보았다. 그도 그럴 것이, 세월은 내 모습에 그녀보다 더 험한 대가를 요구했기 때문이었다. 이제 내게서 주근깨는 완전히 사라졌고, 나는 엷어져 가는 희끗희끗한 머리칼에 콧잔등에다는 돋보기를 걸친 땅딸막한 남자로 바뀌어 있었다. 38년 전 그녀와 레멜리에서 점심 식사를 함께 했던 기세 당당하고 말쑥한 남자의 흔적은 찾아보기도 힘들었다. 나는 칙칙한 작업복 —— 허리까지 내려오는 긴 점퍼에 카키색 바지, 코도반 가죽신, 흰 양말 —— 차림에 한기를 피하기 위해 상의 칼라를 세워 올리고 있었다. 그런 탓에 위더스푼 부인은 아마도 내 모습에서 많은 것을 알 수 없었을 것이고, 더군다나 그녀 앞에 있는 사람이 술에서 벗어나느라 수척하고 지친 모습을 한 중늙은이에 지나지 않는 이상, 내가 먼저 누구인지를 밝히는 수밖에 없었다.

그 나머지는 얘기를 하지 않고 넘어가도 되지 않을까? 우리는 눈물을 흘리고 저간의 일들을 주고받으며 자정이 넘어 한밤중까지 얘기를 계속했다. 그것은 코로나도 애비뉴에서의 올드랭 사인(그리운 옛날)이었다. 그날 밤 우리가 했던 것보다 더 멋진 재회가 또다시 있을 수 있을까? 나는 그 동안 내게 있었던 일들을 대강 그녀에게 얘기했지만, 그녀의 얘기도 내 얘기 못지않게 이상하고 예상 밖이었다. 그녀는 텍사스에서 시추 붐이 일던 기간에 수백만 달러를 곱절로 불리는 대신 석유가 안 나는 땅에 드릴을 박아 파산을 하고 말았다. 그 당시에는 석유 탐사 게임이 대개는 어림짐작이었는데, 너무 여러 번 헛다리를 짚었던 것이다. 1938년이 되자 그녀는 재산의 10분의 9를 잃었다. 물론 그렇더라도 아직 가난뱅이라고 할 수는 없었지만 이제 그녀는 더 이상 뉴욕 5번가의 부유층이 아니었고, 몇 번 더 사업을 벌였다가 여의치 못하자 마침내는 짐을 챙겨 위치토로 돌아왔다. 처음 생각으로는 위치토에서 머무는 것이 일시적인 체류, 말하자면 옛집에서 몇 달 동안 어림셈을 해보고 다음번의 멋진 계획으로 넘어가자는 것이었다. 그러나 한 가지 일에 이어 다른 일들이 꼬리를 물었고, 그 바람에 전쟁이 닥쳤을 때까지도 그녀는 계속 거기에 눌러 있었다. 그리고 다음에는 기막힌 180도 전환이라고 할 수밖에 없는 사정으로 그 당시의 애국적 열정에 휩쓸려 위치토의 재향 군인 병원에서 자원 봉사 간호사로 일하며 4년을 보냈다. 나로서는 그녀가 플로렌스의 나이팅게일 노릇을 하고 있는 모습을 상상하기 어려웠지만, 위더스푼 부인은 여러 가지로 놀라운 여자여서 설령 돈을 버는 것이 그녀의 강점이었다 하더라도 절대로 돈이 그녀의 유일한 목적은 아니었다. 전쟁이 끝나자 그녀는 다시 사업에 뛰어들어 —— 그러나 이번에는 위치토에 그대로 머물면서 —— 조금씩 조금씩 상당히 수지가 맞는 사업을 벌여 나갔다. 무엇보다도 자동 세탁소로. 그 사업은 주식과 석유로 흥하느냐 망하느냐 하는 온갖 투기를 벌였던 것과 비교하면 하찮게 들리겠지만 안 될 이유가 없었다. 그녀는 자동 세탁기의 상업적 가능성을 맨 먼저 알아차린 사람 중에 하나였을 뿐 아니라, 그 분야에 일찍 뛰어듦으로써 다른 경쟁자들을 앞질렀다. 1974년 내가 나타났을 때, 그녀는 위치토 주위에 흩어진 스무 곳의 자동 세탁소와 인접한 도시에 다른 열두 곳의 자동 세탁소를 두고 있었다. 〈청결의 집〉, 그녀는 세탁소를 그렇게 불렀고 거기에서 들어오는 10센트짜리 25센트짜리 잔돈푼들이 그녀를 다시 부유한 여인으로 만들어 준 것이었다.

「그러면 남자들은 어땠지요?」
내가 물었다.
「아, 아주 많았지.」
그녀가 대답했다.
「자네가 셀 수 있는 것보다 훨씬 더.」
「그러면 오빌 콕스, 그 사람은 어떻게 됐죠?」
「벌써 죽었어.」
그녀가 대답했다.
「그러면 빌리 바이절로는요?」
「아직 살아서 돌아다니고 있지. 사실 그 사람 집은 바로 이 모퉁이를 돌아서 있어.」

전쟁이 끝난 뒤에 그녀는 바이절로를 자동 세탁소 사업에 끌어 들였고, 그는 6개월 전 은퇴를 할 때까지 그녀의 매니저이자 오른팔로 일했었다. 젊었던 빌리가 이제는 칠십을 바라보고 있는 데다 이미 심장 마비를 두 번이나 일으켜서 의사가 심장에 무리를 주지 말라고 했다는 것이었다. 그의 아내는 6, 7년 전에 죽었고 그의 자식들은 모두 성장해 떠나가서 빌리와 위더스푼 부인은 밀접한 관계를 맺고 있었다. 그녀는 그를 자기가 이제껏 사귀었던 가장 좋은 친구라고 했는데, 그 말을 할 때의 목소리가 나지막해지는 것에서 나는 둘 사이의 관계가 단순히 세탁기와 건조기에 대한 사업적인 얘기만을 나누는 정도로 그치지 않는다는 것을 눈치챘다.

「아하! 인내가 마침내 이긴 거로군요. 그리고 다정한 빌리는 원하던 것을 얻었고요.」

그녀가 내게 뇌쇄적인 윙크를 던졌다.

「때로는 그렇지만 늘 그런 건 아니야. 그건 내 기분에 달려 있으니까.」

나를 거기에 머물도록 하는 데에는 많은 설득이 필요 없었다. 관리인 일이라는 것은 임시 변통으로 하는 미봉책에 불과했던 데다, 이제 그보다 훨씬 더 나은 자리가 생긴 이상, 나로서는 계획을 바꾸는 일에 대해서 두 번 다시 생각할 이유가 없었다. 봉급은 물론 그 중의 사소한 일부분에 지나지 않았다. 가장 중요한 것은 내가 예전에 있던 곳으로 돌아왔다는 것이다. 위더스푼 부인이 내게 빌리가 하던 일을 맡아 달라고 하자 나는 바로 다음날 아침부터 일을 시작하겠다고 대답했다. 무슨 일을 하느냐는 문제가 되지 않았다. 만일 그녀가 내게 자기 집 부엌에서 냄비나 닦으며 있으라고 했더라도 나는 역시 그러겠다고 했을 것이다.

나는 내가 어렸을 적에 차지했던 바로 그 꼭대기 층 방을 쓰기로 했고, 그 사업의 요령을 일단 터득하고 나자 나는 그녀에게 없어서는 안 될 사람이 되었다. 나는 세탁기들이 잘 돌아가도록 관리했고, 더 많은 이익을 올렸고, 그녀를 설득해서 볼링장, 피자 가게, 핀볼 게임 오락장 같은 다른 업종으로 사업을 확대해 나갔다. 해마다 가을이면 그 도시로 대학생들이 쏟아져 들어왔기 때문에 패스트푸드 음식점과 값싸게 즐길 수 있는 오락장에 대한 수요가 점점 더 커지고 있었다. 그리고 그런 시설들을 제공한 장본인은 바로 나였다. 나는 늦게까지 일을 하며 바쁘게 뛰어 돌아다녔지만 다시 어떤 일에 책임을 지고 있다는 것이 즐거웠다. 또 그 외에도, 내 계획의 대부분은 상당히 괜찮은 것으로 밝혀졌다. 위더스푼 부인은 나를 카우보이라고 불렀는데, 그녀의 입에서 나온 말치고 그것은 칭찬이었다.

다음 3, 4년 동안 우리가 의욕적으로 사업을 계속 확장시켜 나가던 중에 갑자기 빌리가 죽었다. 또다시 심장 마비를 일으켰는데, 이번에는 체로키 에이커 컨트리 클럽의 열두 번째 페어웨이[31]에서 쓰러진 탓으로 의료진이 달려갔을 때는 이미 숨을 거둔 뒤였다. 그 뒤로 위더스푼 부인은 허탈감에 빠져서 아침마다 나와 함께 사무실로 나가는 일을 그만두었고, 모든 결정을 내게 맡겨 놓은 채 차츰차츰 사업에도 흥미를 잃어 가는 것 같았다. 나 역시 몰리가 죽었을 때 그런 일을 겪었지만, 위더스푼 부인에게는 시간이 지나면 괜찮아질 거라는 위로의 말이 아무 소용이 없었다. 시간은 그녀가 갖지 못한 단 한 가지 것이었으니까. 50년 동안 그녀를 숭배해 왔던 남자가 떠나버린 지금, 누구도 그를 대신할 수는 없었다.

그러던 어느 날 한밤중, 나는 위층에서 침대에 앉아 책을 읽고 있다가 벽 저편에서 그녀가 흐느끼는 소리를 들었다. 나는 그녀의 방으로 내려가 한동안 이야기를 나누었고, 다음에

---

31) 티와 퍼팅 그린 사이의 잔디밭.

는 그녀를 품에 안고 잠이 들 때까지 얼러 주었는데, 어떻게 된 일인지는 모르지만 나도 같이 잠이 들고 말았다. 다음날 아침 눈을 뜨고 보니 나는 커다란 더블 베드에서 그녀 옆에 누워 있었다. 옛날 그녀가 예후디 사부와 함께 쓰던 바로 그 침대였다. 이제는 그녀의 옆에서 잠을 자는 것이, 그녀가 없이는 살 수 없는 남자가 되는 것이 내 차례가 된 셈이었다. 우리가 잠자리를 함께 했던 것은 대체로 서로에게서 위안과 친밀감을 느껴 두 침대에서 자기보다는 한 침대에서 자는 것이 더 나았기 때문이었지만, 그렇다고 이따금씩 침대 시트에 불이 붙지 않았다는 얘기는 아니다. 나이가 들었다고 해서 충동을 느끼지 않은 것은 아니니까. 또 내가 처음에 느꼈던 양심의 가책도 얼마 지나지 않아서 모두 사라져 버렸다.

그 뒤로 11년 동안 우리는 남편과 아내처럼 살았는데, 거기에 대해서 나는 어떤 사과도 할 필요를 느끼지 않는다. 한때는 내가 그녀의 아들이라도 될 수 있을 정도로 어렸지만, 이제 나는 대부분의 할아버지들보다도 더 늙었고, 그 나이가 되면 더 이상 법칙에 따라 행동할 필요가 없어진다. 우리는 가야 할 곳으로 가고 계속 숨을 쉬기 위해 무슨 일이든 해야 한다. 그것이 우리가 할 일이다.

우리가 함께 사는 동안 그녀는 대체로 좋은 건강을 유지했다. 80대 중반이 되어서도 그녀는 여전히 저녁 식사 전에 두 잔의 스카치 위스키를 마셨고, 이따금씩 담배를 피웠고, 거의 날마다 멋지게 차려 입고서 초대형 캐딜락 승용차로 한바탕씩 달릴 만큼 기력이 있었다. 그녀는 아흔 살인가 아흔한 살까지 살았는데 —— 그녀가 어느 세기에 태어났는지는 영 확실하지가 않다 —— 마지막 18개월 정도만 제외한다면 그녀에게는 삶이 그리 고단하지 않았다. 물론 죽을 때가 가까워서는 거의 눈멀고 귀먹어 대부분의 시간을 침대에서 보냈지만, 그렇더라도 여전히 그녀다웠다. 나는 그녀를 양로원에 집어넣거나 그녀를 돌봐 줄 간호사를 고용하는 대신 사업을 정리하고 온갖 지저분한 일을 내가 직접 떠맡았다. 나 또한 그녀에게 그 정도 빚을 지지 않았던가? 나는 그녀를 목욕시키고, 그녀의 머리를 빗겨 주고, 그녀를 품에 안아서 집 안을 돌아다니고, 일을 벌인 뒤마다 그녀가 한때 나를 닦아 주었던 것처럼 그녀의 엉덩이에서 똥을 닦아 주었다.

장례식은 나무랄 데 없는 행사였다. 나는 가욋돈이 나가는 것을 아까워하지 않기로 했다. 이제는 그녀의 재산 — 집, 차, 그녀가 직접 벌어들인 돈과 내가 그녀를 위해 벌어들인 돈 — 이 모두 내 것이 된데다. 과자 단지에는 나를 앞으로 75년이나 1백 년 동안 너끈히 지탱해 줄 여유가 있는 이상, 그녀에게 거창한 송별식, 위치토가 그때까지 보았던 것 중에서 가장 떠들썩한 파티를 벌여 주기로 작정했던 것이다. 1백 50대의 차들이 장례 행렬에 참가해서 묘지까지 꼬리를 물고 몇 킬로미터에 걸쳐 이어졌고, 장례식이 끝나자 조문객들은 새벽 3시까지 술을 퍼마시고 칠면조 다리와 케이크로 배를 채우며 온 집안을 쿵쿵거리고 돌아다녔다. 나는 내가 그 사회에서 존경받는 인물이었다고 말하려는 것은 아니지만, 그 여러 해 동안 어느 정도 신망을 얻었고 그 도시 주변 사람들은 내가 누구인지를 알았다. 내가 그들에게 메리언을 위해서 오라고 청하자 그들은 떼를 지어 몰려왔다.

그것이 일년 반 전의 일이었다. 처음 두 달 동안 나는 어떻게 해야 할지를 몰라 맥없이 집 안을 서성거렸다. 나는 정원

일을 좋아해 본 적도 없었고, 골프는 두세 번 쳐보다 싫증이 났고, 일흔여섯 살 나이에 다시 사업을 시작할 열망도 없었다. 사업은 메리언이 있었기에 재미있었지만 그녀가 곁에서 기운을 북돋아 주지 않는다면 별 의미가 없는 것이었다. 나는 며칠 동안 캔자스를 떠나서 세상을 둘러볼까도 생각했지만 내가 분명한 계획을 짤 수 있기도 전에 책을 써야겠다는 생각이 나를 구해 주었다. 사실 나로서도 어떻게 해서 그런 일이 일어났는지는 알 수 없다. 어느 날 아침 침대에서 내려올 때 그 생각이 머릿속에 떠올랐고, 채 한 시간도 안 되어 나는 2층 응접실 책상에 앉아 펜을 손에 들고 첫번째 문장을 끼적거리고 있었다. 내가 해야 할 일을 하고 있다는 데에는 아무 의심도 없었다. 그때 느꼈던 확신이 그처럼 강했던 것이다. 그래서 나는 지금도 이 책을 써야겠다는 생각이 어떤 꿈에서 —— 그러나 기억할 수 없는, 우리가 잠에서 깨어나 세상에 눈을 뜨는 순간 사라져 버리는 그런 꿈들 중의 하나 —— 왔다는 것을 분명히 알고 있다.

작년 8월부터 나는 늙은이의 서툰 필적으로 한자 한자 적어 나가면서 그 일에 매달렸다. 싸구려 잡화점에서 살 수 있는 학교 작문 공책, 그러니까 넓은 간격으로 푸른 줄이 쳐지고 단단히 매어진, 검은색과 흰색으로 된 뻣뻣한 표지가 붙은 공책에다 글을 쓰기 시작했던 것인데, 지금은 열세 권을 거의 다 채워 가고 있다. 대략 한 달에 한 권 꼴로 써온 셈이다. 나는 그 글을 누구에게건 단 한 자도 보여 주지 않았고, 거의 다 써가고 있는 지금도 계속 그 상태로 놓아두어야 한다는 —— 적어도 내가 아직 살아 있는 동안에는 —— 생각을 가지고 있다. 그 열세 권의 책에 들어 있는 말 한 마디 한 마디는 모두 사실이지만 아마도 그것을 곧이곧대로 믿는 사람은 별로 없을 것이다. 나는 사람들에게서 거짓말쟁이라고 불리게 될까 봐 겁이 나지는 않지만, 의심 많은 바보들에게 나 자신을 변호하며 시간을 낭비하기에는 이제 너무 늙었다. 예후디 사부와 함께 순회 공연을 할 동안에도 그런 사람들과는 실컷 마주쳤었고, 더구나 지금 내게는 해야 할 다른 중대한 일들, 이 책을 다 쓴 뒤에 서둘러 처리해야 할 일들이 있었다. 맨 먼저 나는 내일 아침 은행으로 내려가 열세 권의 공책을 모두 대여 금고에 집어 넣을 것이다. 그리고 다음에는 내 변호사 존 퍼스코에게로 건너가 내 유언장에다 그 금고에 든 내용물을 내 조카 다니엘 퀸에게 남겨 주어야 한다는 취지의 글을 한 줄 보태게 할 것이다. 덴은 내가 쓴 책을 어떻게 해야 할지 알 것이다. 그는 잘못된 철자들을 바로잡고 누군가를 시켜 깨끗이 타이프를 치게 할 것이다.『공중 곡예사』가 출판될 때쯤이면 나는 세상에 남아서 나를 죽이려는 괴짜와 바보들을 지켜보지 않아도 될 것이다. 나는 이미 죽어 있을 것이고, 여러분은 내가 그런 자들을 비웃을 것이라고 분명히 믿어도 좋다, 하늘에서건 땅속에서건, 사정이 어떻게 되었든지 간에.

지난 4년 동안 집 안을 청소해 주는 여자 하나가 일주일에 서너 번씩 우리집으로 왔다. 그녀의 이름은 욜란다 에이브러햄인데, 날씨가 따뜻한 섬들 —— 자마이카인지, 트리니다드인지 어느 곳인지는 잊어버렸다 —— 중의 한 곳 출신이다. 그녀는 수다스럽지 않았고, 우리는 꽤 편안한 사이가 될 수 있을 만큼 오랫동안 서로를 알고 지냈으며, 메리언이 이 세상에서 보낸 마지막 몇 달 동안에는 그녀가 내게 큰 힘이 되어 주었다. 그녀는 서른에서 서른다섯쯤 된, 느릿느릿하고 우아한 걸음걸이에 아름다운 목소리를 지닌 동글동글한 흑인 여자로, 내가 아는 한 남편은 없었지만 아이는 하나 있다. 유세프라는 여덟 살 된 사내아이다. 지난 4년 동안 욜란다는 매주 토요일마다 자기 일을 할 동안 아이를 내게 맡겨 놓았는데, 그 여덟 살짜리의 행동을 4년 동안이나 지켜본 나로서는 아주 공평하게, 그 아이가 사람을 몹시 성가시게 구는 꼬마, 타고나기를 세상에 대혼란과 악의를 퍼뜨리도록 생겨 먹은 불량한 녀석이자 말버르장머리가 고약한 선머슴이라고 할 수 있다. 거기에다 한술 더 떠서, 유세프는 내가 지금까지 보아 온 못생긴 아이들 중에서 가장 못생긴 아이였다. 그 아이는 울퉁불퉁하게 일그러진 앙상하고 조그만 얼굴에 가련하리만큼 빼빼 마른 몸집을 하고 있다. 같은 체중으로 환산을 한다면 그 아이의 몸은 내셔널 풋볼 리그에 속해 있는 대부분의 풀백들보다 더 강하고 더 유연하겠지만. 나는 그 아이가 내 정강이와 손가락과 발가락을 차고 비틀고 깨물고 하는 것 때문에 그 아이를 미워하지만, 다른 한편으로는 그 아이에게서 그 나이였을 때의 내 모습을 보기도 한다. 또 그 아이의 얼굴이 이솝과 소름 끼칠 정도로 닮았기 때문에 —— 너무도 닮아서 유제프가 처음 우리집으로 들어섰을 때 메리언과 나는 모두 입을 쩍 벌렸다 —— 나는 무슨 일에서건 그 아이를 계속 용서해 준다. 나로서는 그런 나 자신을 어쩔 수 없다. 그 아이의 몸 속에는 악마가 들어 있다. 그 아이는 뻔뻔스럽고 거칠고 손쓸 수 없이 제멋대로지만 생명의 불꽃으로 밝혀져 있어서, 아무리 곤두박질치고 굉장한 말썽을 부려도 그런 아이를 지켜보는 것이 내게는 분명히 즐거운 일이다. 유세프를 지켜보면서 나는 사부가 내게서 무엇을 보았는지 알 수 있고, 그가 내게 재능이 있다고 했을 때 그게 무슨 뜻이었는지도 알 수 있다. 이 아이에게도 재능이 있다. 만일 내가 용기를 내서 아이의 어머니에게 얘기를 꺼낼 수만 있다면 나는 당장 그 아이를 내 보호 아래 둘 수 있을 것이다. 그리고 3년 뒤에는 그 아이를 제2의 원더보이로 바꾸어 놓을 것이다. 유세프는 내가 그만 두었던 데부터 시작할 것이고 얼마 지나지 않아 이제껏 어느 누가 갔던 데보다도 더 멀리까지 갈 것이다. 제기랄, 그것이 야말로 살아갈 만한 가치가 있는 게 아닐까? 그것이 이 빌어먹을 세상을 노래부르게 할 것이다.

문제는 서른세 단계다. 욜란다를 설득해서 내가 그녀의 아들에게 나는 법을 가르쳐 줄 수 있다고 하는 것도 문제지만, 일단 그녀가 동의를 한다고 해도 그 나머지에 대해서는? 나는 그 생각을 하는 것만으로도 속이 메스꺼워진다. 나 자신이 그 온갖 참혹한 시련과 고통을 겪었으면서 어떻게 다른 사람으로 하여금 그 과정을 거치게 할 수 있겠는가? 이제는 예후디 사부 같은 사람도 없고 또 나처럼 멍청하고 완고하게 고통을 감내하는 아이도 없다. 그 당시 우리가 살았던 세상은 다른 세상이어서 오늘날에는 사부와 내가 함께했던 일이 가능하지 않을 것이다. 사람들은 그런 일을 참지 않을 것이다. 그들은 경찰을 부르고, 국회 의원에게 편지를 써보내고, 의사와 상의를 할 것이다. 우리는 예전처럼 그렇게 강인하지가 못하다. 어쩌면 세상이 그것 때문에 좀더 나은 곳이 되었는지도 모를 일이지만. 그러나 나는 아무 대가도 없이 원하는 것을 얻을 수는 없으며, 원하는 것이 크면 클수록 그에 따르는 대가도 더 크다는 것은 분명히 알고 있다.

그렇더라도 내가 시볼라에서 비결을 전수받았던 그 무시무시한 일을 돌이켜보면 나는 예후디 사부의 방법이 너무 가혹하지 않았나 하는 의심을 지울 수 없다. 내가 마침내 처음 땅 위로 떠올랐을 때, 그렇게 되었던 것은 사부에게서 배운 어떤 가르침 덕분도 아니었다. 나는 차가운 부엌 바닥에서 스스로 그 일을 해냈고, 그 일은 내가 오랫동안 흐느끼며 절망을 한 뒤에, 내 영혼이 몸 밖으로 흘러 나가기 시작해서 내가 누구인지도 알 수 없게 되었을 때 찾아왔다. 어쩌면 정말로 문제가 되는 단 한 가지는 절망이었을지도 모른다. 그럴 경우 사부가 내게 거치도록 했던 육체적인 시련들은 속임수, 실상은 내가 부엌 바닥에 엎드려 떠올라 있다는 것을 알았을 때까지 아무런 진전이 없었음에도 불구하고 나를 속여 내가 어디엔가 이르렀다고 생각하도록 만든 양동 작전(陽動作戰)에 지나지 않았다. 그 과정에 단계가 없다면 어떨까? 그 모든 일이 한순간에, 눈 깜짝할 변화의 순간에 단 한 번의 도약으로 생겨난다면? 예후디 사부는 나를 구식 학교에서 훈련시켰고, 나로 하여금 자기의 속임수와 과장된 말을 믿게 하는 마술사였다. 그러나 만일 그게 유일한 방법이 아니라면? 좀더 간단하고 좀더 직접적인 방법, 안에서부터 시작하여 육체를 완전히 무시하는 접근 방법이 있다면? 그런 게 있다면?

내심으로 나는 몸을 띄워 올려 공중에서 떠다니는 데 어떤 특별한 재능이 필요하다고는 믿지 않는다. 남자건 여자건 아이이건 가릴 것 없이, 우리 모두는 내면에 그런 능력을 가지고 있어서 열심히 노력하고 집중만 한다면 누구라도 내가 원더보이 월트로서 달성했던 것과 똑같은 위업을 다시 이루어 낼 수 있다. 물론 그러려면 당신 자신이기를 멈출 줄 알아야 한다. 그것이 출발점이고 그 밖의 모든 것은 거기에서부터 시작된다. 당신은 자신을 증발시켜야 한다. 근육에서 힘을 빼고, 당신의 영혼이 당신에게서 흘러 나오는 것을 느낄 때까지 숨을 내쉰 다음, 눈을 감아 보라. 그것이 요령이다. 그러면 당신 몸 속의 공허함이 당신 주위의 공기보다 더 가벼워진다. 조금씩 조금씩, 당신은 아무것도 없는 것보다 더 가벼워지기 시작한다. 눈을 감고, 팔을 펼치고, 당신 자신을 증발시켜 보라. 그러면 조금씩 조금씩 당신은 땅 위로 떠오른다.

  그런 식으로.

옮긴이의 말

〈소설가라면 독자를 끌어야 한다. 그러나 이 말은 박수갈채를 노린 작품을 쓰자는 것이 아니라, 독자들이 스스로 판단하도록 해야 한다는 뜻이다.〉

이것은 저자인 폴 오스터 자신이 한 말입니다. 제가 역자의 말 첫머리에다 저자의 말을 끌어댄 이유는, 다른 어떤 말로도 소설이 지향해야 할 목표를 더 잘 표현할 수 없을 것 같기 때문입니다. 이 한마디로 그는 자신의 소설이 문학성과 재미를 겸비한 작품이라는 것을 건방지다 싶을 정도로 자신만만하게 대변하고 있습니다.

맨 첫머리부터 〈내가 물위를 처음 걸었던 것은 열두 살 때였다〉라는 도발적인 문구로 시작되는 『공중 곡예사』는 매우 특이한 작품입니다. 언뜻 보기에 이 하늘을 나는 소년의 이야기가 허무 맹랑해 보일 수도 있겠지만 폴 오스터의 능수 능란한 필치는 허구를 사실로 —— 실제로 소림사 수도승들의 염력(念力)에 의한 공중 부양술이 텔레비전에 방영된 바 있습니다 —— 바꾸어 놓았습니다. 또 그가 창조해 낸 월터 롤리도 역시 도전적이고 용기 있는 인물로 독자의 기억 속에 소중히 간직될 것입니다.

대강의 줄거리로 본다면 〈원더보이 월트〉의 이야기는 미국 그 자체의 역사와 별로 다르지 않습니다. 초기의 험난한 시절을 극복하고 빛나는 승리를 거둔 주인공이 몰락했다가 다시 일어서는 이 소설의 페이지 페이지마다에서, 독자들은 아메리칸 드림의 영광과 좌절을 고스란히 보고 듣고 만질 수 있을 것입니다. 그러나 오스터는 자신의 문학을 미국적인 것으로 한정시키려고 하지 않습니다.

〈문학이 언제 국경선을 그은 적이 있는가? 문학에 국적을 따지는 것은 아무 의미도 없는 일이다.〉

폴 오스터는 이미 독자들의 예측을 불허하는 작가로 정평이 나 있지만, 특히 이 소설에서는 등장 인물들의 파란만장한 삶이 어떻게 전개될지 전혀 짐작이 가지 않는 절묘한 구성을 취하고 있습니다. 월터 롤리라는 비범한 사내의 인생 유전(人生流轉)을 중심으로 한 이 소설은, 마크 트웨인이 『허클베리 핀의 모험』에서 창조한 미국 소설의 전통을 충실히 따르면서도 그보다 훨씬 더 치밀한 구성과 인간 내면으로 파고드는 깊이를 보여 줄 것입니다.

폴 오스터의 작품에서 일관되는 주제는 뜻대로 되지 않는 삶을 살아가는 과정에서 〈우연〉이 큰 역할을 한다는 것입니다. 그의 또 다른 작품 『거대한 괴물』에서 뛰어난 재능을 지닌 한 작가가 엉뚱한 상황에 휘말려 자폭(自

爆)으로까지 이르는 과정에서도 그렇고, 『공중 곡예사』에서 월트의 인생이 그의 뜻과 무관하게 전개되는 것도 그렇습니다. 뒤돌아보면 우리의 삶 역시 인간 만사 새옹지마(塞翁之馬)인 구석이 없지 않겠습니다만, 이 소설은 삶이 자신의 의지와는 상관없이 얼마나 변화 무쌍하게 바뀔 수 있는지를 극명하게 보여 주고 있습니다.

폴 오스터는 소설가로서뿐 아니라 에세이 작가, 시인, 번역가로서도 많은 찬사를 받았으며, 현재 세계 각국에서 가장 중요한 작가들 중의 하나로 인정받고 있습니다. 그는 여러 차례에 걸쳐 문학상을 받았고, 1993년에는 『거대한 괴물』로 프랑스에서 외국인 작가에게 주는 프리 메디치 에트랑제 —— 참고로 말씀드리자면 『장미의 이름』도 이 상을 받은 바 있습니다 —— 를 수상했습니다. 아직 우리에게는 생소한 이름이지만, 폴 오스터와 그의 작품들은 날이 갈수록 문학계에서 점점 더 많은 비중을 차지하고 있습니다.

그러나 작가로서의 경력이 순탄했던 것만은 아닙니다. 그의 첫 작품들은 규모가 크지 않은 출판사에서 출간되었던 관계로 독자층이 제한되었는데, 우리 나라에 지금까지 그의 작품이 소개되지 않은 것도 그와 무관하지 않을 것으로 생각됩니다. 그의 작품이 많은 호평을 얻은 것은 오히려 프랑스, 독일, 영국 등 외국에서였으며, 사실 그는 미국 문학계에서의 상대적으로 열악한 처지에 염증을 내고 3년 넘게 파리에서 거주하기도 했습니다. 그러나 이는 다른 한편으로 그의 문학이 세계성을 띠고 있다는 반증일 수도 있습니다.

폴 오스터가 문단의 주목을 집중시킬 수 있었던 것은 타고난 문학적 재능에 치열한 작가 정신이 합쳐져서 가능했던 일로 보입니다.

〈이 책을 쓸 동안 나는 오로지 월트만을, 그의 의식과 그 의식이 어떻게 전개되는지만을 생각했다.〉

오스터의 눈부신 창의력과 그것을 뒷받침해 주는 치열한 작가 정신은 앞으로도 우리에게 무궁무진한 재미를 줄 것으로 보입니다.

이 소설 말미에서 그는 〈당신은 자신이기를 멈출 줄 알아야 한다. 그것이 출발점이고 그 밖의 모든 것은 거기에서부터 시작된다〉고 했는데, 이것은 그의 작업 태도와도 일치합니다. 그 스스로 이렇게 말했던 것처럼, 〈나는 늘 누가 무엇을 하건, 자기가 하고 있는 일과 자신을 구별할 수 없을 정도로 열심히 해야 한다고 생각했다. 문제는 자아가 사라지게 하는 것이다. 우리가 자신의 내면에 있는 것을 가장 분명하게 표현할 수 있을 때는 자신에 대해서 생각을 하지 않는 순간이다. 그것은 역설이지만 나는 그렇게 믿고 있다〉.

지금까지 폴 오스터의 경력과 작품 경향을 간략히 소개했습니다만, 제가 역자로서 꼭 드리고 싶은 말은 이것입니다. 소설을 좋아하는 분이라면 『공중 곡예사』는 빠뜨리지 말아야 할 책이라고.

1995년 11월 청주에서 황보석

옮긴이 황보석 1953년 충북 청주에서 출생하여, 서울대학교 불어교육과를 졸업했으며 현재 전문 번역가로 활동하고 있다. 옮긴 책으로는 폴 오스터의 『거대한 괴물』, 『달의 궁전』, 『우연의 음악』, 『고독의 발명』, 『뉴욕 3부작』, 『환상의 책』, 『신탁의 밤』, 『브루클린 풍자극』, 『기록실로의 여행』, 막심 고리끼의 『끌림 쌈긴의 생애』, 친기즈 아이뜨마또프의 『백년보다 긴 하루』, 피터 메일의 『내 안의 프로방스』, 시배스천 폭스의 『새의 노래』 등 다수가 있다.

공중 곡예사

발행일	1995년 12월 15일 초판 1쇄
	2000년 3월 15일 신판 1쇄
	2022년 5월 20일 신판 23쇄

지은이	폴 오스터
옮긴이	황보석
발행인	홍예빈 · 홍유진
발행처	주식회사 열린책들

경기도 파주시 문발로 253 파주출판도시
전화 031-955-4000 팩스 031-955-4004
www.openbooks.co.kr

Copyright (C) 주식회사 열린책들, 1995, *Printed in Korea.*
ISBN 978-89-329-0280-7 03840